Evuit

©2021. EDICO
Édition : JDH Éditions
77600 Bussy-Saint-Georges. France
Imprimé par BoD – Books on Demand, Norderstedt, Allemagne

Réalisation graphique couverture : Yoann Laurent-Rouault

ISBN : 978-2-38127-106-4
Dépôt légal : janvier 2021

Le Code de la propriété intellectuelle n'autorisant, aux termes de l'article L.122-5.2° et 3°a, d'une part, que les copies ou reproductions strictement réservées à l'usage privé du copiste et non destinées à une utilisation collective, et d'autre part, que les analyses et les courtes citations dans un but d'exemple et d'illustration, toute représentation ou reproduction intégrale ou partielle faite sans le consentement de l'auteur ou ses ayants droit ou ayants cause est illicite (art. L. 122-4).

Cette représentation ou reproduction, par quelque procédé que ce soit constituerait une contrefaçon sanctionnée par les articles L. 335-2 et suivants du Code de la propriété intellectuelle.

Jean-Hughes Chevy

Evuit

Deux héros sinon rien

JDH Éditions
Nouvelles pages

1

Bannie

23 décembre, an 345 après la Grande Extinction[1], Urek, Californie du Nord

Jade claque une dernière passe pour Rolan. Il fonce, tout seul. Marque. Yesss ! Champions de polo de l'année 345 ! Rolan cabre sa moto et traverse le stade sur une roue, désignant les nuages de son maillet levé. Sous les hautes murailles à l'allure de domaine de la Cour d'Angleterre, les cinquante mille spectateurs du grand stade d'Urek se dressent dans un même hurlement ! Certes, l'équipe de Californie du Nord vient de perdre le match, mais le jeu fourni par la Pennsylvanie était magistral, et en particulier celui de Jade Pareatides, la capitaine… Simplement divine ! L'hymne *Pennsylvania, Mighty is your name…* remplit le stade, répercuté sur les ondes, très loin, jusque dans tous les étages de toutes les villes du continent nord-américain, grâce aux fréquences satellitaires intercités. Le sourire hollywoodien d'Helen Siegfried, la présidente de Paoly, auréolé de la volumineuse chevelure rouge qui l'a rendue célèbre, s'affiche sur l'écran géant. Elle assure l'équipe de sa fierté et de ses plus chaleureuses félicitations.

Trois heures plus tard, les montures remisées au garage, après un passage à l'hôtel pour se changer, la « neuvième période » réunit les deux équipes et leurs supporters dans le vaste hall du centre sportif où coulent à flots les breuvages de l'amitié. Rapprochement tout à fait sincère. Tous se connaissent et s'apprécient. Las, les occasions ne sont pas si fréquentes ! Quelques kilomètres en contrebas, l'océan étale à l'infini son drap bleu, ravivé par un début venteux de saison sèche. La fête du solstice bat son plein, à une semaine de la nouvelle année.

Jade fait sensation. Grande, sous la robe noire minimaliste, les formes peu marquées lui donnent l'allure ambrée d'une liane de serpentine. Des

---

[1] *GE* : la *Grande Extinction*, ou *Extinction*, causée par la Troisième Guerre mondiale. Terres et océans sont devenus des étendues hostiles. Toutes formes de vie, y compris l'espèce humaine, détruites à 99 %…

yeux clairs et fixes, dans un visage allongé aux pommettes plates. Elle s'autorise une coupe de vin mousseux de Napa Valley. Nectar coûteux, bienvenu au début d'une nuit blanche. Elle aura tout le temps de dormir demain dans le bus du retour ! Un continent à traverser. Dans cinq semaines, accueil triomphal à Paoly, soirée avec les supporters au Golden Dolphin, leur pub attitré, puis, à nouveau le bus, sur le circuit de la côte est. Une vingtaine de rencontres qu'on espère terminer en mai-juin, avant les premières tornades qui amorcent la saison des pluies. Carlos Rozko, le sélectionneur d'Urek, enserre sa taille, l'entraînant dans une danse mexicaine.

— Si tu étais vraiment maline, tu resterais ici avec nous. Regarde, c'est pas beau, ça ! dit-il en désignant du menton, très loin au fond de la baie, l'ampoule sanglante du jour, noyée dans une nappe de mercure qui reflète son agonie sur l'entier horizon.

— Ça fait rêver, admet la jeune vedette.

— Dis-moi combien ils te paient. Je t'aurai vingt pour cent de plus ! la presse Carlos.

Comment dire non ? La brise marine, attirée par les fraîcheurs terrestres, caresse la joue de la jeune femme. Elle repousse de la main la bouche tentatrice qui se rapproche un peu trop, en murmurant :

— Peut-être...

Un an plus tard, le 23 décembre 346, Paoly, Pennsylvanie

La balle blanche fonce droit sur lui... Plus grosse, tout à coup. Immanquable ! Elle le veut. Elle lui sourit. Une comète lente. Il entend sa chanson. Une mariée, dont les cheveux défaits se mêlent à la longue traîne, s'approche de l'autel des noces. Ken n'a pas la moindre pensée pour la tribune de Laredo qui scande son nom. Pas un regard vers le pâle soleil de janvier. Il ne sent pas la chaleur de la nouvelle saison. Le nuage de poussière, projeté par l'essaim de motos, l'indiffère. Il ne voit plus qu'elle, cette balle, joyeuse, omniprésente, énorme. Le jeune espoir du Texas stabilise ses roues. Il brandit son maillet. Assure la prise. Huitième et dernière période. Deux points partout. Score égal. Sur la gauche, le numéro 3 texan vient d'intercepter le tir de Jade. Sa balle rasante prend au dépourvu la défense adverse. Jade est trop loin. Ken y croit, pour de bon. À deux minutes de la fin, Jade renverse sa moto. Son moteur hurle. Elle arme son maillet... L'impossible va-t-il se produire ? Il sait qu'elle est capable de tout faire basculer. Que se passe-t-il ? Les gradins retiennent leur souffle. Jade paraît désorientée... Une fraction de seconde d'absence au moment crucial. La balle file. S'empresse sur l'herbe à sa rencontre. Un cocktail de sueur, d'adrénaline et de testostérone explosant dans le bras... Le numéro 4 adverse arrive sur lui du mauvais côté. Ken lâche un revers de volée ! Sa frappe retentit comme une détonation. Un boulet de canon s'élève, porté par les clameurs des supporters de Laredo. En suspension, l'objet sphérique glisse sa trace brillante entre les poteaux des buts. En suspension, le jeune motard de Laredo dressé sur sa machine. En suspension, la vie dans ses artères, l'oxygène de ses poumons. En suspension, le maillet au-dessus de son casque. En suspension, le dépit dans les gosiers de Paoly... Exubérante ! La joie sur les bancs de Laredo ! Ne restent plus que quelques secondes pour l'égalisation. Tension ? Précipitation ? D'une frappe aveugle, le bras de Jade expédie un tir calamiteux vers le fond insondable du ciel !

C'est fini. Muet, froid et lourd, le voile de consternation qui s'abat sur la ville hôte. Alors que se vident pelouse et tribunes, un énergumène efflanqué de haute taille déambule sur le terrain ravagé. Il vacille, une casquette de Pennsylvanie vissée de travers, sur des joues mafflues. Le seul à avoir le droit d'envahir le terrain ! Les joueurs le reconnaissent comme leur plus fervent *aficionado*. Ils lui distribuent au passage des bourrades affectueuses, pour le plaisir de lui arracher une grimace. C'est Muna, l'idiot emblématique de la ville. Il ne ferait pas de mal à une mouche, en vrai... Mais il terrorise tellement les petits enfants que la plupart n'osent plus sortir de leur chambre à l'adolescence. Ils s'*hikikomorisent*[2], les pouces soudés sur les jeux vidéo des smartphones. Enfin, c'est ce qu'on dit : « Si tu n'es pas sage, Muna va t'enlever et te rôtir sur un feu de perlimpinpin pour nourrir ses lutins. » Le vieil ivrogne, marionnette sans fils, agite ses bras décharnés, scandant « Vive Paoly ! » sans faire rire personne. C'était le match de clôture des réjouissances du solstice. Le clou des festivités. Dans la tribune officielle, la présidente de Paoly se lève pour applaudir les couleurs sang et or de Laredo qui resplendissent sur le podium !

---

[2] *Hikikomori* : expression japonaise. Les adolescents atteints d'hikikomori vivent reclus, souvent pendant de longues périodes, dans leur chambre, au domicile de leurs parents.

Au quatre-vingt-unième étage de la première tour sud-ouest, une silhouette encombrée par sa tenue de polo s'écroule sur son canapé. Abattue. Cet après-midi, son équipe a perdu contre les Red Ants de Laredo. Jade, il s'agit d'elle, a raté l'ultime tir d'égalisation… Et porte à présent tout le poids de la défaite. Elle a quitté directement le stade, sans passer aux vestiaires ni rejoindre les agapes de la neuvième période. Les citoyens de Paoly ne sont pas contents du tout. Elle a fui leur réprobation, leur hostilité, même. Traversé l'enfilade des couloirs déserts sous l'éclairage cru des diodes. À la sortie de l'ascenseur, un idiot planté dans le lino, immobile, la langue sortie au coin des lèvres, guettait on ne sait quel événement qui aurait pu tomber du plafond. Elle est passée sans le voir.

Réfugiée dans son appartement, elle s'est endormie. Vingt-deux heures. Horloge clignotante, le robot-valet s'approche. Le visage encore baigné de larmes, elle colle son dos contre l'armature d'acier. Des pinces méticuleuses la débarrassent de son harnachement, ainsi que de son maillot de numéro 1, dévoilant sa longue silhouette glabre. Beaucoup de gens ont perdu toute trace de pilosité depuis l'holocauste atomique de la troisième guerre mondiale. Dans la poubelle, à l'autre bout du salon, son téléphone persiste à couiner sans interruption. Elle sait qu'il déborde de récriminations. L'enthousiasme du jeu, l'exaltation de la victoire passée à sa portée l'étreignent encore de spasmes douloureux. Ses concitoyens, elle croyait les aimer ! Comment peuvent-ils la maudire à présent ? Le match tourne en boucle dans sa tête. Une heure d'extase rugissante sur sa moto vive comme un cheval, à balancer le maillet, passer, tirer, encouragée par les cris des spectateurs. Jusqu'à la « descente » glaciale, quand sa dernière balle va se perdre dans les gradins, et que les fans de Laredo bondissent de leurs sièges en hurlant au triomphe.

Le téléphone voudrait cracher le fiel de ses reproches. Comment peut-elle encore s'accepter ? Elle voudrait trouver une explication. Son œil l'a trahie ! Elle doute. Sa « vista » proverbiale l'a abandonnée. L'intensité de la bousculade intérieure promet de faire éclater son crâne ! Comme la gloire des autres est difficile à endurer ! Combien la honte de la défaite pèse sur la poitrine ! Que s'est-il passé ? Mille fois, elle revit les moindres détails de son action. Épuisée de rage et de pleurs, elle se rendort.

Une vive agitation dans le couloir la réveille. Bagarre d'ivrognes ? Normalement, l'étage est très calme. Quelle heure peut-il être ? Elle ne sait. Une foule se bouscule sur le palier. Des admirateurs ? Vu les circonstances, elle ne s'attend pas à signer des autographes ! La porte résonne sous les heurts. « Jade, Jade... » On l'appelle. Plusieurs fois. Elle ouvre à des relents d'alcool, de sueur et d'herbe. Une silhouette vacillante tombe dans ses bras, qu'elle essaie de retenir. En vain. Trop lourd. Elle agrippe le col d'un maillot. Les ombres s'enfuient. Anonymes. Le corps glisse. Un jeune homme étendu sur le palier. Bras et jambes agités de soubresauts.

— Qui c'est, vous ? Bon sang, je te reconnais ! Tu es Ken, tu portes le numéro 2 dans l'équipe de Laredo. Ta gorge est tuméfiée ! Qu'est-ce qu'il t'arrive ? Tu as trop bu, c'est ça ?

Elle s'accroupit. Tâte le pouls du bout des doigts sur la jugulaire. Rien. Comme sa peau est douce pour un garçon ! Elle le secoue. Rien. N'étaient les meurtrissures sur son cou, on donnerait treize ans à ce visage ! Il a cessé de bouger. Elle appuie de tout son poids sur la poitrine inerte. Massage cardiaque. Réminiscence des cours de secourisme du lycée. Rien. Elle voudrait appeler à l'aide. Aucun mot ne sort. Elle a soif. Quel est ce cauchemar ? Les policiers l'entourent. Lui saisissent les bras. Immobilisée. D'autres évacuent le corps sur un brancard. Elle entend le cliquetis des menottes. L'acier froid immobilise ses poignets. La suite ? Elle ne se rappelle plus...

... Jade se réveille. Qu'est-ce qu'elle fait là, dans cette pièce exiguë, lisse et blanchie jusqu'au plafond, sans fenêtres ? Elle est assise sur un lit métallique. Devant elle, une table scellée au mur, une chaise, un plateau-repas, ainsi qu'un pyjama rayé de forçat. Cela ressemble à une mise au secret. Incompréhensible. Inhabituel. Insensé. À Paoly, les forces de l'ordre sont particulièrement légalistes. Jamais une chose pareille n'est arrivée à quiconque dans cette ville ! Vers dix heures du matin, un petit juge à tronche de citron et un maton XXL entrent dans la petite pièce.

— Jade Pareatides, dite « Evuit », fille de Scott Pareatides dit « Taïpan », vous êtes inculpée du meurtre de Ken J. Harld, ressortissant de Laredo. Pour cela, vous serez jugée ici même, à Paoly.

— Vous délirez complètement ! se défend-elle. Il était mourant quand j'ai ouvert ! Et pourquoi voulez-vous que je fasse une chose pareille ?

— Nous enregistrons votre déposition.

— J'ai droit à un avocat.
— Vous l'aurez, commis d'office, selon la loi.
— Il est où ?
— Vous le verrez en temps utile.
— Ça ne va pas se passer comme ça ! Je ne dirai rien. Je veux parler à mon père !

Ah, mais pour qui se prend-elle ? Assassiner un invité ! Au milieu des réjouissances de fin d'année ! Est-ce qu'elle se rend compte de la gravité de son acte ? Elle n'a plus aucun droit ! La caméra tourne. Jade se débat, argumente, plaide, crie, pleure… Rien n'y fait. Le jugement sera rendu le soir même. Sans que son père ni aucune de ses connaissances ne soient prévenus. Ils ressortent. La porte émet une série de bips avant le claquement caractéristique du loquet enclenché. C'est un coup monté ! Elle ressasse les événements de ces derniers jours. Les avances du sénateur Jeffrey, ce vieux rapace libidineux ? Non. L'enjeu doit être plus important. Pour toucher le monde du polo, cela doit vraiment valoir la peine pour quelqu'un. Qui ? Le bruit court que des agents de l'Illinois sèment la zizanie entre les cités. Elle voudrait tellement que son père soit là, avec elle. Taïpan. Dernier d'une lignée de soldats. Il l'emmenait camper dans le désert. Lui apprenait les armes et la survie. Le soir, au bivouac, lui contait les exploits des ancêtres dans la jungle du Viêt Nam. Lui qui l'a initiée à la vie sauvage, aux coutumes des tribus. Aucune de ses copines n'avait un papa comme celui-là ! Comment le prévenir ? Comment alerter ses amis ? L'album des souvenirs tourne dans sa tête. Les garçons de l'équipe, des images de match, des chamailleries. Renzo, son ami d'enfance… Quand ils sauront ce qui lui arrive, ils se démèneront pour la sortir de là. Elle en est certaine.

Et ce pauvre gamin ? Mort comme ça, dans un couloir d'une ville inconnue… Au souvenir de Ken, les larmes reviennent. Plusieurs heures passent. Inquiétantes. Puis deux policiers viennent la chercher pour l'emmener au « Palais de justice ». Ils ne la quittent pas d'une semelle. La télévision filme son parcours dans les couloirs comme si elle était une grande criminelle. Comme si l'on voulait montrer au peuple que personne n'est à l'abri de la Justice, même pas une personnalité mondialement connue. Dans la petite salle aveugle du tribunal, le juge de ce matin, momie cousue de parchemin safrané, trône au centre d'une cour de robots juridiques. Un voleur de moto sans antécédents ressort avec un rappel à la Loi. Il est tellement gros qu'elle se demande un instant s'il va passer la porte ! Elle prend sa place dans le box. À côté, l'avocat n'a pas changé. Il doit être commis d'office pour la journée ! Il pleurniche qu'il n'a pas eu le temps de prendre connaissance… Jade comprend que c'est d'elle qu'il parle, mais le magistrat ridé l'interrompt :

— Objection rejetée. Je vous prie de regarder attentivement cet écran.

Des images de vidéo provenant des caméras de surveillance du couloir montrent la porte qui s'ouvre, le numéro est lisible, Jade sort et attrape une silhouette.

— La victime, de dos, a été formellement identifiée. Il s'agit bien de Ken Harld. Nous reconnaissons la porte de l'appartement de l'accusée, et l'accusée elle-même.

La séquence se déroule.

— Elle le saisit à la gorge. Il s'écroule. Elle s'acharne. On voit nettement sa main sur le cou du jeune homme. Voyez avec quelle férocité elle se jette sur lui pour l'achever.

L'image s'arrête sur les traits décomposés de Jade, sa main appuyée sur le côté du cou de Ken. Entre les lèvres crevassées du juge, la voix prend de l'ampleur.

— Ce jeune homme l'invitait à partager un moment de détente après la compétition, comme c'est la tradition dans toutes les nations civilisées. Et voilà la manière dont il a été reçu ! Un crime horrible que rien ne justifie, sinon l'égo démesuré d'une fillette gâtée incapable d'admettre la défaite et poussée à tuer par déni de la réalité. Notre jugement sera sans pitié ! Nos villes sont les derniers îlots de civilisation, perdus dans un océan de barbarie. Elles défendent les valeurs morales et leur comportement se doit d'être exemplaire !

Jade est abasourdie. Un greffier annonce la condamnation d'une voix monocorde. L'exil ! Tous ses biens sont confisqués, y compris son smartphone et ses robots. Comment peut-on se tromper à ce point ? Que s'est-il passé ? Elle, toujours si vive, toujours dans l'action, l'anticipation, l'initiative… Assommée. La sensation est nouvelle et inattendue. Elle se retrouve paralysée par la culpabilité – après tout, c'est bien sa faute à elle si elle a perdu le match, laissé mourir ce jeune devant sa porte – incapable de réagir. Pas un mot ne sort de sa gorge. Son cerveau, d'habitude si prompt, ne formule plus aucune pensée. Ses genoux flageolent. Elle voudrait tout reprendre, tout expliquer… Puis elle réalise que ce serait vain. Les dés sont jetés.

Après une dernière nuit en cellule, deux agents l'accompagnent au petit matin jusqu'à la porte de la ville. Avec une semaine de vivres et un couteau dans son sac à dos, à côté d'une tenue de rechange rapidement récupérée chez elle au passage. C'est la sanction suprême… Une condamnation à mort à peine déguisée. Le citadin livré à lui-même dans la nature désolée qui cerne les villes n'a pas une chance sur un milliard de vivre plus d'une semaine. Elle se retourne pour admirer la gigantesque pyramide – plus d'un kilomètre de côté pour trois cents mètres de hauteur – plantée au milieu d'une étendue d'eau douce, à la fois protection et richesse, où se reflète un levant pourpre. Est-ce qu'elle aurait préféré rester en prison ? On apprend au lycée qu'autrefois, l'État punissait les contrevenants en les privant de liberté. La *Grande Extinction* consécutive à la Troisième Guerre mondiale avait balayé tout cela. Personne ne comprendrait aujourd'hui que la collectivité entretienne indéfiniment des personnes qui, par définition, s'étaient soustraites à sa loi. Les sanctions des tribunaux étaient devenues simples : amende ou bannissement. Les rares délinquants ne connaissaient l'incarcération que durant les courtes périodes nécessaires au jugement. Rarement plus de quelques jours. Pourrir dans un cachot ? Non. Définitivement non. L'espoir d'une seconde chance ? Jade sourit. Elle sait où sont les nouvelles chances : là-bas, au bout de la route !

Hier, des joueurs populaires, enviés de tous. Aujourd'hui, l'un est mort et l'autre sur le chemin de l'exil… Voilà ce qui s'appelle tomber de haut, constate-t-elle avec amertume. Cette ville, encore illuminée des guirlandes de la fête, vient de reprendre tout ce qu'elle lui avait donné. Pourtant, elle ne peut la haïr. Elle a mieux à faire : survivre. D'abord, rejoindre l'une des caravanes qui vont prendre le chemin du retour après le Nouvel An. Vers l'ouest, de préférence. Urek ou l'archipel de Frisco. Des nations de polo dont elle a eu des propositions ces temps derniers. Sa réputation est telle qu'elle peut y espérer un contrat de joueuse ou d'entraîneur. Des endroits où il fait bon vivre. Le soleil se couche plus volontiers sur la Californie que partout ailleurs, dit le proverbe. Bordée au sud par les typhons incessants de l'océan Pacifique si mal nommé, coiffée au nord par les descentes soudaines de flux polaires qui glacent jusqu'aux nuages, le climat y est presque tempéré. Ça l'amuserait aussi de pourchasser quelques bandits pour se faire de l'argent de poche sur le trajet. Trouver des ressources, des informations. Son programme est tout tracé.

Une trouée dans le muret bas du périmètre urbain marque la limite de la cité. Un robot veille dans la guérite du checkpoint. Les policiers tournent les talons. L'un d'eux lui a glissé « Bonne chance » d'un ton de compassion. Une brume matinale, humide et froide, rampe à sa rencontre. La jeune femme ajuste la bretelle de son sac à dos d'un geste machinal. Dans le tréfonds de ses tympans, un clavier égrène les notes de *Sur le fil* de Yann Tiersen, un compositeur européen mineur du premier siècle avant *GE*. Tout à fait de circonstance : à sa gauche, la lente agonie de l'exil, à sa droite la tentation de la vengeance… Devant ? Une périlleuse ligne de crête. Deux janvier de l'an trois cent quarante-sept après la *Grande Extinction*. Elle grave cette date dans sa mémoire et fait le premier pas vers sa nouvelle vie.

2

Chasseur de primes

2 janvier 347, Pennsylvanie

Elle jette un dernier regard à la ville dans laquelle elle a grandi. Les cheminées supérieures déploient leurs écharpes de vapeurs nonchalantes sur le crépuscule de l'aube. Indifférentes au sort d'une exilée. Une concentration pyramidale bâtie à une époque où les hommes construisaient des buildings plus vite qu'un dieu égyptien son temple : ils imprimaient en 3D ! De l'eau, une source d'énergie – pétrole ou charbon – à proximité. Bingo ! Ils creusaient alors un grand trou que des imprimantes de béton remplissaient ensuite couche par couche et d'où surgissaient un beau matin une cinquantaine de tours cernées de murailles. Les hommes s'installaient dans les étages, vivant plutôt bien que mal, trop heureux d'avoir survécu à l'holocauste consécutif à *GE*.

La *Grande Extinction*. Alors que le réchauffement climatique réduisait comme peau de chagrin les surfaces habitables et les ressources en eau et nourriture, il y eut une guerre mondiale. La troisième. La pire. Pire que la première et ses vingt millions de morts. Pire que les quarante millions de décès lors de l'épidémie de grippe espagnole et que les quatre-vingts millions de victimes de la Seconde Guerre. Plus de neuf milliards d'êtres humains anéantis, ramenant leur population à celle du Néolithique ! La quasi-totalité de l'humanité, détruite sous l'effet conjugué des bombardements, tremblements de terre, inondations, épidémies, famines… 99 % des surfaces habitables annihilées. 99 % des espèces animales exterminées. Terres et océans ? Des étendues désertes, irradiées, polluées… à l'exception de rares oasis préservées par miracle. Le continent nord-américain recensait environ cinq millions de rescapés, pour moitié concentrés à l'intérieur de ces villes pyramidales, le reste étant dispersé en tribus errantes dont la seule obsession était la survie.

Au cours du premier siècle suivant, certaines de ces cités aux fortifications défaillantes disparurent, pillées par les hordes affamées. Puis, au deuxième siècle, une forme de civilisation se stabilisa à l'abri de forteresses, caractérisée par la récupération systématique des technologies enfouies que l'on trouvait à profusion dans les ruines ou, parfois, sous une mince couche de sable. Les villes devinrent des îlots où la population jouissait d'un confort comparable à celui du vingt-et-unième siècle de l'ère chrétienne. Les hommes aimaient, se soûlaient, priaient leurs dieux, chacun selon son espèce. Ils élisaient régulièrement les mêmes bourgmestres, les mêmes shérifs, et reconduisaient d'inamovibles gouvernements conservateurs, seuls aptes – croyaient-ils – à les protéger.

Mais il devenait plus difficile de faire des enfants. Partout, la population déclinait. Les malformations et les retards de développement étaient le lot commun. Les étages se vidaient, encourageant l'arrivée de migrants qui reproduisaient alors la logique fondatrice de survie par la technique et le nombre. Jade pense à son père. Telle fut leur histoire. Accueillis à Paoly, elle y eut des voisins, des amis, des camarades de jeux… Choisit-on la ville où l'on naît ? Il faisait bon vivre ici. Les gens se connaissaient, mesuraient le temps au rythme de leurs habitudes, réglées comme des partitions musicales. Vaquer dans le calme des étages, parcourir des vagues de linoléum vers des horizons de papiers peints, se rencontrer dans l'agitation des ascenseurs, se croiser sur des tapis roulants… Chercher des querelles, aussi, fièvres de groupuscules vite éteintes par la menace du bannissement. Où serait l'alternative ?

Et le polo. Tout ce que ce sport lui avait apporté, pourra-t-elle le rendre un jour ?

Elle choisira elle-même sa prochaine ville. L'affaire est entendue. Elle s'apprête à affronter la steppe aux premières semaines de la saison sèche. Un restant de fraîcheur nocturne imprègne encore le sol et perce les semelles des runnings noires imperméables lacées aux chevilles. Plus confortables et plus légères que les bottes de moto. Cela ne l'inquiète pas. C'est plutôt agréable, en fait, quand on sait que la chaleur va croître progressivement. Ses jambes sont protégées par un pantalon de jogging beige à régulation thermique assorti d'un débardeur jaune qu'elle recouvre pour l'instant d'un gilet matelassé bleu nuit. De fait, elle a renoncé aux étoffes légères et aux couleurs criardes qu'elle affectionne d'ordinaire… Le sacrifice, très temporaire, espère-t-elle, reste supportable. L'écluse de Paoly marque la fin de la gorge herbeuse où se dresse la cité. À sa gauche, l'autoroute de la vallée se faufile en pente douce vers le Delaware, par le canyon rocailleux de l'affluent qui les alimente en eau. Plus longue, plus sûre à tous points de vue, mais trop fréquentée à son goût. Elle prend à droite. Elle se connaît. Elle a jaugé la tension intérieure accumulée ces derniers jours. L'effort physique lui procurera un exutoire. Parée pour quatre heures de marche dans l'ombre traînante des monts, elle dirige ses pas sur la route qui enjambe la montagne jusqu'à Meander, le port fluvial de Paoly.

Auparavant, elle fera une halte au cimetière. Ni mur ni grille dans ce vallon où l'obscurité s'attarde. Hormis le parc public, c'est le dernier endroit de la ville où il reste des arbres. Cyprès, buis, fusains, le royaume des oiseaux. Son arrivée les réveille. Les amateurs font volontiers ce détour pour entendre leurs chants ; merles, mésanges, chardonnerets mélodieux, perruches criardes, épargnés par *l'Extinction*. Ses parterres entretenus, colorés de violettes et de primevères, confèrent au lieu l'atmosphère surannée d'un conservatoire de la flore antique, propice au recueillement.

Jade s'assied à même le sol. Le temps d'une méditation devant les plaques commémoratives des grands-parents. Elle était très jeune quand ils sont morts. Elle n'a d'eux que de vagues souvenirs de jeux dans le sable. Un peu plus loin, elle s'arrête devant une autre tombe dont elle balaie la pierre, dégageant le médaillon. Des traits aux courbes douces qui évoquent irrésistiblement une fleur aquatique. Un beau visage, celui de Nimfea, sa mère. Était-elle vraiment aussi pâle ? Il paraît que c'est d'elle que Jade tient cette souplesse si particulière des articulations. Une souffrance diffuse s'empare d'elle en pensant à tous les sacrifices endurés par cette femme, née au Canada, dans une tribu autochtone, mariée pendant le conflit du New Jersey, puis morte en lui donnant la vie alors même que l'existence leur souriait enfin, au sein d'une ville prospère… Jade sait maintenant ce qu'elle doit faire : revenir. À tout prix.

Pensive, elle regagne la route. À l'ombre d'un rocher, une forme familière attire son regard. Les phares asymétriques et le réservoir effilé de sa moto ! La Buell allégée et customisée. L'étui d'une Winchester suspendu à l'arrière avec son maillet de polo ; sous la selle, des munitions, un phone — surtout ne pas l'utiliser ici, le wifi de la ville est surveillé, elle mettrait le correspondant dans un sacré pétrin – le nécessaire pour le feu, une longue-vue… La voilà parée pour l'aventure ! Au guidon pend un collier de *perles*[3] orné d'une tête de serpent. Son sourire se mêle de larmes en reconnaissant le talisman fétiche de son père. Le vieux Taïpan n'a pas lâché l'affaire ! Elle l'imagine, ombre furtive, pénétrer de nuit dans le garage du grand stade, puis en ressortir en propulsion électrique, tous feux éteints. Un tourbillon noir slalome entre les limites des zones couvertes par les caméras et s'arrête ici.

Jade arrache les couleurs de son écurie qui décorent la bête. Le métal revenu à la teinte mate d'origine. L'écusson au cheval ailé brille comme jamais. C'est en championne qu'elle l'enfourche. Taïpan est-il retourné ensuite chez lui, en pleine nuit ? Bien sûr que non ! Il a dormi quelque part dans la colline. Un frisson dans sa nuque. Son père l'observe de loin, aux jumelles. Il n'a pas le droit de l'appeler… Mais il s'assure qu'elle a trouvé la moto et il veut la voir partir. Contact. Le ronronnement du bicylindre lui arrache un sourire de satisfaction. Sans se retourner, elle agite bien haut la main en signe d'adieu au monde qu'elle laisse derrière elle et s'engage, tête nue, dans le raidillon qui grimpe au col de l'Arbre Mort.

Arrivée au sommet, elle s'arrête pour admirer l'autre versant. Un majestueux amoncellement d'ocres, éclairé par la traînée étincelante du Delaware. Sept heures du matin. La piste se devine à peine sur les pentes arides. Un soleil mauve perce la poussière de la nuit, révélant enfin, nichée dans une boucle du fleuve, l'oasis de Meander. Immense champ de foire par où transite tout le commerce de l'État. Elle espère y trouver une auberge et une caravane pour l'ouest. Dès qu'elle aura entamé la descente, sa vie basculera pour de bon. Elle laissera derrière elle son ancienne vie de championne adulée, de star capricieuse du « sport roi ». Elle ira vers l'inconnu, le danger… L'aventure. Elle se sent prête pour la traversée. Son père lui a appris le désert. Ce père qu'elle n'a pas pu revoir avant de partir. La tristesse monte, sans l'envahir. L'idée l'effleure qu'elle reviendra un jour régler les comptes. Ne pas s'attarder. Ne penser qu'à la survie. Se concentrer. Ouvrir les yeux, les oreilles, les narines, chaque pore de la peau. Ici, la mort surgit pendant les moments de distraction.

---

[3] *Perle* : artisanat tribal qui sert de monnaie rurale et qui vaut à peu près le temps nécessaire à sa fabrication.

Le grondement sourd d'une Harley la tire de sa rêverie. Elle se cache à l'abri d'un amoncellement de rochers écartés. Les surrégimes discordants de deux autres moteurs accompagnent la chanson de la Harley. Course ou bien poursuite ? Cela n'annonce rien de bon. Elle passe la main derrière la selle et dégrafe l'étui de la carabine. Laisser passer les arrivants, puis reprendre sa route à bonne distance. Un *trike*[4] surgit en travers du sentier de crête, bondissant sur les bosses de la piste. Son conducteur semble s'en amuser. Un pro. Elle admire son aisance et la précision de ses placements… Quand même bien imprudent. « Il ferait mieux de ne pas prendre ces choses à la légère, pense-t-elle. Avec trois roues, dans les ornières, il ne pourra jamais distancer des motos… » Comme pour lui donner raison, l'engin fait une vilaine embardée, cogne une grosse pierre et va se coucher dans le fossé. Son conducteur éjecté. À la manière dont il retombe, elle comprend qu'il est assommé. Deux motos rugissantes déboulent : une japonaise rouge et une machine de cross jaune. Sur la rouge, un géant hirsute, le torse nu couvert de tatouages. Sur la jaune, un type obèse engoncé dans un cache-poussière trop petit pour lui. Ils stoppent, observent quelques secondes le corps inerte et mettent pied à terre sans ôter leurs casques. Jade lutte contre elle-même. Elle n'a pas à s'en mêler. Elle le sait. Son père lui répétait : « Dehors, ne pense qu'à toi. Les histoires des autres ne te regardent pas. » Un colt apparaît dans la main droite du tatoué.

Trop jeune pour mourir, décide Jade. Elle amorce un geste pour extirper le fusil, puis se ravise, un sourire sardonique aux lèvres. Elle pense : « Tu es championne de quoi, au juste ? Pas de tir au pigeon, j'espère ! Polo, tu dis ? Eh bien, nous allons voir ça… » Dans un mouvement de défi, lourde d'une revanche à prendre sur elle-même après sa faiblesse de l'avant-veille, elle empoigne son maillet et s'avance vers le trio, son bras tendu pointant le colosse barbu.

— Lâchez vos armes. Immédiatement, ordonne-t-elle.

Pas du tout impressionné, celui-ci appuie d'instinct sur la détente. Sa cible a déjà bougé. Encore. Encore bougé. Impossible d'ajuster. Il vide compulsivement son barillet. Elle est déjà sur son côté droit, dans l'angle mort du casque. Le maillet décrit une large courbe dans la lumière minérale

---

[4] *Trike* : moto à trois roues dont les deux roues sont à l'arrière.

qui baigne le col et vient pulvériser sa visière. Tué net. Il bascule en arrière, droit comme un poteau. Elle cherche déjà le suivant. Surpris par la tournure inattendue que prennent les événements, le gros réalise à présent qu'il est dans le rayon d'action du maillet. Il articule :

— Police de Virginie. Nous arrêtons cet homme.

Jade marque une hésitation. L'occasion pour le truand de dégainer. Il se jette au sol pour saisir le jeune homme toujours inconscient par le col et s'en servir comme d'un bouclier, revolver braqué sur la tempe. Sa voix haut perchée est calme.

— Vous le connaissez ? Vous le voulez ? C'est un dangereux criminel. Collaborez ! Nous partagerons la récompense…

Elle n'en croit pas un mot. Il les tuera tous les deux. Jade se fend en avant sur le genou gauche. Son bras ne tremble pas. L'autre continue :

— Dix mille *perles*. Ça fait…

Le swing siffle directement sur la main qui tient l'arme, arrachant le revolver, ainsi qu'une détonation qui se répercute sur les cimes. Le bras arrondit la fin de sa course, revient… Au retour, le marteau s'enfonce en remontant sous la mentonnière. Des éclats de son bois avaient sauté en enfonçant le casque du tatoué. C'est une véritable hache qui tranche la moitié de la gorge du bandit ventripotent. La fin de sa phrase se perd dans un flot de gargouillements vermeils. Les nuages de fines particules se précipitent sur lui. Chacun de ces infimes grains charbonneux luit d'une obscurité particulière. Il les distingue. Ils sont des millions. Il pourrait presque les compter. Il commence à souffrir. Un éther froid pénètre ses membres. La dernière fois qu'il a eu mal comme ça, il était enfant, au bord de l'océan. Là où le soleil sort des vagues comme un fruit déjà mûr. La faim creuse son ventre de douleurs insupportables. Sa mère lui dit : « J'ai gardé un bout de poisson séché pour quand tu auras tellement mal que tu préféreras mourir. » Un goût de fumé dans la bouche. Le sel iodé sur sa langue l'aide à affronter les algues gémissantes dans lesquelles il s'enfonce.

Le tout n'a pas pris deux minutes. Jade abandonne le maillet ainsi planté, manche battant de gauche à droite comme un grand métronome au tempo des artères qui se vident. Elle accourt, dégage le corps du jeune homme…

Sain et sauf ! Elle lui verse de l'eau sur la figure, le tenant au creux de son bras, fascinée par les traits de son visage : un nez fort et des sourcils fournis, les lèvres bien dessinées. Son âme virevolte à trois mille temps sur les eaux larges de… du… comment s'appelait-il, ce fleuve du Paradis dans les légendes antiques ? Le Danube… C'est ça : le Danube bleu. Dommage qu'il soit brun, regrette-t-elle. Blond, il lui rappellerait ces images d'avant la *Grande Extinction* qu'elle a étudiées au collège. L'inconnu lui sourit. Quelques larmes perlent sous ses paupières. Le cœur de Jade bat plus fort qu'à l'occasion de ses plus fameux podiums ! Lorsqu'il les ouvre enfin, elle lui trouve les plus beaux yeux bleus de la Terre… De la mer et du ciel. Moirés d'indigo par les reflets du jour. De ces éclats d'azur que les demi-dieux cueillent pour nous, aux limites de la stratosphère, avant de revenir parmi les pauvres mortels. Plus tard, quand elle se rappellera ce moment, ce sont ces yeux qu'elle reverra : profonds, présents, attentifs… Mais cela, elle ne le sait pas encore. L'ange murmure :

— Putain de gamelle, et putain de paradis ! Je suis sonné.

Elle aurait voulu rester ainsi, la tête de ce garçon sur son sein. Elle bafouille :

— Contente que vous soyez réveillé. Il faut qu'on bouge…

Elle se relève et lui tend la main pour l'aider à se mettre debout.

— Je m'appelle Jade, je vais à Meander.

Chaque parole assèche un peu plus l'intérieur de sa bouche.

— Moi, c'est Nick. Vous m'avez sauvé la vie. Merci ! Voyez, je suis pilote de course et…

— Nous ne pouvons pas rester là, le coupe-t-elle. Il y en a peut-être d'autres qui arrivent. Vous me raconterez ça plus tard.

Elle s'absorbe dans la reprogrammation des motos. Nick se précipite pour redresser sa machine. Tout en vérifiant méticuleusement les dommages, le jeune homme se lance dans un grand discours :

— Vous savez, je gagne ma vie avec les courses. C'est ma passion. Ce qui pouvait m'arriver de mieux. S'il n'y avait pas ce cheval à trois roues, je serais encore à me soûler dans les bars du grand Sud. Les courses m'ont sauvé. Je ne voulais pas regarder ce monde en face. Vous avez remarqué les problèmes dans lesquels se débattent nos cités ? C'est partout la même chose. Et nous, les survivants de l'*Extinction*, on fait quoi ? Pareil ? On s'entretue ? Non. On ne s'en sortira qu'avec des solutions sociales, humanistes, soigner tous les enfants, partager les ressources, propager les connaissances, les sciences, les arts. La vie est précieuse. Le but de la cité n'est pas de faire la guerre, c'est de travailler au bien-être de nos frères humains…

Cette envolée politico-philosophique tombe mal. Au moment même où la jeune femme subit le contrecoup de son action. Les risques insensés qu'elle a pris. Son père serait consterné... Sur un coup de tête, elle vient d'envoyer balader tout ce qu'il lui a appris ; le calcul, les probabilités, le contrôle, la souplesse. Le vide ! Elle était remplie d'arrogance. Ce n'est pas qu'elle ait sous-estimé ses adversaires. Elle les a mésestimés ! C'est pire. Dans un combat, l'ignorance est un danger plus mortel que l'erreur d'appréciation. Ses doigts ralentissent leur course sur le clavier. Ensuite, elle vient de supprimer deux personnes. Tandis qu'elle pianote sur le smartphone, une part d'elle s'est mise à raisonner : c'est la première fois qu'elle tue des gens. Son père restait discret sur ce sujet. Il disait qu'il fallait tuer quand c'était nécessaire. Elle voudrait considérer qu'il est normal d'assassiner les assassins. Après tout, ce sont eux qui ont commencé le jeu cruel ! La morale des villes est claire : elle réprouve le meurtre de citadins, même étrangers. Un point c'est tout. Abattre des sauvages, c'est un peu comme une chasse, on aime ou on n'aime pas. Une question d'opinion personnelle. Mais ce n'est pas un délit. Ces barbares ne sont que des brutes. Ils ne valent pas mieux que des animaux... Ses mains ralentissent, prises de crampes. Elle vient de tuer des êtres humains. Peut-être citoyens d'un autre État ?

Rempli uniquement de sa propre importance, le jeune homme n'a rien remarqué. Il poursuit :

— ... se tolérer les uns les autres, respecter la mère Nature...

Jade ne pipe mot. Elle laisse échapper un soupir qu'il prend pour un encouragement... Il se met à déclamer :

— Une seule chose est nécessaire : la solitude. La grande solitude intérieure. Aller en soi-même et ne rencontrer personne pendant des heures. C'est à cela qu'il faut parvenir. Être seul comme l'enfant est seul.

Elle interroge :

— C'est de vous, ça ?

— Je voudrais bien ! rit-il du rire le plus clair du monde. C'est Rilke, un poète européen *prénumérique*[5].

Ce jeune fat commence à l'agacer. Tellement sûr de lui. Elle éprouve le besoin de lui clouer le bec.

---

[5] *Prénumérique* : antérieur à la Deuxième Guerre mondiale et à la numérisation sur ordinateur. Les supports matériels, papier, etc. n'ont pas résisté à l'Extinction ni aux désordres climatiques qui ont suivi. Seuls nous sont parvenus les contenus digitalisés conservés dans les réseaux de serveurs à partir du premier siècle avant GE.

— Dites-moi, vous avez fait les grandes écoles ?

Il se reprend, affiche une expression de cocker sous-alimenté.

— Non, j'ai découvert tout seul. J'ai été enlevé à l'âge de trois ans par un gang de Mexicains qui volaient des motos. Pour une rançon, je crois, mais ça n'a pas marché. À la fin, ils m'ont gardé. Ils m'ont appris le métier de bandit. Faut croire que j'étais doué pour la mécanique !

— Ceux qui vous poursuivaient ?

— Ah non, ceux-là viennent de Virginie. Une histoire de paris truqués. Théoriquement, j'aurais dû perdre, et puis j'ai gagné ! Que voulez-vous ? Je suis champion !

Il réalise soudain qu'il est en train d'oublier quelque chose d'important :

— Merci de m'avoir sauvé la vie. Je me rends bien compte que, sans vous, je serais dans un sale pétrin avec ces deux salopards ! finit-il par admettre.

Jade réprime un sourire.

Lorsqu'elle repart, un curieux cortège la suit. D'abord, la grosse moto japonaise en pilote automatique, chargée de deux macchabées, un de chaque côté, pour l'équilibre. Ensuite, la jaune, à vide. Enfin, à moitié groggy sur son tricycle, Nick, soliloque, refait le monde et ferme la marche. Un convoi de chasseurs de primes ! Voilà un nouveau métier qui m'irait bien, se dit-elle. Elle ne trouve aucune explication à l'élan qui l'a portée au secours du jeune homme. Cela aurait-il un rapport avec ce que les écrivains appelaient « le coup de foudre » dans les romans d'avant *GE* ? Elle chasse bien vite cette idée ridicule pour se concentrer sur sa conduite.

Elle est déjà venue à Meander avec son père. Elle gare son équipage devant le poste de police, secoue la poussière de sa tenue et pousse la porte. Jerry « Fat » Cornell, le shérif, affalé derrière son bureau, regarde vaguement le mur des écrans de surveillance. Il fut l'un de ses plus fervents supporters, dans une vie précédente… Avant-hier. L'a-t-il reconnue ? Il n'en montre rien.

— Ce monde est l'affaire de tous, Shérif.

— L'affaire de tous, Miss.

Urbanités d'usage sur tout le continent nord-américain.

— Je vous apporte de la viande froide.

— J'ai vu, Miss.

Il hèle un adjoint :

— Brett, va prendre les photos !

La musique country des paysans du Moyen Âge s'interrompt. Une voix acquiesce dans le couloir. Un jeune policier sort de la pièce en roulant les épaules. L'arrière de son crâne est fermé par une calotte métallique brillante où se réverbèrent les reflets des écrans. Le portique de sécurité sonne à son passage. Fat Cornell ne cille pas. Jade reprend :

— Question hôtel, où est-ce que vous allez le moins souvent ?

— Montez vers l'éperon rocheux, le Viminton Ship. Allez-y de ma part. C'est calme, là-bas, et leur vue sur le fleuve est remarquable.

Dans le silence qui s'installe, elle entend cliqueter le clavier de Jerry, puis le ronronnement d'un moteur Harley. Le shérif lève les yeux vers l'écran de contrôle accroché au mur et demande :

— Le *trike*, il était avec vous ?

— Je l'ai trouvé sur la route. Pourquoi ? Vous l'avez aussi au catalogue ?

— Sa dégaine me dit quelque chose. Pour l'instant, ça mouline…

De la rue, Brett a posté les photos des macchabées.

— … Ah, ça y est, j'ai vos zigues, reprend Jerry. Ils sont sur Alexandrie. Pour le premier, la photo ne dit rien, mais les tatouages ont parlé : Liam « Wild » Dangrey vaut 1 000. Attaques à main armée en récidive, et l'autre, Bill Drumm, 150, association de malfaiteurs, trafics divers et rébellion. Beau tableau de chasse, Miss ! Enfin… ça, c'est ce qu'ils vaudront quand vous les aurez amenés là-bas…

— Et ici, combien ?

— Rien en ce moment, regrette-t-il, l'air désolé. Nous n'avons pas d'accord avec la Virginie. Et je suis à court de budget, comme tous les ans après les fêtes du solstice.

Elle se donne le temps de digérer la mauvaise nouvelle et tente sa chance :

— Ça ne m'arrange pas d'aller dans l'Est.

— Bah, ce sont les aléas de votre profession, n'est-ce pas ? Où voulez-vous aller ? Au fait, votre identité ?

— Evuit.

— Je ne vous trouve pas au *Registre*[6], s'étonne le shérif.

---

[6] *Registre* : notaire électronique commun aux cités. Enregistre toutes les informations d'identité et de propriété des personnes, y compris leurs comptes en *Bitcoïs*, les contrats et les transactions.

— Je démarre dans le métier.

Jerry la regarde comme s'il découvrait quelque chose. Une moue disgracieuse tord ses lèvres, attestant un surcroît d'activité neuronale. Il se ravise et se met à pianoter sur son clavier en bougonnant.

— OK. On va vous faire un état civil. Une photo sans sourire, s'il vous plaît, Miss... Voilà. Taille : un mètre quatre-vingt. Yeux : verts, clairs. Cheveux : néant. Signes particuliers : néant. Profession : chasseur de primes. Votre licence est à jour, maintenant. Vous pouvez, en théorie, détenir une arme à feu et conduire un véhicule sur tout le continent. Faites attention quand même : ces accords entre les villes sont sujets à diverses variations et interprétations... Vous nous rendez un fier service en nous débarrassant de ces racailles, ça mérite bien qu'on vous reconnaisse.

Insistant sur le dernier mot, il lui présente une tablette.

— Vos quatre doigts de la main droite, à plat, s'il vous plaît, puis le pouce... Vous arrivez dans un bon jour, je garde tout : les armes, les motos et les cadavres. J'additionne, Miss, j'additionne... Entre le recyclage et la coopération des polices, j'en fais mon affaire. 980 *millis*[7]. Un bon début ! Allez, comme vous m'êtes sympathique, j'arrondis à un *Bitcoï*[8]. Sur votre compte ou en *perles* ? Dépêchez-vous avant que je change d'avis !

À peine le tiers de la valeur. Mais elle n'est pas en position de discuter.

— Moitié-moitié. Il y a des départs en ce moment ?

— Vous devriez tenter votre chance vers la gare routière demain matin. Un convoi part bientôt vers le Potomac, et un autre pour le Michigan. À ce propos, le Michigan a perdu son adjoint de sécurité. Il m'a demandé quelqu'un. Ça vous intéresse ?

— Bien sûr.

— Je lui en parlerai, conclut-il en lui tendant à nouveau la tablette. Votre index, là, s'il vous plaît. Au fait, vous connaissez bien l'homme qui était avec vous ?

---

[7] *Milli* : un millième de *Bitcoï* (monnaie électronique urbaine). En pratique, une *perle* ordinaire vaut un *milli*. Certaines, véritables œuvres d'art, peuvent atteindre le *Bitcoï* ou davantage.

[8] *Bitcoï* : monnaie électronique commune à toutes les cités.

Pile sous la sortie de clim, l'air est trop froid. Elle passe son poids d'un pied sur l'autre, fait un pas de côté. Un doute affreux la saisit. Pourvu que... Elle s'éclaircit la gorge et articule :

— Rencontré sur l'ancienne route, au col de l'Arbre Mort. Pourquoi ?

— Nick le Pilote. Zilberg, de son vrai nom. Quelques *millis* par-ci par-là. Peccadilles. Ne perdez pas de temps à lui courir après, ça ne paierait pas votre essence !

Soulagée. C'est presque gaiement qu'elle répond :

— Merci du conseil, Shérif. Je voudrais vous revoir.

Civilités urbaines avant de se séparer. Ce n'est pas parce qu'on est bannie qu'on doit devenir impolie.

— J'aimerais bien vous revoir en forme... dans ce monde, Miss, lui répond Jerry d'un ton rempli de sous-entendus.

Dans la rue, aucun engin motorisé en vue. Son cœur se serre. Son bas-ventre aussi. Nick a disparu ! Elle enfourche sa bécane et tourne le guidon vers un couchant de mélasse strié de vergetures.

3

Le convoi

2 janvier 347, fin de journée à Meander, Pennsylvanie

La troupe habituelle de mendiants encombre l'accès au parking. Des brouettes, des béquilles et des femmes aux yeux vides entourées de marmaille. Elle dépose une *perle* dans une petite main autoritaire qui lui barre le passage et découvre à l'autre l'extrémité du bras l'adorable sourire édenté d'une fillette, puis un œil espiègle. Un seul. L'autre est couvert d'une peau claire. Evuit se demande si elle s'habituera un jour au malheur des innocents. Elle craint que non. Mais n'y peut rien. Tant pis. En tous cas, la joie de la môme lui a fait oublier tous ces goujats qui disparaissent sans au revoir… Ses roues fendent l'attroupement comme un canot les eaux encombrées du port, à la vitesse d'un scarabée sans ailes. Plus loin, des camelots proposent de lui vendre tout ce dont elle aura besoin pour le voyage. Elle se renseigne :

— Le départ du MariaSan ?

— Là-bas.

À l'autre bout. Une file d'énormes coques de couleurs vives, zébrées de l'éclat des chromes, mirage tremblotant dans la chaleur exsudée du bitume. Une dizaine de pétroliers reconnaissables aux pare-buffles et aux mitrailleuses au-dessus de la cabine. Des citernes, un *Food-truck* carrossé en bol fumant, un bus de voyageurs, des conteneurs… Elle s'approche d'un type costaud adossé à un frigorifique, cigarette à la bouche. Il n'a pas l'air d'un *gangman*. C'est lui qui l'interpelle :

— Vous venez avec nous à MariaSan, Miss ?

L'heure tourne. Elle doit trouver ce convoi. Son calcul est simple : s'engager sur une caravane dès le soir et économiser une nuit d'hôtel. Elle lui répond :

— Ce monde est l'affaire de tous. Je cherche le responsable de la sécurité.

— 'Tous[9]. Continuez tout droit. Vous verrez le six roues, vers les camions de tête. Vous demandez Yaten.

---

[9] *'Tous* : l'abréviation familière en réponse au bonjour.

Les véhicules sont propres. L'ambiance, professionnelle. Elle repère la tourelle du blindé noir, muni de la pelle de dégagement au repos à l'avant. Un uniforme gris anthracite est assis sur un fauteuil pliable, il profite des derniers rayons du soir, les yeux mi-clos, écouteurs sur les oreilles. Un petit. Gonflé à la fonte, tendu à craquer sous des airs de caïd. Il remue la tête d'avant en arrière. Du rap ? S'il pouvait tenir le coup jusqu'au Michigan, ce serait parfait. Elle s'arrête à sa hauteur.

— Yaten ?

C'est surtout l'ombre de la moto qui le sort de sa bulle, bien plus que l'appel de son nom. Il ôte les écouteurs sur quelques notes de piano classique... Là, Yaten marque un point.

— Ce monde est l'affaire de tous. C'est pour quoi ?

— 'Tous. Jerry m'envoie pour le poste d'adjoint.

L'étincelle d'intérêt dans son œil dément la moue blasée de la bouche.

— Le chasseur de primes ? Je te préviens : pas d'extras sur mon convoi. Nous ne sommes que deux. C'est chacun à 200 % pour le convoi pendant trois semaines. Dix *millis* par jour, nourri et logé. Tu auras les deux couchettes arrière. Moi, je dors à l'avant, dans le poste de contrôle.

— OK pour moi.

— Tu as déjà fait ce job ?

— Plusieurs fois sur le New Jersey et la côte canadienne.

Elle ne ment qu'à demi. Elle accompagnait son père... Des « vacances à la campagne », en quelque sorte... L'homme la regarde attentivement pendant une longue seconde, mais reste silencieux. Personne ne refuse un chasseur de primes quand il s'agit d'escorter un convoi. Il se radoucit :

— Nous allons vivre comme une sorte de tribu réunie pour quelques semaines. Tu connais la chanson ? « Zéro alcool, garde la file, ne sois pas arrogant... »

— ... « Ne fréquente pas la femme d'un autre ! » poursuit-elle en riant. Oui, Chef, c'est toi le Capitaine !

À présent en confiance, il termine :

— Encore une chose : nous avons nos propres citernes d'eau et de carburant, Marie et ses soupes aux nouilles. C'est compris dans le financement de la caravane. Alors on ne s'arrête jamais à un *woop-woop*[10]. Ces

---

[10] *Woop-woop* : station-service-épicerie plantée au bord d'une piste au milieu de nulle part.

boutiques changent tout le temps, ce ne sont jamais les mêmes d'un voyage à l'autre. Des nids d'embrouilles. Sans parler de la vermine et des maladies contagieuses. À choisir, il vaut mieux camper près des sauvages. Ils sont en général inoffensifs et ils aiment bien faire du business.

Ce dernier mot amène sur son visage un sourire idiot et fugace. Comme elle sait déjà tout cela, elle omet de lui demander quel genre de business… Elle aurait peut-être dû. Mais ça n'aurait probablement rien changé.

— Nous sommes au complet. Départ demain.

Il amorce un geste pour remettre ses écouteurs, puis se ravise pour une question plus personnelle :

— Une raison pour aller dans le Michigan ?
— La Californie.
— Han han. Oui. Tu trouveras là-bas.
— Je commence quand ?
— Ton identité ?
— Evuit.

Il ouvre la portière, sort une tablette avec la laquelle il la prend en photo, marmonne dans le micro. Puis lui tend l'écran.

— Dès que tu as signé là, Miss… »

Elle pose son index.

— … Tout est dans le *Registre*. Bienvenue à bord. Tu peux t'installer. On se revoit dans une heure. C'est bien d'avoir une femme dans l'équipe quand on va à MariaSan.

Très juste. Elle n'avait pas vu les choses sous cet angle. Ce n'est pas seulement la cité de la médecine, c'est aussi celle des Amazones. Les quelques représentants du sexe masculin qui y vivent sont des sommités dans leur spécialité. Elle manœuvre la fourche du hayon arrière pour suspendre sa moto et pose son sac dans le fourgon. Elle s'accorde une pause dans son nouveau domaine avant de gagner la cabine pour préciser leur organisation du lendemain.

3 janvier 347

Yaten sait donner du mégaphone quand c'est nécessaire. Les camions s'ébranlent en bon ordre vers une portion encore entretenue de l'US 80 qui lance le départ vers le Nord. Elle se laisse bercer par le rythme de la caravane. Un convoyeur prénommé Dimitri roule en tête, au volant d'un semi-remorque flambant neuf qu'il amène à son nouveau propriétaire sur la côte ouest, avec, en extra, un petit déménagement pour un commerçant qui s'installe dans le Montana. Autant dire presque à vide. Il connaît bien le trajet. Yaten a calé le petit blindé au premier tiers de la file, juste derrière les citernes. Il a correctement équilibré les tours de veille pour alterner la conduite et les rondes. En fait de conduite, c'est surtout le pilote automatique qui s'en charge. Il est réglé pour suivre le pétrolier à cinquante mètres. De fait, ils n'ont pas grand-chose à faire du moment que Dimitri louvoie habilement entre les éboulements et les zones irradiées. Le wifi est limité au convoi. Aucune communication extérieure, sauf le réseau satellitaire en cas d'urgence. L'ennui se traîne à travers des collines roussâtres dissimulées sous des nuages épais. Landes sèches, roches à vif, le résultat des derniers siècles d'érosion, avec, de temps en temps, au fond d'une vallée isolée, le bonheur d'un bosquet ombragé comme il en existait avant *GE*.

Dans la journée, on tire la viande du soir, des *ragondas*[11], ces ragondins mutants gros comme des brebis. Souvent à trois pattes, ceux qui courent moins vite que les autres. Leur goût est identique dans la marmite ! Sinon, un lièvre ou un chevreuil lorsqu'on a de la chance. Elle en chassait déjà à douze ans avec une carabine plus légère. Pour manger, uniquement. Taïpan n'aurait pas toléré qu'elle tue pour s'amuser ! Elle qui avait eu sa première 22LR à cinq ans, la veille de la rentrée à l'école primaire ! Une douzaine de pigeons à son tableau de chasse, ce jour-là. Quand elle y repense... Ses copains de classe n'avaient jamais voulu la croire !

Les soirées sont plus animées. On arrête de rouler vers 17 heures. Sur une centaine de conducteurs – deux par véhicule – elle trouve facilement huit motards pour des parties de polo, en fin d'après-midi, à l'étape. Relax. Pour le fun ! Le matin, elle se sent bien. Chez elle, dans le désert. Pour un peu, elle remercierait Paoly de l'avoir exilée... Le souvenir de son père l'accompagne partout. Quand elle se lève au petit jour pour faire sa ronde, et que l'air encore frais en altitude remplit ses poumons, Taïpan est à ses côtés. Il lui désigne un oiseau bleu au ventre clair, perché dans un chêne nain, un renard roux tapi dans le sable, un pneu sous-gonflé que personne n'a encore remarqué, mais qui pourrait poser un problème en milieu de journée. Parfois, elle discute avec lui... Ceux qui la croisent sur le bas-côté

---

[11] *Ragonda* : sorte de ragondin mutant, gros comme une brebis, qui se répand sur la steppe à la recherche des eaux souterraines.

en train de parler aux cactus l'observent d'un air bizarre. Mais bon, on a vu pire, et elle prend son job au sérieux.

Comme tous les convois, celui-ci s'arrête souvent. Sur cinquante camions, il est exceptionnel de passer deux heures sans avoir un problème à régler. Heureusement, en général, sans gravité. Une fin d'après-midi, ils croisent une bande de sauvageons dépenaillés au bord de la route. Elle n'y prête guère d'attention. Deux heures plus tard, le convoi bivouaque à Trois-Rivières…

Mi-janvier 347, Trois-Rivières, Pennsylvanie

Cinq heures du matin. Yaten ne répond pas à son bonjour. Elle jette un œil sur les écrans de surveillance. Aucune alerte. Tout semble normal. Selon leurs accords, il se réserve la première sortie du matin. C'est le 15 janvier. Plus tard, elle notera cette date dans le journal de bord. Pour l'instant, rien ne presse. Les hommes bougent dans les cabines. Elle descend, s'étire, découvrant l'étendue minérale. Trois rapaces au-dessus du fleuve. Rien d'autre dans l'air. Aucun parfum. Aucun mouvement. Le chuintement des semelles sur la poussière. Le compteur de radiations du smartphone reste muet. La voûte de cobalt sèche déjà sable et rochers. Plus loin en contrebas, une désolation de ruines bronzées de *blackbrush*, les lichens du désert. Vestiges inertes, dans les lueurs platinées de trois larges cours d'eau étalés en forme d'Y. Ils devront traverser, d'un côté ou de l'autre. Ce matin, elle part vérifier les ponts. Routine. La stérilisation générale provoquée par la Troisième Guerre mondiale préserve les ouvrages. Elle se demande s'il vaut mieux prendre deux fois le risque avec les deux ponts en amont ou bien passer l'Ohio en une seule fois sur un pont deux fois plus long. Les conducteurs décideront. Elle ne craint pas de mauvaise surprise, mais elle applique la procédure. Un bon millier de tonnes va passer là-dessus pour quitter la Pennsylvanie. C'est toi qui t'y colles, ma fille, se dit-elle. Elle avale son café avec une poignée de graines sauvages. Le ceinturon en bandoulière, barre à mine dans la main gauche pour sonder le béton. Elle avance sur la piste défoncée. Cinq minutes plus loin, un relent de charogne l'alerte. Elle ralentit sa marche. Des pas dans son dos. Elle se retourne lentement. Eddy. L'un des camionneurs. Net et solide.

— Tu me suis, maintenant ?

— Toi, il n'y a que ton cul qui passe sur les ponts. Moi, c'est mon bifteck. Pas fini de payer le camion. Alors, permets que j'assiste à l'expertise, rétorque-t-il d'un air narquois.

— T'as vu l'odeur ?

— Je la sens, surtout !

— On n'est pas les seuls, dit-elle en désignant les vautours qui tournent dans le ciel.

Ils avancent. Cent mètres plus loin, Yaten, allongé en travers du passage, les regarde venir d'un air étonné. Sa tête démantibulée, la nuque en vrac, l'oreille sur une pierre. Les épaules toujours aussi gonflées, les cuisses toujours aussi épaisses, et, entre les deux, le sang séché répandu en laque rougeâtre entre ses jambes, sous un tapis d'insectes luisants. Eddy maugrée :

— Punition. Ce connard a dû maltraiter une gamine. Il ne serait pas le premier à qui ça arrive.

L'estomac de Jade se tord. Elle fait semblant de rien.

— Tu y étais ?

Eddy a senti la tension. Il partage. Ce sont des scènes auxquelles on ne s'accoutume pas. Il pourrait s'emporter : « Tu m'accuses ! », etc. Puis quoi ? Tout le monde se met à paniquer ? On se lance dans une expédition punitive ? D'autres morts ? Non.

— J'ai déjà remarqué son petit manège quand il sort en pleine nuit.

— Il est sorti cette nuit ?

Bien sûr qu'il est sorti. Sa formulation n'est pas bonne, elle voulait demander : « Pour faire quoi ? » Mais Eddy a compris.

— T'as pas vu, hier, la troupe de mômes au bord de la route ? Les filles faisaient des signes.

La scène lui revient en mémoire. Le convoi stoppé pour désensabler le frigo. Le périscope de son blindé transmet les images périphériques sur le smartphone. À une vingtaine de mètres, les gamines se trémoussent. Un mélange de K-pop antique et de danses nuptiales. Leurs peaux comme des fruits marbrés de crasse. Leurs tignasses, de longues herbes folles secouées de bourrasques. Des étincelles charbonneuses sous leurs paupières. Les hommes, absorbés par la manœuvre du tracteur, n'y prêtent aucune attention. Sauf Yaten, qui les regarde, visage figé… Elle a déjà vu cette expression sur quelqu'un d'autre… Un coup de trompe vainqueur se répercute d'un camion à l'autre. On range les pelles et les plaques de tôle. Ça repart. Elle a déjà oublié.

— Prostitution ? demande-t-elle.

— Peut-être pour gagner une *perle* ou deux, mais lui, c'est un violent. Enfin, c'était.

Le sang est séché. Sans être légiste, on peut se dire que l'arrêt des fonctions vitales date de plusieurs heures. Elle tourne, prend les photos et regarde Eddy droit dans les yeux :

— D'abord, je veux savoir si tu étais là. Ensuite, il faut que j'assure la sécurité des hommes et des véhicules.

— Bien sûr que non. Je n'y étais pas ! Tout le monde connaissait Yaten. Mais nous autres, on conduit. On ne se mêle pas.

— Qu'est-ce que tu foutais dehors ?

Eddy retient le « C'est pas tes oignons » qui lui brûle la langue. Il préfère expliquer :

— Tous les camionneurs sortent se dégourdir les jambes après une journée de conduite. On cherche des trucs, une épave, des champignons, un point d'eau… L'eau, c'est la fortune ! On a les contacts pour acheter de l'essence. On monte un *woop-woop* ! Ils sont nombreux à en rêver, les gars dégourdis.

— C'est ton cas ?

— Non. Moi, j'ai une famille et je roule à crédit.

Il a l'air sincère. Mais impossible d'en rester là. Les scénarios se bousculent dans sa tête. Tous pires les uns que les autres.

— Toi ou tes collègues, vous avez des clichés des gamins ?

— Ça m'étonnerait.

Il ment. Presque sûr.

— Au cas où… Pour identifier la bande…

— So what ? Soit ils ont filé et nous n'allons pas perdre notre temps à leur courir après, soit ils sont encore là… et il va falloir gérer.

— Tu sais qu'on est encore en Pennsylvanie, énonce-t-elle, presque hargneuse. Je suis censée le signaler. Si je ne le fais pas, ce sera classé sans suite.

— Rien. C'est pourtant ce qu'il y a de mieux à faire. Si tu postes un PV d'incident, Paoly va nous bloquer ici en attendant la cavalerie et ça va tirailler de tous les côtés. Pas bon pour le business. Yaten n'a que ce qu'il mérite.

— OK.

— Au fait, est-ce que tu risques quelque chose si tu ne signales pas ? s'inquiète-t-il, un peu tard.

— Non. Ce réseau intercités coûte très cher en fonctionnement. Ils sanctionnent l'usage excessif. Pas l'omission. Sinon, on n'en sortirait pas. L'essentiel est que cela figure dans le journal de bord : « Trouvé Yaten décédé accidentellement. Ai pris sa place. » La routine… Dis-moi, Eddy, si on continue sans lui, je te réquisitionne comme adjoint. Ça te va ?

— Faut que j'en parle à Jack, mon coéquipier, mais ça devrait le faire.

— Dix *millis* par jour.

— Toujours bon à prendre, se réjouit-il, détendu. J'ai vingt tonnes de robots soignants à livrer à l'hosto central de MariaSan. Pas question de faire demi-tour !

— Alors, trouve-moi des gars pour l'enterrer. On ne roule pas aujourd'hui. On fait une cérémonie et on vérifie les ponts. Je vais regarder si je trouve un croyant pour lui pardonner ses péchés.

— Tu ne crains pas une attaque ?

Elle évacue la question. Ne donner aucun signe d'inquiétude. Ni aux hommes ni aux barbares dissimulés alentour qui guettent leur réaction.

— Des voleurs de motos. Nous avons cent fusils dans ce convoi. Ils vont réfléchir plusieurs fois avant de s'y frotter ! Passe la consigne de rester groupés près des camions.

À l'assemblée générale des chauffeurs, son plan fait l'unanimité. Personne ne souhaite retourner à Paoly. Ils se sentent tous de taille à poursuivre leur route avec Eddy à la sécu. La plupart d'entre eux ont déjà conduit *off*[12] dans les groupes qui cogèrent leur protection. Ils savent évaluer une situation. Elle organise les tours de garde. Rappelle la consigne de ne pas tirer. Sous aucun prétexte. Elle prend le temps de les regarder tous un par un pour appuyer ses derniers mots. C'est la Sécurité qui décide des actions à mener. Ils connaissent le règlement. L'administration de Paoly est intraitable. Aucun d'eux n'a envie de se retrouver devant un tribunal pour insubordination. Ils garderont leurs nerfs.

---

[12] *Off* : non déclaré, par opposition à « officiel », pour les convois ou les rencontres sportives.

4

Les barbares

Cauchemar. Ken a les cheveux courts et le regard profond de Nick. Elle revit le match. Elle sent une douleur dans l'œil droit. Ses bras sont tombés. Des branches mortes. Elle chevauche une souche inerte. Impossible de jouer ! Le pourra-t-elle un jour ?
Elle se réveille en sursaut. Eddy tambourine à la porte du blindé. La nuit est sombre et froide.
— Il faut que tu viennes voir...
Des ombres sont attroupées près du convoi... Barbares. Elle allume les projecteurs et sort. Les silhouettes reculent. Des chacals qui s'écartent du feu. Elle capte ici un regard méfiant, là une expression inquiète, une posture d'attente, un mouvement contenu... Ce ne sont pas des prédateurs. Aucun danger imminent. Elle calme les routiers et organise des tours de garde. Puis s'enroule dans une couverture et s'assoit à même le sol, adossée à une roue. Pas de tambours ni de cris dans la nuit sans étoiles. Pas de vapeurs d'herbes brûlées dans la brise. Ni de chants graves et lents. Aucun des signaux habituels préalables à une attaque. Elle s'endort. Les heures passent. Elle attend le jour. Dès que l'horizon s'empourpre à l'est, elle secoue Eddy :
— Je tente une sortie pour discuter avec les nouveaux voisins.
— OK. J'arrive.
— Non. Toi, tu te charges de la sécurité en mon absence.
— T'es sûre ? On peut trouver des gars pour aller avec toi !
— Certaine. Je vais y aller seule, pour ne pas les inquiéter. Avec des hommes armés, ils se sentiraient menacés, ça risquerait de déraper. Alors que si je suis seule, ils vont peut-être accepter de discuter.
— C'est toi qui vois.
Eddy est fataliste. Il commence à la connaître et n'a aucun espoir de la faire changer d'avis.
— Si je ne suis pas revenue dans 48 heures, le convoi devra retourner à Paoly, poursuit-elle.
— On espère bien que cela ne se produira pas, et on croise les doigts ! conclut le routier.

Elle s'éloigne de la caravane. Solitaire, sans arme visible, elle n'en mène pas large. Mais elle sait qu'il ne faut rien trahir. Elle distingue les premières tentes, des bannières ornées d'une patte griffue. Des natifs. Ces tribus de sang amérindien sont foncièrement pacifiques. Elles arpentent par centaines le continent du nord au sud, suivant les saisons et le gibier. À l'époque où la famille Siegfried bâtissait Paoly pour se mettre à l'abri, eux se fiaient au bon vouloir de Mère-Nature. Chacun a survécu de son côté. Ils ne prennent les armes que pour se défendre. Cinquante mètres avant, elle assure sa voix.

— Clan de l'Ours ! Mon nom est Evuit. Je suis issue du clan du Serpent. Mon totem est le python. Je demande à être reçue par le Conseil des Anciens du clan de l'Ours...

Rien ne bouge. Au bout d'un moment, sur des vrombissements de mobylettes et des cris suraigus, une nuée d'hormones fraîches fait irruption dans son champ de vision tout en restant prudemment hors de portée des chevrotines du convoi. Un groupe d'ados crie des quolibets qu'elle ne comprend pas. Aux aguets, elle observe. Des garçons et des filles comme il y en a partout. La grande gueule ; le petit gros, puceau et empoté ; l'hyperactif agité de la fourche ; le leader et ses courtisans... La bimbo de service et la grosse mignonne qui la met en valeur... Des mômes. Pas encore passés du côté obscur, ils représentent surtout un danger pour eux-mêmes. Disons que certains sont en attente des circonstances. Pour la plupart des autres, rien ne presse, si ce n'est que leur époque est fertile en sollicitations et brutalités de toutes sortes. L'un des jeunes agite une main artificielle dans sa direction pour l'inviter :

— Viens par ici, on va te faire ce que vous avez fait à notre cousine.

Ses copains « font des roues », arrière ou avant, en signe de défi, tentent des acrobaties plus ou moins assurées. La silhouette de l'intruse, immobile en rase campagne, constituerait une cible de choix pour n'importe quel tireur, même très maladroit. Elle bouge imperceptiblement d'un pied sur l'autre à un rythme qui gênerait le tir d'un éventuel sniper. Le soleil de janvier perce enfin la poussière. Un vent d'altitude nettoie l'azur. Des chiens efflanqués à demi sauvages la reniflent et repartent. Elle se fie à son instinct. Attendre.

Dans le capharnaüm habituel des bivouacs, une vapeur s'élève des premiers feux. Personne ne lui prête la moindre attention. Elle se demande ce qu'elle fait là. Patience. Un homme s'approche. La démarche lourde, le dandinement caractéristique de l'ours, un côté puis l'autre, accentué par la toile souple du pantalon de sport. Taillé en tronc d'arbre : d'un seul bloc. Sous la tunique écrue, un torse puissant où les bras s'attachent directement au cou. Visage sombre, écorce rugueuse. Guère plus de quarante ans, mais il en fait cinquante. Ni accueillant, ni hostile, ni curieux. Aucune intention n'anime son visage. Il salue à la mode barbare :

— Ce jour est.

Elle remarque deux maillets croisés tatoués sur son avant-bras droit.

— Ce jour est. Je m'appelle Evuit. Nous n'aurons pas de vent aujourd'hui.

— Moi, c'est Kristef… Ça restera nuageux.

— Vous remontez vers le nord ?

— Oui. Rien ne presse. Nous avons des provisions. Qu'est-ce qui t'amène ?

— Un mort dans mon convoi.

— Il ne devait pas être bien solide.

L'énoncé d'un constat. Difficile de croire qu'il n'y est pas mêlé, pourtant, il parle comme si l'événement lui était indifférent. La jeune femme se met au diapason :

— Solide ou pas, là n'est pas la question. Il y a eu un meurtre, et je dois trouver les auteurs… J'ai l'autorité pour enquêter.

— Rude tâche.

— … ou la police de l'État…

Menace pas du tout voilée. Toujours aussi calme, le dénommé Kristef fanfaronne :

— Qu'ils viennent, s'ils veulent le même sort !

— Tu exposerais ainsi toute ta famille ?

— Tu exposerais ainsi tout ton convoi ? Parce que tant qu'à faire, autant qu'ils viennent pour quelque chose !

— Revenons aux faits.

— Suis-moi… Je vais te montrer les faits.

L'homme tourne le dos. D'un seul bloc. Sans même s'assurer de sa présence. Elle le suit dans le campement. Des femmes papotent en groupes paisibles. Les enfants sont maigres, mais dans l'ensemble vifs et agiles. Certainement en meilleure santé que ceux qui traînent dans les couloirs de Paoly, leurs déformations du crâne ou des membres, avec une expression atone. Un effet de la sélection naturelle, se dit-elle, sans chercher plus loin : dans un milieu difficile, les moins adaptés ne survivent pas.

Elle est comme eux ! En quoi serait-elle différente ? Pourquoi n'est-elle pas parmi ces femmes ? Ou avec ces garçons qui bricolent un moteur ? Pourquoi a-t-elle accepté ce rôle ? Pourquoi s'est-elle laissé entraîner dans cette situation ? Tout ça parce qu'un salopard a eu ce qu'il méritait ? Trop de questions affluent, dispersant son attention. Elle reprend le contrôle de ses pensées. S'intéresse aux motos. Des modèles de récup, mille fois rapiécés, mal entretenus et difficilement identifiables.

Un attroupement de jeunes s'est formé autour d'un caïd d'une vingtaine d'années au torse musculeux orné d'une tête d'aigle et zébré de peintures rouges. Il est un peu plus grand que Kristef. Les pupilles dilatées, enfoncées dans les orbites d'un visage bosselé par les coups, nez cassé et mâchoire édentée. Un bagarreur. Il crache par terre devant Kristef, aussitôt imité par ses comparses. Kristef s'arrête pour lui demander :

— Ce jour est. Kay, tu peux me dire ce qu'il se passe ?

— C'est ta nouvelle copine ? lance ledit Kay, sans même rendre le bonjour.

Ses copains rigolent grassement. C'était visiblement l'objectif de l'interpellation. Elle ne serait pas insensible à la force vitale qui émane de lui. Mais elle a déjà vu ces yeux vides chez les jeunes barbares qui abusent de certains champignons en dehors de la conduite d'un chaman.

— Elle représente le convoi qui est arrêté derrière, répond calmement Kristef.

— Et ça lui donne le droit de venir nous narguer chez nous ?

Toute la bande approuve sombrement. Ils sont dix. Sans arme visible. Evuit sent l'adrénaline inonder ses membres. Ça va chauffer. Qu'est-elle venue faire dans cette galère ? La réponse, on la connaît : elle n'a pas beaucoup de choix… Elle va s'occuper d'abord de Kay. Trop de muscles trop raides. Trop confiant dans ses biceps.

Au premier choc, elle va le choper en travers et une articulation cèdera, l'épaule ou le coude… Pas besoin de s'en inquiéter, pas besoin de viser, seulement glisser. L'enrouler par l'extérieur dès qu'il lance son poing. L'engloutir dans une vasière mouvante. Crac. L'endroit qui crassera ne dépend que de lui, de la manière dont il portera son poids. Trop rigide. Mais cela, il ne le sait pas.

La suite dépendra de la réaction du chef. S'il défend son gars, ça va devenir difficile… Le silence est là, qui envahit le camp. Épais, visqueux et froid. Une inondation sournoise qu'on découvre au dernier moment. Jade se concentre. Rassemble toutes les vibrations au milieu du ventre, le plus bas possible. Elle absorbe l'énergie de la nature, comme son père le lui a montré : « Ne rien laisser ressortir qui pourrait te singulariser. En souplesse. Rien de rigide en toi. Tout est reçu, accepté. » Elle fait partie du paysage. Elle est à sa place dans le camp.

Ils l'ont déjà oubliée. Et l'option négociation ? C'est l'affaire de Kristef pour l'instant. Lui ne montre aucune surprise. Pour tout dire, il est complètement décontracté :

— Bon, les gars, on a compris. Je ne lui ferai pas visiter vos gourbis. Je l'amène juste chez moi. J'ai un truc à lui montrer. Après, elle repart. Ça va ?

Kay ouvre la bouche... lorsque surgit une furie en robe de cuir jaune qui lui empoigne le bras.

— Toi, tu rentres tout de suite finir de découper le chevreuil, sinon je te mets une taloche devant tes amis.

Elle lève la main, agitant les franges de sa manche dans un geste sans équivoque. Ses yeux injectés d'une braise à incendier toute la prairie. Sa prise est ferme. Elle l'entraîne – probablement son fils – en clamant à l'intention de Kristef :

— Excuse-nous. Je ne sais plus quoi faire avec lui.

— Pas de problème, Petit Dragon. On sait ce que c'est, bougonne Kristef.

Dans le dos de Kay, les rémiges de l'aigle pendent piteusement. En dix secondes, ses amis sont dispersés. Kristef reprend son chemin sans prononcer un mot. Aucune explication. Comme si de rien n'était. L'incident est clos. Evuit le suit jusqu'à une tente dont il soulève le pan qui fait office de porte. Sur un matelas de branchages et de peaux de bêtes gît une momie couverte d'un épais cataplasme mélangé de bandages, de boue séchée et d'herbes médicinales. Deux grands yeux tristes reflètent la flamme tremblante des torches. Jade comprend que c'est la victime de Yaten.

— ... Je ne me suis pas méfiée. Il me faisait écouter une sonate. À la première note, j'ai su que c'était Chopin. Un enregistrement *prénumérique* que je ne connaissais pas. Et tout à coup...

Comment des êtres humains peuvent-ils commettre des horreurs pareilles ? Quelqu'un qu'elle a côtoyé pendant deux semaines, avec qui elle a travaillé, mangé, ri, même ! Un truc se dévisse dans la poitrine d'Evuit. Cette époque est rude. Bien sûr, les gens s'habituent. Des Taïpan ou des Kristef supportent ces charges de responsabilités qui leur épaississent le cuir. Mais une enfant ! Elle réalise à quel point elle-même a grandi, grâce à son père, dans une bulle de sécurité physique. L'idée s'impose à elle en évidence. Il faut protéger ces gamins ! Tous. Pas seulement ceux des cités. Vraiment tous les enfants !

Kristef n'a pas l'intention de s'apitoyer. Il se tourne vers elle :

— Je te présente ma fille, Otoni.

— Ce jour est, Otoni. Je suis Evuit. Contente de faire ta connaissance.

— "Jour, Madame Evuit, répond la petite voix.

— Tu sais ce qui lui ferait plaisir ? demande alors Kristef.

— Pas encore, mais si je le peux, je m'y emploierai.

— Voir un match de polo. Elle en est folle. Tu comprends, nous aimons les courses, comme tout le monde, mais il faudrait des motos spéciales et des pistes. Impossible de pratiquer en voyage ! Alors que le polo, sans trop de prétentions, nous autres pouvons nous régaler un peu partout !

Evuit est interloquée. Elle s'attendait à certaines choses plus ou moins horribles, chères ou probablement difficiles : d'autres cadavres, des sacrifices, des compensations, un prix à payer... D'un coup, l'horizon s'éclaircit. Cet homme lui parle de son élément ! Elle dissimule sa surprise et propose sur un ton égal :

— Il y a un terrain à peu près plat à deux cents mètres plus bas, au bord de l'Ohio. Amènes-y tes motos cet après-midi. J'arbitrerai.

— Toi, tu joues. Moi, j'arbitre.

Le ton ne souffre aucune discussion. L'a-t-il reconnue ? Il n'en montre rien. Certes, elle tient l'amorce d'un terrain d'entente. Elle est consciente du progrès accompli. Mais prudence : on ne sait toujours rien des véritables intentions de son interlocuteur. Elle sonde :

— Une trêve, pour ta fille. Et après ?

— Si tu gagnes, on oublie tout, et tu poursuis ta route.

Il guette sa réaction. Elle demande sur un ton indifférent :

— Sinon ?

— Les armes parleront.

— Le Conseil des Anciens ?

— Le plus ancien, c'est moi.

— Les traditions se perdent !

Elle marque un temps.

— Mais c'est d'accord. Et puis, dis-moi… Après, tu l'emmèneras en consultation à MariaSan, la petite ?

— Et rester plusieurs semaines en quarantaine ? bougonne Kristef.

— Si c'est le prix à payer pour les soins…

— Elle est bien soignée avec nous, affirme-t-il, l'air vexé.

— C'est vrai…

La jeune femme s'approche de la blessée. Elle lui fait signe : tout va bien. Elle prend une pincée de boue collée autour d'un pétale jaune qu'elle porte au jour pour l'examiner. Elle sent, goûte :

— … L'argile verte est propre. Orties et prêles pour la reminéralisation. Arnica, bien entendu, pour les jointures, et des fleurs de millepertuis, excellent cicatrisant. Pour en trouver par ici, tu as dû monter vers 1 600 mètres ?

— Oui. Disons, une fois qu'on a trouvé les hêtres, ça va. Je ne me rappelais plus très bien le coin ! Donc, tu vois par toi-même : on ne peut pas faire davantage !

L'homme fait front. Elle sent l'inquiétude percer. L'épreuve est difficile pour tous les deux. Elle doit absolument trouver les mots. Cash :

— Si ! Moi, je dis que MariaSan est le seul endroit de la terre où elle sera encore mieux !

Il répond du tac au tac :

— Alors, remporte ce match !

Sans réplique. À l'extérieur, dans la lumière vive, les discussions se sont tues. Le regard des femmes est lourd de reproches. De retour au convoi, elle est devenue invisible. Ils ont commencé à se disputer. Un groupe manœuvre les camions pour faire demi-tour. Ils plient bagage ! Elle se plante devant. Hurle :

— Stop. Vous arrêtez ce cirque. C'est qui la Sécurité, ici ? »

Les camionneurs concernés descendent à reculons des cabines sans stopper les moteurs et avancent vers elle en traînant les pieds. Des zombies silencieux. Ils l'entourent. De rage, elle leur lance :

— Vous voulez que je gaspille des cartouches ? Vous tenez vraiment à vous retrouver devant un tribunal ? Vous mettez le convoi entier en danger ! Je n'ai qu'à monter dans ma cabine et je balance sur le satellite les noms de tous ceux qui se débinent.

— Tout de suite les grands mots. On peut discuter, dit l'un.

— C'est toi qui es partie ! ajouta un autre.
— Elle a quitté la file ! renchérit un troisième.
— Tu nous as laissé tomber ! lance un quatrième.
— Toi, tu as abandonné ton poste ! accuse un cinquième.
— Elle a été arrogante ! réplique un sixième.
— C'est toi qui as déserté ! reproche un septième.
— C'est elle qui passera au tribunal pour désertion ! hurlent-ils, unanimes.

Un murmure d'approbation parcourt le groupe de mutins. Eddy arrive à ce moment-là. Elle se retient de lui demander d'où il sort. Il claironne un « Eh bien alors, on fait quoi ? » qui résume l'attente générale. Evuit a une réponse :

— Rangez les fusils. Sortez les maillets, on va se la jouer polo !

5

Trois-Rivières

17 janvier 347, Pennsylvanie

Elle les a prévenus :
— Les règles du polo sur la steppe sont plus souples que dans les stades. Les gars, il va falloir s'adapter.
— T'inquiète. Conduire un camion sur la piste, c'est pas pareil que dans un parking !

Les hommes sont tranquilles. Ils connaissent l'enjeu. Elle a trouvé facilement sept motos. Au fond, ils aiment bien l'idée. Ils n'ont rien contre une rencontre improvisée pour passer les nerfs et un bon moment. Les maillets, tournoyant à vide, sifflent leur chanson douce. Eddy va lui manquer, mais elle a besoin de lui pour surveiller le camp pendant leur sortie. En tout, plus d'une centaine de personnes, passagers compris, à bouger vers la rive. Ils y sont attendus. Banderoles, huttes, motos en vrac, feux, les mômes courent dans tous les sens en se chamaillant... Dans les effluves marécageux montés des berges stériles couvertes de plaques de béton disjointes, le clan de l'Ours est attroupé au grand complet. Ils ont délimité un stade avec des pierres, planté des barrières sommaires et ramassé des troncs morts au bord du fleuve en guise de poteaux de but. Elle est frappée par l'harmonie de l'endroit. Soit la rivière a préparé ce terrain pour le polo, soit ces sauvages font preuve d'un sens inné des proportions... ou les deux. Sur une tribune bricolée du même métal trône la petite silhouette emplâtrée de boues séchées d'Otoni. Sa présence réchauffe le cœur de la jeune championne. Evuit est dans son élément. Impatiente d'en découdre. Son bras droit fourmille de mille ruisseaux nerveux. Ses genoux caressent, de part et d'autre du réservoir, les capteurs directionnels de sa bécane. Kristef s'avance. Il a enfilé une veste à rayures verticales noires et blanches, genre kimono, fermée à gauche par un bouton de bronze :
— Ce jour est ! lance-t-il à la cantonade.
— Ce jour est, marmonnent à l'unisson les présents.

Au-dessus des têtes, les lueurs d'aluminium blondissent les mèches d'un ciel poudreux. Ils ne seront pas gênés par le soleil. Tout le monde semble attendre que les joueurs de l'Ours se fassent connaître.

Une masse sort des rangs. Énorme. C'est Stäv. Dossard numéro 1. Un instant, elle se demande comment l'air des plaines a pu faire pousser une montagne pareille. Plus de deux mètres, pas loin de 200 kilos. C'était quoi, ce sport de l'Antiquité ? Le sumo. Voilà. Il arrive trop tard, mais il aurait fait un superbe sumotori ! Son avant-bras droit, gros comme une cuisse d'élan, est tatoué de deux maillets croisés. La grosse Harley à cinq phares semble une mobylette quand il l'enfourche, et son maillet, un cure-dent. Une douzaine de bestiaux aux pieds nus, vêtus de cuirs souples colorés, s'attroupent autour de lui pour faire partie de son équipe. Il en désigne deux. Un maigre, sombre de peau et de mine, au nez proéminent, nommé « Corbeau bleu », prend le numéro 2. Une simple flèche marque son épaule gauche. « Blaireau hurlant », un type presque aussi imposant que Stäv, au numéro 3. Sa face est peinte pour moitié de blanc et de noir et son épaule gauche d'une tête d'ours. Pour le numéro 4, ignorant Kay planté devant lui, il appelle « Dormeur » ! Un petit bonhomme rondouillard sort nonchalamment de la foule, presque à regret, pourrait-on croire, n'était l'éclair de fierté brûlant sous ses paupières tombantes. Stäv est au courant de l'incident de la veille entre Kristef et le petit groupe d'agités. En écartant Kay, il éloigne le risque d'un clash avec Evuit. Son signal est clair : il veut jouer au polo. Rien d'autre.

L'heure est à la concentration avant un match. Les joueurs s'équipent. Les citadins gardent leurs chemises. Le temps pour les indigènes d'enfiler des maillots avec les bons chiffres directement sur la peau, les motards mettent pied à terre de chaque côté de Kristef qui organise le tirage au sort, le salut et place les équipes par gestes, sans prononcer une parole. Jade est frappée par son aisance. Il se comporte comme n'importe quel entraîneur sur n'importe quel stade. Moins guindé que certains citadins et plus réservé que la plupart des sudistes. Kristef dirige son chronomètre, bien en évidence, vers les supporters et vers les joueurs, et procède à la mise en jeu…

Corbeau Bleu s'empare de la balle. Les sauvages se ruent dans son sillage comme des brutes. Blaireau Hurlant s'écarte sur la gauche. Il s'époumone :

— Par ici ! Par ici !

En trois passes, la balle vient se nicher sous son maillet. Il marque ! En deuxième période. La même combinaison se répète, avec Corbeau Bleu dans le rôle du buteur. Les torses nus poussent leur avantage. L'un des barbares tente de défier Jade en coupant sa ligne. Mais l'arbitre le rappelle à l'ordre, soutenu par un murmure d'approbation de sa tribu. La troisième période démarre mal. Après le changement de côté, le numéro 3 de l'Ours se pointe tranquillement sur le terrain derrière les camionneurs ! Kristef s'en agace ouvertement et oblige le contrevenant à ressortir pour prendre sa place sous les sifflets. Le rythme s'accélère. Attaques, sorties, remises en jeu, relances, le jeu s'anime, on discute âprement les priorités, les drapeaux des juges ne connaissent plus de repos. Les gosiers s'échauffent. Pour l'instant, les chemises sont enlisées dans l'ornière. Menés deux à zéro, ils peinent à rentrer dans le match. Fin de cinquième période. La mécanique s'enraye pour de bon dans l'équipe de Jade. Les citadins jouent trop perso. Ils se tirent la bourre entre eux à qui marquera le premier. En face, les sauvages ont l'habitude de jouer ensemble. Ils se placent d'instinct. Pourtant, ils roulent sur de bien piètres montures, mal entretenues, réglées n'importe comment…

Une balle se présente. Elle a déjà vu des tournois de polo entre tribus avec son père. Rien d'extraordinaire. Mais ce clan de l'Ours fait exception. Leur vivacité et leur sens de la meute compensent largement les insuffisances du matériel. Elle se prend à se demander jusqu'où ils iraient avec de vraies motos de championnat. Instant d'inattention qui n'a pas échappé à leur numéro 1 ! Le maillet du colosse arrive droit sur elle. Pas sur la balle ! Aura-t-elle assez de force pour le bloquer ? Un frisson de mauvais augure glace sa colonne vertébrale. « Connecte ta main gauche », répétait Taïpan en lui enseignant le maniement du sabre. « La vraie force n'est pas du côté tranchant. La force vient de la poussée envoyée par la main opposée. » D'un seul mouvement, elle frappe la balle en déviant le coup du bras gauche. Son maillet revient sur sa lancée croiser celui du géant barbare. Vrille. L'énorme poussée rectiligne déployée par l'arrivant est dissoute, déviée, détournée par la rotation latérale qu'impose la championne ! Pris dans la diagonale de sa moto, Stäv perd l'équilibre. Il est éjecté ! Applaudissements. Là où un public de cité n'aurait vu qu'une maladresse, eux ont capté l'attaque et la défense. Elle a gagné leur respect. Imperturbable, l'arbitre n'a pas interrompu le match. L'action prime.

Cette balle n'était pas perdue pour tout le monde. Le numéro 3 des routiers l'a récupérée. Il la fait avancer sous les encouragements des autres :

— Vas-y, t'es tout seul ! T'es tout seul !

But ! Le premier. Deux à un. L'espoir renaît.

Dans le concert des gamelles et des chants de guerre, Jade réalise soudain que tout le monde a oublié l'enjeu. La passion du sport, seule, anime les compétiteurs. C'est comme ça qu'on appelle, en langage fleuri, cette fine vapeur de testostérone flottant au-dessus du terrain. À qui sera le plus fort. Point barre. Elle aurait pu s'y attendre : ce ne sont pas des professionnels. Le leader des torses nus s'est remis en selle, les dents serrées. La pression sur les citadins est terrible. Les premières détonations retentissent alentour. Ça tiraille en l'air dans le public. Un frisson de mauvais augure parcourt son échine. Tout cela se terminera-t-il en bataille rangée ? Par une intervention des Forces Spéciales et un massacre aveugle ? Elle doit accélérer. Suivront-ils ? Un vol de choucas survole bruyamment le terrain. Leur ombre clairsemée l'effleure… Un instant de doute. Aussitôt reparti avec les oiseaux. Elle fait signe à son ailier gauche. Il se précipite seul sur la mise en jeu et frappe en retrait dans sa direction. Les autres sont tous partis du mauvais côté ! Jade s'empare de la balle pour une courte progression et tire de très loin, comme à l'exercice. Égalité. Après une demi-seconde de sidération dans les rangs des spectateurs, elle revient se placer sous un tonnerre d'applaudissements !

Kristef calme les esprits. Traînant sur la remise en jeu, il demande aux têtes brûlées d'économiser les cartouches de l'autre côté des barrières. Les cuivres lancent leurs appels, isolés, à gauche, à droite. Ils se chauffent… Jeu ! En septième – avant-dernière – période, elle réitère son signal… Prend la balle… sur une dizaine de mètres. Dormeur surgit derrière elle et la lui souffle sous le nez. On ne se méfie jamais assez… Fort heureusement, les chemises forment un bloc dans lequel tout le monde s'empêtre jusqu'à la sonnerie. Mais l'Ours reprend courage ! Arrive la dernière période. Dans un boucan infernal de cris, de chants, de détonations et de trompettes, impossible de passer des consignes au changement de côté. Ce n'est pas quelque chose qu'on travaille le soir à l'étape, n'est-ce pas ? Transmettre par signes des combinaisons de base ? Autant annoncer directement au stade entier leur tactique de jeu ! Les citadins prennent leurs positions dans un désordre total. De son côté, Kristef souffle à son équipe la « botte secrète » : une combinaison circulaire assez brillante : croisé-remise en retrait – changement d'aile, censée les mener à la victoire. Pour eux, c'est le moment ou jamais. S'ils ne la tentent pas maintenant, il ne leur restera plus qu'à l'astiquer pour l'année prochaine ! En voyant les placements des bécanes, elle devine la tournure de la prochaine séquence. Jade rompt, vire…

Les torses nus progressent vers les buts adverses. Deux chemises se précipitent à la rencontre de Blaireau Hurlant, espérant le prendre en sandwich. Il croise sur Corbeau Bleu. Les camionneurs se replacent. Mais ce dernier balance une pichenette en arrière vers Dormeur qui rapplique pleins gaz ! C'est fichu. Un vent de consternation bouscule l'équipe de Jade. Elle est trop loin ! L'incompréhension se lit sur les visages. Le public croit qu'elle a abandonné la partie, quitté le jeu ! Capricieuse et lâche, elle ne supporte pas la défaite ?

Elle guettait Dormeur. Alors que tout le monde n'a d'yeux que pour lui, la voilà en embuscade, proche de la ligne de celui-ci. Pile à la bonne distance, en traction électrique, silencieuse comme une feuille au vent de décembre, pour lui subtiliser la passe – chef d'œuvre d'anticipation millimétrée, ce qui s'appelle « rendre la monnaie ». Placée comme elle est, impossible de rater le tir. Elle ne le manque pas ! La balle va traverser les poteaux avec le bruissement soyeux de l'hirondelle qui retrouve son nid. Trois à deux. Victoire ! Les trompettes se sont accordées. Elles sonnent pour écrouler les nuages ! Toute la tribu envahit le terrain. Stäv soulève la championne comme un trophée et la lance sans ménagement sur la foule qui la retient de mille bras et la porte longtemps en triomphe ! Dans l'explosion des guitares, les voix cassées sciées au Larsen, après les accolades et les échanges de souvenirs, tandis que la bière de la « neuvième période » commence à mousser, Jade vient saluer Otoni. Les yeux de la gamine brillent en lui avouant :

— Oh, merci ! Tu sais, c'est le plus beau match que j'ai jamais vu. Ta moto est géniale. Il ne lui manque qu'une crinière pour en faire un cheval mythique ! On aurait dit qu'elle était vivante entre tes cuisses. À la fin, tout le monde n'était là que pour te regarder jouer, Stäv le premier !

6

MariaSan

« Vous quittez la Pennsylvanie », dit le panneau de signalisation criblé de plombs. Le convoi passe la frontière de l'Ohio, notifié, selon l'usage, par les avertissements habituels : « Armes à feu et véhicules de plus de trois roues doivent être déclarés auprès des autorités sous peine de poursuites. » Eddy se félicite d'appartenir à un convoi régulier :

— Tu sais, quand le convoi est *Off*, tu as toujours une appréhension au passage de ce genre de frontières. Ils ne plaisantent pas. La sanction, c'est la peine capitale avec exécution provisoire !

— Tu as déjà fait des transports dans ces conditions ? demande Evuit.

— C'est bien payé. Une fois, une tournée d'alcool et de conserves pour des *woop-woop* de la côte est. Sécurisés par les Scorpions. Quatre flambeurs sur des bécanes customisées de l'enfer. Quand ils jouent au polo, tu as intérêt à les laisser gagner ! Mais ils connaissent les pistes, les shérifs et les hors-la-loi. Tout se négocie avec eux. Cela dit, j'admets qu'on ne les prend pas dans ces conditions. Si tu connais ta route…

— Un gang, tu ne crains pas qu'ils te volent ?

— Pas trop pour ces convois-là. Ils mangent et ils boivent tout ce qu'ils veulent gratos ! Par contre, pour des plaques photovoltaïques ou des métaux recherchés, c'est pas la même. Ça vaut de l'or ! Ils t'égorgeraient pour piquer les camions ! Parfois, on retrouve des ossements carbonisés sur le bord de la piste, si tu vois ce que je veux dire ! Non, on ne prend personne, ou alors des *free-lance*. Ça t'intéresserait ?

Les larges vallées de l'Ohio les accueillent, verdoyant à perte de vue. Ils stoppent le convoi pour laisser passer une file de *ragondas* qui remontent vers le nord et qui ne les regardent même pas. Décidément, le sujet passionne Evuit :

— Tu l'as déjà fait ? demande-t-elle.

— Oui, pour l'Illinois… Craignos.

— Et tu passes où ?

— L'Indiana ou le Kentucky aussi longtemps qu'on peut, dans les territoires abandonnés, quitte à faire des détours. Mais tôt ou tard, il faut bien prendre le risque !

— Et tu fais comment ?

— Vitesse et discrétion. C'est le seul moyen. Pas de lumières, pas de feux de camp…

— Sans sécu ?

— En fait, si. Cette fois-là, on avait un indépendant. Les panneaux solaires, c'était super bien payé ! Mais c'est pas souvent.

— Un seul garde en escorte ?

Ils ralentissent pour remonter une tribu en migration. Des pauvres diables dépenaillés tirant leurs possessions sur des petits chariots. Ils arrivent au niveau des motocyclettes rouillées de l'avant-garde. La plupart ont des remorques. Certains leur font des gestes d'appel en montrant des marchandises. Eddy murmure dans la radio :

— Ici Eddy. Pas de halte. Ils suivent les *ragondas*. On n'achète rien.

Il revient vers Jade :

— C'était un petit convoi. Dix camions. Le gars ne s'arrêtait jamais ! Toujours devant, derrière, sur les côtés. On le voyait juste passer. De temps en temps, il faisait un signe. Il prenait le thé avec nous et donnait les indications pour la route, l'allure… Attendre ici, passer là… Impressionnant. Zéro problème, au final. Taïpan, on l'appelle. Tu as entendu parler ?

Eddy la regarde fixement et insiste :

— Sa fille est la plus grande championne de polo de tous les temps.

Evuit soutient son regard.

— Vous êtes nombreux à avoir fait le rapprochement ?

— Tout le monde. Il suffit de te voir jouer ! Mais nous savons tenir notre langue. Nous ne nous mêlons pas des affaires des autres.

— OK. Donc aucune raison d'en discuter davantage ?

— En tout cas avec nous. En fait, si je me permets de t'en parler, c'est pour toi.

— Je ne te suis pas.

— On murmure qu'il y a un contrat sur toi. Des gens dans le Sud que tu intéresserais.

— Et je devrais m'inquiéter ?

— Je répète : pas de notre côté. Mais sois prudente !

Elle se détend :

— J'ai compris que c'est sérieux. Je te remercie d'avoir insisté. Je tiendrai compte de l'avertissement... Je n'accepterai plus de bonbons offerts par des inconnus !

Le soleil est encore haut. Ils trouvent un parking pour le bivouac du soir.

Puis, un beau jour de janvier, en quelques centaines de mètres, les arbres rabougrissent.

« Vous quittez l'Ohio. Surtout, n'emportez rien. Vous nous forceriez à vous le reprendre », avertit le panneau. Ils pénètrent dans le Michigan. Une lande primaire de lichens, prêles, fougères...

25 janvier. Déjà un mois sans pluie. La route bitumée fend les marécages comme un trait d'arbalète au-dessus d'un buvard brun marbré de larges craquelures. Ils sont partis à la première heure pour abattre les deux cents derniers kilomètres à bonne allure. Eddy préférait arriver à la mi-journée. Au volant du véhicule de la sécurité, il appelle Evuit pour lui montrer une tache blanche à l'horizon.

— MariaSan. Droit devant. C'est là qu'on va.

Evuit s'étire longuement.

— Les meilleures choses ont une fin ! Bouh. J'ai envie de deux choses : un vrai lit et un convoi pour la Californie.

— Moi, plus que sept.

— Sept quoi ?

— Sept voyages, et j'aurai payé mon camion !

— Tu ne penses qu'à l'argent ! Tu fais quoi après ?

— J'achète un autre camion ! Non, je déconne ! dit-il en riant. Après, j'amène ma femme ici pour faire un petit.

— Wwwaaouuuh ! Ça, c'est un vrai truc ! Que du bon !

— Il faut compter deux ans. Presque aussi cher qu'un semi-remorque d'occase. Mais au moins, je saurai pourquoi je roule !

— Et puis celui-là sera tout neuf !

— T'es bête !

La tache blanche grossit. Sous les volutes légères sorties des cheminées d'aération se précise une ville de tubes, de courbes et de voiles. Une sorte de coquillage spiralé étincelant au soleil, dont les lignes sont soulignées de couleurs en rubans. Des fleurs : géraniums, hortensias, rhododendrons, répandues en vagues bariolées aux rebords des terrasses… Evuit n'est pas surprise. Elle en a vu des images auparavant. Mais le contraste avec Paoly est renversant. Dans sa république de tiroirs-caisses, il était très mal vu de gaspiller l'eau pour arroser des plantations qui ne sont pas comestibles ! Une impression de certitude tranquille émane de cette structure. Evuit comprend d'un coup ce qui la chiffonne : l'absence de douves. Le parvis amène de plain-pied dans la première tour. Aucune fortification, aucun rempart. D'immenses baies vitrées dépourvues de volets de protection. L'approche sur le glacis du parking, comme un boulevard… L'entrée au sud ! Autant dire qu'en cas d'assaut, les défenseurs auraient le soleil dans les yeux, et les assaillants, la partie belle ! Ces murs sont indéfendables… Ils ne sont pas faits pour être attaqués. Eddy constate :

— Ça y est, j'ai leur wifi. C'est quoi ton message ?

— Quel message ?

— À la radio. Regarde, moi, je poste : « Pour Fadia. Eddy est arrivé à MariaSan. » Elle sait que je pense à elle. Comme on ne peut pas téléphoner, tout le monde le fait.

— Je n'avais jamais vu les choses ainsi… répond son interlocutrice, songeuse.

— Tu pourrais envoyer : « Pour Johnny, Evuit bien arrivée… »

— Comment tu sais que mon copain s'appelle Johnny ?

— Chais pas. Une impression qu'on pourrait être amis !

— T'es malin, toi, c'est ça que tu voulais savoir ! Eddy serait pote avec Johnny ! Je te rappelle que tu es marié… rétorque-t-elle, insistant sur le dernier mot. Allez, dégage de ma cabine avant que je ne succombe à ton charme !

Ils rigolent ensemble. Le contrôle d'approche a pris en charge le convoi et le dirige vers l'emplacement qui lui est réservé. Arrêt.

Eddy farfouille dans le vide-poche du passager. Sans crier gare, il lui braque sur le front un petit pistolet de céramique blanche.

— C'est le terminus pour toi, chérie. Je n'ai plus besoin de toi.

Le ton est glacial. L'horloge de bord marque 13 h 10 min 3 s.

Immobile, l'immense aire de stationnement. Inertes, les véhicules dans la lumière tremblante. Pétrifiée là-haut, cette espèce de rondelle orange qui sert de point de fuite aux brumes du lac et qu'on appelle ici le soleil.

L'horloge de bord marque 13 h 10 min 3 s. Eddy est replié en trois sur son siège. Le buste coincé sous le volant, le bras gauche dans le dos à la place du bras droit et la tête sous une cuisse. Elle le maintient de la main gauche et observe l'objet qu'elle vient de lui subtiliser.

— C'est juste un thermomètre !

— Trente-sept deux. C'était juste une plaisanterie ! gargouille son compagnon. J'étouffe. Tu peux me lâcher maintenant ?

— Je me sens un peu bête… Excuse-moi. On n'a pas idée de me faire peur comme ça aussi !

— Tu m'as fichu une de ces trouilles ! On n'a pas idée de brutaliser ainsi ses collègues ! rouspète Eddy en se dégageant.

— J'espère pour toi que tu as une excuse valable !

— Trente-sept deux. Tu peux pénétrer dans la ville. Si tu avais la moindre fièvre, ou d'autres symptômes, il faudrait aller vers la zone de quarantaine, le temps qu'ils t'examinent ! Surtout ne pas essayer de rentrer dans cette ville avec une maladie sans passer les contrôles médicaux. Tu ne ressortirais plus. Cobaye jusqu'à la fin de tes jours !

Un œil sur lui, l'autre sur le petit appareil, elle finit par maugréer :

— OK, j'ai compris. Tu aurais pu le dire autrement ! Ça va, maintenant ?

— Super, si c'est ta manière de démontrer ton amitié…

Ça lui a échappé. Il masse son épaule de sa main valide.

— Eddy, bien sûr, nous sommes amis, dit-elle avec comme un remords dans la voix. Mais il ne faut pas me faire des blagues. C'est tout. D'accord ?

L'horloge de bord marque 13 h 10 min 23 s. Eddy ouvre la portière. Il est sur le marchepied.

— Tu prends la grande entrée. Tu ne passes ni la quarantaine ni au contrôle des visas. Je vais manger. À tout à l'heure ! lance-t-il en tournant le dos pour retourner à son chargement.

Elle reste là. Une longue minute. À regarder la ville sans la voir. À penser à Eddy… À son père. Envoyer ? Ne pas envoyer ? Ils ont mis un contrat sur elle. Des ennemis. Inconnus. Ils ont déjà trop d'infos. Ne pas leur en donner davantage. Taïpan sait cela. Elle s'en veut de lui donner toutes ces inquiétudes. Mais il tiendra le coup. Elle renonce. Son phone vibre. Dimitri, le convoyeur, lui parle d'un convoi qui se prépare pour Urek. Départ probable dans trois semaines. « Ça m'intéresse, tiens-moi au courant, » lui répond-elle, s'affairant encore une bonne demi-heure à mettre à jour les différentes paperasses électroniques exigées par sa fonction. Puis ses propres formalités de « voyageuse ».

Elle se dirige vers l'entrée principale. Celle-ci la reçoit comme elle accueille la lumière et le soleil : généreusement. Elle s'attendait à un checkpoint. Non, ce n'est pas comme à Paoly. Dans le hall, des hôtesses invitent les arrivants à s'identifier. Il semble que les voyageurs puissent pénétrer en toute liberté dans la cité. L'une d'elles arrive à sa rencontre. Mélodie. « Je ne suis pas un robot » inscrit sur le badge.

— Ce monde est l'affaire de tous. Est-ce que je peux faire quelque chose pour vous ? ... Votre identité... Evuit ? C'est ça. Je vous ai sur l'écran. Pas de température. Vous n'êtes pas armée, n'est-ce pas ?

— L'affaire de tous. Non, pas aujourd'hui.

— J'espère bien ! soupire-t-elle, l'air soulagé. Ni demain ! La sécurité est à l'entrée des halls. Ces alarmes font un bruit épouvantable. Ça m'est arrivé une fois, j'ai eu un de ces mal aux oreilles ! Pendant deux jours !

Mélodie n'a aucun sens de l'humour. Par contre, elle a de la suite dans les idées. Elle poursuit :

— Ah oui, ça rame un peu aujourd'hui, tout le monde arrive en même temps. En plus, ça ne se voit pas, mais on a aussi des perturbations électromagnétiques avec la météo sur les lacs. Tous les ans à cette époque. C'est le premier mois de la saison sèche... Bref. Miss Evuit, j'ai une chambre pour vous. Vous êtes notre invitée. Étage 89. Je vous drope le fléchage.

— Mais je n'ai rien réservé...

Mélodie la coupe :

— Attendez. À dix-neuf heures, vous voyez Barbara Invar, c'est notre présidente. Simple collation. Où sont vos valises ? Vous devriez vous dépêcher !

— Vous êtes sûre ? Parce que...

Mélodie la coupe à nouveau :

— Oui. Je suis sûre. Voilà votre groom.

Un chariot à roulettes apparaît. Il sait ce qu'il a à faire. Evuit n'a plus qu'à le suivre dans un dédale de senteurs dont beaucoup lui sont lointaines, perdues, voire inconnues : eucalyptus, des bouffées de lavande... Une fraîcheur irréelle. Elle qui ne connaît que l'atmosphère chargée des désodorisants de Paoly se sent revigorée. Ici, une envolée de résineux se résout en un concert de benjoin et d'encens. Là, l'omniprésence des agrumes s'efface tout à coup sous les vagues de pétrichor. La jeune championne en sentirait presque l'ondée sur la peau. À en oublier les fatigues du voyage ! Ce qui l'étonne d'emblée, chez les femmes de MariaSan, c'est la diversité des couleurs. Neige, charbon y côtoient des peaux de cuivre et de sable ! Dans les autres villes, trois siècles de métissage à la lumière des diodes ont produit des teintes uniformes de caramel clair. Idem dans les tribus, seulement plus hâlées par leur vie au grand air. Alors qu'ici, coiffures, vêtements bien coupés et chaussures seyantes donnent l'impression de plonger dans un film antique ! Sono comprise : plic, ploc, une goutte d'eau dans une flaque, puis une autre… Longue respiration d'un violon désaccordé…

Carillon ! La sonnerie du smartphone la ramène au réel de l'an 347 : la fiche de Barbara Invar, dropée par le bureau d'accueil…

7

Barbara Invar

À l'heure dite, Mme Invar ouvre la porte en personne à son rendez-vous. Elle ne fait pas plus d'un mètre vingt, talons inclus ! Une jolie réduction de femme, vive et menue dans son tailleur de satin ajusté, couleur pêche. Stricte jupe-culotte au-dessus du genou, veste à manches mi-longues. Corsage ivoirin échancré sur sa gorge d'ammonite. Pas de cheveux. Des lunettes à fine monture soulignent l'acuité de son regard ténébreux. Pure coquetterie dans une ville où les chirurgiens de renom se bousculeraient pour opérer sa myopie ! Veuve d'un biologiste réputé, elle consacre deux cents pour cent de sa vie à la cité.

Après les couleurs de peau, le second sujet d'étonnement, par rapport à Paoly, pourrait se résumer comme ceci : « Ils ont tous l'air en bonne santé ! » Un peu court. Surtout dans la « Ville de la médecine » ! Ce n'est qu'environ trois semaines plus tard que Jade saura mettre des mots : il n'y a pas d'obèses à MariaSan ni de fauteuils roulants, de difformités, de gens bardés de prothèses qui arpentent péniblement les travées. Pas de faciès hideux ni de visages figés par la chirurgie réparatrice. Pas de groupes inoccupés assis par terre aux carrefours, dont l'agitation est seulement contenue par la menace du bannissement. Non. Ce qu'on voit ici, c'est l'humanité ordinaire d'avant l'*Extinction*. Comme une sorte de musée animé... Mais pour l'instant, Madame Invar l'accueille :

— Ce monde est l'affaire de tous, Miss. Asseyez-vous.

Elle lui désigne un coin salon autour d'une table basse.

— Jus de fruits, thé, café, ou autre chose ?

— Ce monde est l'affaire de tous, Madame la Présidente. Pourquoi pas du thé ?

— Permettez-moi, thé vert du Montana, une merveille ! propose son hôtesse d'un ton enjoué.

— Bio ?

— Cette question ! Bien sûr, comme tout ce qui se mange ou se boit dans cette ville ! Nous compostons, nous sarclons, et tout ce qui s'ensuit… Et nous achetons dans le Manitoba. Ils maintiennent leur agriculture. Les champs y sont gardés par l'armée ! On peut même s'offrir de la viande, si cela vous dit : bœuf ? Dinde ?

— Pas fana. Je préfère le poisson et les fruits de mer !

— Aucun problème. Les produits iodés viennent du Québec ou, comme chez vous, du New Jersey.

La présidente se rengorge un peu, sans excès. Le bras articulé qui a suivi tout l'échange surgit de sous le plateau pour faire le service. Evuit trempe les lèvres avec une moue d'extase. Barbara prend le temps d'une respiration.

— Votre histoire personnelle, je ne veux rien en savoir, et je peux vous assurer que ce bagage, aussi encombrant qu'il soit, est resté dehors quand vous avez passé la porte sud. Vous ne risquez absolument rien chez nous, et personne ne vous y causera le moindre tort. Vous le savez peut-être déjà… ou pas ; en tous cas, je vais vous préciser pourquoi. Cette ville joue un rôle central dans la santé du sous-continent. À la fois hôpital, nurserie, université et centre de recherche. Pharmacie, herboristerie, nous composons nous-mêmes nos remèdes. Et pas seulement… L'essentiel est de soigner. Nous soignons. Méditation, thermes, chirurgie réparatrice… des médicaments parmi d'autres. Les élites d'Amérique du Nord viennent suivre nos traitements, envoient leurs filles étudier ici, et dans certaines familles, aussi les garçons. Les jeunes femmes y sont inséminées, portent, accouchent, et restent souvent jusqu'à ce que leur enfant ait deux, voire trois ans. MariaSan traite tout le monde à égalité ! Et reste non-interventionniste dans les multiples conflits qui agitent le monde dit civilisé. Cette ville a les moyens et les alliances suffisantes pour faire respecter sa neutralité, y compris auprès des seigneurs de la guerre les plus virulents. Nous sommes une oasis de tranquillité. Les grands fauves viennent ici, non pas pour se désaltérer, mais pour se rétablir en paix. Il ne s'en trouvera pas un qui soit assez fou pour nous chercher querelle. Ce serait condamner sa propre santé, celle de sa famille, de ses enfants et petits-enfants pour au moins treize générations !

— Une armée, malgré tout ?

— Quelques mercenaires de l'Ohio. Nucincy nous ressemble un peu, politiquement parlant. Ils restent toujours neutres, ce qui leur permet de louer leurs soldats un peu partout.

— Des hommes, dans ce gynécée ! s'exclame Evuit, sur un ton exagérément outré.

— Cela semble vous intéresser ! remarque Barbara, hilare. Vous savez, j'ai moi-même été mariée. Les hommes « ordinaires » ne servent à rien.

Elle poursuit sur un ton plus sérieux.

— Nous clonons. Les trois-quarts des femmes ici — c'est-à-dire de la population – sont clonées, à commencer par moi !

C'est dans la fiche : Barbara ne descend pas d'une famille fondatrice. Pour la bonne et simple raison que MariaSan n'a pas été promue par des groupements familiaux, mais bien plutôt par un collectif de scientifiques, les plus réputés de leur temps, qui, ayant vu venir la catastrophe, décidèrent d'unir leurs efforts, de créer cette université de « passeurs de savoirs » afin de sauvegarder, avant tout, la somme de connaissances accumulées en deux siècles de sciences expérimentales. Dans ce qui était à l'époque les États-Unis d'Amérique, les moyens ne manquaient pas pour une telle mission. Fonds publics, bien entendu, mobilisés dans le but de maintenir la suprématie scientifique de la nation. Moyens privés, aussi. Maintes firmes importantes voyaient dans l'apocalypse annoncée un moyen radical de renouveler le business, et en particulier les industries du secteur de la santé. C'est la raison pour laquelle l'accent fut mis, dès la constitution du premier cercle, sur la médecine et la biologie. Les pouvoirs publics étaient persuadés que seule la science était à même de surmonter les défis géostratégiques et climatologiques de l'époque. Ainsi vit donc le jour sur la rive est du lac Michigan cette discrète cité-campus éloignée des grands centres urbains. L'internationalisme de la démarche allant de soi, les autorités de Washington et du Michigan remuèrent ciel et terre pour y attirer les meilleurs cerveaux de la planète, en leur proposant des bourses d'études, des équipements dernier cri et des conditions de travail sans équivalents. La numérisation et l'interactivité des conférences permettaient de réduire leurs obligations d'enseignement dans des proportions inégalées, tout en multipliant les connexions avec les élites savantes de l'époque. Le résultat fut à la hauteur des espérances et MariaSan est restée, de très loin, le premier pôle scientifique et médical après la *Grande Extinction*.

La première Barbara Invar était, quatre ans avant *GE*, simple stagiaire doctorante dans un labo de biologie implanté sur le campus. Jusqu'à ce que ses travaux sur l'expression des gènes réduisent à néant toutes les croyances acquises sur les mécanismes de transmission à l'œuvre dans les chromosomes !

Elle aurait pu rêver du prix Nobel, cette lointaine ancêtre de la Barbara actuelle… Si seulement l'académie suédoise avait survécu à la Troisième Guerre mondiale ! Elle se contenta donc de diriger la recherche scientifique de la ville jusqu'à sa mort, en l'an 71, ayant eu le temps d'élever et de transmettre son expérience à son clone biologique, la seconde Barbara. Scientifique également, celle-ci ne s'illustra pas particulièrement. Il fallut attendre la troisième génération pour que cette lignée Invar révèle d'impressionnants talents de gestion des crises.

Février 151 après GE. Une coalition de tribus nordiques cerne la ville.

Au Sénat, après six mois de siège, l'ambiance est morose. Barbara déploie à deux mètres au-dessus du sol des miniatures holographiques : un bataillon en uniforme officiel, et aussi des dragons, cyclopes, méduses, serpents à plumes et autres monstres légendaires. Au micro, un général exténué assure :

— C'est une ville ordinaire que nous tentons de défendre contre ces barbares ! Pas du tout conçue pour la guerre. Le prochain assaut des Néo-Vikings nous sera fatal. Nous aurions besoin de 48 heures de répit pour renforcer les portes et reposer les personnels. Ils le savent. Ils vont en profiter, demain matin au lever du jour.

— Donc, au moment où nous parlons, nous sommes le dos au mur, mais je doute que nos concitoyens acceptent de payer une rançon ! tonne aussitôt Karyn Bundmeer.

La mathématicienne réputée sur tout le continent pour son caractère impétueux lève au plafond des bras décharnés comme un lierre sans muraille :

— Et la proposition de la jeune Invar est la seule option qui nous reste…

— C'est cela, admet le Général. À supposer que vous considériez le jeu vidéo comme une option militaire ! Regardez la vérité en face. Je n'attends qu'un ordre pour hisser le drapeau blanc et entamer les pourparlers, tant que c'est encore possible. La somme exigée sera colossale. Mes espions parlent en millions de bitcoïs.

Il balaie d'un regard las les rangs de l'assemblée. Pas un mot. Même du côté de l'opposition, d'ordinaire si prompt à le traiter d'incapable et de défaitiste. Ils n'ont plus personne à proposer pour le remplacer ! Au premier rang de la majorité, la sénatrice, toujours debout, se tourne vers Barbara pour lui demander :

— Vos petits soldats, vous pouvez aussi les faire en plus grands ?

— Bien sûr, Madame, répond-elle. C'est une question d'électricité. Si vous m'en donnez suffisamment, ils seront géants !

Karyn est aussi redoutable avec des cartes de poker qu'avec les équations. Elle est réputée pour sa science des comportements humains. Elle observe sans complaisance cette minuscule poupée d'ébène, vêtue d'une longue robe blanche plissée au col strict, dont les yeux sombres lancent mille étincelles.

— Nous nous éteignons la ville. Allez-y ! rugit la sénatrice, tandis qu'un murmure d'acquiescement découragé monte de l'assemblée.

Une heure plus tard, surgie de la ville brutalement plongée dans le noir, une armée de fantômes tonitruants déferle sur les campements ennemis. Surpris et ahuris, les barbares répliquent à coups de flèches, de pistolets, de carabines... Dans le vide ! Les bataillons de spectres paraissent invulnérables, alors que pleuvent des bombes meurtrières. L'assaut cesse avec le jour, aussi soudainement qu'il avait commencé. Deux heures plus tard, les nordistes ont eu à peine le temps de se reposer que la chose recommence, à grand renfort de flammes et de détonations ! Cela durera pendant deux longues semaines. De jour et de nuit, des vagues d'hologrammes, sporadiques, imprévisibles, entrelardées de véritables sorties des défenseurs, sans que rien ne permette de les distinguer. À la suite de quoi les Néo-Vikings, découragés, se retireront, et cette première Invar sera élue présidente.

Depuis cet épisode glorieux, la descendance des Invar est soigneusement perpétuée grâce au clonage. Une autre Barbara dirigea la ville au siècle dernier. Celle dont nous parlons est donc la troisième présidente de cette descendance... C'est une chose de lire cela dans une fiche. C'en est une autre de voir la personne en face de soi ! Légèrement décontenancée, l'arrivante murmure :

— Oui, j'ai lu cela. Les questions se bousculent dans ma tête à ce sujet !

— Commencez donc par la première, propose Barbara, affable. Nous avons un peu de temps.

— Est-ce que vous avez vraiment la mémoire de toutes celles qui vous ont précédée ? Quel chahut entre toutes les générations ! Votre tête ne risque-t-elle pas d'éclater ?

La présidente sourit :

— Le clonage ne transmet pas la mémoire, si c'est votre question. Nous devons apprendre. D'une certaine manière, ma mère-parent était préceptrice d'elle-même-enfant, vis-à-vis de moi, effectivement. Elle trouvait toujours le mot juste à mon égard. Je peux vous dire que c'est un vrai bonheur de tout comprendre tout de suite, presque à demi-mot ! D'ailleurs, ça va bientôt être mon tour, et j'imagine déjà quel plaisir cela va être de tout partager ainsi avec la suivante ! Ce serait vraiment trop long à raconter. Toutefois, si cela vous intéresse, je vous en dirai davantage à une prochaine occasion. Encore un peu de thé ?

— Volontiers, c'est un délice ! Vous me rassurez, Madame, et je vous remercie de vos explications, c'est passionnant ! Mais pouvez-vous me dire pourquoi vous m'avez fait venir ?

D'un geste souple, la présidente rajuste ses lunettes.

— Votre réputation vous a précédée. On m'a informée de votre manière de gérer l'incident de Trois-Rivières. Magnifique ! J'ai besoin de vous…

— Merci, c'est flatteur ! Mais, pour ce qui est de la sécurité, vous venez de m'expliquer que vous aviez tout ce qu'il vous faut. Aurais-je mal compris ?

— C'est exact, mais j'ai aussi une équipe polo qui se traîne en bas du classement depuis des décennies…

— Et vous aimeriez que je leur donne quelques conseils ? Pas de problème, ce sera avec plaisir !

Barbara pince les lèvres. Elle se demande si on se fiche d'elle ou si c'est juste que la négociation vient de commencer. Elle abat ses cartes :

— Que diriez-vous de les prendre en main et de les amener sur un podium dans deux ans ?

— Je dirais que c'est probablement impossible, je demanderais à les voir et je voudrais en savoir davantage sur les conditions matérielles…

Reniée par sa patrie, la jeune championne est finalement engagée pour entraîner l'équipe locale de polo, naturalisée d'emblée citoyenne du Michigan.

— Ah, oui, au fait, si un labo cherche à vous recruter, il vaut mieux décliner… Vous consacrer à 200 % à votre équipe, au challenge ! ajoute Barbara en lui pressant amicalement le coude sans qu'Evuit ne relève, tellement cela sonnait comme une évidence.

L'intérieur de la ville ressemble beaucoup à Paoly. Dès le lendemain, Barbara la confie aux bons soins de Mélodie pour une visite complète. Une attention particulière du gouvernement. Ce n'est pas un robot… mais elle s'arrête aux endroits importants pour lui faire écouter l'audioguide chargé dans le phone. MariaSan date des décennies antérieures à *GE*, à l'instar de la plupart des villes nord-américaines, bâties sous l'influence des mouvements survivalistes pour résister à la confrontation mondiale qui devenait inéluctable. À l'écart des grands centres urbains, et équipées pour abriter l'administration en cas de nécessité. Chaque État voulait la sienne, et le gouvernement fédéral de l'époque avait largement financé leur construction sur des principes standardisés. Un assemblage de tours et de barres composant des patios vertigineux desservis par une foultitude d'ascenseurs et de tapis roulants. Trois cents mètres pour une centaine d'étages au point le plus haut. Abritant, sous sa flèche, des installations militaires, scientifiques, ainsi que le gouvernement. Au sous-sol, une pyramide inversée d'une cinquantaine d'étages : stockages, abris, machineries, salles de sport, services de santé, amphithéâtres, salles de spectacle, tout ce qui n'exige pas de fenêtres sur l'extérieur. L'agglomération pyramidale s'autosuffit. Sous les barres photovoltaïques, l'extérieur agrémenté de terrasses verdoyantes complète avantageusement la production des fermes souterraines.

Mélodie termine leur parcours dans le vaste hall du rez-de-chaussée, au milieu du flanc ouest, devant la plaque commémorative de la Troisième Guerre mondiale, pour écouter le phone : « Un conflit armé à l'échelle planétaire qui dure du 21 juin au 31 décembre 2049 dans le calendrier du Christ. Ce conflit oppose schématiquement les États-Unis à la Chine, puis à la Russie, à la suite de l'annexion de Taïwan par l'armée de Chine populaire en tant que 23e province. Cet événement provoque une tentative de reconquête par l'armée américaine au cours de laquelle le porte-avion "USS Donald Trump" est coulé. Ceci entraîne une courte série de "frappes chirurgicales" sur les sites de l'armée chinoise, suivie d'une réponse atomique des missiles de "l'Empire du Milieu" sur le sol américain. Les infrastructures de télécommunication sont anéanties. Les routes s'engorgent de gens incapables de rentrer chez eux sans GPS, devenant des proies faciles pour les charges chimiques et bactériologiques qui suivent immédiatement. Les Russes, restés neutres jusque-là, envahissent l'Europe ; l'Inde libère le Tibet ; l'Iran bombarde Israël... Le jeu des alliances entraîne le monde entier dans l'Apocalypse. Les sillages de fusées balistiques tracent dans le ciel leurs échiquiers blafards au milieu desquels se forment sporadiquement les figures vénéneuses des interceptions antimissiles. »

« Il est d'usage de fixer au premier janvier de l'année suivante le début de la première année de la *Grande Extinction*. Âge sombre. L'état des sciences et des techniques est arrêté au milieu du siècle précédent. Sur le continent nord-américain, des portions entières de territoires sont irradiées, stérilisées, impropres à toute existence animale ou humaine. Lacs et océans sont pollués. La recherche d'eau potable est devenue la préoccupation majeure pour toutes les espèces. Du fait du réchauffement de l'atmosphère pendant la première moitié du siècle, un régime de climat tropical règne jusqu'au soixantième parallèle, avec une mousson suivie d'une saison sèche aux températures extrêmes. Il faut aller au nord du Canada pour retrouver les quatre saisons traditionnelles des anciennes zones tempérées. Quelques millions de survivants fouillent les ruines pour s'approprier les technologies et les ressources de l'ancienne civilisation. La plupart souffrent de maladies chroniques et de malformations congénitales. Les plus chanceux ont trouvé refuge à l'intérieur de villes très concentrées, des amoncellements de buildings qui simplifient la circulation et confèrent à chacune leur forme caractéristique. La plupart des anciens États ont réussi à maintenir l'une de ces agglomérations. Pour le Michigan, la ville de MariaSan est fière d'être le conservatoire des connaissances biologiques et médicales qu'elle n'a de cesse de restaurer. »

« Avec le recul, on peut se demander si la catastrophe était évitable. Durant plusieurs centaines de milliers d'années, *l'homo sapiens* a surmonté d'innombrables crises de tous types : environnementales, économiques, guerres, famines pandémies… En quoi celle-ci fut-elle différente des autres ? On pense immédiatement à la simultanéité. Les acteurs politiques n'ont jamais craint les crises. Ils les gèrent dans l'ordre… Car elles se présentent ordinairement l'une après l'autre. Pourtant, aux premiers siècles de l'ère chrétienne, Rome tomba. Sous les coups simultanés de deux fronts militaires, tribus d'Asie centrale à l'est, Germains au nord, et d'un saturnisme endémique dû à la surutilisation du plomb ; le tout compliqué de désordres économiques. Ce caractère s'est présenté à nouveau au milieu du vingt-et-unième siècle de l'ère précédente sous une forme accélérée lorsque l'exploitation intensive des ressources naturelles multiplia les pandémies, elles-mêmes entraînant des crises économiques, des pénuries, et donc, par voie de conséquences, des conflits meurtriers pour l'appropriation effrénée des ressources… "Bouclant la boucle", en quelque sorte. Chaque explosion dégageant suffisamment d'énergie pour déclencher les suivantes, une véritable déflagration mondiale anéantit la civilisation en quelques mois. Au fond, c'est surtout l'intensité de ces réactions en chaîne qui était nouvelle. La propagation du chaos… fulgurante… imprévisible. De nos jours, les analystes de MariaSan étudient encore les traces documentées de l'époque préapocalyptique pour éclairer les choix des décideurs modernes. »

Bien entendu, Evuit connaît cet épisode tristement fondateur de leur ère. Paoly, ainsi que toutes les villes du continent, possède un monument peu ou prou équivalent. S'y arrêtant, elle se connecte aujourd'hui à sa nouvelle patrie, à travers un sentiment d'appartenance renforcée. Elle trouvera rapidement ensuite les repères indispensables. Certes, le changement lui semble précipité, mais, en même temps, inespéré. Bouder le succès ? Ce serait mal la connaître. Sa nouvelle vie l'enthousiasme, consacrée uniquement à sa passion, libérée – croit-elle – du poids de ce qu'elle considère déjà comme une « vie antérieure », elle se sent légère, reconnue, respectée. Sans qu'elle y prête vraiment d'attention, les camions sont repartis dans d'autres convois, emmenant pétrole, batteries, aliments congelés vers les Rocheuses ou le Canada. Des copains qu'elle ne reverra sans doute jamais. Dimitri a pris la route de l'Ouest sans elle. Les jours passent. Ne subsiste plus de sa vie « d'avant » que le souvenir de Nick qu'elle s'évertue à repousser, qu'elle croit vouloir chasser, et qui pourtant revient, à l'insu de son plein gré…

8

Le polo est un art martial

31 janvier 347, MariaSan, Michigan

Evuit arrive la première dans un gymnase clair et bien aéré, qui mesure environ cent mètres de longueur et la moitié en largeur, pas assez grand pour un match, mais suffisant pour l'entraînement. Tandis qu'elle pianote les réglages de sa bécane pour les évolutions *indoor*, sept motos viennent se ranger en face d'elle, dans l'ordre des numéros qu'elles arborent sur les dossards. Quatre titulaires et trois remplaçantes. Les filles ôtent leurs casques pour se présenter : Aïna aux épaules de nageuse, Nella toute menue, perchée sur d'énormes roues...

— OK. 'Tous.

Sa voix remplit l'espace d'un écho rassurant adapté au lieu.

— Je m'appelle Evuit. Aujourd'hui commence le bout de chemin que nous allons parcourir ensemble. Je vous propose un tour de chauffe avec le lanceur. Cool. Pas d'enjeu. Il faut que je vous voie en action. Des questions ?

Elles connaissent toutes la carrière glorieuse de leur nouvel entraîneur. Aucune question. Peu importe. Elles auront tout le temps de papoter par la suite. Evuit démarre la machine à lancer. Petite vitesse. Les balles jaillissent du tube avec un chuintement sec. Les filles amènent leurs coursiers une par une, maillet levé pour tirer entre les deux poteaux situés à une vingtaine de mètres. Un exercice. Pas un muscle ne bouge sur le visage d'Evuit. Dès le premier passage, elle a compris l'ampleur du chantier. Ces joueuses font de leur mieux en forçant sur leurs muscles comme des bagnards. Quand elle en a assez vu, elle claque dans les mains.

— OK. Je vais vous montrer un truc, puis un autre. Pour le premier, je vous demande d'arrêter vos smartphones. Je veux voir vos mains sur le guidon. Ne m'obligez pas à mettre un brouilleur. Premier truc !

Le lanceur continue de cracher au hasard de droite à gauche. Elle amène sa moto, le maillet sur l'épaule, se redresse sur son siège et décoche un swing à pleine puissance. Un tir tendu comme sorti d'un canon ! Droit au milieu des perches ! Toute l'équipe reste bouche bée. C'est une chose de l'avoir vue jouer à la télé… et une autre d'être à côté d'elle. Sentir le souffle du maillet, entendre claquer l'impact, le sifflement soyeux du projectile…

— Ça vous a plu ? demande Evuit.

— Oh oui ! Bravo ! Ça, c'était un tir !

Admiratives, elles ne tarissent pas d'éloges…

— Mesdemoiselles, vous allez être déçues. C'est peut-être le geste idéal pour vous, mais ce n'est pas cela que vous apprendrez avec moi. Je ne veux jamais vous voir tirer de cette manière. Pourquoi ? C'est fort, puissant, rapide… Un tir de champion. Un tir d'homme ! Mais je doute que VOUS puissiez un jour gagner de cette manière-là ! Ce sont vos adversaires masculins qui vont être contents ! Pourquoi ? Écoutez-moi bien : quel que soit votre entraînement, vous ne serez jamais aussi fortes, puissantes et rapides que les garçons ! Est-ce que vous croyez pouvoir battre des équipes d'hommes ? Personne ne répond ? Moi je dis OUI. Mais pas comme ça ! Je l'ai fait, vous le savez ! Et je suis là pour vous l'enseigner. Je vous demande d'oublier ce que vous venez de voir. Question : à quelle vitesse court un *ragonda* effrayé ?

La blonde Lyonnie lance immédiatement :

— Vingt kilomètres à l'heure. Facile, c'est au programme de terminale !

— Exact. Est-ce que vous pouvez le battre à course ?

La même, du tac au tac :

— C'est possible d'y arriver avec un bon entraînement.

— Toujours exact. Mais vous courez sur vos deux jambes…

— Bien sûr !

— Pas comme lui…

— Bien sûr que non !

— Parce que si vous vous mettez à quatre pattes, cela devient impossible. N'est-ce pas ? Moralité : pour battre un *ragonda* au sprint, il ne faut pas courir à sa manière, mais à la vôtre. D'accord ? Avec les garçons, c'est pareil.

Les filles pouffent de rire à l'idée de courir à quatre pattes après les garçons… Mais elles ont compris l'essentiel. Aïna lâche d'un ton bourru :

— OK. Mais comment ?

— Je vais vous montrer maintenant ce que j'attends de vous… Vous pouvez rallumer vos smartphones. Aïvenn, lança-t-elle à l'attention de l'une des remplaçantes, s'il te plaît, tu veux bien me régler ce lanceur à plein régime ? Et maintenant… Le deuxième truc !

C'est parti ! Comme un fait exprès, la première balle fonce droit sur elle. En plein sur la ligne. Prise. Pas le temps de tourner… Elle cabre sa moto et frappe sous la roue antérieure. Elle a lâché le manche pour le tourner entre le pouce et l'index, comme un pinceau vertigineux ! Déjà, le tir suivant part trop loin… Hurlement de protestation du moteur thermique en surrégime. Evuit se déplie. On peut croire un instant qu'elle ne l'atteindra pas… Son bras s'allonge de quelques centimètres… Omoplate déboîtée, elle trouve la balle ! Celle-ci roule gentiment au but, mais la championne est déjà sur la suivante… Trois longues minutes d'acrobaties invraisemblables durant lesquelles on la trouve partout, dans des angles impossibles. Ses balles fusent en hauteur ou à ras de terre, rectilignes ou incurvées… Quand elle s'arrête, la sueur au front, elle n'est même pas essoufflée. Elle se retourne pour leur montrer son dos trempé.

— Rechanges à prévoir !

Souriante, sans aucune gêne, elle retire son T-shirt bon à tordre et enfile un sweat.

— Vous avez compris ? Aucune force. On économise le muscle. Un : relaxation. Deux : souplesse.

L'équipe est sous le charme. Néanmoins, Lyonnie croit devoir remarquer :

— Moi, si je joue en décontraction comme ça, à cette vitesse, je me pète un ligament, l'épaule ou le coude.

— Ou pire, un tour de reins dans la torsion ? Non. Pas de relâchement total. Surtout pas d'« abandon ». La tension est indispensable, mais elle vient du dos. Je vous montrerai.

Milly lève la main avec des yeux écarquillés de chaton pris dans les phares :

— Je ne comprends pas. Moi, je croyais qu'il fallait une forte pression à l'intérieur, comme un ressort, parce que si on n'a pas la bonne vitesse de réaction, on arrive trop tard et à côté.

— On loupe chaque fois qu'on frappe là où on voit la balle ! articule solennellement Evuit. Le temps qu'on arrive, elle est partie ! Il faut frapper devant : là où elle sera quand le maillet arrivera. Le secret est dans le timing. C'est comme une sorte de rencontre ! Trois : anticipation. Ça se travaille. Nous ferons les exercices. Ça deviendra une seconde nature. Quand les anticipations commencent à réussir, c'est un véritable pied !

Elle regarde sa montre :
— Nous avons encore du temps. Une dernière question ?

Nella, qui était restée muette jusque-là, remarque :
— Ta moto est trafiquée. Je ne peux pas prendre ce genre d'angles au ras du sol avec la mienne. Ce n'est pas qu'une question de roues. On dirait que le centre de gravité se déplace…

— Bien vu. Il y a un truc, mais ce n'est pas mécanique : j'introduis des codages d'autonomie dans l'*IA*[13] de pilotage.

Aïna, bougonne :
— C'est pas du jeu…

— Le règlement international ne dit pas un mot sur le codage des motos ! Vous aviez toutes des cours au lycée, non ?

Des murmures confus qui s'ensuivent surgit l'idée générale :
— Nous, on préférait jouer au polo !

— Je n'ai rien entendu ! réplique Evuit. Le codage est une discipline où nous sommes à égalité avec les garçons. Alors, servez-vous de vos armes, Mesdemoiselles ! Oui, cette moto aide sa conductrice. Elle retrouve toujours son équilibre. Pratiquement impossible à renverser. Je vous le montrerai la prochaine fois. J'espère que cela vous encouragera à réviser vos notes !

Silence. Evuit prend une inspiration.
— Bon, résumons. Un : Relaxation. Deux : Souplesse. Trois : Anticipation. Dorénavant, ce sera notre mantra. C'est tout pour aujourd'hui. Méditez là-dessus. Merci.

Orane, une brunette bien réveillée, a filmé la seconde démonstration. Sa vidéo sera classifiée « Secret Défense » et ne sortira jamais de MariaSan. Toute l'année suivante, les joueuses la passeront en boucle, le jour pour la commenter, et le soir pour s'endormir.

16 février. Evuit visite régulièrement Turek et Isabel Spencer, les parents de Renzo, son copain d'enfance. C'était sa seconde famille. À quatre-vingts ans passés, ils vivent ici, dans une tour réservée aux personnes dépendantes. Ils l'ont reconnue ! Pour eux, elle est toujours Jade, la grande amie de leur fils. Elle fait un peu de conversation avec Isabel et lit des ouvrages historiques à Turek. Principalement sur la fondation des États-Unis, mais

---

[13] *IA* : Intelligence Artificielle.

aussi l'Antiquité chinoise. Il cherche toujours à comprendre les raisons de la déflagration mondiale et passe son temps à refaire les négociations de l'époque pour éviter la guerre...

Elle loge à présent dans les étages supérieurs de la tour centrale. Elle retrouve ici le confort et la reconnaissance dus à son statut de championne, ce n'est pas pour lui déplaire ! Elle reconstitue sa garde-robe, ne pense plus du tout à la Californie et se régale des poissons, langoustines et autres gambas amenés par les camions frigorifiques, sur lesquels elle laisse couler un filet d'huile d'olive – luxe suprême ! – ou une mayonnaise légère. Thé vert et biscottes au petit-déjeuner. Un matin, l'alarme du phone insiste.

— Visite médicale à dix heures.
— Pas le temps.
— Vous avez déjà reporté deux fois.
— Oui, mais j'ai un entraînement à onze heures et tous les codages des filles à reprendre. Leur coordination est catastrophique. Je veux leur organiser une rencontre avec Stäv et les oursons dans moins d'un mois. Je n'ai plus une minute de libre !

Cette fois, l'agenda la morigène :
— Jeune fille, nous allons croire que vous avez quelque chose à cacher...
— Cacher quoi ?
— Je ne sais pas. Le docteur Sarya Zeno vous attend à 10 heures. Au sous-sol, accueil de jour ambulatoire. J'ai dropé le fléchage dans votre phone. Vous serez libre à 11 heures.

Pfff. Soufflant comme une ado en crise, elle traîne les pieds derrière son phone... Après les fragrances de clou de girofle. C'est là. Première porte à droite. Sarya, superbe brune au sourire généreux, maternante juste ce qu'il faut, l'accueille. Conquise, Evuit s'installe sans rechigner dans le caisson d'examen.

— Relaxez-vous. Cent vingt secondes sans bouger. Les gros aimants font du bruit. C'est normal. Vous allez sentir des picotements, des coussinets qui se gonflent un peu partout : on vous prend une goutte de sang par ci, une palpation mammaire par-là, un petit coton dans une narine... Vous n'aurez pas le temps de vous inquiéter, ça va très vite ! Gardez les yeux ouverts, vous fixez le point lumineux. Merci.

Elle s'écarte derrière la paroi isolante.

Deux minutes plus tard, le chariot ressort du sarcophage. À son retour, la belle semble enchantée.

— C'est parfait ! Tension, circulation, influx nerveux, radio, IRM… Tout va bien ! Bonne pour le service ! Juste un petit problème aux yeux : les rétines endommagées. Vous avez exploré un site archéologique récemment ?

— Pas que je me souvienne. Pourquoi cette question ?

— Vos lésions à la rétine, surtout à droite, ressemblent à celles qu'on trouve sur des chercheurs lorsqu'ils ont déclenché par mégarde certains systèmes lumineux de l'ancienne civilisation.

— Bizarre.

— Pour l'instant, ce n'est pas bien grave, mais il faudra surveiller. N'hésitez pas à revenir en cas de douleur, et au plus tard dans un an.

Puis, après une hésitation, elle ajoute :

— Nous pourrions vous proposer un travail, ici.

— Mais je n'y connais rien en médecine ! s'exclame Evuit.

— Pas nécessaire. J'ai vu vos articulations. Ce serait juste pour étudier votre métabolisme. Vous n'auriez rien à faire. Simplement passer des examens comme celui-ci, plus approfondis, une fois par mois. Ce serait bien payé !

Barbara l'avait prévenue. Elle prend un air désolé pour répondre :

— C'est gentil de le proposer, mais j'ai une équipe à faire avancer !

— Réfléchissez-y !

— Promis, répond la jeune championne avant de prendre congé.

Dix heures vingt. Décidément de bonne humeur, Evuit décide qu'elle a le temps de passer chez elle avant de se rendre au gymnase.

Un peu avant onze heures, la troupe caquetante des filles arrive au garage souterrain qui jouxte le gymnase pour y prendre les motos. La plupart des lampes refusent de s'allumer. Elles plaisantent, Orane pousse un cri bref et perçant pour entendre l'écho. Tout à coup, une silhouette sort de la pénombre, la casquette en évidence sous l'unique lampe du local porte le W strié noir et jaune de l'équipe. Sa voix forte les accueille :

— Bienvenue dans mon domaine, fillettes !

Nella hurle pour de bon ! Orane ne se laisse pas impressionner. Elle demande :

— Qu'est-ce que vous faites ici ? Vous n'avez pas le droit !

— J'ai tous les droits. C'est moi qui dérègle les motos ! Voyez mes mains ! réplique l'homme, agitant dans leur direction de gigantesques battoirs noircis d'huile mécanique. Genre masculin, à n'en pas douter, vêtu d'une veste à carreaux jaunes qui bat les genoux d'un pantalon rouge à deux tailles de trop. Trois poils gris collés sur les bajoues, il souffle sur elles une haleine de *ragonda*. Orane recule d'un pas. Elle dira plus tard que c'était à cause du cambouis. Aïna s'avance, presque aussi grande et deux fois plus large que l'intrus :

— Vous n'avez rien à faire ici. Vous avez le choix : vous dégagez tout seul sur vos deux pieds, ou c'est moi qui m'en charge, mais ce sera allongé.

L'homme éclate d'un rire dément, se contorsionne, se déhanche…

— Allongé ! Oui oui oui ! Allongé avec vous !

— Il est ivre, chuchote Milly. Il pue l'alcool !

— Vous avez soif ?

D'un geste vif, l'espèce de clochard sort de sa poche une flasque qu'il passe sous le visage d'Aïna. Elle est un peu tendue. Sans préavis, elle lui délègue un crochet du droit. Dans le vide ! À ras du nez, mais raté ! Il a reculé le buste sans bouger un orteil. Vacillant dans un improbable équilibre. Lui, il ne sait pas à qui il s'adresse ! Aïna, la bagarre, elle connaît. Son gauche part tout seul, direct, rectiligne… et ne trouve que l'air vicié du garage. Sa cible a tourné sur la jambe gauche, vers l'intérieur, venue presque dans ses bras, et lui décoche un bisou nauséabond à dix centimètres. Aïna commence à s'énerver. Elle balance son tibia droit sur la jambe d'appui de l'autre. Balayage. Pas de cadeau. Il a changé d'appui et levé le genou. Le tibia d'Aïna passe à vide et revient en coup de pied fouetté. Ample. Elle est sûre de son coup. Ce clown a eu de la chance jusqu'à présent, mais il tient à peine sur ses jambes ! Dans cette position, il va le prendre ! Eh bien pas du tout. L'Auguste s'est laissé tomber en arrière comme un tas de chiffons, il tourne in extremis sur le côté pour se récupérer sur une main. Un film qui se rembobine : il remonte sur ses talons, vient la narguer d'une grimace à vingt centimètres et disparaît dans l'obscurité en une série de sauts périlleux arrière.

— Putain de ninja, réussit à articuler Aïna, scotchée.

— Sûr qu'il faut appeler la sécurité, émet Lyonnie en secouant sa crinière platinée.

— Attention, le revoilà ! hurle Orane.

— Non, c'est la coach, rectifie Milly, toujours aussi précise.

En effet, c'est bien elle qui s'avance, décontractée, dans son survêtement habituel. Elle les interpelle :

— Alors les Water Wasps, ça bourdonne ? Faut que je vienne vous chercher ou quoi ? Ça fait une heure que j'attends !

— Tu ne sais pas ce qui nous est arrivé, lance Orane. Eh bien, figure-toi…

Elle n'a pas le temps de finir. Aïna tranche :

— C'était toi. La garce, c'était toi le ninja !

Un saut pér' plus tard, Evuit, tout sourire, esquisse une révérence.

— C'était moi ! Je vous ai bien eues !

Éclat de rire unanime.

— … Je vous explique : nous en avons un vrai, comme ça, à Paoly. Il s'appelle Muna…

Les filles se congratulent un long moment. Puis Evuit réclame le silence :

— Bon, j'ai deux bonnes nouvelles. D'abord, une rencontre amicale avec une équipe, disons, « non conventionnelle ». Il s'agit de la tribu que j'ai déjà moi-même rencontrée aux Trois-Rivières avant de venir ici. Des réactions ?

Orane a tout de suite compris :

— C'est géant ! Nous pourrons roder notre jeu discrètement, sans que les équipes du tournoi officiel puissent l'étudier !

— Excellent, opine Aïna, résumant l'opinion générale. Et la suite ?

— Le tirage au sort nous désigne pour rencontrer…

Elle ménage son effet.

— … Paoly en septembre !

— Hourra !

Les filles l'entourent, l'enlacent, lui bourrent les épaules, accrochent sa nuque…

— On va voir Muna ! Hip hip hip !

Elles sont fières de leur coach et font un cercle en jurant de s'ouvrir le ventre pour gagner les prochaines rencontres !

9

Helen D. Siegfried

Début mars 347, Paoly, entrée ouest

Vanille-fraise. Les nuages délaient les lueurs de l'aube sur les cimes environnantes, empourprant le sommet de la pyramide. Aux abords de l'entrée principale, le parvis retient les passants arrêtés devant un olibrius ventripotent, campé sur une estrade de fortune. Il est vêtu d'un marcel rouge délavé, d'un short kaki et chaussé de tongs. La brume de ses yeux contraste avec l'intensité des slogans crachés en séquences hors de son épaisse barbe noire : « Nous sommes tous Jade ! », « Enquête bâclée ! », « Non à l'arbitraire policier ! »…

Quand il tourne la tête, on aperçoit l'antique drapeau américain tatoué au-dessus des plis de la nuque, à l'arrière de son crâne chauve. Kilian Walker, le leader charismatique des Ultras, principal parti d'opposition, harangue son électorat.

La douceur des premières sorties de la saison enchante la matinée. On échange des nouvelles avec les connaissances qu'on n'a pas croisées depuis les fêtes du solstice. L'oreille distraite s'attarde. On y trouve un échantillon représentatif de la population. Costumes et tailleurs de bonne coupe des cadres, le coton et le lin des employés, les tenues plus bariolées des oisifs… Toutes les manches arrêtées plus ou moins au coude, jupes et pantalons au genou. Les ouvriers et techniciens, exposés aux contraintes physiques, arborent des combinaisons intégrales thermiquement stabilisées. Certains ont gardé les casques de chantier. Le pourcentage habituel de poussahs en surpoids auxquels s'agglutinent, généralement en tenue souple d'inspiration sportive, des demi-fantômes aux crânes allongés qui déambulent voûtés, bras ballants et mâchoires pendantes, sous la direction d'animateurs attentionnés. Cette ville, à l'instar des autres, prend grand soin de ses demeurés.

Lorsque la petite foule atteint environ trois cents personnes, obstruant pratiquement la circulation vers le hall, une caméra de One Channel, la principale télévision de la ville, vient se positionner. Les visages se ferment. Le barbu réclame le silence :

— Mes amis, nous devons nous inquiéter de la dérive autoritaire de nos dirigeants actuels. Ce qui est arrivé à Jade Pareatides pourrait arriver... à vous, à moi ! La chose est grave. Ne vous y trompez pas, ce n'est pas l'erreur d'un petit juge. Il s'agit de la partie visible d'un iceberg de dysfonctionnements, quand l'appareil d'État se met au service d'une seule personne. Je devrais dire d'une seule famille. Et maintenant, le comble du ridicule... Vous savez quoi ? Le Michigan sera là en septembre prochain pour une rencontre de championnat officiel. Et leur équipe sera emmenée par... je vous le donne en cent... je vous le donne en mille... tenez-vous bien : la même Jade Pareatides ! Dans quel monde vivons-nous ? Qu'est-ce que c'est que ce gouvernement qui va recevoir notre championne cent pour cent de chez nous en tant que coach de l'équipe adverse ?

Il prend le temps d'une pause, puis reprend :

— Plus. Je demande : quel triste sort attend cette jeune femme ? Je vous rappelle qu'ils l'ont bannie ! Vont-ils l'empêcher d'entrer ? L'arrêter ? La faire exécuter par des nervis au service d'on ne sait qui ? Notre responsabilité est claire : nous devons la protéger. Oui ! Sans aucun doute. C'est le devoir sacré de toute personne ayant encore la fierté d'appartenir à notre cité ! Car le pouvoir, ici, se délite. L'incohérence est totale, sur tous les sujets. Ce gouvernement ne gouverne plus rien. Il n'est même plus capable de nourrir la population ! La bouffe est immonde ! Au menu quotidien du peuple : *ragonda* bouilli et algues au goût de vase ! Vous souvenez-vous des bonnes tomates d'autrefois, rouges, charnues, goûteuses ? Nous les avons connues ! Nous n'avons pas rêvé ! Il fut un temps où il faisait bon vivre à Paoly ! Où sont-elles passées, les bonnes récoltes de notre enfance ? Nos pères, comme leurs ancêtres avant eux, cultivaient leurs légumes sur les terrasses... Est-ce encore possible ? Non. Plus rien ne pousse à l'extérieur. Et pourquoi ? Parce que les étages supérieurs nous inondent de produits chimiques censés faire pousser leurs belles plantes ! Voilà la vérité. Disons-le haut et fort : nous ne voulons plus des engrais, des désherbants, des anti-mousses. Nous ne voulons plus de ces poisons, sous aucune forme ! Le peuple a des droits. Nous défendrons notre santé ! Nous défendrons nos libertés ! Moi, Kilian Walker, je suis prêt à prendre mes responsabilités. Si vous le souhaitez, si vous me soutenez, je renverserai cette clique et je restaurerai la liberté et les droits des citoyens de cette ville ! Nos revendications sont simples et précises : premièrement, nous réclamons un nouveau procès pour Jade. Parce qu'elle a droit, comme nous tous, à une justice équitable. Et ça n'a pas été le cas. Même si ce qui lui est reproché est horrible, même si c'est vrai, elle a droit à un procès public et à une défense digne d'une nation civilisée ! Second point : nous voulons sans délai, dès demain, faire pousser des tomates sur nos balcons !

Il s'interrompt, place la main en cornet sur son oreille, écoute les remarques qui fusent… Une expression de dégoût déforme ses traits.

— Qu'est-ce que j'entends ? Impossible ? Je rêve ! Ce qu'on nous répète depuis notre première manifestation, il paraît que ce n'est pas possible… Prétexte ! Imposture ! Eh bien, non ! Nous ne tolèrerons plus aucun atermoiement ! Allons de ce pas signifier à Madame notre présidente Helen D. Siegfried l'ultimatum populaire. Je vous invite tous à un cortège pacifique jusqu'au sommet de la tour numéro un, au siège du gouvernement.

Après de longues minutes d'applaudissements et quelques chants patriotiques, les banderoles noires portant les slogans du jour sortent des sacs. Devenu silencieux, le cortège s'ébranle vers les escaliers mécaniques en ignorant ostensiblement les portiques de sécurité.

« *L'humanité est foutue. Inutile de s'apitoyer.* » Helen Siegfried se lave les dents devant le miroir, dans la vapeur épaisse des huiles de bain. Elle chasse la buée d'un revers de main. Un geste machinal, pour mieux admirer le vermillon floral de son chignon. Parfait. Un jour, elle y découvrira le visage de sa mère. Ce jour-là, à son tour, elle parlera à son fils. Elle enroule le fil dentaire à son index et le tire en grimaçant. « *Paoly avait été construite pour abriter confortablement cent mille personnes. Après la* Grande Extinction, *dans le désordre qui suivit la Troisième Guerre mondiale, ils furent presque le double à s'y entasser.* »

« *Dans le même temps, toutes les villes du continent nord-américain établissaient en commun le* Registre *des survivants. Aujourd'hui, ils sont combien dans la pyramide ? Cinquante mille, maximum. Et ces satellites, ceux du GPS et des communications entre cités ? Ils tombent comme des mouches sans que nous puissions les remplacer. Il en faudrait plusieurs milliers, combien en reste-t-il ? Pas plus de deux cents… Combien de cités peuvent encore aligner les batteries de serveurs nécessaires au fonctionnement du* Registre *? Pas cinquante. À ce rythme-là, dans quatre ou cinq siècles, les humains auront disparu de la surface de cette planète. Et même avant. Car ce n'est pas tout. La pollution et les* *radiations ont modifié les gens. Les cités modernes sont peuplées d'innocents adipeux hyperactifs incapables de se concentrer plus de cinq minutes sur autre chose que des jeux vidéo. Sauf ceux que l'instinct de survie motive assez pour les amener à creuser frénétiquement les décombres afin d'en extraire moteurs, pétrole, phones, robots et autres matériels en quantités inépuisables. Ils se vautrent dans une abondance de technologies qu'ils ne comprennent même pas!»* Le fil tendu se coupe net sur l'éclat d'émail d'une molaire... La femme envoie un sourire mauvais à son reflet. Non, elle n'exagère pas! Par son père, Franck, elle descend d'un fondateur de Paoly. «*C'était avant l*'Extinction. *L'ancêtre Ron Duncan avait réuni autour de lui l'élite des businessmen et ingénieurs de son époque dans cette cité qui devait, telle une arche de Noé, relancer la civilisation après l'Apocalypse... Eh bien, on en était encore loin! Déjà dans sa propre enfance, du temps de Franck, les gens votaient n'importe quoi et ils se révoltaient le lendemain contre ce qu'ils avaient voulu la veille. Son père trouvait cela déplorable... Étonnant défaut de clairvoyance de sa part! Aussi intelligent qu'il ait pu être, il n'avait pas perçu l'aubaine que cela représentait pour un politicien! Des opportunités incroyables, invisibles au plus grand nombre.*» Rien qu'à y penser, elle frétille, tout excitée. La voilà submergée par un sentiment de puissance absolue. La perspective de se faire élire par des crétins sur un programme stupide est la chose la plus jouissive qui puisse arriver à une personnalité politique! Osons le mot: carrément aphrodisiaque! Cela dépasse de loin la quantité de plaisir accumulée au cours d'une nuit d'étreintes avec des *sexbots*[14] multiples! «*À propos de robots, nous allons revoir la petite Pareatides, en septembre. Un coup pourri de cette mijaurée de Barbara... La situation promet d'être explosive. Dès que la petite joueuse de polo aura posé le pied ici, il n'y en aura que pour elle. Les autres n'existeront plus.*» Helen doit reprendre l'initiative. D'urgence.

L'un de ces matins, sous la brume qui obscurcit le miroir, le visage qu'elle découvrira signifiera l'heure de la retraite. Partager son temps entre les séjours de santé à MariaSan et ses appartements privés. Ce jour-là, juste avant d'abandonner son bureau, elle convoquera son fils et répétera mot pour mot ce que lui a dit son propre père: «L'humanité est foutue. Inutile de s'apitoyer. Ta seule mission est de sauvegarder notre lignée, par tous les moyens.» Il aura intérêt à être prêt, ce jour-là! Lui qui va prendre la succession. Le futur président. Il le sera. Yugo. Helen saisit une serviette, balaie la glace, ajuste la lumière pour lisser son brushing écarlate. Yeux de

---

[14] *Sexbot*: robot sexuel.

diablesse, le triomphe au visage, elle s'adresse à voix haute à son reflet : « L'intelligence, on s'en fout ! L'important, c'est pour qui on vote... » Elle sourit. « Alors, si vous aimez les voyages... » Elle poursuit sur un ton de confidence : « Yugo va faire construire un aérodrome pour les avions. On va s'envoyer en l'air... » Sa voix monte crescendo : « Toucher les étoiles ! Dépaysement garanti ! Rappelez-vous : si vous aimez les voyages, votez Yugo ! »

L'homme sort de l'ascenseur à l'étage 83. Un imposant coffre de métal et skaï noir roule derrière lui : son groom. Une tension palpable envahit le couloir. L'homme avance et finit par trouver Pamela, l'attachée de presse. Il la connaît bien. Pose les lèvres sur sa joue. Murmure une salutation à laquelle elle répond sur le même ton, avant de le saisir familièrement par l'épaule et de le faire entrer par la porte de l'appartement. Au fond, près de la baie vitrée qui domine le fleuve, une grande femme, la cinquantaine avantageuse dans sa courte robe verte aux épaules dégagées, surmontée de sa proverbiale chevelure rouge, est en grande discussion avec un auditoire visiblement attentif et préoccupé. Pamela attire l'attention de la femme en agitant les deux mains, puis son index droit désigne le dessus son poignet gauche, et son pouce, l'homme qui se tient à côté d'elle, pour lui signifier l'arrivée de son rendez-vous. Tel qu'il est placé, il ne voit pas l'expression de Pamela. Le chignon écarlate émet un sourire du modèle électoral à leur intention et leur demande cinq minutes de patience en leur présentant sa paume ouverte aux doigts écartés. Elle reprend aussitôt sa conversation avec un type à l'air pincé qui ressemble trait pour trait au chef comptable de la municipalité. L'échange n'a pas duré plus de trois secondes. Le nouveau venu a bien compris. Pas de problème. Pamela lui chuchote à l'oreille une litanie de recommandations à laquelle il semble être déjà accoutumé. Derrière lui, une caméra de télévision se déplie hors du caisson et commence à clignoter. Voyant cela, la femme lui fait signe d'approcher. Pas trop près quand même. Voilà... Ses yeux ronds le regardent prendre place, et ses lèvres dessinées prononcent :

— Vous êtes « off », n'est-ce pas ?

Une voix chaude, vibrante, riche en harmoniques dans les basses, émise par un visage ovale aux pommettes saillantes sous le front bombé, dont les narines frémissantes et la mâchoire forte dénotent la vitalité instinctive. Un physique de diva méditerranéenne dont les talons hauts accentuent la cambrure.

— Bien entendu, Madame. Ce monde est l'affaire de tous.
— De tous, Rolan. Allez-y quand vous voulez.

L'homme donne des instructions à son phone. Le canon chromé de l'objectif cadre la présidente, panorama en arrière-plan. « Intelligente », la caméra tend un micro dont il se saisit.

— Chères téléspectatrices, chers téléspectateurs, nous voici dans l'appartement privé de notre présidente, qui nous invite exceptionnellement…

Rolan Davitzer, grand reporter à One Channel, la chaîne câblée de Paoly, vient interviewer Helen Siegfried à son domicile. L'agitation actuelle des couloirs incite cette dernière à commencer plus tôt que prévu la campagne pour les élections de l'année prochaine. L'idée est de montrer son côté humain… Rolan pose sa première question. La réponse d'Helen était prête :

— Tous les citoyens de Paoly, sans exception, sont en quelque sorte ma famille. Je les aime tous d'un amour maternel, disons-le. J'ai réuni une équipe posée, intelligente, consciente de ses responsabilités ! Croyez-vous vraiment qu'un barbu agité pourrait gouverner notre belle cité ? Ne serait-ce qu'assurer la nourriture de nos concitoyens ?

Elle prend une inspiration. Rolan profite de l'interruption pour intervenir :

— Est-ce que vous sous-entendez que vos opposants politiques seraient des idiots impulsifs ?

— Bien sûr que non, personne ne pense une chose pareille. J'en appelle au sens civique de la population. Je perçois une tendance de fond de la société vers moins de matérialisme et davantage d'envies. Des novices en politique peuvent être tentés de surfer, par démagogie, disons le mot…

— … Après tout, puisque nous survivons, autant en profiter, non ?

— Cela, je peux le comprendre. Moi aussi, je suis la première à qui il arrive d'améliorer mon intérieur, ou ma toilette ! rit-elle. Je vais vous dire : c'est à notre portée ! Nos chercheurs ont fait des progrès fantastiques ces dernières années, dans les accessoires d'intérieur, la santé, la beauté… Et j'ai bien l'intention d'en faire bénéficier la population ! Voilà le principe directeur de notre future campagne électorale : démocratiser les plus récentes découvertes scientifiques !

L'image s'arrête sur le sourire hollywoodien d'Helen. Rolan a compris. Il fait signe à la caméra de couper en croisant les deux mains à plat l'une sur l'autre. *Off.* Helen relâche la pression. Elle minaude :

— Vous l'avez votre scoop au sujet des prochaines élections, Monsieur le reporter, vous avez réussi à me l'arracher ! Et croyez-moi, les gens vont adorer !

— Magnifique ! C'est dans la boîte ! Est-ce que vous voulez ajouter un mot sur votre famille ? Votre fils, peut-être ?

Avec la présence et l'acuité d'un prédateur, les yeux noirs d'Helen n'ont rien d'angélique. Elle prend pourtant un air songeur, vers le plafond, la baie vitrée, ses ongles… Se décide.

— La lumière, ça va ? Montrez-moi.

Elle jette un bref coup d'œil dans le phone qu'il lui tend.

— Parfait ! Allez, ça repart.

Rolan tripatouille les commandes pour obtenir un plan sur la fenêtre en interlude. À cette hauteur, la vue se répand sur les toits des buildings, dégringole en chute libre les patios vertigineux, se love dans les courbes du Delaware, puis finit par remonter les flancs des montagnes lointaines, hésitant entre paresse et caresse. Helen revient dans le cadre, assise à son bureau devant la baie vitrée. La diode verte s'allume au-dessus de l'objectif.

— Oui, je suis mère, soupire-t-elle. C'est ma fierté. Mon garçon me le rend à deux cents pour cent. Vous savez qu'il a fait ses études dans l'Illinois, comme ses parents, et tous ses ancêtres. Pensez à ce petit bonhomme, privé des joies du foyer familial… J'ai payé le prix fort, vous le savez. Mon mari est décédé peu de temps après la pacification du New Jersey…

Elle essuie une larme.

— Parlons plutôt de mon fils. La jeunesse, l'avenir… L'espoir, aussi, pour une génération née après tous ces événements. Sous ses airs un peu bourrus, c'est un rusé, mon Yugo, croyez-moi !

— On raconte qu'il a flirté, dans son adolescence, avec Jade Pareatides, vous savez, la condamnée ?

— Oui, bien sûr, cette terrible affaire. C'est tragique pour ce jeune homme, pour sa famille. Je connais bien le *Gencom*[15] de Laredo. Vous savez qu'il gouverne le Mexique, du Texas jusqu'au Panama ! Je lui ai aussitôt transmis nos plus sincères condoléances. Nous avons rendu le corps aussi, bien entendu, et je lui ai dit combien nous étions désolés qu'une chose aussi

---

[15] *Gencom* : General Commander. Un titre dont s'affublent volontiers les seigneurs de la guerre à la fin de leur carrière.

horrible se soit produite chez nous ! Il a reconnu le travail formidable de nos fonctionnaires. Mais vous avez raison, nous devons être capables d'aborder ces sujets difficiles. Je vais vous le dire : cette fille n'a jamais été un génie du sport. Son jeu est terne, sans couleurs. Elle se glisse sournoisement, comme ça, dit-elle en dessinant du doigt un serpent sur la table, et paf, une petite pichenette de rien du tout. Une balle molle qui rampe vers les buts... Ça surprend tout le monde, mais ça n'a aucun éclat, rien d'un vrai style viril comme nous l'aimons ici, à Paoly ! Je pense qu'elle est surtout douée pour la programmation ! Nous devons expliquer ces choses, même lorsqu'elles sont très techniques. Vous savez qu'au polo, la machine compte pour beaucoup. Si elle est bien programmée, l'équilibre, la vitesse de réaction, la sensibilité des commandes, même un joueur moyen peut faire la différence. Vous avez joué autrefois, je crois ?

— Je portais le numéro 2, jusqu'à l'année dernière, reconnaît l'intervieweur.

— Donc vous savez que le talent de cette fille confinait à la sorcellerie en codage des motos ?

— Ça, c'est sûr ! Selon vous, c'est cela qui séduisait Yugo ?

— Elle avait une avance technologique. De nos jours, même un joueur assez moyen peut faire illusion si sa moto est plus intelligente que lui ! Entre nous, sa moto aurait pu jouer toute seule. Pour faire court, cette fille n'était que le bras qui tenait le maillet au service de la machine. Voilà la vérité sur cette soi-disant championne !

Rolan jouait déjà dans l'équipe junior avec Jade. Il assure :

— Il y a un fond de vérité dans ce que vous énoncez. Mais, attention, elle n'y connaissait rien en mécanique ! À cette époque, le vrai génie des robots, c'était Benji. Vous vous souvenez de lui ?

— Vaguement, consent son interlocutrice.

— Il avait réussi à monter un bras de robot sur une moto. C'était son atelier de troisième cycle, ici même, à la fac de robotique de Paoly. Et ça marchait ! Jade s'en est longtemps servie comme partenaire d'entraînement. Le rêve de Benji était de constituer une équipe de robots pour savoir s'ils pourraient battre les humains.

— Quelle idée stupide ! Il a trouvé un financement ?

— Non. Ça n'intéressait personne. Il a cherché longtemps, puis il a renoncé. Mais je me demande ce qu'est devenue cette machine... Vous pensez que c'est la raison pour laquelle Yugo s'est rapproché de Jade ?

— J'en suis convaincue ! D'abord, c'est elle qui lui faisait du gringue. Ensuite, il s'est laissé un peu faire, c'est vrai. On ne peut pas lui reprocher d'avoir du succès, n'est-ce pas ? Mais il voulait lui piquer ses codes et la programmation de ses robots ! Bien sûr !

Sourire de star aux dents impeccables, prêtes à dévorer tout ce qui passe à leur portée... C'est elle qui fait discrètement signe de couper.

— Rolan, nous allons passer un pacte tous les deux. D'abord, vous pouvez m'appeler Helen... Si, si, ça me ferait plaisir. Ensuite, si vous souhaitez approfondir un thème d'émission où je peux vous aider, n'hésitez pas à m'en parler. Je m'engage à le faire. Vous, de votre côté, vous parlerez un peu de moi, je suis trop modeste pour le faire moi-même, mais je suis sûre que cela passionnera vos abonnés d'en savoir davantage sur leur présidente préférée. J'ai beaucoup de choses à leur dire, de confidences à leur faire. Vous savez, la vie est trop courte pour la passer à se sacrifier pour élever un enfant. Il y a tellement de choses plus excitantes qui n'attendent que nous ! C'est d'accord ?

Penchée vers lui, il respire le musc de ses épaules ambrées. Une épaisse couche de fond de teint adoucit le grain de sa peau. Elle pose sur le poignet du journaliste une main lourde de bagues précieuses. Sa paume est douce et chaude. « Elle est gauchère », se dit-il.

10

L'invitation

22 mars 347, 15 h 45, Paoly, tour centrale, 49ᵉ étage

Une blonde en minijupe rouge, apprêtée, sort de l'ascenseur principal, les épaules en avant et un sac de provisions au bras. Elle se fraye un chemin dans l'affluence qui règne sur le palier.

— Que se passe-t-il ? Ma fille va sortir de l'école à l'étage 43 et la cabine est bloquée ici. C'est une panne ? demande-t-elle en croisant une femme brune en jeans, sans perruque, le front simplement orné d'un serre-tête pailleté.

— Ah ! Vous êtes la maman de Tracy ! s'exclame cette dernière en la reconnaissant.

— Oui, et vous, c'est Nolan ! Qu'est-ce que vous faites là ? Il faut descendre !

— Ils ont bloqué les ascenseurs, explique la femme au pantalon.

— C'est pour fêter l'équinoxe ?

— Ah bon, c'est l'équinoxe ? On est toujours enfermés, on n'y fait plus attention ! Non, c'est plutôt eux.

La brune désigne Kilian Walker qu'on distingue à peine, entouré des gros bras de son parti.

— Ils sont malades ! tranche la blonde. Je propose qu'on remonte au cinquante et qu'on prenne la passerelle pour redescendre par l'autre tour, propose la première.

— Pas la peine, c'est bloqué aussi. Tous les niveaux 49 sont bloqués.

— Ah ben, c'est intelligent, ça ! Les magasins sont au-dessus et les écoles en dessous. Comment on va faire ?

— Prendre les escaliers, conclut la maman de Nolan.

— Pardi, s'il n'y a plus que ça, allons-y.

Elles rejoignent ensemble la file qui s'écoule dans les escaliers. La jupe rouge marmonne :

— Vous vous rendez compte, si un vieux ou un invalide a besoin de soins urgents, ou même si Tracy me fait une crise d'asthme, comment font les secours dans cette cohue ?

— Fallait y réfléchir avant d'élire la Siegfried ! renvoie le jean délavé.

La maman de Tracy n'adhère pas du tout. Elle le fait savoir :

— SI vous voulez mon avis, ils n'ont pas de cœur de faire ce genre de choses en surcroît de tous les soucis et de la guerre qui menace !

— C'est en face qu'ils n'ont pas cœur ! Il faut rendre coup pour coup à cette équipe d'incapables ! C'est ce gouvernement qui est responsable des dégâts ! s'énerve la maman de Nolan. Heureusement que quelqu'un comme Walker se réveille !

— Celui-là, c'est pas demain qu'il aura mon vote ! maugrée la blonde.

Elle accompagne ses paroles d'un petit coup de menton – certainement charmant en d'autres circonstances – et serre le cabas contre sa hanche. Une sueur inélégante perle sur son front. L'autre lui cloue le bec :

— Ne dites pas cela, c'est pour nous qu'il se bat !

Dans son coin, Walker aboie un ordre. Quelques minutes plus tard, la porte de l'ascenseur secondaire s'ouvre sur Rolan Davitzer. Sa caméra autonome d'investigation trottine derrière lui. Il repère le groupe d'Ultras et s'approche directement en abrégeant les salutations.

— 'Tous.

— 'Tous, répond Walker. On y va ?

— C'est parti !

La caméra s'est mise en route. Rolan au micro :

— Mesdames, Messieurs, Rolan Davitzer, de One Channel. Alors que tous les étages intermédiaires sont actuellement bloqués par les manifestants, nous sommes à l'étage 49 de la tour centrale où Kilian Walker s'apprête à faire une déclaration. Je lui passe la parole : Kilian Walker en exclusivité sur One Channel !

Walker s'empare du micro et le lève à bout de bras, déclenchant les acclamations enjouées de ses partisans.

— Mes amis, au moment où je vous parle, nos militants ont bloqué la totalité des vingt-cinq tours majeures de Paoly. Je sais la gêne que cela représente pour les usagers. Mais c'est la faute du gouvernement ! C'est le mépris dont ils ont fait preuve pour nos actions légitimes qui nous oblige à monter d'un cran notre niveau d'action ! Je peux vous assurer que tous les barrages seront levés dès que les revendications populaires seront satisfaites. Premièrement : un nouveau procès équitable pour Jade Pareatides. On nous dit que les bandes-vidéo qui pourraient éclairer les circonstances du drame sont inexploitables parce que la date de conservation est dépassée ! De qui se moque-t-on ? Quelle incurie, quel enchaînement de négligences coupables ! Nous voulons un second procès pour Jade. Nous ne bougerons pas d'ici tant que nous ne l'aurons pas ! Deuxièmement : cultiver nos tomates sur les balcons. Or, je viens d'apprendre que les semences sont contaminées ! Quel est ce gouvernement ? Je vous dis qu'il faut… je vous dis qu'il est urgent que nous prenions les choses en charge nous-mêmes. Sinon, où va-t-on ? Dans le mur ! Tout droit ! Cette équipe d'incompétents nous amène à la catastrophe ! Soyez certains que nous resterons mobilisés aussi longtemps que les autorités n'auront pas amélioré la soupe. L'heure est grave. J'ai toujours dit que je ne fuirais pas mes responsabilités. Maintenant, je le prouve : je déclare solennellement l'indépendance de l'étage 49.

Il marque un temps. Autour de lui, la foule se déchaîne. Ce ne sont que sifflements exaltés, cris de joie, hurlements d'approbation.

— Mes amis, sachez aujourd'hui que je suis le président des étages 49 de toute la ville, par la volonté du peuple. Je m'adresse à Helen Siegfried : Madame, nous demandons votre démission, nous demandons que moi-même, Kilian Walker, sois désigné président de Paoly par intérim afin d'organiser les prochaines élections, et nous exigeons que ce programme soit approuvé par référendum sur le réseau de la cité.

Il respire un grand coup. Les manifestants tapent du pied à l'unisson, matérialisant en quelque sorte le nouvel élan de son mouvement. Un piétinement général se transmet dans les murs, les fenêtres, les planchers… Toute la ville se met à vibrer. Le phénomène en inquiète certains et provoque l'enthousiasme du plus grand nombre.

— Mes amis, c'est dans l'union que se trouve la source de la victoire. Unissons-nous tous les uns contre les autres ! Ici, à l'étage 49, renaît aujourd'hui la Grande Amérique !

Vers 18 heures, le feu prend au dix-neuvième étage de la tour 55, à l'angle nord-est. Alors que pompiers et policiers sont mobilisés dans cet endroit éloigné, un groupe d'activistes tente de prendre d'assaut le bureau présidentiel.

Helen est contrainte de faire intervenir l'armée. Aux informations du soir, la présidente dénonce un complot des Ultras et dramatise l'incendie. Fort heureusement, l'intégralité du mobilier de Paoly est imprégnée avec des retardateurs de flammes ! Ce genre d'action aurait pu détruire complètement la ville en se propageant d'étage en étage comme cela a pu arriver par le passé, quand des villes entières ont disparu ainsi au cours des premiers siècles. Elle en profite pour saluer le courage, l'abnégation et l'efficacité des soldats du feu grâce auxquels il n'y a aucun blessé à déplorer, ni parmi les citoyens – l'étage 19 est inoccupé – ni parmi les fonctionnaires. L'enquête devra maintenant déterminer pourquoi le feu a pris à cet endroit. Laissons les policiers faire leur travail.

À la nuit tombée, au quatre-vingt-neuvième étage, Helen cale son popotin dans le fauteuil de cuir qui accueille les fesses présidentielles depuis plusieurs siècles. Elle s'appuie sur le plateau ovale du bureau, une essence antique dont il ne subsiste plus le moindre plant dans le monde connu. Ses coudes lissés à la pierre ponce y trouvent les infimes creux où venaient se caler les bras de ses ancêtres. Puis elle secoue vertement la cellule de crise qu'elle découvre en train de roupiller dans le mur de visioconférence enfin éclairé. À ce moment précis, l'armée réquisitionne les deux ascenseurs de la tour centrale. Quelques échauffourées plus tard, les choses retrouvent un semblant de normalité. Les troupes resteront aussi longtemps qu'il le faudra. Elle ne fait rien pour les autres tours. Elle compte sur le pourrissement et espère que la gêne provoquée par le mouvement finira par retirer à Walker le soutien de l'opinion. Les militaires et l'administration la soutiennent. Elle peut tenir le coup jusqu'aux prochaines élections. Les choses devraient se calmer avec les beaux jours : les gens auront envie de sortir, fredonner des mélodies légères, profiter de la saison sèche, regarder pousser les nénuphars, piquer une tête dans l'eau glacée des douves… Pas de rester à tourner en rond dans les couloirs ! C'est du moins ce qu'elle escompte… Mais si ça continue comme ça jusqu'aux élections, dans moins d'un an, ça promet d'être chaud. Et qui va gagner dans les urnes ? L'issue est incertaine. Or, quand on descend d'une famille fondatrice qui possède un bon quart de la ville, on déteste l'incertitude. Mais quelle mouche a donc piqué ce Walker ? Est-ce qu'il sait quelque chose ? Est-ce qu'il a senti une faiblesse dans son dispositif ?

Dès le lendemain – la nuit a connu un calme relatif – au matin du 23 mars, à 8 heures, en s'installant à son bureau, elle clique sur la photo de Butch Elynton, président de C-Town. Il surgit en personne sur l'écran géant qui lui fait face :

— Ma tante ! Quelle bonne surprise ! Ce monde est l'affaire de tous ! Qu'est-ce qui me vaut l'honneur ?

— Désolé pour ton père, trop tôt disparu. Je te le redis, c'était un grand homme.

— Tombé dans un traquenard de cette engeance des plaines. Nous sommes en train de le leur faire payer…

— J'espère bien ! Est-ce que la coopération avec mes équipes se passe bien ?

— Parfaite, comme d'habitude : renseignement, logistique, tes gars sont très bons !

Comme une nuance narquoise dans sa voix ? Butch est un puncheur. Boxeur classé. Il commande, depuis la mort de son père, la meilleure armée du continent. L'action le démange… Helen ne se fait pas d'illusion. Butch arrive trop jeune à ce niveau de responsabilité. Son père veillait soigneusement à l'équilibre des forces entre les nations. Il n'envoyait jamais ses troupes au hasard des demandes. Il calculait. Il louait des mercenaires, prenait l'argent, tout en s'assurant que les défaites ne soient pas trop cinglantes, que les victoires ne soient pas trop éclatantes. Il voulait que les gens discutent, négocient, parlementent et trouvent ensemble des solutions politiques à leurs problèmes.

Le fils, Butch, bouscule tout cela. Il en veut beaucoup, et tout de suite. Il a regardé trop de films d'avant *GE*. La mort prématurée de son père, dans un attentat à l'origine très floue, si on y regarde bien, lui offre l'occasion d'entrer dans l'Histoire tel un empereur de l'Antiquité. Quel héritier d'une grande famille résisterait à la tentation ? Il croit que la force de son armée lui permettra de conquérir tout le continent. La « Grande Amérique » n'est qu'un slogan racoleur pour son ambition personnelle hypertrophiée. Elle poursuit :

— Surtout, n'hésite pas à me demander si tu as besoin de quelque chose.

— Promis ! Mais ce n'est pas le cas pour l'instant. Dis-moi plutôt ce qui t'amène.

— Butch, cela fait bientôt six mois que tu es aux affaires n'est-ce pas ?

— Oui, ma tante.

— Je crois qu'il serait temps pour toi de venir saluer tes cousins. Je t'invite à rendre à Paoly une visite officielle en tant que nouveau président de C-Town. Tapis rouge et visite des robots. Tu auras la primeur de notre prochain modèle de geisha !

— Ça ne pouvait pas mieux tomber, lance-t-il joyeusement, Tante Helen, je dois te parler de mes projets pour faire bouger cette vieille Amérique !

— Bouger, dis-tu ? Mais ta vieille tante adore bouger, Butch ! Que ne l'as-tu pas dit plus tôt ! Tu viendrais quand ?

— Avant les pluies, tant qu'à faire ; d'un autre côté, j'ai encore une ou deux révoltes à mater… Je réfléchis à haute voix, Tantine… Juin, ce n'est pas trop tard ?

— C'est parfait, mon grand ! J'ai déjà hâte de te voir !

— C'est une magnifique occasion. Te souviens-tu que j'ai une sœur ? Kaon, elle est encore célibataire, et je pense que ton Yugo ferait un mari formidable. L'opportunité d'unir nos deux cités !

En début d'après-midi, le jour même, lorsque le communiqué du « Donjon », comme on appelle la présidence, tombe sur son fil, annonçant la visite d'État du nouveau président de C-Town, pour le mois de juin, Rolan Davitzer, qui rentre d'un déjeuner bien arrosé avec le porte-parole de Walker, saute en l'air en hurlant : « Les enfoirés ! » Puis il recommence. Et enfin une dernière fois. Ensuite, ses gestes deviennent désordonnés. Un téléphone dans chaque main, son regard va de l'un à l'autre. Il commence des appels, puis raccroche. Il se gratte le crâne puis l'entrejambe successivement avec le même phone. N'y tenant plus, il se lève pour arpenter son bureau… De l'autre côté de la cloison vitrée, l'équipe rédactionnelle de One Channel l'observe avec une ferveur respectueuse : leur patron tient un scoop ! Son éditorial tombe le lendemain matin. « À C-Town profite le crime ! »

Il a passé la nuit au bureau, à coller différents extraits d'archives qui démontrent – selon lui – que l'affaire Jade Pareatides a été fabriquée de toutes pièces par C-Town, avec la complicité active de Kilian Walker, afin de déstabiliser Paoly en vue de l'annexer.

Séquence 1 : L'une des vidéos dites « inexploitables » a parlé ! Le soir fatidique, un intrus s'était glissé dans la bande des fêtards. Un mystérieux

« M » (le prénom a été changé) qui n'a jamais joué au polo de sa vie et qui pourtant était invité à la « neuvième période », la beuverie donnée avec l'équipe de Laredo le soir où Ken Harld a perdu la vie. Ce « M » ne présente aucun lien avéré avec Laredo. Par contre, il militait très récemment encore dans les rangs de Walker.

Séquence 2 : Nationaliste et fervent supporter de la « Grande Amérique », Walker multiplie depuis six mois les déclarations à la gloire de Butch Elynton.

Séquence 3 : Une interview peu connue du même fils Elynton, datant de la campagne électorale de son père, où il expose ses idées personnelles sur la politique étrangère. Il cite explicitement Paoly comme l'une des villes auxquelles il voudrait proposer une fédération sur le modèle de la Constitution des États-Unis d'avant GE.

Séquence 4 : Un expert en géostratégie analyse l'évolution de la politique étrangère de C-Town. La meilleure armée du continent ne se satisfait plus de son rôle traditionnel de « gendarme » arbitrant les conflits incessants entre cités et recherche désormais une rétribution directe en colonisant purement et simplement ses voisins.

Séquence 5 : Helen D. Siegfried invite Butch Elynton en visite officielle !

La théorie de Rolan Davitzer est simple : « M » est l'assassin de Ken. Butch Elynton l'a manipulé – via Walker – afin de provoquer une guerre entre Paoly et Laredo. Pour les affaiblir toutes les deux. À la suite de quoi, C-Town leur imposera la paix en annexant les deux belligérants.

24 mars. Le soleil est déjà haut. D'ocre doré à rouge sombre, il rôtit la crête des Appalaches, couronnée de nuages, comme l'éruption d'agonie d'un gigantesque barbecue. Helen vient de visionner le reportage de Rolan. Sous la volumineuse choucroute écarlate, midi éclaire la fatigue de ses traits d'un reflet sanglant. Un rapace tourne dans le ciel. Un Turkey ? Sur la baie vitrée apparaît une énorme veuve noire. Un mètre d'envergure, le corps aussi gros qu'un lapereau. « Comment peux-tu monter quatre-vingt-dix étages, grand-mère aragne ? Que viens-tu chercher aussi haut ? Tu voudrais tendre ta toile entre les gratte-ciels de Paoly ? »

Éclair sombre. Un battement d'ailes obscurcit un instant son bureau. Elle a distingué les dessins noirs sur le ventre clair. Ce n'était pas un charognard à tête rouge ! C'est un faucon qui vient de cueillir l'araignée. Son père, Franck

Duncan, aimait répéter : « Avant *GE*, les petits mammifères et les oiseaux mangeaient des insectes. Maintenant, ce sont les gros insectes qui les mangent. Résultat : les faucons se rabattent sur les araignées. Les maillons de la chaîne ont changé, mais elle est toujours là. Aucune n'est immuable. Nous, les Duncan, sommes là pour veiller à ce que tout tienne bon, quel que soit l'ordre des maillons. Tu comprends cela, petite Helen ? »

Oui, elle comprend. Elle a senti à travers la vitre le souffle noir du rapace. L'air sec rabattu sous les plumes.

— Room service, articule-t-elle distinctement. Jus d'orange.

Le robot lui apporte un grand verre rempli de glace, colorée par le fruit. Dire que cette matière translucide recouvrait autrefois les sommets rocheux, leur conférant, sur les anciens clichés, une ligne blanche étincelante. La couleur a changé, mais la chaîne reste solide.

Claquement de porte. Un gradé fait irruption dans le bureau. Nez fort, menton marqué. Bel homme. Il claque les talons et un baiser sur la bouche d'Helen. Tucsin Clearwater. Promotion « Patton » en 322 à l'Académie Militaire de C-Town. La même qu'Helen. Un pli disgracieux déforme sa veste à la hauteur de l'estomac.

— Passé une bonne nuit, Présidente ?

— Excellente, Général, mais vous y étiez, si je ne m'abuse ? minaude-t-elle, l'œil caressant sous les paupières gonflées.

L'homme se rengorge. Il porte vraiment bien l'uniforme !

— Quoi que tu lises comme mauvaise nouvelle, tu peux arrêter : j'ai pire.

— Pire que Walker ?

— Pire.

— Pire que Davitzer ?

— Pire que les deux réunis.

Il ne se parfume pas. Si proche, son odeur corporelle l'émoustille. Pour son treizième anniversaire, sa mère, une femme insignifiante qui ne pensait que fleurs, oiseaux et papillons, lui avait glissé à l'oreille : « Chérie, lorsqu'un homme t'aborde, il faut regarder deux choses : ses mains et ta montre. Ne parle jamais plus de deux minutes à quelqu'un dont les mains ne sont pas manucurées… Quand même, pour caresser une femme ! » Depuis, Helen avait fait tout le contraire… et pleinement profité des stages de survie de C-Town : nuit et jour dans le désert, seule fille pour une escouade de guerriers affamés ! Elle a survécu… Son problème en ce moment, c'est la concentration. Elle soupire.

— Ça pourrait attendre ?
— Non, désolé.
— J'écoute, consent-elle à regret.
— Regarde plutôt.

Tucsin oriente son phone vers le mur de visioconférence et projette une image : un couloir, une porte s'ouvre et se referme. Helen s'étonne, narquoise :

— Une porte qui bat… J'ai rencontré des phénomènes plus terrifiants.
— Replay. Regarde bien…
— On dirait une ombre, rapide.
— Exact. C'est au quinzième sous-sol, à l'extrémité est : la porte du tribunal, vers trois heures du matin. Une tache sombre entre. Elle ressort dix minutes après. On arrive à la suivre quelque temps dans le couloir, puis on perd sa trace.
— Un fantôme ? questionne-t-elle, incrédule.
— Ni un fantôme ni un robot. C'est un type comme toi et moi qui se cache sous une sorte de cape noire et souple pour qu'on ne capte pas sa silhouette. Il bouge très vite en choisissant de préférence les angles obscurs. On le retrouve au gymnase, au PC sécurité, à la morgue…
— Il sait que nos caméras pourraient reconnaître une personne d'après la morphologie…
— Il sait aussi que l'*IA* de la surveillance est programmée pour chercher des signes distinctifs, des visages, des silhouettes… mais qu'elle ne repère pas les taches…

Helen s'inquiète, tout à coup :

— Et il se promène dans les locaux officiels ; si ça se trouve, il est venu jusqu'ici. C'est quoi ? Un plaisantin ? Un journaliste ? Un espion ? Un sbire de Walker ?
— On ne sait pas.

Après dix secondes de mutisme boudeur, elle lance :

— Qu'on est bêtes : son père ! Scott Pareatides, le traîneur de sabre !
— Doucement. Howard estimait beaucoup ce Taïpan…

Elle l'interrompt, nerveusement, sa voix monte dans les aigus :

— Je ne vois pas le rapport avec feu mon mari ! C'est un ancien barbare ! J'avais dit à mon pauvre Howard de s'en méfier ! Voilà ce que ça rapporte de recruter ces racailles ! Est-ce que tu le surveilles, seulement ?

— Oui, on a toujours un œil sur lui. Mais il se tient tranquille. Rien à lui reprocher.

— Qui que ce soit, qu'est-ce que tu attends pour le coincer ? C'est toi le ministre de la Sécurité !

Tucsin devient nerveux. Son visage se ferme. Il répond d'un air embarrassé :

— Attends, on ne va pas se mettre à harceler un citoyen dont la fille vient d'être bannie ! Un peu d'humanité, que diable !

— Non. Est-ce en fouillant dans mes affaires qu'ils manifestent leur humanité ? Je veux que tu l'attrapes.

La sentence d'Helen est sans appel. Tucsin est coincé. Il craint que cette manière d'agir ne fasse que donner des arguments à l'opposition. Mais à quoi bon expliquer cela maintenant ? Il temporise :

— Tous mes effectifs sont pris. Deux policiers par étage de cette tour, en trois fois huit, sept jours sur sept, dans les niveaux supérieurs, ça fait déjà trois cents, plus les soldats ici et une patrouille d'intervention rapide. Tout ce monde en heures sup. Walker nous sature.

— Prends des renforts de sécurité privée.

— C'est déjà le cas pour toute la vallée jusqu'à Meander. Jerry est furax de se retrouver en faction devant les Grands Magasins.

Elle s'agace carrément qu'on lui oppose les états d'âme d'un shérif de banlieue ! Mais elle se calme, quand même, devant le problème concret qui lui est posé.

— Prends-en d'autres.

— Des professionnels de l'Ohio ? Tu veux une guerre civile ? Walker n'attend que ça pour lâcher ses fauves et Davitzer va nous clouer au pilori !

— Non. Tu as raison. Je suis d'accord…

Elle réfléchit un instant, pensive.

— Tu pourrais mettre des handicapés aux étages d'écoles et d'habitation… La police doit être représentative de la population. N'est-ce pas ? Ils n'oseront pas les bousculer, au moins les premiers temps…

— Et je les paie comment ? Il n'y a plus de budget.

— J'ai la caisse noire. Tu mets une équipe là-dessus. Je veux ce fantôme.

— Helen, toutes les transactions du *Registre* sont tracées. C'est trop dangereux, avec ces soi-disant « lanceurs d'alertes » qui fouinent partout.

Elle remue les tiroirs et lui tend un collier, qu'il empoche prestement.

— Des *perles*. Tu procèdes par élimination sur les emplois du temps : tu retires tous les gens de la ville dont la présence est avérée ailleurs, au moment où le fantôme se montre. On verra bien qui il reste ensuite.

La main attardée dans sa poche, Tucsin pèse et soupèse ses *perles* et ses mots. Il tourne sa langue dans sa bouche. Sept fois. En procédant de la sorte, ils vont obtenir la liste des noctambules invétérés : les clochards comme Muna, par exemple… Elle va au-devant d'une sacrée surprise, car le premier qui de notoriété publique va et vient dans et en dehors de la ville, à n'importe quelle heure, sans crier gare, Tucsin le sait, mais ne lui dira pas pour l'instant. C'est le propre fils chéri de la présidente : Yugo.

11

Taïpan cherche la vérité

25 mars 347, Paoly, trente-et-unième sous-sol

Seule au centre du poste de surveillance vidéo, une femme en uniforme gris anthracite de la sûreté intérieure est assise à la console principale. Kendra, l'adjointe de sécurité, laisse flotter son attention sur le mur d'écrans où se reflète l'activité nocturne de la ville, c'est-à-dire la quiétude habituelle, à peine troublée par le somnambulisme compulsif des indépendantistes de Walker.

Dans son dos, la porte s'ouvre sur la silhouette souple d'un homme de taille moyenne, chauve, au visage ascétique, qui vient s'asseoir à côté d'elle, dans le silence le plus complet.

Kendra ne sursaute même pas. A-t-elle reconnu un souffle, un reflet ? Elle tourne vers lui son long visage au nez effilé :

— L'affaire de tous, Scott. Je me demandais justement quand tu allais passer.

— 'Tous. Pas trop dur le retour ?

Elle ne regarde pas ses yeux, deux billes de porcelaine inexpressives. Elle préfère ses mains, fortes et calleuses. Son mari le désigne toujours par son surnom : Taïpan. C'était une relation « d'affaires ». Capable d'assurer la sécurité d'un convoi non déclaré, mieux que les gangs. Pas bavard. Il leur a fallu plusieurs années avant de s'apprécier au point de devenir amis.

— Je suis revenue depuis déjà trois semaines.

— Ça s'est bien passé ?

En une fraction de seconde, l'expression ingrate de la femme capture l'éclat bleuté de la pièce :

— Génial ! MariaSan, c'est top. Ça coûte un bras, mais Ted et moi ne regrettons pas une *perle* de ce que nous y avons laissé !

— Un garçon, n'est-ce pas ? Vous l'avez appelé... Laisse-moi me rappeler... Tom ?

— Bonne mémoire, Scott ! Tout s'est super bien déroulé : l'insémination, la grossesse, l'accouchement et les premiers mois, nickel, une promenade de

santé. Mieux que dans les publicités ! On se sent bien, chouchoutée, en confiance. Un vrai paradis ! Je bosse encore deux ou trois ans et j'y retourne !
— Et Ted, il dit quoi ?
— Au début, il râlait un peu, pour les sous… mais quand on voit ceux qui naissent ici et notre Tom, on est sûrs d'avoir fait le bon choix ! L'alimentation, l'iode, tout ça fait une sacrée différence ! Tiens, regarde !
La main gauche de Kendra n'a que trois doigts. Malgré cela, elle pianote à la vitesse d'une virtuose. Brièvement, le mur se couvre de centaines de réplications d'une photo de bébé que Scott admire d'un air détaché.
— Il a tes yeux et ta forme de visage.
— Oui, ma belle-mère dit que ça peut encore changer ! remarque Kendra en riant. Et, tu vois, ses mains sont normales !
Puis elle ajoute :
— Le reste aussi ! La docteur Britt m'avait rassurée tout de suite en arrivant : ce n'est pas génétique.
— Je suis super content pour vous, poursuit Scott. Vous le méritez, tous les deux. Tiens, je t'ai apporté un cadeau. C'est pour le petit Tom.
Il sort un paquet de sa poche, le lui tend. Elle ouvre :
— Waouuuh ! Des comprimés d'iode et de vitamines ! Il y en a au moins pour six mois ! Scott, je t'adore !
— Tu peux faire durer un peu plus si tu ajustes bien. Il faut que Tom en prenne le plus longtemps possible.
— Ça ira. Nos parents se démènent.
— J'essaierai de t'en amener d'autres. Si tu peux lui en donner jusqu'à trois ans, c'est bien.
— Et Ted s'en est procuré aussi. Tu sais qu'il va régulièrement dans le New Jersey. Bon, au fait, j'ai vu ton message, et j'ai trouvé ce que tu cherches… Je te mets sur la 316. La caméra est en panne en ce moment. Là-haut, troisième rangée, le dernier écran.

Un couloir. Éclairage glauque. Une douzaine de jeunes gens titubent jusqu'à une porte. Quelques minutes passent. La porte s'ouvre sur une grande jeune femme : Jade. L'un des garçons s'écroule dans ses bras. Les autres s'esquivent rapidement. Elle s'accroupit, la main sur la gorge du gars, regarde autour d'elle. Deux policiers surgissent et l'embarquent, suivis de près par des pompiers qui disparaissent au pas de gymnastique, après avoir chargé le corps sur un brancard.

Scott semble déçu :

— C'est tout ?

— C'est l'enregistrement de l'accusation.

— C'est avec ça qu'ils ont conclu qu'elle avait étranglé ce type ?

— Oui.

Scott lève les yeux au plafond. Il se donne le temps de digérer l'information. Il y a, bien entendu, plusieurs interprétations possibles. Mais en tous cas, rien de suffisamment accusateur pour qualifier un meurtre ! Le garçon ne se débat en aucune manière, donc il était peut-être drogué, voire déjà mort, avant le contact avec Jade.

— OK. Et les autres vidéos ? Avant, après, autour…

— Rien.

— Comment ça ?

— Tout a disparu. Périmé. Effacé.

— Il faut que j'aille me passer la vidéo du match, à One Channel.

Il fait mine de se lever. Elle le retient de la main.

— Aucune chance. Disparue aussi. Les collègues voulaient mettre les scellés… Pas moyen.

— Rien de récupérable ?

— Sur le match, rien. Sur le trajet de ta fille ou de l'équipe dans la ville : rien non plus.

— Quand même, dans les couloirs, c'est truffé de caméras ; en réalité, personne ne les connaît toutes ! Il y en a forcément une qui a pris quelque chose !

— Juste un truc. Presque rien…

— Fais voir.

Elle pianote. Sur l'écran, le groupe se disperse. On reconnaît brièvement Yugo. À ses côtés, une silhouette épaisse apparaît, puis disparaît en se dandinant par l'escalier. Le tout ne dure pas trente secondes.

— Qui c'est celui-là, l'obèse ? Il ne fait pas partie d'une équipe ! À voir son tour de ceinture, il préfère certainement les manettes de jeux !

— Il s'appelle Maddy. J'ai des photos plus anciennes : Maddy… Yugo et Maddy… l'équipe de Paoly… Tu sais, Yugo aussi est bizarre, parfois. Il ne jouait pas ce jour-là. Blessure à la main droite. Il est venu les rejoindre pour la « neuvième période ». Je ne peux pas le prouver, mais je pense que Maddy l'accompagnait.

— Qu'est-ce qui te fait penser ça ?

— Une serveuse. Ils étaient au Golden Dolphin, tu connais ? Le pub préféré des jeunes sportifs.

Le visiteur s'échauffe :

— Il y aurait de quoi relancer le procès !

— C'est ce que dit Walker. Mais ça ne suffira pas. Elle est terrorisée. Et son patron ne veut pas de mauvaise publicité. Ils ne témoigneront pas.

— Et Maddy, il fait quoi dans la vie ?

— Il vend de la came. Enfin, il vendait…

— Il a pris sa retraite ?

— Définitivement. Les collègues ont repêché son corps dans les fossés, fin janvier. À ce moment-là, j'étais encore à MariaSan. Je ne sais rien de plus.

L'écran enchaîne des photos prises à la morgue, un cadavre bouffi par le séjour dans l'eau, les extrémités des membres décomposées. Scott se concentre sur les clichés. De temps à autre, il demande par signe à la femme d'arrêter l'image, d'agrandir un détail. Il réfléchit à voix haute :

— Pas grand-chose à tirer. Autant qu'on peut voir, il semblait en bonne santé. Pas de traces de violence ni de fracture. La cause du décès ?

— Noyade.

Kendra réprime un sourire.

— Et overdose, ajoute-t-elle.

— Une autopsie ?

— Bâclée, dans l'heure précédant l'incinération. Il était chargé en substances prohibées. Vu ses antécédents, on comprend que nos limiers n'aient pas cherché plus loin.

— Tu veux dire une mort brutale sous l'effet d'un excès ?

— Dans un sens, oui. Imprégné jusqu'aux ongles, si c'est ça ta question. Il a ingéré une dose de cheval, c'est sûr, mais ce n'était pas la première !

— Maigre récolte, au final. Je ne dis pas ça pour toi. Je te remercie vraiment, Kendra, pour ces recherches. Crois-moi, je te suis très reconnaissant… Il s'agit de ma fille, tu comprends ? Cherche encore, s'il te plaît.

— Je n'arrête pas, Scott. Promis. Mais ne te fais pas d'illusion. Ils ont vraiment tout effacé.

— Qui ?

— Je n'en sais rien. Quelqu'un de haut placé a couvert le truc. Tout s'est enchaîné très vite. À ce propos, la hiérarchie est nerveuse en ce moment. Ils ont embauché des supplétifs en procédure express. Tu ferais mieux d'être prudent.

Scott ignore l'avertissement, mais il accuse le coup. Il comptait beaucoup sur cet enregistrement dont tant de gens parlaient sans l'avoir jamais vu ! Chou blanc sur toute la ligne. Il a pourtant fouillé partout : rien dans le gymnase, ni dans le stade, ni dans les archives du tribunal, ni dans les dossiers du ministère. Il va avoir besoin de nouvelles sources. Mais dans quelle direction chercher ?

— OK. On n'a pas de preuves. Rien n'empêche de faire des hypothèses ! Tu sais bien que ce n'est pas Jade qui a étranglé ce gars…

— Doucement ! Je ne sais rien de ses relations avec ce garçon ! Disons qu'elle n'a pas le profil. Tu sais, d'ici, on voit des tas de choses… Ta fille est clean. Je n'en dirais pas autant de certaines personnes, même très haut dans les étages… En gros, je suis assez tentée de croire en son innocence. Surtout que je ne vois pas le mobile du crime. Une histoire passionnelle avec un type qu'elle croise au mieux deux fois l'an sur les stades ? Non. Et puis, je ne crois pas une seconde qu'elle ait pu aller jusqu'au crime pour venger son équipe de la défaite. Ça ne passe pas !

— Ni aucun joueur de chez nous ou de Laredo, ou d'autre part… Aucun sportif ne ferait ça. En plus, ce sont des gamins, renchérit l'homme.

— Sauf Maddy…

— Maddy, qui n'avait rien à faire avec eux, qui pourtant était là… Et qui n'a plus rien à raconter…

Scott, renversé en arrière sur le dossier du fauteuil, lève les yeux, hypnotisé par une aspérité du faux plafond :

— Je devrais aller fouiller chez lui…

— N'y compte pas. Le Domaine Public a récupéré l'appartement. Tu me comprends ? Ça veut dire : tout nettoyé. Un couple de jeunes fonctionnaires l'occupe aujourd'hui.

Il bondit :

— Il faut que je bouge pour renifler la trace. Dis-moi : à ton avis, Maddy aurait-il pu le faire ?

— Sans aucun doute. On le tenait à l'œil, celui-là. Dans son commerce, il faut être prêt à tuer. Sinon, mieux vaut étudier les arts plastiques !
— Mais Jade ne menaçait pas son business !
— Je ne pense pas, convient la jeune femme.
— Ne me dis pas qu'il a fait ça par idéal !
— Non plus. Mais il pouvait tuer pour de l'argent, suggère Kendra.
— C'est insensé ! Qui pourrait payer un camé pour tuer un joueur de polo ? Assassiner Ken Harld ?
— Ça n'a aucun sens. Je te l'accorde.

Kendra n'a plus rien à ajouter. Ce n'est pas dans son caractère de gamberger trop longtemps à propos d'une situation sur laquelle elle n'a aucune prise. Son esprit se détache. Scott arpente la salle, désignant le mur de l'index :

— Viser le père, le président Harld ? Ça paraît impossible. Un truc politique... Remarque, si on voit le bordel que ça met, et C-Town qui se dépêche de rappliquer...
— Si vraiment on fait de la géostratégie parano, on peut imaginer un coup de billard à plusieurs bandes...
— Elynton qui déstabiliserait Paoly pour l'annexer...

La moue de Kendra trahit à la fois son intérêt et son scepticisme. Taïpan persiste :

— C'est un peu ce qu'a fait Paoly avec le New Jersey autrefois...
— Ah, tu crois ?
— Un peu, j'y étais !

Kendra, pas convaincue, objecte :

— Attends, ça se verrait. Il n'y a personne de l'Illinois ici. Même pas une représentation. À l'époque du New Jersey, nous avions un comptoir commercial là-bas, et un consulat... De quoi organiser des choses.
— Walker, ou l'un de ses ultras ? interroge Taïpan.
— Non. Je t'arrête. Tu vas trop loin sans le début d'une preuve, objecte son interlocutrice.
— D'accord, conclut Scott. Tu as sans doute raison. Je ne trouverai rien ici. Je pense que le temps est venu de poursuivre l'enquête à l'extérieur. Direction l'Illinois. Sur les routes, les gens parlent. Tout finit par se savoir.

La femme regarde fixement l'un des écrans.

— Nous avons de la visite. Une escouade au niveau moins 20.

— Tu peux me bloquer la caméra du grand gymnase quelques minutes ?
Silence. Le temps de vérifier l'écran, elle confirme :
— Je te donne cinq minutes ! Bises... Ah, je ne t'ai pas dit : quand j'ai quitté MariaSan, leur équipe de polo venait d'embaucher Jade comme entraîneur !

Lorsqu'elle se retourne, Scott a déjà filé. L'a-t-il seulement entendue ?

12

Traqué

L'information était tombée deux heures auparavant sur le fil de la Sécurité Intérieure : le « fantôme », signalé « en visuel » au sous-sol 31. Un garde a vu un poncho noir tourner au coin d'un couloir. L'homme d'astreinte avait réveillé Tucsin en pleine nuit. Il avait bien fait. « Ici Tucsin. » Les oreillettes d'uniformes répercutent sa voix habituée au commandement. « Que tous les gars restent à leurs postes pour surveiller les ascenseurs et l'escalier. Surtout qu'ils n'essaient pas de l'interpeller. C'est clair ? Ils l'empêchent de remonter et ils attendent les renforts. C'est tout. »

Sous l'immense « dalle » qui forme le socle de la cité, le lieutenant Goodsteal bloque les ascenseurs à partir du niveau moins vingt et relève les binômes qui gardent les halls et les escaliers. Ils sont remplacés par des jeunots pris dans l'équipe qu'il vient de réunir. Ils fouillent minutieusement chaque salle, puis ils descendent d'un étage et recommencent. Et ainsi de suite, d'un niveau au suivant, remplaçant les soldats expérimentés par de la bleusaille. Dont, et c'est nouveau, le quota réglementaire de « mobilités réduites ». Hommes et femmes fiers d'être les premiers policiers de proximité en fauteuils roulants dans l'histoire de l'humanité. À chaque étage, l'étau se referme et le groupe du lieutenant se renforce… Le « fantôme » est cerné, piégé, fichu.

Ils passent le niveau 31 sans trouver quoi que ce soit. Kendra n'a rien vu. Mais c'est peut-être normal quand on ne sait pas ce qu'on cherche… Elle leur souhaite bon courage. Ils s'enfoncent dans les entrailles de la ville. Au sous-sol moins 40, le bruit des pompes devient assourdissant. Ici commencent les centrales électriques, puis les réserves d'eau, la station d'épuration, suivies par les égouts encore plus bas. Les élévateurs et monte-charges des autres tours s'arrêtent à ce niveau. Il n'y a plus que les deux ascenseurs centraux. Plus simple pour la traque, mais les fouilles sont plus longues, réservoir par réservoir, avec les détecteurs.

Après avoir dévalé l'escalier métallique qui plonge dans la tiédeur moite du dernier sous-sol de la pyramide – au moins 50 – Goodsteal arrive au socle des machineries et doit se rendre à l'évidence : de fantôme, point.

La légende du Bouc lui revient en mémoire : y aurait-il vraiment des passages secrets dans ces sous-sols ? Sa grand-mère racontait qu'autrefois, immédiatement après *GE*, Paoly avait accueilli plus de cent mille personnes supplémentaires. Doublant sa population. Tout l'espace disponible était réquisitionné pour loger les réfugiés : salles de réunions, écoles, amphis, salles de sport... et donc aussi le grand gymnase. Henri Duncan, fils du président fondateur de la ville, avait établi ses quartiers dans un bunker personnel au sous-sol 31, à deux pas du gymnase, de la piscine attenante et du poste central de surveillance vidéo que des passages dérobés reliaient à ses appartements. À partir de la télésurveillance, d'où il espionnait les réfugiées, il repérait les plus jolies, puis sortait la nuit pour les enlever et les séquestrer dans son appartement. Là, il les brutalisait autant qu'il le voulait, avant de les relâcher en leur faisant promettre le silence, disant qu'il avait des yeux et des oreilles partout et leur ferait payer cher toute trahison, ainsi qu'à leurs familles. Ces pauvrettes erraient dans les sous-sols, couvertes d'hématomes. Elles ne parlaient jamais de leur calvaire. Qui s'en serait soucié ? Les temps étaient difficiles, et les morts, autant de bouches en moins à nourrir.

Même si l'eau ne manquait jamais aux robinets de la cité, ce Henri en ignorait l'usage ! D'où ce surnom « Le Bouc », à cause de la puanteur qu'il dégageait. Il fut élu président après le décès de son père, puis mourut victime d'un attentat en l'an huit. Le *Registre* atteste son existence, mais aucun document ne permet de confirmer ou d'infirmer la légende. Personne n'a jamais retrouvé les passages secrets dont il se serait servi. Ni même son appartement privé... Mais leur existence est tenue pour certaine, encore aujourd'hui, par la plupart des citoyens de Paoly.

À l'étage 90, dans la salle du Conseil, Tucsin rejoint la présidente devant une large baie vitrée. Le ciel forme un plafond limpide au-dessus des montagnes figées dans leur respiration millénaire. À leurs pieds, un trait de brasure neuve entre les plaques rouillées des versants olympiens : le Delaware. Au loin, un drone équipé de caméras remonte la vallée. Le niveau du fleuve a considérablement baissé, et des barbares pourraient être tentés de traverser. Le général se prend à rêver. Un jour, les chercheurs trouveront des appareils comme celui-là, mais plus grands, capables d'emmener un ou deux soldats, peut-être davantage. La physionomie de la guerre en sera bouleversée ! En attendant, la simple présence de l'appareil suffit le plus souvent à dissuader les intrus. L'homme en uniforme contemple un instant ce spectacle qui le conforte dans son rôle de protecteur de la cité. Il a choisi le métier des armes. Il sait que rien n'est jamais acquis dans une bataille. Des animaux aussi stupides que les *ragondas* peuvent tuer un loup, s'ils sont une centaine et qu'ils l'encerclent. C'est déjà arrivé. Cela arrivera encore, à chaque fois qu'un loup trop sûr de lui oubliera toute prudence ! Les barbares sont innombrables. Les citadins, parfois négligents. Pourtant, c'est bien de bataille qu'il s'agit, où chacun joue sa survie. Qu'on les aime ou pas, qu'on le sache ou pas, les militaires sont indispensables à l'existence de la cité. Cela s'appelle le devoir.

Helen et lui se sont donné une heure pour préparer ensemble le Conseil des ministres hebdomadaire. La présidente s'approche de la place d'honneur de la grande table taillée dans un rondin de séquoia. Elle pose ses mains chargées de bagues sur le dossier du fauteuil. L'écran incrusté affiche un ordre du jour pléthorique : le mouvement indépendantiste ne faiblit pas et provoque des incidents sporadiques ; la venue imminente d'un dignitaire de C-Town n'est pas au goût de tout le monde ; le « fantôme » court toujours ; l'équipe de polo peine à se réorganiser sous la direction de Yugo ; un champignon parasite mine la production des fermes souterraines ; le Conseil doit approuver l'augmentation de production de la raffinerie pour compenser les difficultés d'approvisionnement au Texas. Certes, ce n'est que trois clics, puisque l'usine est automatique, mais cela doit être approuvé par le Sénat. Et pour ne rien arranger, le New Jersey trouve les cours du poisson trop bas et menace de rompre l'accord si Paoly n'augmente pas les prix... Enfin, ça, c'est la formulation de Tucsin : toujours des problèmes, des ennemis, des forces à évaluer, des angles d'attaque... Il va falloir qu'elle traduise cette information brute dans un langage compréhensible par le Sénat. C'est comme ça qu'on fait de la politique ! Elle a renoncé à le lui expliquer. Il refuse d'admettre que les cent sénateurs ne pensent qu'au fric. Les représentants des familles les plus riches de Paoly ne veulent voir que trois chiffres : combien ça coûte, combien ça rapporte, et en combien de temps. Une pensée fugace traverse son esprit. Cette manière de conduire une cité pourrait être une source de difficultés, un de ces jours... De mauvais pressentiments l'assaillent parfois. Jamais très longtemps.

— Tucsin, quelque chose te préoccupe ?

Pour toute réponse, le général se dirige vers le tableau électrique et coupe les caméras.

Il a étudié de près le rapport du lieutenant Goodsteal. Cette histoire de « fantôme » l'amène tout droit sur la légende du Bouc. C'est complètement irrationnel. N'importe quel observateur impartial conclurait que Goodsteal s'est tout simplement fait avoir par un homme de chair et d'os plus rusé que lui... Sauf que : tout citoyen de Paoly associera automatiquement cette mésaventure aux hypothétiques passages secrets de la légende racontée par les grand-mères... Il n'est pas question d'aborder ce sujet avec Helen. La simple évocation de son ancêtre Henri la met dans un état émotionnel voisin de l'hystérie !

— ... Je n'aime pas te voir soucieux, confie l'héritière Siegfried, avec une moue enfantine. Tu sais, le problème est simple, ce matin : il faut calmer le staff et gagner du temps, c'est tout. Les difficultés se règleront bientôt. Le temps arrange toujours tout.

Helen revient vers lui, certaine de l'effet qu'elle produit. Elle a déniché une robe écarlate assortie à ses cheveux ainsi qu'à son rouge à lèvres, ses chaussures... Son décolleté s'empourpre. Sa mère répétait à qui voulait l'entendre : « Se faire secouer le fondement et pilonner l'intime par un inconnu est le genre de loisirs dont une femme se lasse assurément avant la trentaine. » À se tordre de rire ! Helen n'était jamais harassée de la chose. Tucsin époussette une poussière imaginaire sur sa veste. Il enserre sa taille, colle sa bouche sur la sienne, la soulève et la prend à la hussarde sur le plateau massif. Elle raffole de ces étreintes brèves et fougueuses, à côté desquelles les *sexbots* paraissent bien mièvres. Elle hurle son plaisir, ponctué de gémissements et de mots orduriers. Le ministre de l'Intérieur n'a pas dit un seul mot. Il n'aura pas davantage d'explications à donner. Il est persuadé, en son for, non moins intérieur, que le « fantôme » a dû avoir chaud aux fesses et que, s'il est doué de raison, il va se tenir tranquille un moment.

Dans l'étroit couloir qui relie la salle de télésurveillance à l'appartement privé du Bouc, Taïpan progresse à petits pas légers effleurant le sol pour le cas où ses poursuivants disposeraient de capteurs sonores. L'air est sain. Le ciment sec, sous le faisceau de la torche électrique. Il perçoit au sommet de son crâne la respiration pierreuse de cinq millions de tonnes de béton et d'acier. Il pense à sa fille. Il est si fier d'elle ! Parmi le peu de gens qui connaissent les deux mondes, celui de la ville et celui des steppes, la plupart ont une préférence pour l'un, et vivent leurs escapades dans l'autre comme de simples parenthèses. Rares sont ceux qui sont à l'aise partout. Jade fait partie de ces privilégiés. Mais elle a, en plus, quelque chose d'unique. Elle a su intégrer, dans la vie citadine comme dans son sport, l'approche globale de l'univers, la compréhension chamanique des tribus. Elle aborde ses partenaires, ses adversaires, le match entier, avec le respect et la douceur qui seuls permettent d'attraper un poisson à mains nues ou d'allumer une brindille. Elle se plaît à dire : « L'accord de la balle et du maillet avec le vent et la montagne fait s'écarter le nuage pour que le soleil aveugle l'adversaire... On ne contraint pas la nature. L'être humain est tellement minuscule qu'il doit comprendre que ses forces ne lui sont d'aucun secours. Sinon, il meurt. » Là où un citadin hurle, cogne... elle glisse en souplesse, sourire aux lèvres.

Elle venait d'avoir quatorze ans. Cette sortie était son cadeau d'anniversaire. L'occasion d'une halte en bordure de la forêt. Après l'orage, les poussières retombées, le soleil éclairait son visage. Son regard s'adressait à l'objectif. Heureuse. Souriante. Détendue. Une expression peu courante chez elle. Toujours si soucieuse de son classement à l'école. Tellement concentrée sur son entraînement. Obsédée par son avenir de championne. Sa carrière commençait. En junior, Givemmore, le sélectionneur, l'avait déjà remarquée. Elle intègrerait l'équipe de Pennsylvanie la saison prochaine. « Tu crois que c'est mieux le sport ou diriger une usine ? Des fois, j'ai un doute. » Oubliée, sa demi-douzaine de prétendants. Oubliés peluches, jeux vidéo, robots. Oubliés tous les soucis de son âge. Elle vivait pleinement cette semaine de vacances, passée à camper en plein air avec son père. Là commençait l'aventure, à l'écart de toutes les pistes, sans jamais croiser personne. Au cœur des montagnes arides d'une beauté saisissante, des déserts infertiles, des canyons vertigineux, des lacs étincelants dont l'œil est incapable de se détacher durant de longues minutes, des vallées où l'on distinguait trente-deux nuances de vert, des forêts d'arbres gigantesques où l'on pourrait faire sa maison au creux d'un tronc. Les feuilles, les fleurs, les écorces, les racines... Au cours de nos balades, les herbes que je lui enseignais... elle paraissait déjà les connaître. Comme si apprendre, pour elle, n'était que raviver un souvenir.

— *Savent-ils, les gens des villes, que les arbres parlent entre eux, se caressent, emmêlent leurs racines, se soignent et se soutiennent ?*

Chasser, dépiauter un lièvre et le rôtir sur le feu de camp la remplissait de bonheur. Nous ne nous voyions pas si souvent, alors elle n'aurait manqué ça pour rien au monde !

— *Assure-toi qu'il soit bien assommé avant de l'accrocher.*

— *Je sais, papa.*

— Et n'oublie pas de dire les paroles...

— Ça, je sais aussi : « Excuse-moi, frère lapin, c'est pour nourrir ma famille que je le fais. »

Bien sûr, elle percevait que ces choses-là étaient utiles, voire même qu'elles pourraient lui rendre service un jour. Mais ce n'était pas le principal. Ce qui l'enthousiasmait avant tout, c'était cette incroyable sensation de légèreté ! L'impression d'être unique, entre le ciel et la terre. Ne rien devoir, ni d'avoir de comptes à rendre, à quiconque, sinon à cette nature dont les contraintes se révélaient dures, parfois cruelles, mais d'où naissait un sentiment de liberté, éblouissant, palpable, respirable, comme nulle part ailleurs. À même pas un an – elle marchait à peine – les jouets ne l'intéressaient pas. Non. Seulement les armes qui traînaient chez moi : un couteau oublié sur un guéridon, un sabre pendu à la poignée d'une porte, le mannequin d'entraînement... Elle tendait la main. Elle voulait ça... Il fallait tout surveiller.

Dès qu'elle était dehors, elle changeait complètement. Dans son élément, elle s'éveillait. Et j'occupais son attention. Parfois, je me dressais debout sur la moto. Une grimace. Elle riait.

J'adorais la faire rire ! Je m'asseyais, prenais mon temps, une tasse de thé brûlant à la main. Je relançais le feu, racontais les exploits des ancêtres. Mêlant ma voix aux crissements des insectes, aux craquements des végétaux, aux piaillements des oiseaux, aux appels des fauves. Elle s'endormait sans compter les étoiles. Cette saison, elle avait poussé à 1m70 ! Visage allongé, bouche délicate, nez droit, franche d'allure, les membres déliés, elle grandirait encore ! L'expression concentrée, le sourire rare, sans aucune affectation dans le port de tête. Une aisance naturelle. Une liane. Elle était la souplesse même. Jouant du maillet, elle enchaînait, déroulait, flottait en l'air, ralentissait, accélérait, sans s'arrêter, sans crispations, aucune. Sa poitrine marquait peu la tunique de soie verte. Son crâne et tout le corps glabre, ses yeux scintillaient de l'éclair acéré du chasseur.

Des bons moments. Des souvenirs qui lui tiendraient compagnie tout le long de ses années d'internat. Un espace, une atmosphère... Davantage, même. Cette nature qui l'accueille, l'entoure, l'enserre, lui murmure. Omniprésente, inquiétante parfois. Bienveillante en général. Nourricière. Elle n'avait pas connu sa mère. J'étais toujours par monts et par vaux, la confiant aux bons soins d'une famille voisine. Très tôt en butte aux remarques, aux railleries même. « Ton papa est encore parti – les nouvelles vont vite – qui va s'occuper de toi, la grande gigue ? » Elle redressait la tête, regardait au loin. Passait à autre chose. Passait son chemin. Changeait de sujet. Question suivante. Elle lançait un air de flûte, un Aria de Bach dans les écouteurs. Tout glissait. Rien n'aurait de prise sur elle. Un funambule tendu sur le fil rectiligne de sa vie.

La violence des hommes envers la nature, les autres espèces, et finalement soi-même avait culminé avec la *Grande Extinction*. Force est de constater que, citadins ou barbares, les survivants s'obstinaient à répéter les mêmes erreurs chacun de leur côté... Jade a vécu dans les deux mondes. Maintenant qu'elle est célèbre, elle sera peut-être écoutée quand viendra le moment où les hommes poussés au désespoir chercheront une alternative... Son père en est persuadé.

Il atteint l'extrémité du couloir, pousse la porte... Accoudé sur la table du Bouc, lui tournant le dos, un T-shirt décoré d'une guitare enflammée et de longs cheveux filasse qu'il connaît bien : un ancien copain de Jade. Taïpan tousse ostensiblement :

— Coucou, Benji !

Le jeune homme sursaute, se retourne et le regarde, affolé :

— Qu'est-ce que vous faites là, Scott ?

— J'allais te poser la même question.

— Vous n'allez pas me dénoncer, n'est-ce pas ?

— Certainement pas. Je veux bien partager ce havre de paix avec une personne de confiance. Dis-moi : qui d'autre connaît cet endroit ?

— Personne, Scott, je vous promets, personne.

— Même pas ta copine ?

— Pas en ce moment. Quand je suis sur un chantier, je n'ai pas de temps pour les filles, déplore Benji.

— Rien que nous deux ?

— Que nous deux, confirme le geek. J'y viens pour travailler tranquillement. En haut, je n'arrive pas à me concentrer. Alors qu'ici, la déco est plutôt zen, je me sens bien.

Taïpan parcourt du regard la pièce carrée d'à peine cinq mètres de côté : deux portes, une table et quatre chaises, un coin douche, un coin cuisine, un grand lit métallique et une armoire. Cette rusticité martiale lui est familière, mais devrait paraître dépouillée à un jeune homme élevé dans le confort des étages supérieurs... À plus forte raison si l'on s'imaginait un lieu de débauche. À moins que quelqu'un n'ait fait le ménage... depuis trois siècles ! Un objet sur la table l'inquiète :

— Pas de bruit, j'espère ?

— Pas le moindre, Scott, je ne suis pas idiot. Même pas de musique. Regardez, mes écouteurs sont éteints.

— OK, Benji. On se détend. Tu ne risques rien. Nous sommes toujours amis ?

Taïpan s'assoit en face du geek. Ce dernier lâche avec soulagement :

— Bien sûr, Scott.

— Et celui qui te l'a indiqué, il est mort ?

— Personne n'est mort, et personne ne me l'a indiqué. J'ai trouvé tout seul.

— Ah ? Comment ?

— En testant les plans de la pyramide avec un algorithme de recherche d'anomalies structurelles. J'avais codé ça pour une société de prospection. On donne toutes les cotes d'un site et le logiciel indique où on a des chances de trouver une citerne ou un stockage... Cela permet d'optimiser les fouilles. Bref, un jour, une idée me vient comme ça, j'essaie sur les plans de Paoly... Bingo ! Entre le gymnase et la salle de télésurveillance, le mur est plus épais qu'il ne devrait, et au croisement avec les ascenseurs, la salle où nous sommes actuellement, l'écart est censé être plein, alors que c'est un vide technique partout ailleurs. Cela ne se remarque pas à l'œil nu. Le type qui a construit cette pyramide s'était ménagé une chambre secrète ! Se prenait-il pour un pharaon ? J'ai cherché. Depuis l'histoire du Bouc, la plupart des caméras ont été ôtées autour du gymnase, et il n'y en a plus aucune dans les vestiaires ! Celles qui restent sont faciles à éviter. Comme je jouais au polo à cette époque, ça ne surprenait personne de me voir aller et venir dans ce secteur. Et j'ai trouvé ! Dites-moi, Scott, je peux vous poser une question ?

— Oui, bien sûr.

— Qui vous l'a dit, à vous ?

— Howard Siegfried. Le mari d'Helen est mort dans mes bras pendant la campagne du New Jersey. Il tenait l'information de son beau-père Duncan, mais le vieux ne voulait pas que sa fille, Helen, le sache. Il pensait que son gendre en ferait un meilleur usage. Avec le ventre ouvert, dans un cratère boueux, Howard savait qu'il était foutu. Il m'a indiqué le moyen d'atteindre cette cachette. Il avait confiance en moi.

— Bon. Ça va. Donc, le secret restera entre nous.

— Tu es malin, Benji ! Mais si tu l'as fait, un autre peut le faire...

— Non.

— Benji, les plans sont dans le *Registre*. Tu as modifié le *Registre* ?
— Non. Ça, c'est impossible… Mais j'ai mis un mot de passe sur le fichier.
Le jeune homme s'esclaffe :
— Un mot de passe de Benji, ce n'est pas demain que quelqu'un le craquera !
Une vantardise qui tombe à plat, dans le vide étroit d'une porte qui se referme. Celui à qui elle était adressée s'est évaporé.

« T'as pas une *perle* ? » Une soif, un courant d'air, un mauvais rêve, peut-être une simple coïncidence, a réveillé Muna. À chaque fois qu'il ouvre les yeux, c'est cette phrase qui lui vient : « T'as pas une *perle* ? » Allez savoir pourquoi. Un réflexe. Le clochard n'est pas doué pour l'introspection. Vers les trois heures du matin, dessoûlé, inerte, il reste les yeux vagues, avachi sur les cartons de la sortie ouest. Mais l'ombre regarde Muna. C'est ça qui l'a sorti de son sommeil : l'attention inhabituelle que lui porte l'ombre. Elle déclare :
— Je veux bien te donner une *perle*, mais tu devras faire quelque chose pour moi.
— Ça ne m'intéresse pas. Je veux une *perle*, c'est tout.
Deux doigts du mendiant entortillent une mèche de cheveux gras. Il boude. L'ombre insiste :
— Tu ne voudrais pas deux *perles* ?
— Oui, je veux bien deux *perles*.
— Et tu travailleras pour moi ?
— Non. Ne me prends pas pour un idiot ! Tout ça, c'est du baratin pour restreindre ma liberté. Moi, je suis libre, c'est ma dignité, et je veux le rester !
— Dis-moi, Muna, tu ne te sentirais pas gêné de rester là à ne rien faire tandis que les autres sont obligés de se battre pour survivre ?
— Si je vivais ailleurs… peut-être. Mais pas ici. Je profite du Système. Il semble fait pour moi.
— OK pour cette nuit. Je te donne une *perle*. Rappelle-toi que si tu en veux trois ou quatre, il faudra faire ce truc pour moi. Réfléchis bien !
Déjà. Impatiente. Aspirée par un éclair obscur. L'ombre s'est évanouie dans les ténèbres.

Un visage lisse comme un marbre précieux occupe sa pensée : Jade. Baignée des reflets de feuillages et de tissu, jamais elle n'avait autant mérité son prénom que ce jour-là. Dix ans ont passé depuis la photo. Un maelström de souvenirs se présente, prêt à dégringoler en cascade dans le gouffre luisant du « monde tel qu'il est ». Barrage. Qu'elle le sache ou non, qu'elle le comprenne un jour… ou pas. Tout ce qu'il a fait, c'était pour elle. Elle est partie il y a deux mois. Qui sait où elle peut se trouver aujourd'hui ? Il a beau se répéter qu'il ne doit pas s'inquiéter, qu'elle est de taille à tout surmonter… N'empêche, au diable les raisonnements : sa fille, en fuite, qui ne peut compter sur personne… Il doit la retrouver. Là-bas, au bout de la piste pierreuse, elle a besoin de lui, il en a la certitude. Le soleil tressaille à l'horizon, comme une invitation. Ce regard… L'homme ferme le médaillon et le replace sous la tunique. Infime claquement métallique. Léger poids sur la peau. Une ruade relègue fées, lutins et démons au fin fond de sa mémoire. Ne pas se permettre la moindre faiblesse. Un pincement au cœur relance la moto. Vers l'ouest. Dans la direction où elle a disparu.

13

Droug

Mai 347, quelque part dans l'Indiana

Les premières tornades devraient bientôt surgir avec la fin du mois de mai. En attendant, la saison sèche bat son plein, chargeant le vent d'effluves végétaux. Taïpan a quitté les dunes. La piste fend maintenant des broussailles épineuses dans la direction d'un soleil d'agrumes et de la forêt du nord de l'Indiana qui souligne l'horizon d'un gros trait verdâtre. En réalité, il est très en retard sur son plan de route. C'est dans l'Allegheny qu'il a perdu du temps, avec sa clientèle d'habitués friands de maniement d'armes. Mais il garde son rythme de conduite. À quoi bon allonger les étapes quand on est sur deux roues ? Le stress et la fatigue sont les pires dangers qui puissent guetter un motard... Il doit encore remonter vers le nord pour participer à une concentration de chasseurs du Michigan où il espère glaner des informations, avant d'aller retrouver sa fille à MariaSan. Il ne s'inquiète plus pour elle depuis qu'elle est arrivée là-bas. En sécurité.

À la jonction avec la piste nord-sud, un néon « DINER », un point d'eau, de l'essence, une épicerie-quincaillerie médiocrement achalandée et le Viper Hood, bar-hôtel-restaurant... L'un de ces *woop-woop* qui n'existent sur aucune carte, qui apparaissent puis disparaissent au gré des trafics. Celui-là n'existait pas il y a deux ans. Taïpan ralentit la moto. Totalement peinte de noir mat. Une Kawa dont la customisation a gommé les aspérités, révélant la silhouette racée de la bête de course. Mais la suspension est rude. Malgré l'aide du pilote automatique, la position de conduite manque de confort pour les longs trajets et le conducteur a les reins en capilotade. La poussière soulevée par son arrivée retombe en vaguelettes sombres au milieu des rangées de camions, sur le millefeuille d'herbe jaune tassée par les stationnements.

Il complète le plein d'essence, branche le tuyau de charge de la batterie et martèle des poings ses lombaires sous le regard transparent d'un chat roux aux longues pattes perché sur une citerne de propane. Demain, il repartira pour un bon millier de kilomètres... Il salue par gestes le petit groupe de sauvages dépenaillés qui vendent des pièces détachées, du gibier ou des fruits à l'entrée du boui-boui. Des Hurons canadiens qui font halte ici pour laisser passer les tornades avant de descendre plus au sud, profiter des pluies.

Au menu, le gibier est hors de prix. Spécialités de la maison : des fourmis géantes grillées, toutes sortes de vers macérés aux aromates et, plat du jour : l'inévitable civet de *ragonda*. Il commande une salade d'œufs de fourmis arrosée de bière trouble et un gâteau de racines. Camionneurs, voyageurs, la salle est plutôt calme et le repas, correct. Un dénommé Malshik, tignasse plate hirsute, une mâchoire de loup tatouée au-dessus de la clavicule, se lève d'une tablée bruyante et propose un assaut au bâton. Le prix est une femme. Pourquoi pas ? Un je-ne-sais-quoi éclaire l'œil qu'elle lui lance par en dessous. Taïpan veut bien la femme. Jeune, mais déjà empâtée. Les formes lourdes, les chairs mollement balancées par une démarche traînante, les paupières plissées. De quoi combler son besoin d'interaction pour la soirée. Il emprunte un bambou, léger et robuste.

Malshik lui oppose Bones : escogriffe au crâne perclus de vermine, doté de bras démesurés, maigres et longs comme jours de famine. Après quelques palabres, ils sortent dans la lumière rare du parking, Bones et ses compagnons devant, Scott ensuite, faisant provision d'informations, les démarches, les préséances... Suivis par les curieux... Ceux qui sont en mal de distraction ce soir dans le désert... Ceux qui n'ont rien de mieux à faire... Tout le monde !

Sûr de lui, Bones avance en brandissant un manche de deux mètres. Du chêne épais. L'allonge supérieure ajoutée à la dimension de son arme font en somme un avantage déterminant. Taïpan l'observe. Peu de combattants pourraient manier une telle arme sans risquer le déséquilibre à chaque enjambée... Le bambou siffle dans les mains du guerrier. Un demi-pas en avant suivi d'un sursaut vers l'arrière. Première feinte. La lourde pièce de bois entame une série de tourniquets horizontaux, ombre à éclipses, terrifiante sous la lune. Des murmures appréciateurs sortent des gosiers des spectateurs : « Vas-y, le grand, tu as l'avantage ! » Le plus petit doit être mort de trouille ! Personne n'envie sa place. Pas sûr qu'il tienne bien longtemps. Quand on pense au sale quart d'heure qu'il va passer ! Mieux vaudrait pour lui qu'il parte en courant ! La plupart lui voient le crâne éclaté comme une noix sanglante sous la funeste trajectoire de la poutre. D'autres, appréciant son agilité, prédisent qu'il aura les reins brisés et une fin honteuse, dépecé par chats sauvages. Seuls des yeux exercés pourraient observer que Bones n'a aucun contrôle du poids ; il oscille d'un pied sur l'autre, raide comme une oie gelée. L'extrémité du bâton ronfle à chaque passage. Il marche droit en avant, enhardi par la terreur qu'il croit deviner dans les reculs successifs de son adversaire.

Sourd aux commentaires du public, Taïpan se concentre. Il compte les rotations : une, deux… À trois, un demi-saut vers l'avant coupe la distance. Le bambou fend l'air pour une frappe. Sur le front du favori. Juste une bosse. Suffisant.

Il aurait cru Bones plus rapide. Déconcerté par une victoire aussi facile, Taïpan récupère son prix sous les applaudissements. Une œillade de la belle suffit à disperser les dernières bribes de perplexité du baroudeur. La soirée se termine assez tard. Prolongée d'ébats bruyants.

Au matin, personne dans le lit à côté de lui. Une place à peine tiède. Et son collier a disparu ! Les *perles* sont la seule monnaie d'échange en dehors des villes. La fille lui a dérobé une petite fortune ! Elle s'est volatilisée avec toute la bande. Au comptoir, les paupières sont lourdes. Personne n'a rien vu. La bande n'est pas connue, ni en bien ni en mal. Ils ont dû décaniller de très bonne heure. Dehors, dans un petit jour économe de la moindre clarté, l'unique bonne nouvelle : la Kawa est intacte ! Visiblement, Malshik ne voulait pas d'ennuis avec le taulier de l'endroit, le seul à défendre la loi et l'ordre devant sa porte. Il achète aux Canadiens un sachet d'herbes censées le protéger des maladies. Oui, ils dorment un peu plus loin. Oui, ils ont vu le grand blanc hirsute et sa bande partir de bon matin, continuer leur route vers l'Illinois, le long de ce qu'il reste du macadam de la Route 30 après plusieurs siècles de dévastation. La police ? Elle a disparu de l'Indiana, comme tout le reste, il y a deux siècles, avec les razzias des Néo-Vikings.

Des jours que Taïpan s'échine à lire des traces à moitié effacées dans une jungle de broussailles ombreuses. Il suit des branchages tailladés, des surgeons foulés sur les mousses, les fougères… Enfin, les marques fraîches d'une douzaine de motos. La forêt est à présent moins dense. Ils ne prennent aucune précaution pour dissimuler leur passage. Dans l'excitation de l'approche, le pisteur escalade un coteau, progressant sur la crête jusqu'à une pointe rocheuse. Dix heures du matin. Le soleil dort encore dans son halo violet. L'étendue boisée épargnée par l'*Extinction* s'interrompt, puis reprend à une demi-heure de route vers le couchant. Dans l'intervalle, rien. Une lande rase, des herbes jaunies et des buissons secs. Au sud se découvre la cicatrice orange du Mississippi, impudique sur le velours marbré des marécages. De l'eau ? Il renonce à se dérouter pour remplir sa gourde. Il reste néanmoins debout un long moment sur le promontoire, visible de plusieurs lieues à la ronde. Sa manière à lui de maintenir la pression sur les proies.

Là-bas, à l'abri d'un sous-bois, Malshik se retourne et brandit sa longue-vue.

— Le type nous suit toujours, chuchote-t-il en riant. Regardez, de l'autre côté, nous sommes sous le vent d'un élan. Ne faites pas de bruit. PAN à l'un, PAN à l'autre !

Aucune inquiétude. Les hommes se regardent d'un air entendu. Le jour blafard permet de distinguer à l'œil nu la silhouette du poursuivant.

— Pas la peine de se triturer le cerveau pendant des heures, rétorque Bones, échalas stupide, mais vif comme un crotale. Attendons-le plutôt ici. Le plus redoutable guerrier du monde, on lui tombe dessus à douze par surprise. Terminé.

— Lui ? Par surprise ? Tu ne l'as pas reconnu ? N'oublie pas Gratefull Pass. Ils étaient cent. Tous morts.

— Arrête. Ne me dis pas que tu crois encore à ces légendes ! Je n'ai pas peur de lui. L'autre jour, je me suis laissé faire. C'était convenu. Mais celui-là, je le prends quand je veux ! Moi, je dis...

— Toi, tu te tais !

La voix du chef est sèche, voire menaçante.

— Tu n'as rien dans le crâne ! Je répète : pas le moindre risque. Je veux zéro perte. J'ai besoin de tout le monde pour le coup dont je vous ai parlé, dans l'Illinois. Finies les petites escroqueries. Nous changeons d'échelle !

— OK. C'est bon. T'énerve pas. Mais lui, depuis plus d'un mois qu'il nous colle aux basques, il faut faire quelque chose ! On ne va pas le traîner derrière nous jusqu'à l'hacienda... Comment on le décroche ?

— Surtout pas de bruit. Qu'il ne se méfie pas. Approchez, je vais vous dire ce qu'on va faire...

Sursaut. Douleur au flanc droit. Précipité dans un galop effréné. Vers le tréfonds ténébreux de la forêt. Il court le plus loin, le plus vite possible, pour échapper à ce mal. Il fonce à travers les frondaisons, affrontant les épines, les gifles des branchages. La souffrance irradie tout son côté, des vertèbres jusqu'à la pointe des sabots. Elle ne le lâche pas. Au contraire, elle l'envahit.

Ses pieds s'alourdissent à chaque bond. Ses poursuivants le rejoignent, l'entourent. Cerné.

« *J'aime cette odeur. Mais lui, il m'effraie. À gauche et à droite, notre tenaille s'est refermée sur lui. Pourquoi ça traîne ? Ça fait longtemps que maman aurait dû lui sauter dessus. Mais au lieu de cela, elle n'attaque pas. Elle empêche les autres de le faire. Elle me regarde. Elle m'encourage. Maman veut que j'y aille. Ce monstre est dix fois plus gros que moi ! Il est blessé. Une multitude de meutes chassent sous la nuée. Maman dit que si je gagne tous mes combats, je deviendrai le plus grand loup de toutes les hordes. J'ai peur. J'ai faim. J'y vais.* »

L'élan titube, les dents d'un jeune loup agrippées à sa gorge. Ses forces l'abandonnent. Il s'écroule.

Encore loin derrière, la chaleur pèse sur les épaules de Taïpan, lui colle aux bras, dégouline sur ses jambes. Il fait halte derrière un rocher pour mettre de l'ordre dans son équipement en prévision du combat final. Aucune puissance musculaire visible. L'alliage de rectitude et d'élasticité caractéristique de l'escrimeur. Rien pour attirer l'attention, n'étaient ses yeux sans couleur : percés de pupilles sombres, creusés de milliers d'heures de méditation. Il relance sa monture en propulsion électrique, à petite vitesse, attentif à la moindre brindille. À l'orée de la gigantesque pinède, une rangée de chênes et d'érables rabougris masque le sous-bois de leurs ombres fluettes. L'endroit idéal pour un guet-apens. Des piaillements d'alerte à son arrivée. Plutôt de bon augure. Le silence de la nature serait l'annonce la plus probable d'une présence, c'est-à-dire d'une embuscade… Rien de tel. Il détend ses jambes. Narines largement ouvertes, guettant le moindre effluve étranger à l'atmosphère pesante, il pénètre dans la quiétude ombragée de la futaie. La troupe qui le précède laisse toujours autant d'empreintes, de branches brisées, de végétaux écrabouillés. Leur piste tourne brusquement. Ils ont forcé un élan. Longue traînée rouge et buissons écrasés. La fureur crispe ses poings. Il les surprendrait en plein partage. Il ferait en sorte que ces âmes délétères retournent au néant glacial qu'elles n'auraient jamais dû quitter.

Il prend soin de dissimuler sa propre trace en glissant les roues dans celles qui le précèdent. Le soir tombe quand le guerrier solitaire atteint la carcasse… et les loups en train de festoyer. Cette vision l'immobilise. Les bipèdes qu'il poursuivait se sont évaporés ! Il distingue une flèche plantée haut dans l'arrière-train du cervidé. L'empennage dépourvu d'ornements. Dard anonyme d'un errant. Rien de mortel. Ce sont les loups qui l'ont achevé. Des chasseurs auraient abandonné leur gibier estropié, délaissé cent cinquante kilos de viande fraîche ? Quelque chose cloche. Il passe la marche arrière et entreprend de rebrousser chemin en toute discrétion... La morsure vrille sa botte. Il n'avait rien entendu venir. Dégainant sa lame courbe, par réflexe, il tranche en deux l'assaillant. Les autres rappliquent. Ainsi, les sbires de Malshik avaient blessé et rabattu la bête jusqu'aux loups, leur confiant le soin de l'embuscade ! Comment – lui le pisteur émérite – est-il tombé dans un piège aussi grossier ? Trop tard pour se le demander. Les grognements l'entourent. Pour ne pas rester coincé sur la selle, il enclenche le pilotage automatique et se dresse sur la moto. Celle-ci avance en décrivant un grand cercle. La meute l'entoure, chacun bondissant tour à tour. Taïpan tranche à gauche et à droite. L'éclat des crocs le dispute à celui de l'acier. Puis les tornades se rencontrent. La lourde lame décrit autour du bretteur des spirales tantôt courtes, tantôt longues, fauche vivement, puis ralentit, sans jamais s'arrêter, accompagnée d'un sifflement de « Danse du sabre », dans les halètements sinistres, les gémissements lugubres, les claquements de mâchoires. D'un même mouvement, il peut couper une gorge à ras de terre et éventrer ensuite la bête suivante en plein saut. Plié. Redressé. Inspire. Expire – appuyé. Légère inspiration suivie d'une longue expiration, étirée. Bref relâchement d'une nouvelle respiration. La calligraphie funeste peint ses phrases en jets de sang sur la maroufle de la nuit. Soudain, c'est fini. L'archet mortel cesse de caresser les cordes de lumière tendues sous les étoiles. Onze dépouilles sanguinolentes gisent alentour, gueules béantes, flancs inertes. Des fruits mûrs abattus par la grêle. Taïpan saute à terre. L'éclair d'acier bleu s'abat sur une silhouette geignarde, plus petite que les précédentes, aplatie au sol... Arrêté sur la nuque d'un jeune animal. Un souvenir s'impose au maître d'armes. Enfant, il revenait du temple avec quelques bosses glanées le long du chemin auprès des mécréants. Sa mère ne le plaignait jamais. « Améliore ta garde », disait-elle. C'était tout. Respect. La lame recule doucement. Un jappement plaintif approuve son geste. Le dos rond, la queue rentrée, le jeune loup se rapproche pour lécher les bottes qui prolongent l'arme.

— Tu t'appelleras Droug, déclare solennellement l'homme. Cela signifie « ami » dans une langue ancienne. Tu m'accompagneras. Nous égorgerons Malshik et sa bande. Tu pourras boire leur sang.

D'un grognement, Droug signifie qu'il a bien compris, et aussi qu'il est d'accord. Taïpan grimpe dormir dans un arbre. Le loup monte la garde.

14

L'hacienda

Juin 347, Illinois

Planque et lieu de rendez-vous, la bande investit l'hacienda où le chef doit les rejoindre bientôt. Bones parade. Lui seul sait organiser un bivouac ! Les autres se taisent, échangent par en dessous des regards pleins de sous-entendus… mais supportent. Son tour viendra un jour. Ils lui règleront son compte. Mais ils ont beaucoup de choses plus importantes à faire en attendant. Des choses pour lesquelles ils ont besoin de son talent dans les batailles. Le plus ancien, un dénommé Rakka au visage couturé de cicatrices, affiche une mine sombre en avalant sa rasade de whisky à la lumière des phares, les oreilles saoulées d'un hard rock tonitruant. Ça ne lui a pas échappé : le vieillissement de la population ! Ça faisait combien, dans les dix ans, qu'ils n'avaient rien recruté ? Leur clan, les Chaïkas, s'étiole, perd sa vitalité… Une espèce en voie de disparition ! La faute à qui ? Il s'étire. Bones lui jette un regard en coin. Un sacré combattant celui-là, avec son bâton de deux mètres ! Rakka se dirige vers lui.

— Une petite soif, Bones ? dit-il en appuyant sa question d'un lancer de bouteille façon base-ball que l'interpellé réceptionne avec l'aisance d'un joueur professionnel.

Il renverse la tête pour s'abreuver à la régalade, le pouce sur le goulot, sans contact des lèvres.

— Dans quelques années, les Chaïkas auront disparu, répond-il en soupirant d'un ton fataliste, restituant la bouteille à son propriétaire.

— Exactement ce que je me disais. Faudrait qu'on trouve des jeunes.

— Les jeunes, ils sont tous dans les villes, ou dans les clans importants, rétorque le grand.

Alors Rakka suit son idée d'un ton aguicheur :

— Ça te dirait de faire une razzia, d'avoir un neveu de compagnie pour toi tout seul ?

— J'aimerais, c'est sûr, regrette-t-il avec une moue désabusée. Mais on n'est pas assez nombreux. Tu nous vois attaquer une tribu de trois ou cinq cents personnes ? Parce que si on veut dix gamins, c'est au moins ça.

— Malshik a promis que les choses allaient changer. En tous cas, à son retour, il va falloir en parler. Des fois, je me demande s'il n'aurait pas mieux valu payer une licence à un gang réputé : les Scorpions, ou les Grizzlys…

Le flacon décrit un point d'interrogation dans l'air au-dessus du gosier de Rakka. L'homme au bâton s'insurge :

— Et leur donner 15 % ? Moi, je ne céderai jamais rien sur ma part. À personne.

— Eh ! Tu sais quoi ? Le rêve de Malshik, c'est de décrocher une lettre de course ! Là, c'est au moins le double, mais on peut piller tout ce qu'on veut en toute légalité à la seule condition de reverser le tiers de la valeur à la cité émettrice !

Bones tisonne nerveusement les cendres avec un bout de fémur calciné. La tête dans les épaules il demande :

— Tu crois que c'est ce qu'il est parti négocier ?

« Bienvenue dans le monde réel », pense Rakka…

— Pas impossible, avance-t-il prudemment.

— Trop cher.

— S'il revient avec une lettre de C-Town, tu le suivras ?

Rakka affiche un air détaché. Comme s'ils discutaient à bâtons rompus d'un vague projet de braquage de convoi… Bones soupèse le morceau d'os et la question. Il connaît bien le balafré. L'élan, Rakka l'avait tiré lui-même. Un bon tir. Pas raté. Blessé. Et rabattu avec précision en direction des loups, pour piéger ce pot de colle qui les suivait… Bones ne manquera pas de respect à Rakka. Il garde les yeux au sol, les reflets rougeoient sur son crâne chauve, mutique… Il balance l'ossement loin par-dessus son épaule, sans même se préoccuper du point de chute. Comportement décevant, pense Rakka. Malshik ne se contentera pas d'un aussi piètre enthousiasme. L'horizon s'assombrit à l'ouest. Bientôt les premières pluies. Demain, ils iront au fleuve, s'approvisionner en poissons et en racines comestibles. Tous ensemble. Surtout ne jamais relâcher la surveillance sur Bones.

Les traces laissées par le gang ont moins de deux jours. Taïpan a passé la nuit dans l'Indiana, à deux pas d'ici, attendant le matin pour passer la frontière.

« Bienvenue dans l'Illinois. Armes à feu et véhicules de plus de trois roues doivent être déclarés auprès des autorités sous peine de poursuites. » Taïpan connaît bien ce panneau. Les États qui se sont maintenus après *l'Extinction* sont soucieux de leurs prérogatives, et en particulier de conserver l'avantage de la force. L'histoire troublée des premiers siècles leur a au moins appris cela. Ils ne supportent pas les incursions de groupes motorisés sur leur territoire. Quand ils en attrapent, la sanction est sans appel : la mort. Combien de fois a-t-il vu ce genre d'écriteaux ? Il ne les compte plus. Escortant des convois, chasseur de primes à l'occasion. Sans parler des conflits. Mais en temps de guerre, les puissances de feu sont mieux équilibrées ! Il s'est longtemps battu comme mercenaire pour les villes du continent avant d'être naturalisé à Paoly. Plusieurs fois décoré par Howard Siegfried, feu le mari de l'actuelle présidente, pour sa bravoure après que la Pennsylvanie avait conquis le New Jersey. Son principal sujet de fierté. Il espérait à ce moment-là fonder une famille dans sa patrie d'adoption… Aujourd'hui, Taïpan ne conserve sur lui qu'un sabre court et un couteau. Le Droug trotte devant ses roues. Autour, une lande aride parsemée de maigres arbustes remplace les sables et les boues séchées. Plus loin, un bâtiment flamboie de tous les rayons du soleil levant. Il respire à pleins poumons la sourde tranquillité qui imprègne l'atmosphère.

Construit comme une hacienda, ce ranch. Pierre et bois blanchis. Les bâtiments disposés en large carré autour d'un puits. À l'étage, une galerie continue gardait suffisamment de fraîcheur pour que les exploitants profitent de leurs journées, à l'époque où, malgré le réchauffement du climat, les troupeaux de vaches pacageaient encore dans l'herbe grasse de la région des Lacs. De la profusion florale qu'on devine y avoir régné autrefois, ne subsistent plus que les griffes desséchées des branchages sur les murs lépreux. Les boxes en ruine d'une ancienne écurie ferment l'aile du fond. Ici, la piste s'arrête. Terminus d'une longue poursuite. Plusieurs semaines qu'il leur colle au train, à distance, sans se faire remarquer. L'attaque des loups avait incité Taïpan à la prudence : « Rester dans l'ombre et en vie », s'est-il répété. Ces types-là, l'alcool et les drogues leur rongent les neurones. Quelques jours sans vous voir et ils vous oublient. La traque s'est donc faite discrète. Malheureusement, les sbires de Malshik ne restent pas deux nuits au même endroit, se divisent en petits groupes. Imprévisibles. Or, il veut toute la bande d'un seul coup. Sinon, les survivants s'égailleront dans la nature. Comment, ensuite, les rattraper ? Les lèvres du guerrier esquissent un sourire. Frapper ici, à une journée du Mississippi. Récupérer son bien. Et, si possible, laisser pourrir leurs squelettes sous d'introuvables étoiles. Il dissimule la Kawa sous un amas de branchages et avance vers la cour. Indifférente à son passage, une corneille becquette une colombe agonisante. Il progresse, le dos courbé, contournant les bâtiments à pas de sioux, guettant le moindre bruit, la plus légère vapeur, une simple lueur... Personne dans la cour. Une jaille de caisses et de gamelles éparses. Dans un coin, le monceau de canettes et de bouteilles vides habituel dans ce genre d'endroits. Cinq motos rangées au fond, vers les anciens boxes. Économie d'essence. Ils ont laissé la moitié des machines. Tout ce petit monde serait donc parti en expédition ? Il attendra leur retour... Au-dessus des pins, les nimbus verdâtres filent vers l'ouest, aspirés par un tourbillon sombre qui se forme en altitude, dans la direction du Mississippi. Beaucoup plus haut, des stratus cireux s'effilochent. Une tornade remonte. Autant qu'il puisse en juger, elle passera à l'ouest, sur le fleuve. Ça va dégringoler sous peu. Le voyageur avise la grange. Il prend Droug dans ses bras et monte accrocher son hamac sous la charpente. Juste à temps. Le déluge claque les tuiles.

Au matin, toujours personne. Il doit patienter encore un jour entier. Une nouvelle nuit commence... Il a repéré les lieux. Il commence à se sentir chez lui. Ceux qu'il attend vont arriver par le portail. C'est là qu'il les surprendra. Dans leur dos. Discuter ou ne pas discuter ? Telle est la question. Piéger leurs motos demain matin. Tuer Malshik et Bones. Ensuite, les autres écouteront. Si ça tourne mal ? S'enfuir par les toits et récupérer sa moto. Advienne que pourra. Demain matin : plan A et plan B. Indispensables. Il ne suivra ni l'un ni l'autre... L'esprit ainsi préparé, il s'endort.

Des hurlements de moteurs accompagnés de vociférations et de coups de feu secouent les vieux murs. Son pouls à 200 le fait dégringoler sur le plancher. Une clarté fantomatique émane de la grosse lune grise, le phone indique onze heures, la pluie a cessé. Il regarde par le vasistas. Tout ce boucan vient d'un pick-up blanc garé dans le patio, escorté par une bande criarde de motards vêtus de ponchos colorés et coiffés de chapeaux hétéroclites. Par les vitres baissées, deux mitraillettes crachent en l'air leurs rafales flamboyantes. Ils doivent savoir qu'ils ne pourront pas les conserver. Ils s'amusent à épuiser les cartouches... Sur la portière avant, le dessin d'un bœuf bleu. L'écusson de C-Town ! Ces abrutis ont volé une voiture officielle de l'État même où ils se rendent ! Dans leurs cerveaux, la densité de bêtise dépasse largement le niveau autorisé… Ils ont atteint la dose létale. Ces types sont virtuellement déjà morts. Ne savent-ils pas que les cités géolocalisent leurs véhicules ? La centrale a repéré le changement d'itinéraire, envoyé une équipe. Les commandos suivent à distance, jusqu'à ce que leur objectif arrête de rouler. Le voilà. Stationné dans la cour. La milice va intervenir dans quelques minutes et ne laissera pas de survivants. Si Taïpan tente une action, c'est maintenant… Ou pas. Le mieux est peut-être de ne rien faire, de regarder les cow-boys de l'Illinois leur régler leur compte.

Les hors-la-loi sortent deux paquets saucissonnés du petit camion. Ils suspendent l'un au plateau arrière. Le feu qu'ils allument sur le flanc de la maison ne laisse aucun doute sur leurs intentions. L'heure du repas approche. Taïpan ne peut plus rien faire pour celui-là. Il est au centre de la fête et son sort semble scellé. Des chants de guerre immémoriaux sortent des poitrines. Deux femmes, neuf hommes. Onze qui ne verront pas le jour se lever. Aucun n'arbore la chevelure caractéristique de Malshik.

Le second paquet est allongé dans l'ombre du camion. Personne ne s'en soucie. N'y tenant plus, Taïpan ordonne à Droug de rester tranquille et se glisse par la fenêtre pour faire le tour par les toits. Il n'a aucun doute sur ce qui attend le suivant. En sauver au moins un ! Arrivé dans la ligne du pick-up, il emprunte l'escalier repéré la veille pour redescendre par l'intérieur de ce qui fut, autrefois, un logement. Lunettes nocturnes sur les yeux. Le paquet luit faiblement. La température confirme qu'il est toujours vivant. Des rires et des cris secouent la fumée de la cour. Tous les sens aux aguets, il s'approche, courbé en deux, à petites foulées rapides. Il tranche les liens d'un homme éveillé, qui fait signe qu'il a compris. Ensemble, ils rebroussent chemin vers l'habitation. Dehors, l'alcool coule à flots. Mais pour l'instant, hors de question de rejoindre la grange ! Taïpan emmène son nouveau compagnon se réfugier à l'étage. Son idée est simple : se poster dans l'angle d'une fenêtre, et attendre. Maintenant qu'il est à l'abri, l'homme masse ses membres. Longiligne. Une trentaine d'années. Le visage glabre et sans rides d'un citadin aisé. Il regarde Taïpan et chuchote :

— Merci, Monsieur, vous m'avez sauvé la vie !

— Ce monde est l'affaire de tous. Je m'appelle Taïpan. Je suis moi-même à la poursuite de ce gang.

— L'affaire de tous. Chasseur de primes ?

— Pas directement, plutôt un litige d'ordre privé. Ces gens ont volé quelque chose qui m'appartient et que j'ai l'intention de récupérer.

Soudain, une vibration aigüe résonne sur les vieilles tuiles. Surgi au-dessus du bosquet voisin, un drone illumine la scène de son large cône lumineux. Par le porche, un transport de troupes blindé investit l'entrée de la ferme. Les phares tranchent dans la nuit couleur fer de hallebarde. Taïpan demande à son compagnon de rester tranquille. Il acquiesce. Un mégaphone tonitruant couvre le miaulement des pales.

— Sécurité de l'Illinois. Levez les mains en l'air. Il ne vous sera fait aucun mal.

Aucun mal ? Ben voyons, la bonne blague ! De son poste d'observation, Taïpan voit des ombres se déployer au sol. Des lasers rouges pointent chacun sur leur cible. Les truands tentent de se disperser. Déclenchant ainsi plusieurs minutes de fusillade. En dépit de la confusion apparente, les tirs des soldats sont précis. Un carnage. Quand l'ordre « Halte au feu ! » retentit, onze corps jonchent le champ de bataille. Taïpan conclut :

— Voilà, Monsieur, vous pouvez y aller, maintenant.

— Et vous ?

— Non, merci, pas tout de suite. J'ai encore des choses à faire.

— Étrange. Vous ne demandez aucune récompense pour votre action ?

— Je n'ai pas grand mérite. Je savais que C-Town interviendrait.

— Erreur. Si j'étais resté en bas pendant l'opération, mes ravisseurs auraient eu une monnaie d'échange ! Non. Vous m'avez réellement sauvé la vie ! Vous vous en rendez compte ?

Taïpan le regarde, surpris par la lucidité de l'homme.

— Si vous le dites. Puis-je savoir à qui j'ai eu le plaisir de rendre ce service ?

— Excusez-moi, je ne me suis pas présenté : Butch Elynton.

— Avec un nom pareil, on doit souvent vous confondre !

— Personne ne confond. Je suis « Le » Butch Elynton.

— Arrêtez de blaguer, s'il vous plaît. Elynton est certainement loin d'ici, dans son QG opérationnel en train de suivre en direct l'intervention des troupes !

— Je ne blague pas. Helen Siegfried m'a invité ! Nous étions en route pour la Pennsylvanie. L'homme que ces racailles s'apprêtaient à égorger est mon chauffeur !

Quelque chose ne colle pas.

— Comment avez-vous pu vous faire avoir ?

— À la crique de Red Turkey. Le passage est délicat, il n'y a plus de pont depuis belle lurette…

— Oui, c'est un gué. Sinon, il faut faire un détour d'au moins trois jours. Je connais. Le cours du fleuve change d'une année sur l'autre. Il faudrait un viaduc pour enjamber la zone inondable…. Mais c'est trop large. Plus personne ne sait construire ces ouvrages. C'est la tornade qui vous a piégés ?

— Oui. Enfin, la crue brutale qui a suivi nous a séparés de l'escorte. Un barrage de débris a dû céder en amont, juste au moment où nous traversions. Nous étions secoués comme un canoé dans un rapide. Franchement, j'ai pensé qu'on allait y rester ! La tempête a déporté ma voiture plusieurs kilomètres plus bas… Précisément au milieu de cette bande. Les motos ont surgi de l'eau, dans un jaillissement d'écume. Il n'y a rien eu à discuter. Complètement dingue, leur chef, ce grand imbécile d'épouvantail, décharné comme un squelette ! Il hurlait pour exciter ses comparses.

— Une tignasse en couvercle ?

— Non, chauve, comme tout le monde ! Pourquoi cette question ?

C'était donc Bones. Certainement pas Malshik. Scott hésite… Il ne voit aucun avantage à étaler ses connaissances. En réalité, il n'y a que des inconvénients à détromper le monsieur, qui pourrait le suspecter d'une certaine familiarité avec les agresseurs. Il coupe court :

— OK, je vous crois… Monsieur. Maintenant, je préfèrerais que vous sortiez avant que vos gars se mettent à fouiller partout. Mes affaires sont toujours dans la grange.

— Je répète ma question : et vous ?

— Pour l'instant, je préfèrerais qu'on m'oublie.

— Quelque chose à cacher ?

Le ton devient suspicieux.

La question semble amuser Taïpan.

— Loin de là, Monsieur, je suis soldat de métier, et croyez-moi, je serais enchanté de vous rendre service à une prochaine occasion. Mais en ce moment, l'agenda est trop chargé.

— Dans ce cas, Monsieur Taïpan, je voudrais vous revoir.

— Dans ce monde, Monsieur Elynton… Surtout, levez bien les mains en l'air en sortant !

Pendant ce temps, les uniformes bleus ont libéré le premier prisonnier. Après un instant de flottement, ils semblent contents de récupérer leur président. Ils s'affairent avec une discipline exemplaire. Puis les bruits s'estompent... Ne reste que le silence. Pesant. Sombre. Moite. On n'entend ni insectes ni oiseaux. La nature se recueille. Onze vies viennent d'être sacrifiées.

Au matin, la lune traînasse, avachie dans son coin, son maquillage filant comme une pouffe après une nuit d'orgie. Elle a vidé ses couleurs en vrac sur le tapis de l'aube, le rouge à l'est, dans une promesse dérisoire et vulgaire. Dans la cour, Taïpan fouille méthodiquement les frusques et les motos. Il transvase l'essence des réservoirs et lance dans un coin tout ce qui lui semble récupérable. Armes, munitions, outils, vivres... Il fera le tri avant de partir. Et puis, enfin, à l'intérieur d'une trousse qui, visiblement, appartenait à une femme, il retrouve son collier ! Question réglée ? Loin de là. Dans l'idée du guerrier, le compte n'y est pas. Il aimerait avoir une explication avec celui qui manque encore à l'appel.

Les vautours font cercle dans le ciel nimbé. À l'approche de l'hacienda, Malshik enclenche la propulsion électrique. Devant la grille de la propriété, dans la clarté malsaine qui promet un nouvel orage, le drapeau au bœuf bleu flotte sur un monstrueux gibet. Alignés sous la poutre : Bones, Rakka, et les autres, pendus chacun à une corde, par le cou ! Pies et corbeaux picorant leurs sourcils. Il frémit. Qu'ont-ils bien pu faire pour déchaîner la colère de la cité ? Encore ce crétin de Bones qui a entraîné les autres dans un coup foireux. Pourtant, il avait bien ordonné à Rakka de le surveiller en son absence ! Sa colère retombe. Qu'importe, après tout ? Avec la lettre de course de C-Town dans sa poche, il pourra attirer des jeunes. Les Chaïkas renaîtront ! C'est le 21 juin 347, petit solstice, date symbolique de la mousson. Celle de la danse du soleil dans les tribus de sang amérindien. Ce serait l'été de l'ancien calendrier, mais il n'y a plus de saisons ! En tout cas, le jour le plus long de l'année. Cela, Malshik le sait. Il lui reste un long voyage à faire. Basculant le soleil sur sa gauche, il lance ses roues vers le lointain Mexique.

15

L'invasion

Août 347, Paoly

Ils ont bravé la mousson sans prendre la route habituelle des caravanes qui rejoignent la Pennsylvanie. Ils sont passés par le nord, longeant l'Érié sur l'ancienne US86, puis ils ont coupé dans la montagne malgré les pentes glissantes et les ornières inondées. La brouillasse les aveuglait. Personne ne les attendait et nul ne les a vus venir. Le 5 août 347 au petit matin, l'armée de C-Town prend position autour de Paoly. On devine à peine leur présence dans la bruine poisseuse qui barbouille le paysage. Mais les radars ne s'y sont pas trompés : les sirènes mugissent en boucle. Le thermomètre marque déjà 35° à l'extérieur... Un porte-voix tonitruant convoque la présidente.

— Hey, Helen, ici, c'est Pompilius.

C'est *une* générale. Courte de pattes et de cheveux, pète-sec. Sa poitrine de cuirassé russe contenue par une veste d'uniforme à manches courtes et son ventre proéminent ceinturé dans un bermuda au pli impeccable lui confèrent une allure absurde d'officier britannique au physique de lutteur oriental. Un quart d'heure plus tard, une crête rouge en grande tenue de pingouin s'extrait de la porte officielle, traînant les pieds.

— 'Tous, Dafne. Z'avez fait bonne route ?

— 'Tous, Yugo. Alors, c'est toi qui t'y colles ?

Yugo Siegfried, l'héritier présomptif d'Helen et probable futur président de Paoly, fait le cacou, mais au fond, il n'en mène pas large. La situation s'est brutalement tendue en Pennsylvanie, ces derniers jours. Dans un premier temps, l'annonce de la visite présidentielle de l'Illinois avait calmé tout le monde. Quelques petits mois de répit seulement. Depuis l'attaque du convoi d'Elynton, en juin dernier, on se doutait bien que C-Town ne pouvait pas rester sans réagir. On espérait, sans trop y croire, que les trublions attendraient la fin des pluies. Mais dès le 1er août, les partisans de Walker avaient repris des actions sporadiques, allant jusqu'à tenter d'investir le « Donjon » en forçant le passage par les escaliers. Yugo sent l'inquiétude de sa mère. Ce matin, elle a quitté la tour centrale suffisamment de bonne heure pour venir jusqu'à la barre sud. Pas pour une campagne électorale ! Elle l'a tiré du lit avec sa tignasse en bataille des mauvais jours.

— Chéri, maman a du travail pour toi.

— Ça urge ?

— Il faut bien, tu sais. Comment exercer toutes ces responsabilités quand on est une femme seule avec un enfant, aussi aimant soit-il !

— Mais maintenant, je ne suis plus un enfant. Je suis grand, maman ! Je peux t'aider !

— Très bien. Tu te rappelles Dafne ? Tu l'as croisée à l'Académie, n'est-ce pas ?

— Oh là là !

— Promo « Dunford », deux ans après moi. Elle descend d'une famille ching-chong qui a changé de nom juste avant la dernière guerre mondiale. Ceux qui ont pris des noms à consonance européenne s'en sont tirés, à peu près. Les autres, avec leurs patronymes asiatiques, ont été raflés et internés dans les camps lorsque la Chine nous a attaqués. Peu ont survécu.

Quel dommage ! pense Yugo. Pourtant, quelque chose le retient de le dire comme ça. Probablement un déficit chronique de glycémie au réveil. Il se contente de déplorer dans un bâillement :

— Ces vaches-là, c'est increvable... Pourquoi tu me parles de ça ?

— Elle attend devant le portail. Tu vas descendre la chercher et lui faire les honneurs de la ville. Elle sera contente de te voir.

— Tu crois ?

— Bien sûr, mon amour ! C'est la Providence ! Elle nous débarrasse de Walker ! C'est compris, mon chéri ?

— Oui, maman.

Des réminiscences de son passage à C-Town perturbent Yugo. Toutes désagréables. C'est compliqué. Les idées se bousculent dans son cortex cérébral. Cette grosse vache ne manquait pas une occasion de l'envoyer crapahuter dans la fosse à purin. Il se concentre sur la bonne femme déguisée en général de corps d'armée qui lui fait face ici et maintenant. Il assure :

— Bien sûr. Toujours prêt ! Ahahah. Bon, vous tombez bien. Si vous pouviez me calmer ce Kilian, il fait encore des siennes...

— Pas de problème. Le calme, c'est ma spécialité. Ahahah ! Bon, tu signes là et je m'occupe du reste, ordonne-t-elle en lui présentant une tablette.

— Je lis « Formulaire de reddition »… Bon. Maman a préparé un acte authentique….

— Pas de paperasses entre nous. Tu signes là. C'est le *Registre*. Après, c'est officiel. Et c'est tout.

— Attendez que je lise…

— On n'a pas le temps. Mes gars ont bossé toute la nuit. Les tranchées, la boue, tout ça. Et puis j'ai une partie de Frangines d'Armes en cours. Je suis à deux doigts d'acheter une bombe nucléaire.

L'œil de Yugo s'anime :

— Vous allez prendre quoi comme lanceur ?

— Un Kinjal russe. Le moins cher.

— Moi, je rêve d'un Starry Sky chinois !

— Ceux-là sont difficiles à intercepter, mais la moitié tombe en panne avant d'atteindre l'objectif.

Tout à coup, elle le regarde de travers.

— Tu joues à ça, toi ? C'est quoi ton pseudo ?

— Dark Mahousse.

— Super ! La force est avec toi ! Revenons à nos moutons. Tu signes là.

— Attendez, je lis que Paoly doit vous nourrir, vous loger et vous verser 10 000 *Bitcoïs* par mois ! Où on va trouver cet argent ?

— Ça, c'est votre problème. Normalement, quand j'arrive, vous en avez discuté en amont.

— On en avait parlé… Mais enfin, j'imaginais qu'on pourrait s'arranger, de la main à la main…

— Ça n'empêche pas… Les suppléments, je suis preneuse. Mais moi, il faut que j'aie ça dans le *Registre*.

— Vous n'y pensez pas. Je devrais renoncer à mon aéroport !

— Tu as un avion ? s'enquiert son interlocutrice d'un ton suspicieux.

— Pas encore. On m'a parlé de remettre un bimoteur en état. Nous avons une équipe de chercheurs qui reconstitue les procédures du pilotage *prénumérique*. Figurez-vous que ça ne se conduit pas du tout comme un drone. Des fois, on se demande ce qu'ils avaient dans le crâne, les anciens, pour faire des commandes de vol différentes entre un avion et un drone !

— « Un avion »… répète Dafne en levant les yeux au ciel. Pourquoi pas une montgolfière, tant que tu y es !

— Vous avez fait voler un ballon à l'air chaud à C-Town ? demande Yugo.

— Ne me fais pas rire. Il pleut la moitié de l'année, et le reste du temps, les vents sont imprévisibles. Une tornade ou un blizzard peuvent surgir en quelques minutes !

— Juste pour s'amuser, tente le jeune Siegfried.

La plénipotentiaire de l'Illinois marmonne un truc sur les gosses de riches, puis se ravise. Elle enfonce ses pieds dans le bitume ruisselant des reflets violacés d'un jour nouveau et rugit de sa voix de sergent instructeur :

— L'avenir n'est pas aux bimoteurs civils ! Nous ferons la conquête des airs avec des drones habitables !

Yugo tient tête. Il a son idée :

— Dafne, ne montez pas sur vos grands chevaux, s'il vous plaît, il s'agit d'un projet politique, en vue des prochaines élections.

— Politique, tu dis ? Là, je vais être directe. Ta meilleure politique électorale se trouve en face de toi ! Regarde le sens de l'histoire. Quand nous aurons réuni C-Town et Paoly, nous pourrons lancer la Grande Reconquête. Deux axes : développer des programmes de coopération avec les autres cités et éliminer les sous-hommes qui peuplent les plaines !

— C'est pour les affamer que vous lancez ce programme massif d'extermination des *ragondas* ?

— Non, mais qu'est-ce que tu vas imaginer ! Ces saloperies creusent des galeries jusqu'à trente mètres de profondeur ! Ils polluent les nappes phréatiques. Un jour, on aura une épidémie de peste ou un putain de choléra. Et on fera quoi ?

— D'accord, c'est une nécessité de santé publique, acquiesce Yugo.

— Oui. Tu dois juste signer là, en bas à droite, avec l'index… Merci.

C'est un autre jeune homme, bien plus élégant, qui emprunte l'ascenseur de la seconde tour sud, où le haut-parleur lui susurre aux oreilles une version symphonique sirupeuse de *Take Me Back To Chicago*. Le docteur Renzo Spencer. L'ami d'enfance de Jade… Les femmes ne sont pas indifférentes à ses longs cheveux blonds. Loin d'être vulgaire, cette pilosité leur paraît attendrissante. Surtout quand il sourit. Elles trouvent même un charme certain à son air distrait. Sans être célèbre, ses travaux ont déjà fait l'objet de séquences télévisées. Parmi celles qui le reconnaissent, plus d'une serait prête à souffrir de langueur, de tétanie ou, pourquoi pas, d'hystérie, pour le plaisir de subir l'examen attentif de ces yeux bleus sans fond. Sur le chemin de son laboratoire, Renzo croise les soldats de C-Town qui prennent leurs quartiers. Ils investissent les étages médians de la tour centrale. Ce sont des niveaux – la plupart des numéros pairs – abandonnés au fil des siècles et de la diminution de la population. Les occupants s'installent sans heurts.

Lors d'une allocution télévisée impromptue, la présidente a rassuré tout le monde : « *Ils sont nos alliés, ce n'est pas une troupe d'occupation. D'ailleurs, cela n'aurait pas de sens. La ville de C-Town est une amie historique de Paoly. À ce titre, ils viennent préparer la visite de leur président, Butch Elynton. Vous vous souvenez tous de l'affreux attentat dont celui-ci a été victime en juin dernier. Leurs services de sécurité sont vigilants, rien de plus normal !* » L'équipe de rédaction avait ensuite dûment présenté Pompilius, quelques gradés de l'Illinois, ainsi que leurs états de service. De belle manière… Un très jeune diplômé, qui vient de passer dix années de sa jeunesse dans les obscures et exigeantes études de la faculté de Médecine, peut discerner la flagornerie quand il la rencontre au détour d'une émission de télévision. Renzo en était capable. Comme une bonne moitié de la cité, il a compris qu'Elynton ne se déplacera pas tant que les indépendantistes occuperont l'étage 49. La suite coule de source. Il n'est pas bien difficile de faire venir des loups pour réduire les chiens au silence. Mais qui, ensuite, pourra calmer les loups ? Question sans réponse. Ce matin, un cauchemar l'avait réveillé bien avant les sirènes :

Un chat à trois pattes, pendu sur un balcon, et que les petits vauriens de l'étage du dessus secouent au bout d'une corde. Quelle horreur ! Il entre de plain-pied dans le salon. Les gamins ont disparu. Une autre pièce. Son père prononce des paroles indistinctes qu'il ne retiendra pas. Il retrouvera le matou à la gare routière et le caressera de loin, à l'énergie de la paume… Il se réveille en sursaut.

Devant lui : une colonne de soldats bleus au pas de gymnastique. L'homme de tête écarte fermement une femme dont la démarche révèle, à l'œil averti d'un médecin, qu'elle est assez âgée. Le choc fait tomber un bras artificiel. La vieille proteste avec douceur. Renzo se précipite pour l'aider à remettre sa prothèse en place. En même temps, il hèle le soldat… Peine perdue. La troupe poursuit sa course. Ils ont bientôt disparu au carrefour. Renzo répare la grand-mère et la relâche avec toute la neutralité polie qu'on lui a apprise à l'école. Toute leur époque est brutale. Cela le concerne-t-il vraiment ? Il retourne à sa préoccupation favorite : la biologie. Diplômé de la fac de MariaSan, il a défendu sa thèse de doctorat sur les perturbateurs endocriniens, tels qu'on en retrouve l'exposé dans les documents de la civilisation précédente. Certains des pontes les plus célèbres l'avaient chaudement félicité à cette occasion. À ce souvenir, il sourit, pour lui-même, sur le tapis roulant souterrain qui l'entraîne vers sa prochaine expérience. Quelques minutes plus tard, à l'entrée du bloc hospitalier, il envoie un bonjour amical à l'hôtesse de permanence.

— 'Tous, Marylin ! Des soucis avec les événements ?
— Rien d'insurmontable, Docteur, merci, nous faisons face !

Arrivé dans son laboratoire, Renzo, nerveux, peine à se concentrer. Les cobayes le sentent. Il les nourrit, effectue les prélèvements. Comme un automate. Les petites bêtes sont agitées. C'est une souche spéciale, clonée avec un ADN précis et inchangé. Une manière de procéder pour être certain que les modifications qu'on observe ne peuvent être provoquées que par la situation expérimentale : l'alimentation ou exposition aux substances chimiques… Dans son dos, un soldat de C-Town en uniforme pousse la porte sans ménagement et introduit Pompilius, suivie de son escorte.

— Ce monde est l'affaire de tous, Docteur Spencer.

Renzo sursaute. Il se retourne. Ce dérangement le contrarie. Il avait complètement oublié les nouveaux arrivants. Pour un peu, il reprocherait à Marylin de les avoir laissés passer ! Il se ravise de justesse en reconnaissant la visiteuse présentée la veille à la télévision :

— De tous, Général. Auriez-vous l'amabilité de revenir un peu plus tard ? Je suis en train de nourrir mes souris.
— J'ai bien peur de ne pas pouvoir attendre. J'ai besoin de vous.
— Attendez, Général. Je refais une expérience antérieure à l'*Extinction* redécouverte récemment. Un rapport qui date de l'année 2013 du Christ, et qui démontre que les souris alimentées avec certains perturbateurs endocriniens accumulent davantage de tissus adipeux que le groupe témoin.
— Autrement dit ?
— L'obésité dont souffrent nos populations provient très probablement des produits chimiques « légués », si on peut dire, par les industries d'avant la dernière guerre mondiale, et qui sont restés présents dans notre environnement. En particulier dans nos cités où l'espace est confiné depuis des siècles.

De son côté, Dafne suit une idée précise qu'elle n'a pas encore énoncée : le motif de son irruption dans ce laboratoire. Elle n'a aucune intention de se laisser embarquer dans une controverse stérile sans rapport avec sa mission. Elle botte en touche :

— Facile d'accuser les anciens. Personne n'ira les attraper, ceux-là ! Faut rester simples. Vos citoyens grossissent parce qu'ils mangent trop. Après *GE*, vous avez conçu des cités où la cantine est gratuite. Faut pas vous étonner que les gens s'empiffrent. Vous verrez, quand vous serez à C-Town, que les gens sont beaucoup plus sveltes qu'ici. Ils mangent moins et font davantage d'exercice. C'est tout.

— À ceci près que les perturbateurs dont je parle provoquent aussi des difformités, des retards d'apprentissage. Et vous en avez, que je sache, autant à C-Town qu'ailleurs !

— Pourquoi faut-il que vous mélangiez tout ? Tout le monde sait que c'est la conséquence des radiations ! Et...

Renzo la coupe :

— Là, je vous arrête ! Nos villes n'ont justement pas été irradiées, ni défoliées, ni gazées... Raison pour laquelle nous sommes encore là, vous et moi. Donc, les populations de l'intérieur devraient être plus saines que celles du dehors... Or, ce n'est pas cas. Les problèmes sont à peu près les mêmes, voire pires dans les centres urbains !

— Oui, c'est cela : les rayonnements se seraient arrêtés aux portes de la cité ! lance Dafne, d'un ton carrément moqueur. Il y a eu une guerre, l'auriez-vous oublié ? Et l'Amérique a gagné ! C'est pour cela que nous clonons maintenant, autant que possible, pour limiter les conséquences des mutations génétiques provoquées par les bombes atomiques ! C'est de notoriété publique ! Vous me faites perdre mon temps.

— L'Amérique aurait gagné ? C'est vous qui le dites. En réalité, on ne sait pas !

Le hasard lui a fait toucher un point sensible. Le « point G » de Dafne : l'Amérique ! Elle voit rouge :

— Si, monsieur ! Vous connaissez la médecine ; moi, je connais la guerre. Les Chinois, les Russes et leurs alliés ont disparu de la surface de la Terre ! Nous sommes encore là. Nous l'avons emporté.

— Ou bien ils ont éteint leurs radios...

— Non, Monsieur ! S'ils avaient gagné, nous parlerions en ce moment chinois ou russe ou je ne sais quelle langue ennemie. Or, nous parlons anglais, me semble-t-il. C'est donc bien la marque du vainqueur. Indiscutable. Nous luttons tous les jours pour que les survivants survivent le plus longtemps possible. C'est ainsi que nous sauverons notre civilisation, et aussi notre espèce : par une succession de luttes quotidiennes. Point.

— S'il vous plaît, ne simplifions pas jusqu'à la caricature ! En tant que militaire, vous ne pouvez ignorer que plusieurs facteurs entrent en jeu dans ces processus. Et, que je sache, vos chiffres de mortalité ne sont pas si éloignés de la moyenne des autres États.

Ce civil lui tiendrait tête ! Dafne congestionne. Son visage, son cou, sa gorge s'empourprent d'une sainte colère :

— Je ne suis pas venue uniquement pour perfectionner ma formation. Un de ces facteurs dont vous parlez est le nombre de blessures. Or, nos petits gars sont victimes d'attaques terroristes. Vous voilà volontaire pour aller les soigner, ça tombe bien. Un médecin renommé d'une cité amie se dévoue pour aller exercer ses talents à l'hôpital militaire de C-Town. Quelle démarche exemplaire !

Renzo est pris au dépourvu. Il ne s'attendait absolument pas à cela. Il s'inquiète de qui va s'occuper des souris... et tente de gagner du temps :

— J'ai le choix ?

— Non. Vous partez immédiatement. C'est ça ou les mines de sel.

— Le temps de rassembler une valise ?

Elle a beau être plus petite que lui, sa voix descend du plafond avec le craquement vertigineux d'un iceberg :

— Vous avez deux heures.

16

Renzo prend le maquis

Le docteur Spencer passe en trombe devant l'accueil en hurlant à Marilyn :
— Je sors faire une course.
La jolie hôtesse en est toute remuée.
Partout dans l'air cotonneux de la ville, radios et télévisions alternent les informations lénifiantes, les marches militaires et le rock symphonique. Tous les barrages sont levés. Quelques activistes rétifs ont été interpellés, puis bannis en procédures accélérées. Walker a disparu. Personne n'a de nouvelles de lui... Personne n'en demande non plus. Est-il exilé, détenu au secret, exécuté ou en cavale ? Nul ne formule la moindre hypothèse.
Ne subsistent des indépendantistes que les images de locaux souillés, tagués, dégradés. Ils y avaient caché des armes aussi, ce qui en disait long sur les intentions des Ultras. Fort heureusement, la roue a tourné. Au fond, si l'on remonte la chaîne jusqu'à l'origine, les envahisseurs sont venus parce que Jade a été accusée de meurtre !
Jade. Main dans la main, ils remontaient le torrent au-dessus de la ville, après l'école, lorsque le temps le permettait. Elle connaissait les plantes, lui les pierres. Elle lui montrait les fleurs et les feuilles, selon la saison. Lui, les roches, granites indestructibles, grès sculptés par l'érosion, veines de schistes ardoisiers avec lesquels on fait le toit des cabanes, et telle autre variété colorée de soufre ou de fer... Au début, les parents Spencer s'inquiétaient de ces escapades. Ils avaient eu cet unique enfant sur le tard, vers la cinquantaine, après un long parcours de procréation. Ils s'angoissaient facilement. Tellement de dangers guettent les imprudents qui s'aventurent en dehors des murs ! Puis ils s'étaient habitués. Surtout, ils avaient fini par comprendre que cette gamine était dans son élément là-haut, et aussi que leur fils était heureux avec elle. Ils l'avaient donc acceptée. Orpheline de mère, son père souvent absent... Lui qui l'appelait affectueusement Evuit. Le nom de la pierre verte de jade, dans le dialecte oublié d'une tribu de l'Ouest canadien. Les Spencer devinrent sa seconde famille. Aujourd'hui, ils terminent leur vie dans un établissement confortable du Michigan.
En ce temps-là, son père était le dirigeant respecté d'une entreprise de Méander. Il se tenait bien droit et partageait son temps entre son usine et les

étages de l'administration. Sa mère était une belle femme mince et vive. Elle avait adopté Jade et la considérait comme sa propre fille. Renzo grimace et serre les poings. Il n'est plus du tout ce fringant médecin admiré de l'élite. Une boule de rage s'est formée dans son cœur. Il ne peut pas supporter que sa – oh combien chaste ! – petite amoureuse de l'école primaire soit injustement accusée, bannie même ! Et lui devrait aller travailler pour l'envahisseur ? Non. La chose est acquise : si Jade est là-bas, il va retourner à MariaSan.

Laconique au téléphone :
— On m'a réquisitionné pour l'hôpital des schtroumpfs. Pas question que j'y aille. Si tu as un truc pour m'aider, je suis preneur.

Maintenant, il s'assoit au Golden Dolphin, 45e étage de la dernière tour ouest, à l'une des tables de marbre incrustées de mica bleu, emblématiques du lieu depuis les siècles des siècles. L'un de ces pubs où les robots ne sévissent pas. Mira, la serveuse historique du lieu, veille au grain. Elle eut, quatre ou cinq ans auparavant, les plus belles fesses de Pennsylvanie. Attestées entre autres par les deux fins maillets de l'équipe qu'étaient Rolan et Yugo. Elle a encore de quoi émoustiller les juniors quand elle se tortille entre les tables. Elle lui a envoyé un discret signe de reconnaissance dès qu'elle l'a aperçu... Il était, paraît-il, son seul regret, à elle. Mais lui n'avait de pensées que pour Jade. Qui ne le lui rendait pas... Enfin, pas complètement.

Mira a dégagé leur table habituelle, dans une encoignure éloignée de la baie vitrée, là où le brouhaha incessant masque les conversations. Les murs sont couverts de photos, de trophées. Un observateur un tant soit peu physionomiste y retrouverait, à différents âges, et dans des tenues ou des attitudes pleines de fantaisie, certaines des personnalités les plus réputées de Paoly. C'était, et c'est encore, un bistrot fréquenté par les joueurs de polo, les boxeurs, gymnastes et autres jeunes sportifs des deux sexes.

Rolan arrive. Son ancien condisciple de l'équipe junior devenu journaliste louvoie entre les tables dans sa direction, très élégant dans sa tenue beige de baroudeur, gilet et pantalon assortis couverts de poches de tailles différentes, sourire aux lèvres, serrant les mains ou tapotant une épaule. Il claque une bise à Mira et s'installe sans un mot. Ils se touchent les poings en guise de salut. Renzo lève un sourcil interrogateur auquel Rolan répond par un signe d'apaisement de la main. Mira apporte trois bières. Renzo comprend qu'on attend quelqu'un. Effectivement, un improbable geek en short douteux et tongs vertes, couvert d'un sweat à capuche imprimé d'une paire de jambes féminines et fuselées du même bain indéfini, vient s'asseoir à leur table. Autre ancien joueur de polo. Renzo s'exclame :

— Benji ! On ne te voit plus. Je te croyais mort !

— Pas si fort, je travaille sur un truc… murmure le geek, d'un ton de conspirateur.

Il touche les poings et aspire sa chope d'un trait.

— … Alors, tu es sur le départ ?

— Je vomis ces dirigeants pourris, leurs manœuvres minables, leurs compromissions dégueulasses et je me barre.

— Nous sommes quelques-uns comme ça. Mais nous, on va résister.

— Peut-être que vous n'êtes pas réquisitionnés ! Si je reste dix minutes de plus, ils m'embarquent pour l'Illinois avec un wagon d'infirmières !

— T'as raison d'amener ton casse-croûte, les équipes locales n'ont pas bonne réputation question pilosité.

Renzo se tourne vers Rolan, qui, chose rarissime, n'a pas encore ouvert la bouche.

— Il ne s'arrange pas, ton copain. À part des conneries, vous dites quoi ?

— Tu sais où tu vas ?

— T'es bête ou quoi ? Si je le savais, je serais déjà en route ! Bon, je me casse.

— Attends ! On a truc à te proposer.

— J'écoute.

— L'Ohio.

— Ils vivent sous la terre ! s'exclame le toubib.

Mira ramène une tournée, frottant sa hanche au passage contre l'épaule de Renzo. Il ne s'en aperçoit même pas. Il répète pour lui-même « Ils vivent sous la terre », comme si cela lui donnait des idées. Rolan continue :

— Oui, et leurs forêts sont intactes.

— Ça tombe bien !

— Il semble que ce ne soit pas un hasard. Ils ont dissimulé leurs activités.

— Et… ? interroge Renzo.

— Pendant la dernière guerre, les ennemis visaient en priorité les centres industriels et urbains. En enterrant tout, ils sont passés sous les radars, en quelque sorte. Les missiles ont ratiboisé Cincinnati, Cleveland et Colombus pour le principe, puis ils ont été voir ailleurs et l'Ohio est probablement l'État qui a le moins souffert du conflit mondial.

— Et qui reste un bon endroit pour se cacher...

— Sous certaines conditions. Mais justement : on a réuni une douzaine de personnes. Tu les emmènes là-bas. Vous serez le noyau de la Résistance extérieure !

Un honneur qui laisse de marbre notre futur héros. Au point qu'il se demande même s'il n'aurait pas mieux fait de se débrouiller par lui-même. C'est quoi cette histoire dans laquelle ils veulent l'entraîner ? Est-ce que ses presque déjà ex-meilleurs amis ne seraient pas en train de lui forcer la main ?

— Vous savez que je ne vaux pas un clou au polo, encore moins dans une bagarre, et que je suis incapable de tuer un hamster même avec une seringue affûtée !

— Oui, tu as des choses à apprendre. T'inquiète, c'est pour la Cause !

— Et on communiquera comment ?

Il se tourne vers Benji, qui bafouille :

— On ne sait pas. À part le *Registre*, il n'y a pas de réseau dans le désert, ni messagerie cryptée. Il va falloir trouver des codes comme ceux des trafiquants, ou un dialecte amérindien, ou le langage des signes...

Qu'est-ce que c'est que ce truc foutraque ? se demande Renzo en revenant vers Rolan :

— Eh, les Pieds Nickelés, vous avez l'intention d'affronter la meilleure armée du monde avec des signaux de fumée et une légion de malentendants ?

— En tout cas, eux n'ont ni l'un ni l'autre. On va faire avec ce qu'on a. C'est pour ça qu'on a besoin de toi comme chef extérieur. Parce que toi, tu vas trouver tous les trucs intelligents qui nous manquent. Après, on va casser la gueule aux bœufs et on fera ton programme.

— Mon programme ?

— Ouais.

Incrédule, Renzo demande confirmation de ce qu'il vient d'entendre :

— L'iode, le bio, tout ça, pour tout le monde ?

— Oui, tout ça ! La totale ! Tu as devant toi les deux figures charismatiques de l'Humanisme renaissant ! Ne nous dis pas que tu as oublié nos idées du lycée ! Parce que nous, on se souvient de ce que tu disais, et maintenant, on va le faire !

Renzo les observe tour à tour d'un air soucieux :

— Ça ne va pas être facile.
— Ah bon ? Tu as peur ?
— C'est un chantier énorme. Tenez, un exemple : il va falloir changer tout le mobilier de Paoly.

Benji s'insurge :

— Quel rapport ? Mes meubles sont très bien !
— Pas que les tiens... Tous les meubles, de tout le monde.
— Et pourquoi ?
— À cause du brome.
— Les meubles, on les fait en brome ? Je croyais que c'était plutôt du bois...

Renzo ignore le trait d'humour incendiaire du geek.

— On les traite pour éviter qu'ils brûlent.
— Qu'est-ce que c'est que cette histoire ?
— Histoire. Faisons un peu d'Histoire. La plupart des villes ont été construites avant l'*Extinction*, donc avec du mobilier d'avant.
— On n'en trouve plus, maintenant. Tout a été renouvelé ! objecte Benji.
— J'y arrive. Quand on a commencé à remplacer les meubles usagés, vers le second siècle, plusieurs cités ont brûlé. Les gens prenaient du bois dans les forêts. Logique et écolo. Mais les barbeuks, les feux d'agrément, les chauffages d'appoint... Tout cela provoquait des incendies. Terminé. Les survivants obligés d'aller survivre ailleurs. ... Alors, Paoly et d'autres sont allés rechercher des produits appelés « retardateurs de flammes » de l'ancienne civilisation. Et ont traité tous les mobiliers. Ceux que nous connaissons maintenant... Ainsi, l'incendie reste dans l'appartement et les pompiers peuvent le maîtriser avant qu'il ne se propage.
— C'est bon pour la sécurité.
— Le problème est que ces traitements consistent à imprégner les matériaux avec des composés de brome ! Qui se diffusent doucement dans l'atmosphère et perturbent la croissance des enfants. Ce qu'on appelle des « perturbateurs endocriniens ». Au point que, déjà avant la dernière guerre, des États comme la Californie avaient commencé à les interdire.
— Bon sang, je parie que MariaSan les a interdits aussi !
— Gagné !
— C'est pour ça que toutes les femmes veulent aller là-bas pour pondre.
— Mais pas que... Les cerveaux du Michigan ont mis en place toute une série de dispositions du même ordre, et pour la même raison.

Rolan est curieux, c'est sa nature de journaliste qui parle :

— Perturbateurs, je veux bien, mais est-ce que tu peux nous dire en deux mots comment ça marche ?

— La thyroïde a besoin d'iode pour assurer le développement correct du fœtus, puis de l'enfant. Elle reconnaît les composés iodés à la forme de leur molécule. En temps normal, c'est suffisant pour faire le tri, comme un genre de crible. Mais si on introduit dans l'organisme des composés dont la molécule a la même forme, la thyroïde se trompe. Elle se gave de molécules pourries… Et n'a pas l'iode ! Toute l'expression de l'ADN se met à dérailler ensuite. La thyroïde pilote la croissance. Tout ce qui la détraque perturbe le développement physique et mental des organismes. C'est aussi simple que cela.

— C'est pour ça qu'on donne des comprimés d'iode ? Pour protéger la thyroïde ?

— Oui, si elle en a suffisamment à proximité, elle ne va pas chercher plus loin.

Benji frétille :

— C'est comme une femme !

Renzo le regarde d'un air consterné. Rolan s'amuse à observer ses deux amis. Deux lions invincibles, chacun dans sa spécialité. Ils vont bouleverser leur époque. Rolan en est convaincu. Pourquoi faut-il qu'il pense à Jade, tout à coup ? Son esprit vagabonde encore quelques instants, tandis que Renzo persifle :

— Comment tu fais pour savoir autant de choses sur les femmes, Benji ?

— C'est ce qu'elles me disent ! Elles viennent me voir parce qu'elles n'ont pas ce qu'il faut à la maison !

— C'est vrai ; dans ces cas-là, il y en a qui prennent vraiment n'importe quoi ! renvoie Renzo. Revenons à notre glande assoiffée qui prend ce qu'elle trouve. Pour elle, ça ressemble, mais en fait, c'est du poison !

— Une sorte d'alcool frelaté ? De la fausse monnaie ?

— Voilà. Il y a de fausses *perles* en circulation. Des bouts de plastiques repeints. On les reconnaît au poids, mais parfois…

Pris d'une inspiration soudaine, il fait signe à la serveuse :

— Mira !

Rayonnante, Mira se précipite. L'espoir dans ses yeux à fendre le cœur. Mais les garçons sont suspendus aux lèvres de Renzo, qui ne suit que son idée.

— Mira, tu as déjà travaillé dans un *woop-woop* ?

— Oui, pendant les vacances.

— Qu'est-ce qu'il se passe si quelqu'un essaie de payer avec de fausses *perles* ?

—J'ai vu, une fois. Ils l'ont roué de coups et remis sur sa moto en pilotage automatique. Direction : le désert !

— Voilà !

Renzo se tourne vers ses amis :

— Il y a gros à parier que l'évolution physique et psychique du petit malin en a été profondément affectée, ahahah !

La jeune femme, aussi, suit sa propre idée.

— Et si ç'avait été une pauvre fille sans défense. Oh, là là ! Qu'est-ce qu'ils lui auraient fait subir, ces brutes ! Je pourrais te raconter des trucs inouïs !

— Une autre fois, Mira, une autre fois. Je termine.

— … Tant pis pour toi ! lance Mira d'un ton dégagé en repartant vers une table de nageurs aux épaules démesurées.

Renzo revient à son exposé.

— Cela provoque des dégâts ! Certains sont visibles, des malformations, d'autres sont invisibles, comme des troubles autistiques ou la diminution de la capacité d'apprentissage.

Benji a pris sa tête dans ses mains et se gratte le crâne à travers le capuchon.

— Comment peut-on savoir, si c'est invisible…

— Effet Flynn. La moyenne des tests scolaires s'améliore jusqu'à la fin du vingtième siècle, stagne vers les années 1990, puis régresse juste avant *GE*.

— Et depuis ?

— Rappelez-vous : à l'école, la moitié des classes double ou triple pour apprendre la multiplication. C'est encore pire au lycée, les travaux pratiques se terminaient en chaos total. Tout le monde trouve ça normal, mais ça ne l'est pas. Et encore, les programmes sont allégés, et je ne parle pas du soutien scolaire ni des émissions spéciales concoctées par nos amis de One Channel.

— C'est possible, mais on n'y faisait pas trop attention, répond Rolan.

— Nous… non, pourquoi ?

— Bon sang ! Nos mères nous ont mis au monde à MariaSan !

— Voilà ! s'exclame Renzo. Vous avez compris. C'est pareil dans toutes les villes. Une classe dirigeante s'est constituée, à peu près indemne… Et le restant des populations régresse, sans que cela ne dérange personne.

— Et tu prétends que c'est un autre héritage pourri d'avant l'*Extinction*, en plus du climat et des radiations ?
— Exact. La Troisième Guerre mondiale a effacé l'ardoise. « L'humanité ne s'intéresse qu'aux problèmes qu'elle peut résoudre », disait un philosophe *prénumérique* dont j'ai oublié le nom.
Rolan regarde Benji, qui acquiesce d'un léger signe de tête.
— OK. On change les meubles.
— La bonne nouvelle, c'est que les perturbateurs endocriniens ne modifient pas l'ADN, poursuit Renzo. Autrement dit, si on supprime ces produits, la situation génétique se normalisera trois générations après. Vous comprenez ?
Benji comprend :
— C'est comme un codage de room-service. Tu réveilles le truc un siècle après, il va répondre « Yes Master » !
— Yes. C'est un peu ça, répond Renzo, interloqué.
Rolan ajoute :
— Donc l'espèce n'est pas foutue...
— Mais nous-mêmes n'en verrons pas les effets. C'était la mauvaise nouvelle.
— Personne pour nous remercier ?
— Si nous le faisons maintenant, ce sont les enfants de nos enfants qui en profiteront...
— Ils le valent bien ! C'est parti !
— Reconstitution de ligue dissoute ?
Ces trois-là formaient, avec Jade, l'équipe de choc de Paoly. Quand cette vedette de Doug Givemmore entraînait les juniors. Ils finissent de vider leurs chopes avec des mines de comploteurs... Mira est plus âgée qu'eux de quelques années. Elle les connaît depuis leurs premières pintes. Renzo est crispé sur un orage intérieur. Ce n'est pas bon signe. Elle le sait. Les grandes colères sont destructrices pour les caractères doux et sensibles comme le sien. L'expression qu'elle a lue dans ses yeux lui fait froid dans le dos. Le regard anxieux et déterminé d'un père à sa fillette, autrefois... Elle avait dix ans. Celui d'un homme qui part à la guerre en sachant qu'il ne reviendra pas.
Ils ont disparu comme balles de polo dans un canyon.

17

Yugo fait des siennes

Chaque jour qui passe rend le métier de Rolan plus difficile. La loi martiale est proclamée sur toute la Pennsylvanie. Les attroupements y sont dispersés, les séditieux, éliminés. Les soldats de l'Illinois assurent la sécurité de la région, contrôlent Meander et patrouillent sur les routes. Ils l'invitent à n'importe quelle heure du jour ou de la nuit pour courir à l'autre bout de l'État en pleine mousson, filmer leurs opérations de maintien de l'ordre – c'est généralement aux abords d'une frontière que les rebelles se cachent – et parfois immortaliser une exécution sommaire qui ressortira aux infos du lendemain. Pour que tout le monde sache bien à quoi s'en tenir. La pluie n'est rien. Ce qu'ils font est terrifiant. Mais ils restent corrects. De toute façon, il faut bien que quelqu'un se dévoue. Et si ce n'était lui, ce serait quelqu'un d'autre, sans aucun bénéfice pour la Cause ! Alors Rolan tient le coup. Il garde la confiance des occupants. Et la trace de leurs méfaits. Après tout, c'est une guerre... En réalité, la seule obsession de Dafne est d'empêcher la constitution des groupuscules de clandestins qu'elle appelle « terroristes ». Elle n'est pas le principal problème, loin de là. Ce sont des opérations extérieures. C-Town reste une armée ordonnée qui ne se mêle pas des affaires de la ville.

C'est plus compliqué à l'intérieur. Dès l'arrivée du général Pompilius et des troupes de l'Illinois, le fils de la présidente s'est proclamé président par intérim. Sa mère est consignée dans son appartement de la tour centrale et le reste du Conseil, enfermé dans le gymnase du trente-et-unième étage inférieur sous la garde de la milice. Le Sénat est dissout. Une équipe restreinte de fidèles à Yugo expédie les affaires courantes, leur mission principale étant d'organiser les élections de mai prochain. Yugo a également recruté, comme équipe de campagne, de méchants olibrius qui paradent dans les couloirs armés de bâtons. Reconnaissables à leurs brassards kaki, ce sont d'anciens comparses de Maddy – des dealers – ainsi que le gang local des « Lézards de feu ». L'essentiel de leur travail consiste à remplir le gymnase avec tout ce qui ressemble à des opposants au nouveau régime. Une seule exigence pour sortir de là : le serment allégeance à la personne de Yugo Siegfried...

Dans les couloirs, Rolan se demande s'il va endurer cette mascarade jusqu'au mois de mai. Il connaît bien Yugo. Les rapports entre eux n'ont jamais été faciles. Mais ils ont existé. Faits d'efforts partagés, d'espoirs communs, de solidarités... On n'oublie pas les images de jeunesse. Des moments lui reviennent. Un podium inoubliable à Urek. Jade, impériale... La tequila de Laredo : une arme de saoulerie massive ! Après trois verres, personne ne se souvient plus de rien... Aussi, la défaite en Virginie. Ils faisaient bonne figure en neuvième période, trinquant avec cette bande de tricheurs. Jade, souvent... Les soirées pyjama du Golden Dolphin. En trois clics, il retrouve l'enregistrement mythique de son duo de siamois avec Muna, le clochard stoïque : *Singing in the rain*... Quelque chose de coincé dans le diaphragme. Il appuie son dos sur le haut du fauteuil. Rolan n'arrive plus à rire. Ça ne sort pas. Au numéro de claquettes, il essuie une larme. Passagère. Comme on dit d'une belle-mère qu'elle est « de passage ». Puis une autre. Les suivantes, il les laisse couler. Affalé. Evuit est trop loin. Elle prépare en ce moment l'équipe de MariaSan et sera de retour en septembre pour une rencontre du tournoi. Au moins, il ne s'inquiète plus pour elle. Le cœur tape un coup dans la poitrine. Un an auparavant, toute l'équipe s'entendait bien, leur avenir était brillamment tracé dans la bonne société des grandes villes... Qui aurait pu prédire que Jade serait bannie, Renzo, chef de guerre, Benji, caché dans une cave ? Et Yugo ? Leurs chamailleries. Ils avaient failli à plusieurs reprises en venir aux mains à propos de Mira. Il la traitait trop mal et elle venait pleurer sur l'épaule du gentil Rolan... Deuxième extrasystole. Dire qu'avant, il les trouvait délicieuses, ces palpitations de l'âme ! Ou alors était-ce le sourire de Mira ? N'empêche que, dès que ce connard l'appelait, elle courait comme une souris se hâte vers le piège !

Ici et maintenant, ça se dégrade vraiment. Une grave et profonde déception. L'ivresse de pouvoir est montée à la tête de son ancien camarade. Rolan le supporte très mal. Il évite de croiser Yugo. La résonnance affective est très forte. La culpabilité aussi. Il finit toujours par se dire qu'il trahit, de fait, son ancien ami. Et les hypothèses qu'il peut faire sur la fin de cette histoire le désolent toutes. La Cause veut qu'au final l'un des deux tue l'autre ! Cette réalité insupportable lui bouffe la tripaille ! Et l'insensibilité totale affichée par le nouveau tribun aggrave encore ce ressenti désastreux… Ce Yugo à qui tout réussit. À qui profite… LE CRIME ! Impensable. Serait-ce possible ? Serait-il le commanditaire ? L'addition semble simple : un Yugo plus un Maddy égal un mort et une bannie. L'héritier contesté de la dynastie Duncan aurait pu faire assassiner Ken pour déclencher un conflit et ramasser la mise ensuite. Une froidure sibérienne se répand dans les moelles de l'investigateur. Et si ce n'était qu'une jalousie des années lycée qui refaisait surface ? Comment en avoir le cœur net ? Ta vie ne tient qu'à un fil, Rolan. On a dit qu'à la fin, c'est le Bon qui tue le Méchant. Pas le contraire. Fais gaffe !… Jingle. Son agenda l'avertit du prochain rendez-vous. Chaque fois que le fringant reporter se regarde dans le miroir du phone, c'est pour y découvrir un fantôme encore plus pâle, plus maigre et plus tremblant que la veille.

— Notre monde !

Le treillis en surpoids couronné d'une crête de cheveux rouges hurle en poussant la porte à double battant.

— Notre affaire ! répondent, en écho et sur le même ton les membres présents de la nouvelle élite en levant le poing droit, selon le nouveau rituel.

L'arrivant les salue d'un signe de menton. L'un des gardes, beaucoup plus corpulent, s'approche, l'air obséquieux, pour l'accueillir. Il sue autant de peur que de graisse. Un reptile cerné de flammes écarlates est tatoué sur son avant-bras, un gilet pare-balles ouvert sur la chemise hawaïenne ornée d'un brassard verdâtre qui flotte sur son bermuda XXXL.

— Ils ont réfléchi ? demande Yugo.
— Certainement, Président, certainement…
— Voyons ça.

Le *gangman* le précède dans la grande salle. Une petite affluence. Des gens agglutinés par petits clans au milieu d'enchevêtrements de fils électriques, accrochés à leurs phones, qui pour un jeu, qui pour une conversation animée à propos d'une partie de cartes où il ne viendra pas. Des matelas à même le sol. Quelques lits de camp. Des valises ouvertes. Les femmes papotent, se coiffent, tricotent… Certaines enlacées, plus loin l'une frotte de la main l'épaule de l'autre dans un geste d'encouragement en lui répétant « Mais non, on ne tue pas les gens pour ça »… Un campement d'étrangers à leur propre cité, assignés à résidence au sous-sol. Alors que l'heure du déjeuner approche, un livreur de restauration, grande caisse colorée sur le dos, officie de groupe en groupe. La ventilation absorbe les relents de cuisine avec une certaine efficacité. Tous regardent passer leur nouveau président avec une expression atone. Ceux qui le connaissent personnellement n'ont aucune envie de le saluer, et personne ne se risquerait à récriminer. Yugo et son escorte de brutes atteignent le fond de la grande salle où gît, plus ou moins adossé au mur, l'ancien gouvernement hébété.

— Notre Monde ! crie-t-il pour les réveiller.

Pas de réactions. Une petite douzaine d'hommes et de femmes qui regardent le sol, mutiques. Yugo repère Pamela, l'ancienne attachée de presse d'Helen, assise sur un fauteuil pliant, et surtout la forme restée allongée à ses pieds et qu'elle semble veiller :

— Il dort, lui ? Secouez-moi ça ! intime-t-il.

Deux sbires, tout en muscles, visage sec sous les lunettes fumées, empoignent chacun un bras pour remettre l'homme sur ses pieds. Sous l'uniforme froissé et taché de sang, on reconnaît Tucsin, l'ancien chef de la Sûreté intérieure. Il vacille et peut à peine montrer ses yeux sous les paupières tuméfiées. Yugo s'énerve :

— Je répète ma question : il est où ?

— Va te faire foutre, répond l'ex-valeureux sex-symbol de l'administration précédente.

— Tu ne vas pas t'en tirer comme ça, réplique Yugo, excédé.

— Toi non plus. Ce que tu fais aura des conséquences.

— Je sais. Je pose une question. La conséquence, c'est que tu réponds. Fin de l'histoire, chacun repart de son côté.

— Pas du tout. Tu ne connais pas Dafne. Vu la manière dont tu procèdes, tu seras vite usagé et elle te jettera comme le dernier de ses tampons, en tirant la chasse d'eau.

— Et toi, tu ne connais rien du tout. Dafne a toujours besoin de quelque chose. Elle me demande. Je lui donne. Elle est contente de travailler avec moi. Point. Question suivante. La vie est une série de questions et de réponses. C'est tout. Donc tu me dis où « il » est, et tu repars où tu veux, je m'en fous.

— Je ne te crois pas. Et je ne sais pas où « il » est. La réalité, c'est que tu n'as pas assez de neurones pour voir les conséquences !

— Goodsteal dit que c'est toi qui as donné l'ordre de le laisser partir.

Tucsin grimace :

— C'est Goodsteal qui a merdé. Ça te fera une bonne recrue !

Yugo lui botte le tibia d'un coup de *Doc* à coquille renforcée. C'en est trop pour Pamela, qui saute sur ses pieds pour s'interposer :

— Mais tu vas arrêter ça ! Tu te crois où ?

— Ta gueule ! Je défends notre ville. Ce traître protège un dangereux renégat !

Elle ignore la grossièreté et essaie d'expliquer :

— Il ne sait pas où est Scott. Il leur a filé entre les doigts. Crois-moi que s'ils avaient pu l'attraper, ce serait fait. On n'avait aucun intérêt à le laisser courir ! Pourquoi tu en veux comme ça à Tucsin ? Ou alors il y a une autre raison... Hein, c'est ça ?

— Toi, la grognasse, tu vas la fermer ou je laisse les Lézards s'amuser avec ton cul. Tu pourras leur tirer la queue, c'est bien accroché !

Sans perruque, ou bien est-ce la disgrâce qui l'affecte ? Les traits de la sémillante communicatrice sont creusés. Mais elle n'a aucunement l'intention de s'écraser :

— Tu as l'air de savoir de quoi du parles !

Ou alors elle tente une manœuvre désespérée pour détourner sur elle-même l'orage qui menace Tucsin ? Hors de lui, Yugo lui balance une droite qui l'envoie valdinguer à deux mètres avec l'élégance d'une branche décrochée par la bourrasque. Sonnée pour le compte. Le comptable s'est levé, il reste là, les bras ballants, embarrassé du veston qui pendouille sur ses épaules rachitiques, partagé entre la colère, la peur et l'ignorance. Tucsin, toujours combatif, s'étouffe d'un mauvais rire :

— Tu accumules les conneries. Mais tu as raison d'avoir peur ! ricane-t-il. Celui que tu cherches va te trouver. Et après, il te découpera en morceaux. Encore une conséquence !

— Pourquoi faut-il que tu compliques toujours tout, l'académicien ? On a fait la même école. Mais la différence entre nous, c'est que moi, j'ai toujours préféré l'action.

— Dans quelques mois, tu écorcheras tes genoux à ramper sur les cailloux de l'Indiana et tu offriras ton trou de balle au premier barbare venu pour un verre d'eau. Abruti. Tu sauras la différence entre être et avoir été !

— Arrête la philo. Je ne suis pas plus bête que toi. Tu parles comme un livre, mais tu ferais mieux d'avoir peur de ce qui va t'arriver, connard. Mes gars vont faire un parchemin avec la peau de tes fesses et clouer dessus ton deux-points-virgule. Fin de la tirade.

Sous l'éclairage cru des plafonniers, la face de Yugo a pris une couleur grenat assortie aux cheveux qui lui restent. Il balance un autre coup de saton au même endroit et repart en lançant à l'Hawaïen :

— Fais-lui tout cracher, et les dents avec.

Un silence horrifié retombe en pluie sourde sur l'assistance qui le suit du regard. Dans son dos, Pamela, assise par terre, s'égosille :

— Fais le malin, espèce de décérébré. Tu ne me fais pas peur ! Le vent finit toujours par tourner. Et quand le tien tournera, tu auras intérêt à courir très vite ! Ordure malfaisante ! Raclure d'alcoolique. Tout le monde te connaît, ici. Et tes trafics avec les petites sauvageonnes ? Ils n'osent rien dire pour l'instant, mais t'inquiète, ça ressortira tôt ou tard, et là, c'est toi qui pleureras ! Vomissure syphilitique. J'avais prévenu ta mère que MariaSan lui refilerait du sperme de troisième choix. Tu n'es qu'un ignoble bâtard !

Il ne prend pas la peine de se retourner.

18

Malshik recrute

Août 347, quelque part dans l'Arizona

Trois motos s'arrêtent sur le parking inondé du « HH Sibley Point ». Un grand échalas dont l'ossature nage dans un blouson trop large avance en premier, suivi d'un obèse court sur pattes. Le troisième est plus fluet. Ils ôtent leurs casques. L'homme de tête pousse la porte du bar, courbant la nuque pour pénétrer à l'intérieur. Le linteau râpe sa tignasse, comme le ferait la main d'une mère aimante. Assailli par l'odeur de cuisine et de transpiration, il se revoit, adolescent...

Fin d'après-midi caniculaire sous un promontoire rocheux. La poussière rouge s'infiltre partout, apportée jusqu'au fond des poumons par un air à 40 degrés. Le rugissement d'un moteur thermique couvre le rap américain qui sort de son phone. Des pas sur les pierres du chemin. Karla lui caresse les cheveux :

— Alsi, va donc aider Claudia et Véra. Maman a autre chose à faire.

À douze ans, le garçonnet a déjà la taille d'un adulte. Il ne se retourne pas. Dans son dos, Karla sourit à l'arrivant. Rien qu'au bruit du moteur, il avait reconnu cette charogne de Diego. Il décampe en direction du feu de camp où mijotent les haricots du soir. Il salue un à un les autres garçons : poings cornus, toucher, inverser, glisser les mediums, accrocher, toucher les poings. Soirée ordinaire au repaire des Bravos. Sa mère passe son temps allongée sur une couverture, à forniquer avec les membres de la bande. Son père est mécanicien. Entre raclées et bitures, Alsi a chopé le virus de la moto. L'ado renfrogné est devenu un as du chalumeau qui fabrique lui-même ses machines. Le plus long, c'est de trouver le bloc hybride pour la motorisation. Ensuite, il soude autour un cadre et des roues.

Sans que cela ait aucun rapport avec le chili, quoique... son père mourut le soir même, d'une overdose de ferraille. Tout le monde savait qu'Alsi avait tenu le marteau fatidique, mais à cette époque, les gangs répugnaient à se lancer dans des enquêtes longues et incertaines. Circonstance atténuante, Los Bravos avaient un défi à relever contre des Mexicains et urgemment besoin d'un mécano pour une course d'accélération... Ils avaient donc pendu un chemineau de passage afin d'expier le crime et de marabouter la prochaine rencontre. La bécane des Bravos remporta la victoire et Alsi sauva sa tête. Le gamin savait déjà que la chance ne sourit jamais très longtemps. Aussi reprit-il son nom de baptême, Malshik, et la moto de son paternel, pour se lancer dans la carrière.

Il descend les trois marches, se redresse. C'est une carcasse d'une maigreur effarante, un visage émacié aux traits taillés à la disqueuse qui se débarrasse de son poncho trempé et s'affale sur une chaise libre, la touffeur graisseuse de la salle renonçant à le porter davantage. Ses deux comparses s'installent de chaque côté. Au passage, il a discrètement survolé la déco rustico-crasseuse du *woop-woop* : assiettes et bouteilles antiques posées sur des planches extraites des fouilles de la région. Coudes sur les tables, quelques routiers, des indigènes aux tuniques colorées, et en majorité les grossières toiles souillées de cendres qui donnent ordinairement aux mineurs l'apparence de cloportes grouillant dans les ruines d'une ancienne agglomération pour en extraire les métaux : cuivre, acier, plomb... Celui qui tombe sur un magasin de voitures ou de smartphones gagne le gros lot. De quoi passer une semaine ivre mort... Avant d'y retourner.

Il agite le bras en direction d'un loufiat large d'épaules, à peu près de sa taille, visage carré et barbe abondante, auquel il commande une bière. Ce dernier fait signe à un mignon tremblotant qui s'empresse de déposer un bock devant les voyageurs... dont Malshik s'empare et qu'il lève pour trinquer. Seul... Incrédule, il dévisage ses compagnons :

— Z'avez pas de chance aujourd'hui, les gars !

Il en descend une pinte dans son avaloir béant, jambes écartées, bottes maculées en travers du passage... rigolant tellement qu'il en avale de travers, s'étrangle et s'éclaircit la voix en claironnant :

— Zeus, deux autres pour mes compagnons !

La foudre du dieu des orages dort à l'abri du zinc, contenue dans le canon d'un Armasan calibre douze à pompe doté d'un magasin de sept cartouches. Plus une dans le canon. Un tonnerre toujours prêt à répondre aux insolences. Mais le patron en a vu d'autres. Il lève les yeux au ciel et fait signe à son giton d'envoyer deux chopes supplémentaires... Il ne quittera plus ce poste d'observation. L'embonpoint calé sur le comptoir, son regard flotte au-dessus des têtes, sans jamais s'arrêter sur le trio de voyageurs. Poker ou bras de fer ? Du grabuge en perspective dans les deux cas.

Un vieil album de country tourne en boucle. Les trois motards renouent avec la civilisation en se tapant du chili, avec viande. Depuis plusieurs semaines, ils roulent en mâchouillant des écorces et des tranches de cactus.

Leur dernier repas date d'avant-hier. Un pigeon que Malshik a chapardé dans la toile d'une araignée géante. Chair coriace au goût pourri qu'ils ont dévorée crue. La mygale ? C'était la deuxième chose que son alcoolique de père lui avait apprise. On voit d'abord la toile, de trois ou quatre mètres, en travers d'un couloir rocheux. C'est la promesse d'une proie ! La propriétaire est réfugiée dans une anfractuosité, ou bien tout simplement là-haut, à guetter dans un coin l'oiseau, peut-être le jeune animal qui se prendra dans les rets collants, si solides qu'on pourrait s'en servir pour lacer les chaussures. Il n'y a plus qu'à escalader et lui caresser le dos pour l'endormir. Elle n'est pas craintive, tellement sûre de son poison… On peut la surprendre avec un geste doux et, surtout, sans toucher les fils. Cela prend environ trois minutes. L'araignée est alors suffisamment assoupie, du moins tant qu'on ne fait pas de mouvements trop brusques. Sa toile est table ouverte ! On se sert avant elle. Avant qu'elle n'injecte le venin fatidique. Avec toute la douceur nécessaire.

Pour ce soir, dans le brouhaha des éructations, le serveur promet du daim au ragoût. Cela convient à Malshik, qui commande aussi un broc de bière, plus un de tequila. Il en a besoin, après avoir traversé la moitié du continent en pleine saison des pluies ! Il a conduit un mois, jusqu'au Colorado, à la suite de l'incident de l'Illinois. Il a marché ensuite une semaine pleine pour atteindre une grotte du Petit Canyon qui surplombe la Green River, et risqué sa vie entre deux crues de la rivière sur les sentiers bourbeux et les rochers glissants qui longent le précipice, afin de récupérer le trésor du gang. Son héritage, en quelque sorte. À présent qu'il est riche, son intention est de faire fructifier le capital. Il va réinvestir ! Surtout, il détient une « Lettre de course » qui l'autorise à piller tous les convois des autres villes à l'est du Mississippi pour le compte de C-Town, moyennant une taxe de trente pour cent sur le butin. Avec un camp de base sous la juridiction de l'État, les permis d'une moto et d'un fusil par homme. Les Chaïkas vont renaître. Déjà deux motards recrutés en chemin. Le début de la nouvelle bande. Il est ici pour en embaucher d'autres ! L'enthousiasme peint sur son visage un rictus joyeux creusé d'incisives manquantes. Tournée générale ! Une explosion de sérénité dénoue les gosiers. L'ambiance se détend d'un coup. Il n'est que dix-neuf heures. Les mineurs appréhendent toujours les embrouilles tant qu'ils sont à jeun.

Le borgne est le premier à venir remercier. Aussi loin qu'il se rappelle, il n'a jamais eu qu'un œil. Les gens, ils ont deux yeux, ils ne voient rien. Lui, avec un seul, ça ne lui avait pas échappé : le type à la tignasse brune n'était pas là par hasard ni pour la compagnie. On cherche tous quelque chose, n'est-ce pas ? Pour savoir quoi, il s'approche, le verre à la main :

— Beauzœil. C'est comme ça qu'on m'appelle. Le jour est. À votre santé, camarades !

— Malshik. Le jour est. À ta santé, Beauzœil !

Les deux autres se présentent :

— Fat Boy. Santé !

— Bonneville. Santé !

— Vous n'avez pas bien choisi votre jour, les gars, remarque le borgne. Ça fait quarante-huit heures que ça dégringole !

— En fait, nous fuyons la mousson, au Nord... précise Malshik en riant. On roule comme si on nageait à l'envers sous une piscine renversée ! Mais ici, je parie que ça fait six mois que vous n'aviez pas vu une goutte d'eau !

— Oui, mais ça ne durera pas. Demain, ce sera fini. On aura peut-être la prochaine averse dans deux mois !

— Et c'est pénible de fouiller dans la boue... C'est quoi le site ? demande le grand maigre.

— Phoenix.

— Il paraît que c'est immense, qu'on peut encore creuser pendant des siècles !

— Il paraît... Mais ce n'est pas d'un gros rendement. Ça vivote. Tu as l'air de connaître. Tu as vécu ici, Malshik ? se renseigne Beauzœil.

— Plus au sud. J'ai pas mal traîné avec les Bravos il y a une dizaine d'années.

— J'en ai entendu parler. Des motards indépendants... Tu les cherches ?

— Non. Je monte une équipe. J'ai une lettre de course d'une grande ville...

— C'est-à-dire trente pour cent...

Le ton du borgne est dubitatif.

— Tarif standard, ça t'intéresse ? insiste le chevelu.

— Ici, il y a que dalle. Cent pour cent de rien du tout... Tu vois ce que je veux dire ? Ce serait où ?

— Dans le Nord.

Une étincelle d'intérêt brille dans l'œil unique.

— Tu veux une réponse quand ?

— Dans deux ou trois jours. J'ai besoin d'une dizaine d'hommes tout de suite. Après, tu sais ce que c'est...

— Oui, je connais. Pour attaquer des convois, le minimum c'est trente ou quarante *companeros*... Quel genre d'armement ?

— Pistolets, fusils ! On peut même avoir quelques voitures ! Ta spécialité, c'est quoi ?

— Explosifs.

— Ces deux-là, dit Malshik en désignant ses comparses du pouce, sont tireurs : arc, carabine, lance-roquette...

Les snipers sont indispensables dans ce business. Tous les chauffeurs d'un convoi possèdent des armes de chasse. L'entrée en action consiste à les menacer en restant hors de portée de leurs fusils. Et puis, les bons tireurs sont respectés. Clan ou pas, celui qui leur cherche des noises crèvera un jour dans le désert sans savoir d'où ça vient. Beauzœil apprécie.

— Écoute, je ne dis pas non. Je réfléchis et je te tiens au courant.

Le temps de torcher les assiettes, le message a fait le tour de la salle. Les deux autres motards n'ont pas encore prononcé une parole. Ils mastiquent avec acharnement le rata qu'ils étalent sur une pâte à tacos.

— Tout va bien, Messieurs ? s'inquiète le serveur.

— Au goût, ça va. Il y a le museau et les pieds, non ? Les craquements des morceaux de cartilages produisent une délicieuse vibration dans les mâchoires ! marmonne Fat Boy.

— Remettez-nous ça, enchaîne Bonneville.

En deux jours, Malshik embauche Éléphant, ainsi nommé à cause des longues oreilles roses qui tombent sur ses épaules ; Dépeceur, aux tatouages en partie effacés sur le torse et les bras, et dont la moto est ornée de lanières de peaux ; Talkie et Walkie, deux frères, jeunes. Talkie parle, Walkie, se tait. Puis Beauzœil décide de les rejoindre. La petite bande s'ébranle vers le nord. Tournant le dos aux Montagnes Rocheuses, ils traversent le Kansas, où une connaissance de Malshik, dénommé Ruben, « le Boiteux », se joint à eux.

Sous un ciel si dur qu'on pourrait le rayer au tournevis, une trombe de poussier rouge traverse le plateau de Lozz, dans le sillage de six motos. L'appli « Geiger » des smartphones bourdonne faiblement. Une vibration continuelle, à laquelle les conducteurs ne prêtent plus aucune attention. Bandanas sur le visage, ils suivent la piste tortueuse qui louvoie entre des ruines verticales aux silhouettes de rochers préhistoriques et des ruines horizontales colorées de salissures rouillées. Pas un brin d'herbe. Pas un grain d'humus. Des cailloux sous la poudre de cailloux. Et la poussière pulvérulente des milliers, des millions de morts. Humains, chiens, chats, oiseaux, blattes, papillons, lombrics… Annihilés depuis des siècles. Dont ne subsiste que le grésillement sourd du compteur de radiations dans les poches des voyageurs. Ils s'arrêtent parfois. Le temps d'une pause, une cigarette, une bière. S'écartent pour soulager leurs vessies. Trop exposés. L'alarme du phone accélère son affolement. Savent-ils, ces six-là, alignés en rang d'oignons sur le talus, allongeant le jet mousseux de leur urine, savent-ils qu'ils ne pisseront jamais plus loin qu'un monde disparu ?

Avant de descendre sur l'Ohio, leur route fait halte dans une bourgade nommée Hurasquaua, où ils passeront la dernière semaine d'août, à s'approvisionner en vivres et en matériel. Malshik tient à réviser personnellement toutes les bécanes. Beauzœil se charge de trouver une voiture. Un hameau tranquille, resté à l'écart des décombres de centres urbains qui aimantent les aventuriers. Personne ne regarde les motards, mais nul ne les ignore. Aucune rue, pas d'administration. La mairie, le poste de police et le centre commercial, tout cela tient sur comptoir du boui-boui local. Un bouge comme les autres… Mais celui-là est resté. Il a tenu bon, parce qu'il y a de l'eau, souterraine, en abondance.

Selon la coutume, chaque arrivant a payé sa dîme à « l'homme du centre », celui qui a repéré l'endroit en premier. Les errants ont arrêté les hogans, les caravanes, les mobile homes à proximité, toujours assez loin les uns des autres pour conserver un peu l'illusion de vivre dans la steppe. L'homme s'appelle « Skinny Deer ». Un petit maigrichon, animé d'un perpétuel mouvement, qui est à la fois maire, shérif, juge et patron du bar… Patron de tout. Le seul patron du patelin ! Skinny dit toujours qu'une femme est une pierre brute qui n'aspire qu'à être brossée correctement. Il saute sans vergogne tous les diamants de chair qui passent à sa portée. Sans distinction de taille, de race, de couleur, ni d'épaisseur, Skinny brosse. Sans importance ni prétention. Dans huit jours, Malshik l'aura oublié. Ou plus exactement, il n'en conservera, en guise de souvenir, que les deux femmes qu'il lui achète le lendemain de son arrivée : Lio et Olie, deux sœurs jumelles et râleuses.

L'expansion immobilière de Hurasquaua se fait surtout vers le nord, l'ouest et le sud. Elle est bloquée à l'est par les falaises vertigineuses du haut desquelles on peut jouir d'un point de vue unique sur la plaine alluviale du

Mississippi. Plus que l'abondance de l'eau, c'est la beauté de l'endroit qui a retenu Skinny et ceux qui sont arrivés après… Mais cela, Malshik ne l'imagine même pas. Le surlendemain de son arrivée, il explore le voisinage, cherchant à échanger un sac de smartphones dérobés dans l'Arizona contre quelques litres d'huile pour moteur. La moiteur de l'après-midi, qui s'infiltre sous les vêtements et colle à la peau avec la viscosité d'une bave d'escargot fiévreux, amène le chef de gang sous une halle de bois bâchée de toile… qui recouvre un octogone de boxe en parfait état ! Cette découverte lui donne des fourmillements dans les épaules, des picotements le long des bras, des grincements dans les phalanges…

Le soir même, chez Skinny, au milieu de la grande salle encombrée de poteries indiennes et de fossiles, sous l'écran obscur d'une télévision muette, il se lève pour lancer un défi aux poings. Le gagnant emportera l'une des jumelles.

— Pour la vie ? demande une voix.

— Pour la vie si tu veux, mon gars. Tant que tu supporteras les jérémiades !

Dans les rires, n'empêche, rares sont les volontaires. Ce chevelu est trop grand, et les mines patibulaires de son escorte n'incitent pas à la rêverie. Voyant les gaillards qui l'accompagnent, les voyageurs flairent une entourloupe. Les prospecteurs, eux, connaissent ces femmes qu'ils trouvent trop fragiles pour travailler la terre : elles ne tiendront pas deux jours à creuser et porter dans la chaleur du désert, pensent-ils. Les camionneurs ont des chargements à livrer, beaucoup aussi sont mariés… Ils savent ce que c'est, l'existence. Malshik insiste, vante les talents de ses beautés. Pour finir, un type se lève. Rork. Tatoué de lignes sinueuses différentes du style habituel des gangs. Il fait un petit mètre quatre-vingt. Probablement quatre-vingt-dix kilos. Sans toise ni balance. Cependant, Malshik remarque tout de suite la longueur de ses bras : les mains lui descendent aux genoux. Pas de quoi s'inquiéter, décide-t-il.

Aussitôt dit aussitôt fait. Tout le monde sort prendre place autour de la cage pour un spectacle improvisé. Malshik sautille un peu pour échauffer les jambes et pénètre dans l'octogone en boxant l'air à mains nues. Rork le suit. Imperturbable. Bras ballants. À l'allure d'un retraité qui va prendre ses outils dans la remise. Skinny est aussi arbitre de boxe. Sa tâche est simplissime : il ferme la porte grillagée. Celui qui ressortira sur ses deux pieds sera déclaré vainqueur. Lio et Olie se trémoussent autour du ring pour annoncer le combat sous les acclamations. Une louche frappe une poêle. C'est le gong. La nuit du désert tombe. D'un seul passage. Comme une claque muette. Campé sur les chaussures, Rork a levé ses poings à la hauteur du plexus. Une allure générale de pugiliste antique. Du gâteau. Malshik travaille son jeu de jambes en lui tournant autour. Sa garde est haute. Il risque quelques jabs. Rork n'esquive rien du tout. Il plie un peu les jambes. Les connaisseurs notent que sa tenue est plutôt solide et très élastique. Mais dans l'ensemble, les paris commencent à courir sur le grand chevelu, plus combatif. Malshik reste à distance confortable… L'allonge exceptionnelle du *challenger* le gêne en ce moment. Il ne trouve pas d'ouverture. Il va devoir casser cette distance… Sifflets et les encouragements fusent dans sa direction. Le cake serait-il plus difficile que prévu à entamer ? Il se lance, envoie un coup de poing du gauche, un peu haut — anticipant que Rork va se baisser — qu'il fait suivre d'une série de crochets droite-gauche-droite, cassant la distance. L'éclairage vacille. La turbine qui produit l'électricité du village est située dans les éboulis du bas de la corniche, à l'extrémité du gros serpent grisâtre d'une conduite forcée, dans un charmant *cottage* couvert d'un toit de bardeaux qui lui donne l'apparence rupestre d'un chalet alpin. Skinny a coutume de dire que chez lui, chaque fois qu'une eau descend, il y a une électricité qui remonte… Rork connaît-il ce dicton ? Il se baisse, sans excès. Mais son poing gauche remonte dans un mouvement inverse et cueille Malshik d'un doux uppercut légèrement biaisé au foie. L'effet d'une aiguille à vingt mille volts qui percerait son côté droit. Le grand chevelu accuse le coup. La digestion aussi s'annonce difficile. Il se dégage d'un pas en arrière, bras tendus en geste de sauvegarde. Pour rien. Le tatoué n'a pas suivi. Impossible, sous les quolibets :

— Vas-y, tu dors ou quoi ?

Rork récupère ses appuis. Malshik, sa respiration. Même pas mal ! Il se remet à danser. Il tourne sur le côté extérieur de son adversaire, feinte du gauche et allonge un crochet droit en direction de la mâchoire. L'angle est millimétré. Rork est pris. Il n'a pas d'œil à cet endroit pour voir le coup arriver… Mais il a lu la trajectoire du corps. Son torse s'efface. Esquive opportune à laquelle Malshik ne pouvait s'attendre, vu son inertie précédente. Mais surtout, le bras de Rork est toujours là, resté en parade. Il passe l'autre avant-bras par dessous et revient avec une clef sur le coude. D'une vive rotation du buste, il envoie son adversaire valser contre le grillage. Il sait maintenant que celui-ci va revenir les bras en avant. Il s'accroupit et le cueille au rebond. Direct du droit au plexus. Projection. Malshik s'envole, fait un soleil au-dessus de lui et part s'écraser dans l'angle opposé. Étalé par terre, en vrac. Le tatoué est sur lui pour l'immobiliser au sol d'une clef de bras. Le chef des Chaïkas n'a plus qu'à choisir entre abandonner tout de suite ou bien se faire casser l'épaule, puis abandonner ensuite. Il appuie la main sur la poitrine de Rork et murmure :

— Bon, ça va, tu as passé l'examen de recrutement. T'es embauché.

— Une part de combien ?

— Double part.

Apparemment satisfait de son labeur du jour, Rork se relève pour sortir de la cabane, comme s'il venait de ranger sa bêche. Ce faisant, il tourne le dos à son adversaire... Malshik met à profit cet instant d'inattention. Il pivote au ras du sol et détend brutalement les jambes en ciseau sur celles de sa nouvelle recrue... Qui s'étale comme une crêpe, le nez en avant. Son nouvel employeur est déjà sur son dos... Avec une clef à la gorge. Rien de méchant. Un étranglement sanguin qui l'endort en deux minutes contre toute défense. Terminé. Malshik sort de la cage en levant les bras dans un silence glacial. Son action manque de fair-play. Mais tous les gens qui sont là vont reprendre leur boulot demain matin, qui à sa pioche, qui à son volant, qui à son comptoir... Le grand brun et ses sbires seront loin. La vie reprendra son cours. Aucune raison de rejouer le match. La poêle résonne une seconde et dernière fois.

La fin de la journée rassemble la bande au complet dans un amphithéâtre naturel, face à la vallée. Dans leur dos, le couchant dessine sur les crêtes lointaines le profil d'un Cyclope figé, abattu dans son sang. Les hommes ont allumé un feu, vidé quelques seaux d'alcool d'agave, et s'affalent en plaisantant sur les gradins rocheux. Malshik, debout, lève le bras pour obtenir leur attention, une expression de gravité sculptée par les ombres du soir sur sa face anguleuse :

— Les gars, vous voyez la vallée ? Plus loin, là-bas, il y a une rivière qui s'appelle l'Ohio. Nous allons la suivre et arriver dans un État qui porte le même nom. Il faudra être prudents. Les gens là-bas vivent sous la terre. Ils y ont leurs maisons, leurs villes et leurs routes. Mais ils ont aussi des caméras partout dans les arbres et ils surveillent tout ce qui se passe dans leur forêt. Quand ça ne leur plaît pas, ils surgissent de n'importe où, armés jusqu'aux dents, et ils exterminent les gêneurs. Radical. Nous n'aurons que quelques jours pour agir. La première chose : nous ne sommes encore qu'une dizaine. Eux ne s'intéressent qu'aux bandes importantes, disons la quarantaine de soldats, parce que seules ces bandes-là sont en nombre suffisant pour attaquer un convoi. Ils ne vont pas se méfier de nous tout de suite. La seconde chose : nous irons très vite, surtout au retour. L'horaire sera précis. Nous allons tranquillement au point de rendez-vous, comme des voyageurs en transit, qui ne font que passer, le nez en l'air. Nous frappons par surprise. Et nous repartons pied au plancher ! Ça sera un raid ! Car nous formons un gang ! Nous nous appelons les « Chaïkas » ! Nous sommes affamés.

Désignant de la main gauche la tête de loup tatouée à la naissance de son cou, il poursuit :

— Notre emblème est une mâchoire et aucune nourriture terrestre n'a le pouvoir d'éteindre notre faim !

Il marque un temps, respire, et ordonne :

— Nous partons demain matin à la première heure. Ce coup ne sera que le premier d'une longue série. J'ai une lettre de course de C-Town. Il agite son phone sous leurs yeux. Vous savez tous ce que cela signifie. Les Chaïkas vont continuer de grossir ! Devenir énormes !

Il brandit maintenant son sabre. Forgé par ses soins dans un ressort d'amortisseur. Inaltérable. Un tranchant à tout faire : couper du bois, équarrir, tuer... Il fixe d'un œil halluciné la lumière palpitante de la première étoile surgie à l'ouest. Sa voix, d'ordinaire râpeuse, prend de l'ampleur pour déclamer sa prophétie :

— Nous deviendrons le plus important gang de l'Est !

Il goûte quelques minutes d'approbation bruyante, puis revient à un débit plus mesuré pour exposer :

— Voilà mon plan...

19

Les Chaïkas

Septembre 347, au nord de l'Ohio

Les averses s'espacent et perdent en intensité. Au virage d'Humbolt, une colline domine la route. Surmontée par une crête de sapins alignés qui la fait ressembler à une sorte de hérisson végétal... Un dinosaure, plutôt... Des épingles plantées dans un mamelon en bordure des bois. Impossible de la manquer. À cet endroit, le ciel est plus transparent que partout ailleurs et plusieurs étoiles ont l'habitude d'y prendre le frais entre chien et loup. Beauzœil est arrivé le premier. Il a allumé un feu. Discret. C'est la saison où les fruits sauvages chauffent la bouche, et il ne veut pas que les guetteurs locaux y voient une menace pour leur forêt. Peu de temps après, le van amène les deux sœurs, Lio et Olie. Tandis que Walkie conduit, Talkie lui répète en boucle tout ce qu'il doit savoir. Leur numéro est bien rodé. Ils n'ont fait qu'une seule pause pour ramasser le chevreuil qui s'est jeté sous la voiture. Ils n'ont pas traîné, pour être là avant les motos ! De bonnes recrues. Les Chaïkas devront en trouver d'autres du même acabit. Mais la suite ne sera peut-être pas aussi facile... La difficulté, c'est d'arriver à cinquante : la taille critique. Au-delà, le recrutement n'est plus un problème. Les voyous viennent d'eux-mêmes. C'est eux qui sont demandeurs. Tu peux attaquer une tribu ou une bourgade pour prendre des gamins. Passer des alliances avec d'autres gangs...

Rork et les autres débarquent ensuite, en ordre dispersé, par des chemins différents. Ils se saluent, tranquilles : toucher les mains, accrocher les pouces, toucher les pouces puis les poings. Tous ont chassé en chemin : lapins, lièvres, faisans... À l'arc, bien entendu, pour ne pas déclencher les capteurs sonores. Ils ont aussi ramassé des racines et des champignons. Les jumelles cuisinent. Tout le monde mange sans attendre le chef. Il a toujours des détails de dernière minute à régler. Il les rejoindra demain matin. Beauzœil avale une rasade de whisky, s'essuie la bouche d'un revers de manche et rote.

Il contemple un moment le scorpion presque effacé sur son avant-bras. Sans aucune nostalgie. Il ne regrette pas une seconde d'avoir quitté le célèbre gang. Ce sont toujours les plus bêtes et les plus méchants qui arrachent la part du lion. L'ascension, dans ce genre d'organisation, est une affaire de cruauté. Uniquement. Résultat : dès que quelqu'un dépasse de la tête, il se retrouve entouré d'ennemis implacables qui ne rêvent que de le découper en morceaux, les plus petits possibles, en faisant durer le plaisir le plus longtemps possible. Pas son truc, à Beauzœil. Il préfère la coopération.

Depuis quelques semaines, les gars commencent à former une équipe. Le début est prometteur. Une bonne idée aussi de se faire la main sur un braquage rapide pour démarrer. Cela allait les souder et les encourager. Ceux qui sont là, il les a décodés, à présent. Il en a fait le tour. Son œil unique lui permet de voir arriver les ennuis bien avant les autres. Éléphant, avec ses longues oreilles ? Éléphant, continuellement affamé. Faut voir comment il regarde les deux jeunes. Pas pour les baiser, pas du tout. Il veut les manger ! Tôt ou tard, il tuera des nouveaux pour préparer un repas. Dépeceur ? Son seul plaisir est de découper la peau des femmes. Dépeceur ne fera jamais de mal aux jeunes garçons. Il attend son heure. Il faudra tenir les filles à distance et veiller sur elles. Est-ce que Malshik avait bien vu le problème ? Une étoile perce le coton poussiéreux de la nuit. Aussitôt éteinte. Trop rapide pour lui permettre de formuler un vœu. Fat Boy et Bonneville, les snipers. Eux voudront des neveux de compagnie. Ça peut être une bonne chose pour la formation des jeunes : ils ont un savoir à transmettre. Rork lui jette un regard en coin. Beauzœil se dirige vers lui. Au passage, il envoie une grande tape sur l'épaule du Boiteux. Puis esquive le lourd crochet que l'autre lui renvoie. Bancroche, mais pas manchot. Le poing gros comme une tête d'enfant. Il aurait pu tuer un taureau d'un coup, d'un seul. Si seulement il y avait encore des taureaux. On dit que la race est éteinte parce que le Boiteux les a tous assommés ! Il contourne Lio et Olie, les nouvelles épouses de Malshik. Elles entortillent leurs cheveux avec leurs rancœurs, à la lueur sourde des dernières braises. Épéistes vives et précises, elles méritent leur place parmi eux. Pas question d'y toucher sans l'autorisation du chef ! Quelques jours plus tôt, pour fêter l'arrivée des nouvelles recrues, elles ont fait l'amour à toute la bande en psalmodiant d'étranges mélopées.

— Ça va, Rork ? demande Beauzœil.

— Ça va, répond le tatoué, toujours aussi neutre.

— Mais encore ?
— Tu demandes au ruisseau s'il coule ? Il coule.
— Tu ne regrettes rien ?
— Rien. Qu'est-ce que je pourrais regretter ?
— D'être là, dans ces conditions.
— Certainement pas. J'aime me battre. Demain, grâce à vous, je me battrai. Je n'en demande pas davantage.

Rien à en tirer. Qu'importe ! C'est un coup simple qui les attend. Leur part promet d'être copieuse. Avec un chef expérimenté. Ils ont confiance dans leurs forces. Mais qui peut savoir comment les choses tourneront quand le plomb viendra à siffler ? Combien ne verront pas le soleil se coucher demain soir ? Les joints passent de main en main. Pour leur veillée d'armes, ils entonnent d'une voix grave et lente des chants immémoriaux où il est question de gorges tranchées, de villages incendiés, de viols, de pillages et de chevauchées dans les brumes du Valhalla.

« L'OHIO, ÉTAT SAUVAGE », l'inscription est gravée au feu sur une planche grossièrement équarrie. Dans l'autocar, les filles n'y prêtent aucune attention. Elles ont tout le temps soif, malgré la climatisation. Un va-et-vient continuel entre le frigo et les toilettes, ponctué de jurons. Ça secoue grave. La route est pourrie. Rengaine habituelle sur les pistes de l'Ohio : avec tout l'argent qu'on leur donne pour les péages, ils ne sont même pas fichus de reboucher les nids de poule ! Le péage c'est pour la sécurité. Pas pour l'état des routes ! De toute façon, toutes les caravanes passent au nord, il n'y a pas d'autre solution. Contourner les Grands Lacs ? Plusieurs mois de trajet hasardeux au milieu des marais ! Par le sud ? C'est le désert de l'Indiana. Depuis que les Russes l'ont bombardé de défoliants pour « affamer l'Amérique », plus rien ne pousse. Des cailloux sur un lit de sable, de l'eau empoisonnée. Alors, ceux qui en ont besoin paient le droit de passage, et puis c'est tout.

L'équipe de MariaSan, emmenée par Evuit, fait le déplacement pour rencontrer Paoly. Le calendrier officiel est maintenu, malgré les incidents du mois d'août dernier, quand C-Town a dû rétablir l'ordre en Pennsylvanie à la demande du gouvernement local. En réalité, Butch Elynton est intervenu personnellement auprès de la Fédération. Il tient à montrer que le calme règne, que la sécurité est assurée. Il veut des images d'une cité sereine, pacifiée par ses soins, qu'il pourra relayer dans les colonies.

Les filles vont jouer contre la Pennsylvanie. C'est tout ce qui occupe leur esprit. Et, pour tout dire, leur coach a un peu de mal à rester calme. On lui a rapporté qu'en face, l'équipe renouvelée par Yugo Siegfried peine à trouver ses marques. Info ou intox ? Au fond d'elle-même, elle y croit. Mais quels enjeux ! Personnels, professionnels, sportifs, humains aussi, avec la confiance que les joueuses ont placée en elle. Une couleur politique, aussi. Elle ne veut pas décevoir Barbara, la présidente de MariaSan. Malgré la distance que cette dernière affecte dans leurs discussions, elle sent confusément que sa nouvelle patrie a besoin de conforter une position de leader culturel sur le continent. Selon les propres mots de Barbara, c'est la rivalité de la Grèce antique, entre Athènes et Sparte, qui se rejoue actuellement entre MariaSan et C-Town. La science et la liberté contre la force armée… Plus la date approche, plus le fardeau pèse sur ses épaules.

Les motos sont stockées à l'arrière du car, le matériel dans la soute avec les valises. Le bus emmène l'équipe complète… Plus la mécanicienne, la masseuse, la nutritionniste, le personnel d'accompagnement, quelques supportrices privilégiées : des mamans, une bonne copine, etc. Leurs projets d'avenir ? La plupart vont rester à MariaSan pour jouer au polo. Elles calculent combien un toubib peut y gagner par an, à cinq *perles* la consultation. Elles savent très bien que rares sont les endroits où elles pourraient se constituer une patientèle dans ces conditions ! Les plus aventureuses rêvent d'épouser un homme riche, pour revenir aussi souvent qu'elles le pourront faire des enfants à MariaSan.

Et en ce moment ? Elles ont envie de fruits ! Malheureusement, il faudra attendre d'être en Pennsylvanie pour voir des étals au bord de la route. Car dans l'Ohio, tout se passe sous terre ! Orane prend la parole. Sa mère a une sœur ici, mariée à un gros négociant. Elle-même est fiancée à un local : Averell. Il héritera de l'entreprise de sécurité des parents.

— Ils manquent de femmes ? demande l'une d'elles.

— Hihihi ! Bien sûr que non ! Mais leurs filles se marient loin dans le sud, où la nourriture pousse sur les arbres. Les hommes restent dans leur pays. En surface, c'est la jungle, mais en dessous, c'est nickel ! Ils vivent dans des tunnels, avec tout le confort moderne, et les mêmes robots que nous. Toutes les maisons qu'on voit ont un abri correspondant sous la terre. La ville aussi. Et une jonction avec des rues, des avenues, des autoroutes à cinquante mètres sous la surface. C'est là que tout se passe, les fermes, les commerces. Mais c'est réservé aux citoyens de l'État.

— Il sait que tu es là, Averell ?

— Oui, il a dit qu'il me ferait un petit coucou à l'entrée de la vallée de Cuyahoga. Après, c'est la Pennsylvanie…

Leur bus fait partie d'un convoi officiel de MariaSan. Il précède l'autocar d'un camp de vacances et roule derrière un méthanier. Dès le départ, Evuit a fait la connaissance de Noriko et Kate, les deux femmes de la sécurité. Noriko a étudié à C-Town et Kate est classée en biathlon. Du solide. En apprenant qu'elle était du voyage – tous les agents de sécurité ont entendu parler de l'épisode des Trois-Rivières – elles ont tenu à lui faire porter une oreillette :

— Comme ça, tu pourras nous donner des conseils !

Elles ont ri, toutes les trois, déjà copines. Il y a des voyageurs dans ce convoi. Des supporters, des étudiants qui vont à Paoly pour la rentrée universitaire, et aussi des transports de céréales qui viennent du Canada ou du Montana, ainsi que les inévitables bennes de matériaux de récupération qui s'arrêteront à Meander pour repartir ensuite distribuer sur le continent leurs cargaisons d'équipements recyclés. Après une semaine et demie de route, ils ont parcouru à peu près la moitié du chemin. Le timing est impeccable. Quelques heures auparavant, toute la file s'est rangée sur le bas-côté pour laisser passer une colonne bâchée de C-Town. De fait, cette présence leur semblait plutôt rassurante.

L'oreillette d'Evuit bourdonne. Kate demande à Noriko l'autorisation de stopper le convoi. L'autocar du camp de vacances s'est arrêté, bloqué par la chute d'un arbre en travers de la piste. Autorisation accordée. Le convoi doit rester groupé le temps de régler le problème. C'est la procédure. Ils enclencheront l'arrêt général dès que le chauffeur de tête sera prêt. Jusque-là, tout est normal. Le ton général est détendu. Soudain, deux traits de lumière rouge raient le pare-brise. Des lasers pointés droit sur le visage du chauffeur ! Ébloui, celui-ci crie dans le micro qu'il ne voit plus rien. Le bus pile brutalement. Evuit hurle :

— Couchez-vous, position de sécurité !

Elle-même quitte son siège.

Les jeunes ont répété cent fois l'exercice. Elles sont recroquevillées sur le plancher entre les sièges. Protégées par le bas de coque renforcé du véhicule. Evuit a parfaitement conscience que le méthanier continue de s'éloigner alors que le car de gamins est resté au dernier virage. Elles sont isolées. Une dizaine de visages cagoulés s'approchent du bus en brandissant des revolvers. Le chauffeur a rejeté sa tête en arrière, les mains sur les yeux. Elle passe sur lui et saisit son fusil en expliquant ce qu'elle fait dans le micro, pour Noriko. Les hypothèses se bousculent dans sa tête. Il y a de l'herbe californienne dans un camion de queue. Mais en Ohio, il suffit de marcher dix minutes dans la forêt pour trouver du cannabis... Voler de l'herbe ici, c'est comme dérober une boîte de pansements dans un parking de MariaSan. Stupide. Noriko lui demande de gagner du temps. Kate sera là dans trois minutes.

— J'en vois huit. Bien armés. Il y a probablement des snipers un peu plus loin. Kate va se faire tuer. Il faut que tu rappliques avec tous les camionneurs que tu peux. Sonne aussi MariaSan. C'est sérieux, répond Evuit.

Ce ne sont pas des bandits de grand chemin. Ceux-là cherchent quelque chose de précis. Un trésor non déclaré dans un chargement ? Une œuvre d'art ? Un lot de pierres précieuses ? Comment pourraient-ils confondre un camion et un autocar ? Dehors, un grand type arrive à la hauteur de la cabine, il balance un paquet sous les roues. Porte-voix à la main, il ordonne :

— Lâche ta pétoire. C'est de l'explosif. Si tu fais l'idiote, le bus saute. Boum !

Evuit ouvre la portière avant :

— Vous voulez quoi ?

— Toi, tu nous suis. Sinon, les gamines mourront.

Le méthanier s'est immobilisé. Sa tourelle commence à bouger. Les gangsters se rapprochent du bus, prenant soin de rester dissimulés dans l'angle mort de la mitrailleuse. À l'arrière, Orane crie :

— Ne lâche rien. On s'en fout, Averell va venir nous tirer de là !

Le type lui montre son phone, bien en évidence :

— Décide-toi, sinon j'appuie.

— Rien que moi ?

— Rien que toi.

Elle vient de comprendre. Il y avait un contrat sur elle quand elle a quitté Paoly. Après la mort de Ken, le bruit courait que sa famille voudrait le venger ; que le bannissement ne leur apparaîtrait pas comme une sanction suffisante ; mieux, qu'ils profiteraient de son exil pour régler les comptes... Elle appelle Noriko :

— Tu as entendu ? Ils menacent de faire sauter le bus si je ne vais pas avec eux. C'est rien que pour moi. J'y vais. Je ne veux pas que les autres courent le moindre risque.

— OK. Fait traîner. La cavalerie va arriver. Essaie de gagner du temps.

Une intervention des forces spéciales de l'Ohio ? Avec une citerne de méthane devant, ses joueuses dans le bus et la colonie de vacances derrière ? Pas question ! Elle pose le fusil et descend, les mains en l'air.

— C'est bien. Tu es raisonnable.

Ils lui attachent les poignets. Par précaution, elle gonfle les muscles et creuse les mains, pour pouvoir se libérer quand elle le souhaitera. Ils l'entraînent vers la forêt. Le convoi va repartir sans elle.

Des nuages moqueurs chargés de pluies filent vers la Pennsylvanie. Quelqu'un lui passe un capuchon sur la tête. Elle ne peut pas savoir, à ce moment-là, qu'à MariaSan, la présidente Invar est furieuse. Elle ordonne au bus de faire demi-tour. Le match avec Paoly est reporté, et le président Elynton reçoit sur le « fil rouge » du réseau militaire intercités un mail qui dit à peu près : « Mon cher cousin, je sais que vous jouissez d'une excellente constitution et je souhaite que cela continue. Si ce n'était pas le cas, et qu'à la suite d'un accident, même minime, vous deviez venir chez nous, n'oubliez pas d'amener dans vos valises les têtes des crétins malfaisants qui ont attaqué mon bus. Mes équipes ont besoin de cerveaux débiles pour certaines expériences, elles se féliciteraient de votre collaboration. Je vous souhaite donc très sincèrement une bonne santé. Signé : Barbara »

Prisonnière. Elle est attachée au siège arrière d'un van. Ligotée, aveuglée par une cagoule. La voiture roule trop vite. Moteur thermique en surrégime. Secouée comme une machine de fête foraine. Dans la radio du bord, traînent les accents rauques d'*Ohio Morning* des Happy Youngsters. Heureusement, elle n'a pas de bâillon. Elle respire sans trop de difficulté. Depuis combien de temps ? Nausée. Fatigue. Son esprit veut s'évader. Dormir. Quelque chose lui dit qu'ils sont encore dans l'Ohio : l'ambiance de concentration qui imprègne l'habitacle, la vitesse excessive, comme celle d'une fuite. C'était donc elle qu'ils voulaient. Comment ont-ils su ? Qui leur a dit ? Qui les a envoyés ? Cette histoire de contrat de Laredo sur sa tête… Ce n'était pas une intox ? C'est donc qu'ils vont la revendre à Laredo ! Elle lance :

— Vous savez qui je suis ? MariaSan paiera.

— Tu ne peux pas en être certaine ! Ce n'est qu'une hypothèse.

La voix est jeune. Il faut gagner du temps.

— Combien, le contrat ? Je vous dis que MariaSan paiera le double.

— Notre client est sérieux. Il n'a qu'une parole. Nous aussi. Disons que ce client a les moyens de faire respecter la parole donnée !

— Vous avez peur ! Vous avez improvisé un truc et maintenant vous avez les jetons !

Toujours le même qui parle. Ce n'est pas le conducteur. La voiture est ancienne. Elle sent le cambouis, le gibier, le métal rouillé, la terre... Un utilitaire de prospecteur.

— C'est toi qui as peur ! Ahahah ! Mais ne t'affole pas. On ne te fera pas de mal, tu as davantage de valeur en bon état.

— Vous avez quitté la piste. Vous êtes sur un sentier de contrebandiers. Quand ils vous attraperont, ils vous feront bouffer votre camelote avant de vous dépecer.

— Moi, je prends la cuisse. Pour mon frangin, ce sera l'aile. C'est toi notre marchandise, ma poulette !

Deux frères. Elle tient une info.

— Votre mère a dû se suicider en voyant les monstres qu'elle a pondus !

— Tu ne crois pas si bien dire. Elle est morte en couches et nous sommes jumeaux.

— Voilà ce qui arrive quand on se fait engrosser par un *ragonda* ! Elle a aimé ça, hein ?

Coup de frein. L'arrière fait une embardée. Sa tête cogne une vitre.

— Attention, ne perds pas les motos ! crie la voix. Elle cherche à nous mettre en colère. On ne va pas tomber dans son piège !

Le moteur mugit de plus belle. Elle crie :

— Les gars, vous ne sortirez jamais vivants de l'Ohio...

— C'est pourtant bien ce qui en train de se passer, répond le jeune. Je lis : « VOUS ALLEZ QUITTER L'OHIO

N'EMPORTEZ RIEN

VIDEZ VOS POCHES

C'EST LA DERNIÈRE FOIS QU'ON VOUS LE DIT. »

— La pancarte a raison. Moi aussi c'est la dernière fois que je vous le dis : arrêtez-vous et laissez-moi repartir. J'oublierai tout et vous pourrez peut-être vivre assez longtemps pour profiter du pactole dont MariaSan vous récompensera.

— Trésor, notre meilleur pactole, c'est toi !
— … Vous devriez accepter mon offre, sauver votre peau.

L'inquiétude transparaît dans la voix de la femme, un triomphe teinté de soulagement dans celle du bandit :

— Bien essayé, chérie, mais c'est trop tard, tu ne peux rien voir dehors !

Le panneau suivant est formel :
« VOUS QUITTEZ L'OHIO
ÇA IRA POUR CETTE FOIS
MAIS N'Y REVENEZ PAS ! »

En cette seconde, l'univers s'écroule sur la tête de Jade. Elle croyait dur comme fer à ce qu'elle leur disait : sur le territoire de l'Ohio, ils avaient tout à craindre. Pas elle ! Malheureusement, l'entrée dans le Kentucky signe son arrêt de mort. Un désert d'où toute structure administrative a disparu depuis le premier siècle. Où rien ni personne ne pourra la protéger. Une chose est certaine : nul ne quittera de la juridiction d'une ville pour venir la chercher. Dans le meilleur des cas, elle devient une marchandise qui fera l'objet de tractations secrètes, longues et incertaines… La confiance qu'elle avait dans son étoile, dans la protection de MariaSan, dans son père, même, tout vole en éclats. Un froid glacial mord ses entrailles jusqu'au cœur. La championne invincible n'est plus qu'une fillette apeurée qui sera droguée, ficelée, livrée comme un légume à des tortionnaires anonymes. Elle serre les dents jusqu'à la douleur pour contenir les tremblements de ses membres.

20

Une rencontre

Septembre 347, au sud de l'Ohio

Une trouée dans l'obscure masse végétale. Des troncs ébranchés, tombés au hasard sur le tapis des broussailles. Des coupes claires de haches et de tronçonneuses marquent les bois. Quinze jours auparavant, la forêt arrivait encore là, au bord du torrent marécageux dont la piste longe le tracé. À présent, les arbres abattus sur une vingtaine de mètres de chaque côté dégagent une sorte d'avenue où l'on peut contempler l'œuvre de l'érosion : les ocres terreux et les rochers épars qu'un *ragonda* contrarié traverse en couinant.

« BIENVENUE DANS LE KENTUCKY »

Walkie voit le panneau du coin de l'œil. Devant son capot, les motos du groupe sont passées tout droit dans le lit de la rivière. Sortis d'affaire ! Loin en tête, à l'orée du désert, Malshik brandit le poing en signe de triomphe.

BOUM !

La piste explose sous les roues du muet. Il serre les dents, et les doigts sur le volant. Il arc-boute le dos. Talkie pousse un bref cri de terreur. Ils ont tous les deux traversé le pare-brise pour aller s'incruster dans la terre molle. Morts sur le coup. Après un tonneau, le fourgon est couché sur le flanc gauche. Cent mètres devant : une fusillade. Rafales sèches. Silence.

Les types en treillis s'approchent prudemment du véhicule accidenté en pointant leurs mitraillettes. Des flammèches jaillissent sous le moteur.

— On n'a qu'à les laisser cramer, propose une voix.

— On a besoin de les identifier pour toucher les primes, répond une autre.

— Extincteur ! lance une troisième.

Après avoir noyé le moteur dans la neige carbonique, ils communiquent par signes. Ouverture de la porte latérale. Personne. Ah, si ! Quelque chose, au fond. Un paquet chiffonné qui respire à peine. Trois hommes coupent les liens et dégagent précautionneusement le corps avec les gestes calmes et précis d'une équipe formée aux premiers secours. Quelqu'un demande un médecin et ordonne une fouille complète du van. Éloigné sur un brancard, débarrassé de la cagoule, c'est le visage d'une jeune femme qui apparaît. Évanouie et blême.

— Bon sang, je la connais ! Oxygène s'il vous plaît ! Direction l'hosto !

Elle passe en haut d'une falaise, la piste se rétrécit, entre la falaise qui s'écroule à gauche, et le marais qui gagne du terrain, sur la droite. Elle roule trop vite. Elle peste après l'entretien des routes. Elle avance sur un fil. Elle n'est plus seule. Nick est là. Elle le sent...

— Eh ! Jade, ça va ?

Elle ouvre les yeux. Renzo. Elle soupire :

— Ah, c'est toi ?

— Tu n'es pas contente de me voir ? Tu devrais garder le masque, tu respireras mieux.

— Si, bien sûr ! Mais comment tu veux que j'arrive à parler avec ce truc ! Qu'est-ce que tu fais là ?

— Je libère mes meilleures copines chaque fois que des bandits les capturent ! La routine. Et toi ?

— Je ne sais pas. J'étais dans un autocar...

Une heure plus tard, l'ambulance s'arrête devant une hutte de branchage. Renzo explique :

— On arrive à l'hôpital. Si l'ascenseur descend, c'est normal, on pénètre dans l'Ohio. Je passerai te voir quand tu auras terminé tous les examens.

Le lendemain, il revient la chercher à l'hôpital central de Nucincy, la capitale.

— ... Rien de cassé. Parfait. Je t'emmène. Le programme est chargé : débriefing, morgue. Ensuite, on organise ton rapatriement à MariaSan, ou ailleurs, si tu le souhaites. Dès que tu as faim, on mange. Dès que tu es fatiguée, je te dépose à ton hôtel.

Une démangeaison au cœur de Jade. Celui qui parle était autrefois son grand copain de jeu. Quasiment son frère. Il surgit de nulle part pour la secourir au pire moment de son existence, alors qu'elle touchait le fond. Il lui a sauvé la vie, quand même ! Elle devrait ressentir un élan de gratitude... Eh bien, non. Juste un gratouillis. Nick occupe toujours ses pensées. Elle a ce Pilote dans la peau :

— Ils parfument les chambres à l'eau de javel et j'ai soif. Je regrette la Pennsylvanie dans ces cas-là. Faut pas m'en vouloir. Paoly a plein de défauts, mais l'eau y est bonne et en quantité !

C'est tout ce qu'elle peut répondre. C'est sorti tout seul. Elle observe de la tête aux pieds le treillis clair de son sauveteur et déclare tout de go :

— Ça ne t'avantage pas, la casquette d'uniforme. Je vais t'en trouver une de polo... ou alors un Borsalino, s'esclaffe-t-elle d'une remarque qui ne fait rire qu'elle.

Renzo réprime une réflexion acerbe, tandis qu'elle troque son pyjama pour un jogging orange fluo et des baskets jaunes.

En sortant, ils croisent quelques pensionnaires dans le hall. L'une promène de long en large sa perfusion à roulette. Une autre emmène son téléphone visiter quelque recoin sur un ton de confidence. Un troisième, assis, a dégagé la lame d'acier qui remplace son pied gauche afin de masser commodément son moignon. Renzo embarque son amie sur un caddy électrique et articule : « Renseignement militaire », distinctement, à l'intention du tableau de bord. Le minuscule engin se glisse en souplesse dans la cohue des boulevards souterrains.

— Ils te laissent circuler comme tu veux ? demande Jade.

— L'un des rares États où existe un statut spécial de « réfugié politique ». Avec pratiquement les mêmes droits que les citoyens, sauf le vote, bien entendu. Mais nous pouvons travailler et payer des impôts ! Je t'ai obtenu un visa de trois mois, ça suffira largement.

Ils s'arrêtent à la cafétéria, dans le hall :

— Eau ?

— Eau.

Sa réponse est tranchante. Elle poursuit sur le même ton, légèrement agressif :

— Au fait, tu ne m'as toujours pas dit ce que tu fais là. Tu as ouvert un cabinet à Nucincy ?

— OK... Je comprends... Est-ce que tu sais que C-Town a envahi Paoly ?

— Oui, bien sûr.

— Ici, nous faisons de la résistance.

— Est-ce que je dois remercier votre « Résistance » de m'avoir sauvée de ces gangsters ?

— Nous acceptons tous les remerciements. Mais nous ne savions pas qu'ils t'avaient enlevée. C'est Nucincy qui nous a demandé d'intercepter cette bande, morts ou vifs.

— Alors vous leur rendez des petits services ?
— Tu n'as pas besoin d'en savoir davantage.
— La confiance règne !
— Désolé, c'est une question de sécurité. On y va.

L'extérieur – enfin, si on peut dire – révèle un paysage semblable aux sous-sols de Paoly. La même odeur de cave saine… Les tunnels sont plus larges. Au bout d'une enfilade de couloirs, de tapis roulants et d'escaliers mécaniques, ils arrivent à un bloc gardé par des hommes en armes. Un troufion les conduit jusqu'à une salle voûtée aux murs matelassés où des militaires les accueillent. Là, en présence de Renzo, elle rapporte les événements à deux officiers, l'un est résistant de Paoly et l'autre dans l'armée régulière de Nucincy – pour ce qu'elle sait des épaulettes, ça devrait être un commandant. Elle distingue dans l'ombre le visage d'ammonite d'une vieille poupée. Elle a déjà vu ces lunettes… Quel âge peut-elle avoir ? On dirait une « Barbara » avec un siècle de plus, juchée sur un fauteuil roulant… Serait-ce possible ? Une remarque entendue à MariaSan lui revient en mémoire, à propos de l'invasion de Paoly : et si leur ville était menacée ? « Nous avons toujours une grand-mère Invar en réserve, pour les temps difficiles. » La femme disait cela d'un air entendu, avec le léger hochement de tête de la ménagère qui saurait retrouver son manteau de loup si un blizzard venait à s'annoncer… Evuit revient dans l'interrogatoire. Eux ne s'intéressent qu'aux chiffres : combien de personnes ? Combien d'armes ? Combien de temps ? Très courtois, et complètement indifférents aux questions sportives. Lorsqu'elle parle du grand type cagoulé qui tenait le porte-voix, le commandant de l'Ohio lui demande un signalement précis… Ensuite, il lui montre sur grand écran des photos des corps retrouvés, avec leurs identités supposées.

— Talkie et Walkie, deux petites frappes qui venaient de la côte est, éjectés du fourgon.

Suivent les motards abattus. Fat Boy et Bonneville, des bandits du Missouri ; Beauzœil, un prospecteur, ancien Scorpion et deux prostituées, Lio et Olie, tous trois originaires du Missouri également. Éléphant et Dépeceur, transfuges des Grizzlys ; Ruben « le Boiteux », mauvaise réputation dans l'Arizona.

Elle demande :

— Et le grand qui semblait être le chef ?

On lui passe une série de photos. Arrêt sur image. Le corps est sur un lit d'hôpital, perfusions branchées :

— Est-ce que ça pourrait être lui ?

— Pas mort, celui-là ? demande-t-elle.

— Dans le coma. Ça revient au même pour nous. C'est lui ?

— Je n'ai pas vu son visage, et c'est vrai qu'il est grand. Difficile à dire…

— Une impression ?

— Un doute. Quelque chose dans l'allure. Celui que j'ai vu était très maigre. Des abattis d'épouvantail, mais normalement proportionnés. Celui-là est assez épais, et surtout, ses bras sont trop longs ! Ils font dix centimètres de plus que ce qu'ils devraient. Je l'aurais bien engagé pour le polo ! Je n'ai jamais vu ces tatouages en ficelles… Ah oui, ça me revient ; au mien, il manquait des dents de devant et il portait une sorte de chapeau sur la tête, en tout cas un rebord au sommet de son masque de carnaval. Mais… j'y pense tout à coup, avez-vous demandé à MariaSan ?

Les regards des officiers se tournent vers la vieille femme. Au sommet de la statue, deux yeux de poisson décongelé se braquent sur Evuit. Une voix synthétique, hors des lèvres immobiles, énonce :

— La demande a été faite. Les autorités du Michigan ont avalisé les interrogatoires de tous les témoins du convoi. Les rapports concordent.

Dans la bouffée sibérienne qui envahit la pièce, le gradé de l'Ohio conclut sur un ton blasé :

— Merci beaucoup, Miss. J'ai l'impression que notre client court toujours !

Finalement dispensés de l'épreuve d'identification médico-légale, ils arpentent les allées du centre commercial de Nucincy. Entre les boutiques d'armes et les stands de survie, Renzo craint qu'elle ne mette à exécution sa menace de chapeau… Evuit contemple la reconstitution d'un lourd fusil d'assaut US Army de la dernière guerre, équipé d'un GPS d'assistance à la visée et d'un appareil photo pour authentifier le tir. Elle opte au final pour un gilet de kevlar vert fluo en forme de guêpière. Très seyant, au dire de Renzo. À des dizaines de mètres sous terre, on oublie rapidement la mousson qui sévit là-haut, en surface, les saisons, les jours, les nuits… Partout, les horloges donnent l'heure. Celle de la brasserie approche. Bondée.

Toutefois, un couple leur cède volontiers sa place en échange d'un autographe sur un coin de la nappe de papier. Ce que c'est que la célébrité, quand même !

Renzo passe la commande au micro qui descend du plafond. Dix minutes plus tard, un passe-plat à roulette se faufile dans le labyrinthe des travées pour venir déposer les assiettes à leur table. La rescapée décortique millimètre par millimètre un crabe d'eau douce dont elle assaisonne la chair filandreuse avec une mixture d'ail pilé et d'huile aux aromates. Tandis qu'elle s'en pourlèche les doigts, Renzo grignote une brochette caramélisée en racontant comment Yugo est devenu collabo en chef. Cela ne surprend pas son amie :

— Il intellectualise toujours son comportement. Toujours du côté du manche. On dirait qu'il n'a pas d'émotions.

— Ça te va bien de dire ça ! Tu es sortie avec lui, si ma mémoire est bonne ! balance Renzo.

— Brièvement... Il avait quelque chose de différent. Je ne veux pas dire de mal des lycéens de Paoly, bien sûr... Mais celui-là sortait du lot. Plutôt attirant... Au final, ça ne collait pas.

— Lui semblait en être fier ! Toujours ma chérie par-ci, ma chérie par-là...

— Façade. Il est très intelligent... et très bipolaire ! Un coup gentil, tout mollasson ; l'instant d'après, il devient hargneux et violent. Pas de milieu.

Elle recrache un bout de coquille. Son ami l'observe en silence... Elle rougit un peu, se redresse, et poursuit sa pensée :

— Collabo, ce petit salaud ! Tu sais qu'à l'entraînement, la ponctualité n'était pas son fort. Tu dois te douter qu'il ne répondait pas aux textos et oubliait les rendez-vous ! Le seul de tout le continent à jouer avec AC/DC *à donf* dans les écouteurs. Ingérable. Tu vas comprendre comment il était. Il téléphonait à trois heures du mat' : « Je t'aime, je peux venir ? » Ou alors il se pointait quand il avait faim, il s'asseyait et attendait que je lui prépare à manger. Au début, je trouvais ça marrant, mais après, ça m'a gavée. Il répétait que j'avais la beauté antérieure...

— Il appréciait ta beauté intérieure ? Lui ? s'étonne le jeune médecin.

— AN-térieure... *versus* « postérieure »... Bon, c'était une blague de Yugo. Ne cherche pas à comprendre. À la fin, il arrivait, il se servait directement dans le frigo. Pareil avec mes affaires de polo, maillet, balles, même les robots d'entraînement. Les trucs disparaissaient. Ou alors il me les rendait cassés ! À peu près dans cet état, dit-elle en désignant l'amoncellement de débris de crabes dans son assiette. Aussi, il me posait toujours des questions sur le codage. Il prétendait qu'il voulait améliorer ses sexbots. Je pense plutôt qu'il croyait que j'avais inventé de nouveaux trucs pour le polo. J'étais capitaine de l'équipe. Eh bien, parfois, j'avais l'impression qu'il le vivait mal. Qu'il me jalousait. Qu'il ne trouvait pas ça normal. En tant que fils de la présidente, il aurait dû être, lui, le Capitaine... Faux-cul, en plus. Souviens-toi, pendant que tu passais les examens pour aller étudier à MariaSan, il me prédisait : « Renzo va laisser tomber l'équipe. » À toi, il glissait : « Jade t'en veut parce que tu penses davantage à ta carrière qu'à nous. » Heureusement qu'on se parlait aussi tous les deux, sinon... Le piège ! Il n'aurait jamais imaginé que nous puissions avoir des discussions sans lui. Pour finir, je l'ai viré. Mais c'était difficile. J'étais obligée de changer le code de ma porte tout le temps, parce qu'il m'espionnait. Je ne sais pas comment il faisait, mais au bout d'un moment, il le trouvait.

Elle gobe un reste de sauce dans la coupelle en s'aidant de l'index. Renzo s'interroge :

— Et il ne s'est jamais fait diagnostiquer ?

— Pas à ma connaissance. Pour quelle raison ?

— Tu sais, Yugo, je le connaissais un peu : le lycée, le sport... Plus tard, en médecine, à MariaSan, on nous parle de l'autisme. C'est assez clair. Je suis persuadé qu'il souffre d'un trouble autistique. Il aurait fallu l'aider, parce que ça ne passe pas tout seul !

— L'aider ? Mais comment ? On ne pouvait jamais savoir où il était. Il disparaissait. J'ai eu l'impression à un moment qu'il traînait dans les squats de Meander... Peut-être des drogues ou des choses louches...

— Qu'est-ce qui te faisait penser ça ?

— Des fois, il dépensait sans compter, d'autres fois, il me tapait dix *perles*. Des trucs bizarres. Une fois, il est revenu avec les bras griffés. Des ronces, a-t-il dit. En tout cas, des épines comme celle-là, il n'y en a jamais eu dans les couloirs de Paoly...

Renzo ne sourit plus. Il remarque d'un ton grave :

— Il faut que tu saches que nous sommes en guerre. Yugo n'est plus du tout mon coéquipier du polo. Il a choisi son camp. C'est un ennemi.

Il a insisté sur le dernier mot. Elle le regarde sans sourciller et réplique :

— C'est ce que j'ai conclu aussi hier soir. Dans ce fourgon, j'ai eu la peur de ma vie !

Elle oscille entre colère et larmes. D'instinct, Renzo se rapproche pour la prendre dans ses bras. Le « bon copain », maintenant submergé par une émotion très simple qu'il réprime depuis si longtemps. Combien d'années ? Vingt ans, depuis la maternelle, qu'il espère un moment comme celui-là. Une occasion de lui faire sentir, de lui dire à quel point il tient à elle. Il est là pour elle.

— Raconte-moi, dit-il.
Elle s'abandonne.

Toujours aux petits soins, son autoproclamé chevalier servant s'inquiète :
— Si tu vas mieux, tu vas pouvoir rentrer à MariaSan.
— Tu veux te débarrasser de moi ?
— Plutôt te mettre à l'abri.
— Il n'y a pas de retour. Où que j'aille, je ne serai nulle part en sécurité, et j'aurais trop honte d'abandonner ma patrie !
— Pourtant, cette patrie, elle t'a bien rejetée, elle ! Je me trompe ?
— Tu parles de quelques salopards, ceux qui m'ont entraînée dans cette guerre. Ils ne me lâcheront plus. Je veux prendre les armes à vos côtés, Renzo. Je n'ai pas d'autre choix. Et je peux t'assurer qu'ils vont payer le prix fort !

Comment refuser ?
— Ce n'est peut-être pas aussi simple. Attends-toi à des questions. Mais tu es la bienvenue ! lâche Renzo, partagé, tiraillé même, entre l'envie de la garder près de lui et la crainte du danger auquel elle sera exposée dans la tragique réalité des conflits.

Il l'emmène à l'air libre, dans la clairière où se tient leur campement.
— Nous sommes sur la frontière est. De l'autre côté de ces montagnes, c'est la Pennsylvanie.

Après les mois de mousson, l'air est chaud et limpide. Elle suit Renzo dans le dédale des tentes, grandes et petites, habitations, administration… Les formalités occupent une bonne partie de l'après-midi. Ils se retrouvent ensuite à l'Amphi, qui n'a d'amphithéâtre que le nom, où une estrade surplombe un encombrement de chaises, de tables et de différents matériels.

Il la confie à un groupe de gens qui l'ont reconnue et grimpe sur les planches. Un attroupement se forme autour de Jade ! Elle est encore en pleine séance de signature d'autographes quand Renzo siffle dans le micro et dans l'indifférence générale. À côté de lui, un gradé s'impatiente. Il tire des coups de feu en l'air et hurle :

— C'est bon, les filles, gardez-en pour demain, il y a encore des caisses à charger !

Le sous-commandant Church. Chef militaire de la Résistance. Sa vie est une épopée. Il s'ennuyait à l'École de Guerre quand le conflit du New Jersey a éclaté. Il a choisi d'aller au front plutôt que de rester à faire la sieste dans le dortoir des petits – comprenez le parcours du combattant de C-Town – et n'a jamais demandé son diplôme. Il disait qu'il préférait les cicatrices. En temps de paix, il fait des tournées sur tout le continent, avec son écurie de gladiateurs. Entré en furie, puis en résistance, quand il a appris que les clowns de C-Town avaient posé leurs bottes sur le sol de *SA* patrie. Lorsqu'il commande un assaut, hommes et femmes perdent la notion du danger… Toujours est-il que dans l'immédiat, il a le plaisir de récolter un concert de huées bon enfant et un zeste d'attention. Il faut de la patience pour gagner une bataille. Nul besoin d'apprendre ça à l'école : les guerres s'en chargeront. Au bout d'un moment, lorsque deux cents paires d'oreilles, lasses de s'égosiller, consentent enfin à l'écouter, il lance :

— L'affaire de tous, camarades !

Un bourdonnement poli lui répond. Il enchaîne :

— La meilleure nouvelle de la journée, ou la pire ? Laquelle voulez-vous en premier ?

Après un déluge d'insanités impossible à retranscrire :

— Soldats. Nous accueillons au Front une invitée de marque…

Interrompu par les vociférations :

— Je parle de quelqu'un… que vous connaissez tous !

Décidément, il ne terminera pas ses phrases, aujourd'hui.

— J'invite Jade Pareatides à venir nous rejoindre…

Tandis que l'arrivante, qui ne sait plus trop où se mettre d'ailleurs, monte l'escalier sous les applaudissements, Church interpelle le public :

— Comme elle est trop timide pour le dire elle-même, je vais vous dire ce qu'elle m'a confié juste avant de venir… Elle a très envie de…

— De moi ! hurle quelqu'un.

— Non, de moi !
— De nous !
— D'abattre des bœufs !
— De manger du bifteck !
— De brochettes de rognons bien bleus…

Cette fois, c'est Church qui s'étouffe. Cramoisi, en sueur, hilare. Il lance un cri d'agonie en levant les bras au ciel :

— De jouer au polo !

On prétend parfois que certaines syllabes ignorent la barrière des nuages. C'est le cas de « po » et « lo », lorsqu'elles sont collées l'une à l'autre. Sans conteste. Elles montent. Tenues, portées, propulsées par la liesse générale, elles passent la cime des arbres. Atteignent l'altitude des chants d'oiseaux. Elles ne s'arrêtent pas là. Leur ascension dépasse bientôt celle des grands rapaces. Pour elles, les cieux s'écartent – la chose ne s'était pas produite depuis quatre mois de pluie – et soudain, oh, miracle ! La première étoile de la saison se montre à l'ouest. Beaucoup plus tard, les historiens parleront de la « Révolte des joueurs de polo » et retiendront le surnom d'Evuit, acquis ce jour-là : « Celle qui fait lever les étoiles. » Quelques jours plus tard, sa moto arrive dans un convoi de ravitaillement, accompagnée d'un bouquet de tulipes et d'un mot gentil de Barbara. Finalement…

Épuisés par une série de tournois impliquant jusqu'aux plus hautes autorités de l'Ohio, les maquisards se décident enfin à réunir une assemblée générale. Il y a urgence. C'est l'asphyxie sur le parking. Les chargeurs de phones sont pris d'assaut. L'essence est sur liste d'attente. Le nombre de résistants a doublé et la logistique peine à suivre. Cette fois, c'est sérieux. Dès que Jade arrive, elle est assaillie par les nouveaux qui veulent des autographes. Et des anciens qui en redemandent. Qu'importe. Sur l'estrade, l'état-major tient sa réunion. L'ordre du jour défile : l'accueil des recrues, l'équipement, la cantine, les actions en cours… Tout cela ronronne dans les haut-parleurs, quasiment une ambiance de kermesse. Après la « pause barbeuk », sur un coup de clairon, Church se lève.

— Camarades. La météo est incertaine encore un mois ou deux. Néanmoins, nous intensifions nos actions. Observons, s'il vous plaît, une minute de silence à la mémoire des hommes et des femmes tombés au combat.

Sonnerie aux morts. Silence. Church reprend le micro :

— Leur sacrifice n'a pas été vain. Nous avons attaqué un convoi et récupéré des armes et du matériel. Nous avons aussi des prisonniers. Ils sont au secret. Parmi eux, certains soldats de C-Town rejoignent nos rangs, parce qu'ils désapprouvent l'impérialisme de leur gouvernement actuel. Je dis que ces volontaires de l'Illinois ne trahissent pas leur patrie. Bien au contraire, ils défendent leur peuple contre la clique totalitaire qui a pris le pouvoir là-bas. Les véritables traîtres sont Butch Elynton et ses sbires !

Applaudissements nourris.

— Je compte sur vous pour accueillir et intégrer ces défenseurs des libertés dans nos rangs. Nous avons besoin d'eux. Nous avons besoin de tout le monde ! Maintenant, l'ennemi nous prend au sérieux. Nous lui faisons mal. Et ce n'est qu'un début ! Je sais à quel point il est difficile de vivre loin de chez soi. Nous remercions les autorités de l'Ohio pour l'hospitalité qu'elles nous accordent. Mais nous voulons rentrer à la maison ! La saison sèche arrive. Nous pourrons bientôt déferler sur la Pennsylvanie pour libérer notre capitale ! Je passe maintenant la parole à Renzo.

Sous les applaudissements, le sous-commandant se rassoit, Renzo se dirige vers le centre de l'estrade. Son regard survole l'assemblée. Il en reconnaît certains. Mais il y a chaque jour davantage de nouvelles têtes. Il sait les épreuves qu'ils ont traversées. La plupart sont exilés volontaires. Ils ont transféré leurs avoirs sur un compte de la Résistance, supprimé d'eux-mêmes leur identité du *Registre*. Benji leur a griffonné à la hâte des coordonnées GPS approximatives sur un bout de papier – ne laisser aucune trace sur le wifi – ils sont montés à deux par moto avec un peu d'eau et le strict nécessaire, pour foncer dans la nuit. Parmi eux, quelques humanistes convaincus, des citoyens ordinaires révoltés par l'invasion... et beaucoup de partisans de Walker. Il pense aux problèmes qui surgiront après... Church a dit : « Chaque chose en son temps. Ils seront bien utiles pour la victoire ! Nous avons besoin d'eux. On verra plus tard. » Le sous-commandant a – militairement – raison.

Renzo empoigne le micro.

— Je salue tous ceux que je n'ai pas encore vus aujourd'hui. J'ai une pensée pour nos morts, et je pose la question : pourquoi on se bat ? Libérer Paoly ? Est-ce que ça suffira ? Non ! Ça va plus loin. Nous ne voulons plus que ça recommence ! Est-ce que nous voulons prendre les armes contre d'autres armées, cette année, puis l'année suivante, puis encore et encore ? Est-ce que nous voulons cette vie pour nos enfants ? Non. Nous voulons la paix ! Nous voulons la paix entre les cités et l'éducation, l'alimentation et la santé pour tous. Mais que voyons-nous ? Des guerres incessantes, l'eau et la nourriture qui s'épuisent, les jeunes qui ont de plus en plus de difficultés pour apprendre. Mais tout cela était tristement prévisible ! Certains des anciens, je veux dire avant la *Grande Extinction*, avaient vu venir l'holocauste. La bêtise est le premier cavalier de l'Apocalypse. Sa couronne sur le cheval blanc est un bonnet d'âne. Le second est le comportement inadapté. L'épée rouge des conflits surgit entre les psychotiques. Noir. Le troisième est l'obésité. Ils ignorent l'usage de la balance et se goinfrent de malbouffe. Le quatrième est l'infertilité. La faux castratrice qui mutile les cellules reproductrices et les corps blêmes. Ceux qui nous ont précédés, il y a quatre siècles de cela, avaient vu venir les maux... mais pas reconnu les cavaliers ! La *Grande Extinction* les a effacés de la Terre. Et nous, qu'allons-nous faire ? La même chose ? Non ! Non et non ! Nous allons construire un monde où cela ne sera plus possible. Parce que chacun se sentira à sa place et ne devra plus dérober à son voisin de quoi survivre ! Notre philosophie placera l'homme, son épanouissement, sa dignité, au-dessus de toutes les autres valeurs. Tout s'épuise : les sols, l'eau, l'air, la faune, la flore... L'agriculture en pleine terre et l'élevage ont disparu. La production de nos fermes souterraines s'étiole. Nous mangeons des racines et des bêtes sauvages ! La nature autour de nous est comme une mère aimante qui n'a plus de lait pour ses enfants ! Elle souffre. Entendez son cri de désespoir ! Cette sorte de stérilisation n'est pas limitée aux zones bombardées, irradiées, défoliées ! Pas du tout ! Même les terres épargnées par le conflit sont endommagées. Pourquoi ? Parce que ce désastre vient de la frénésie de chimie qui a saisi les hommes avant l'*Extinction*, et de toutes les immondes cochonneries qu'ils nous ont léguées ! Voilà la cause ! Et nous allons changer cela. Nous allons débarrasser les sols de tous les poisons chimiques qui les infestent ! Nous défricherons, nous réhabiliterons des centaines d'hectares, nous retrouverons les techniques oubliées, protégerons jalousement chaque parcelle, chaque plant, même. Nous voulons qu'en dix ans, notre production agricole dépasse la production industrielle. Cela nécessitera des investissements colossaux, ainsi que des efforts de la part de tous. Mais nous y parviendrons. Nous relancerons aussi l'élevage, nous aurons de nouveaux troupeaux de vaches aux longues cornes... Nous déclarerons l'iode « ressource fondamentale », comme l'air et l'eau ! Et développerons une production suffisante pour tout le monde ! Voilà pourquoi nous nous battons.

Un silence accablant suit ses paroles. Renzo fait front. Les foules, ce n'est pas son truc. Il lit le désarroi sur le visage de Jade, au premier rang. Derrière lui, il entend des pas. Church et les autres officiels se rangent à ses côtés. Renzo lève lentement le poing au-dessus de sa tête. Dans son dos, les autres font le même geste. Mais cela, il ne le voit pas. Devant lui, des poings se lèvent, et soudain, brutalement, la scène est envahie, mille mains se saisissent de l'orateur... Pour le porter en triomphe ! Une explosion d'enthousiasme populaire ! Ils voient l'issue ! Ils scandent son nom. Church et quelques autres remercient le toubib pour son intervention. Le félicitent d'avoir posé des mots simples sur ce que les gens avaient perçu confusément, sans que personne n'ait su en tirer les conclusions pratiques. Le calme revient. D'autres interviennent au micro pour partager leurs ressentis, leurs questionnements. L'AG retourne à sa pesante normalité d'AG.

Tout à coup, un homme jeune, droit et sec, cheveux bruns coupés court, demande un micro et se présente :

— Caporal Hangdemn, Je servais au second bataillon de cavalerie de l'Illinois.

Silence. On entendrait voler une balle perdue. Il poursuit :

— J'ai rejoint le mouvement pour me battre à vos côtés ; pour la raison que monsieur Renzo vient d'expliquer. Je tenais à dire que j'ai déjà entendu ce genre d'idées à C-Town dans un mouvement qu'on appelle là-bas la Dissidence Humaniste.

— Ils sont où, ces dissidents ? demande Church.

— Disons qu'en ville, c'est difficile, ils se cachent. Mais ils ont des checkpoints tout autour. Les camionneurs le savent.

Effectivement, des hommes reconnaissent :

— Oui, il y a un droit de passage sur les routes de l'Illinois. Mais enfin, nous ne nous mêlons pas de politique. Surtout dans les autres États. Les camions paient et passent. Point final.

Church regarde Renzo. Ils ont la même idée.

— Caporal, si quelqu'un de chez nous va là-bas, Renzo, par exemple, on l'arrêtera au checkpoint, n'est-ce pas ?

— Ça, c'est sûr, mon sous-commandant ! renchérit Hangdemn, au garde-à-vous.

— Repos. Qui devra-t-il demander ? Leur chef a bien un nom !

Raide comme un piquet, regard droit, le sous-officier baisse le bras et articule :

— Nick Zilberg.

21

Deux héros

Fin septembre 347, Illinois

Le Dôme hémisphérique de C-Town, l'imprenable capitale de l'Illinois, domine une étendue de landes rases et de marécages. Posé au bord de la rivière des Plaines, aiguille dressée sur la broderie luisante d'une nappe ouvragée, son clocher pointu oriente les environs à des dizaines de lieues vers l'entrée principale, coiffée d'un large surplomb qui confère à l'ensemble l'allure d'un casque à pointe sur un manteau d'uniforme. Cette ville contrôle le trafic fluvial nord-sud, à la jonction des Grands Lacs et du Mississippi. Elle verrouille également les pistes qui suivent à peu près l'ancienne route 66, puis plongent vers les déserts du sud. Par elle, transite tout le commerce du Canada au Mexique, obligé de contourner les champs de scories radioactives où se dressaient, avant *GE*, les ambitieux buildings de Chicago et de Springfield. C-Town, riche et puissante dont la richesse entretient la puissance, et *vice versa*. Riche de tous les péages qu'elle perçoit à chaque passage et redoutablement armée, elle fait régner la loi et l'ordre sur l'Illinois, interdisant à quiconque de lui voler ses ressources. Place forte, également. À l'abri de hauts remparts, elle se déploie en Y, sur trois branches, sans jamais offrir d'angle d'attaque efficace aux armées ennemies. Le sous-sol est un immense bunker, probablement le plus profondément enfoui de tous les temps, et ses tunnels regorgent de stocks d'armes, de nourriture et d'approvisionnement divers. Les Annales historiques rapportent qu'en l'année 133 de *GE*, elle résista plus d'un an au siège d'une immense armée mexicaine, qu'elle finit par repousser. Son École de Guerre est universellement connue, les familles les plus influentes y inscrivent leur progéniture.

Le second pan de son économie consiste à louer des forces armées pour acheter toujours davantage d'armes qu'elle stocke, dans l'idée sous-jacente de désarmer le continent, contrairement à la plupart des autres cités qui recyclent les métaux. Traditionnellement, la ville fournit des contingents de mercenaires contre les bandes barbares ou pendant les guerres, au gré des alliances et des enchères sur les prix… Toutes ces relations établies lui permettent aussi d'assimiler progressivement la technologie de la civilisation précédente. Seule la secrète Nucincy (Ohio) est capable de la concurrencer sur ce plan.

La nouveauté de la décennie 40' est que C-Town bascule dans une logique colonisatrice sous l'impulsion de Butch Elynton, pour accaparer directement du butin et des ressources. Il a soumis le Wisconsin et pousse maintenant vers le Minnesota, espérant ainsi empêcher les trafics de contourner les Grands Lacs par l'ouest. Et ce n'est qu'un début. Butch lorgne aussi la Pennsylvanie, État technologique et minier qui est son premier partenaire commercial. Dans sa logique, cela signifie qu'il dépense énormément d'argent pour acheter des équipements dont il pourrait s'emparer de force, et gratuitement. L'acte d'achat est servile par nature, n'est-ce pas ? Toute autre est la rétribution sociale de la guerre à travers les valeurs ataviques de courage, de puissance, d'héroïsme, même ! Toutefois, Butch reste prudent. Il n'est pas complètement ignorant des logiques économiques. Le risque est grand que Nucincy et MariaSan s'allient contre lui s'il devenait trop gênant pour leur business. Alors il évite les heurts frontaux avec la première et ménage les susceptibilités de la deuxième. Il avance ses pions aussi discrètement que possible pour agrandir son territoire.

La mise en œuvre de cette nouvelle philosophie ne va pas sans tensions internes. Les opposants, exilés en nombre depuis quelques années, sont regroupés dans la zone frontalière avec l'Indiana. Ils bénéficient du soutien tacite de l'Ohio, farouchement isolationniste, qui n'apprécie pas les visées colonialistes de son puissant voisin. Aussi, depuis l'arrivée au pouvoir de la nouvelle équipe dirigeante et de sa politique proclamée de « Grande Amérique », une guerre civile larvée divise la région. Des bandes armées dissidentes se postent au bord des routes. Ils perçoivent « l'impôt révolutionnaire », censé leur permettre de renverser le gouvernement. Le mouvement prend de l'ampleur. Au début, la saison des pluies gênait leurs actions, mais à l'approche du mois de septembre, ces « coupeurs de routes » intensifient leurs actions. Leurs checkpoints encerclent la ville sur un rayon d'une trentaine de kilomètres.

Et justement, ce matin, à plat ventre dans la boue d'un monticule herbeux, longue-vue en main, Nick Zilberg trouve le temps long, à observer une caravane qui s'apprête à traverser le fleuve. Il avale une goulée d'eau tiédasse du thermos pour conjurer la crampe qu'il sent venir à son mollet droit. Au-dessus des nuages, une arche d'aurore pourpre semble s'être formée à la seule intention des voyageurs. Derrière lui, quelqu'un l'appelle :

— Commandant, au barrage de Round Rock, un type bizarre, originaire de l'Ohio, vous demande pour parler de Paoly.

— Pas le temps de discuter. Tuez-le.

— Ils sont plusieurs, bien armés, et n'ont pas vraiment envie qu'on les tue.

— Vous êtes en grève ou quoi ? OK. Si vous ne voulez rien faire, je vais m'en charger moi-même ! Ils sont où ?

Le soldat lui tend une tablette :

— Ils ont dropé ça.

Nick consent à se retourner. Il pose ses jumelles, saisit l'écran, passe plusieurs fois une main noire de cendres sur ses joues mal rasées en bougonnant :

— « Résistance de Paoly », c'est quoi ça ? ... « Accompagné par le caporal Hangdemn », c'est qui lui ?

Il demande :

— Soldat, on a quelque chose sur ce Hangdemn ?

— Oui, Commandant. Un déserteur dont les officiels ont perdu toute trace.

— OK. On y va. Faut tout faire soi-même, ici.

Il monte en selle derrière l'estafette.

Au checkpoint, aucune tension. Les arrivants comparent les qualités de leurs uniformes avec ceux des locaux.

— C'est mieux en sombre, par ici. Les nôtres sont très salissants. Ils nous ont refilé des stocks datant de la guerre du désert !

— Oui, mais vous avez davantage de poches. Regardez nos vestes : trois poches plaquées, une misère. Vous en avez aussi aux épaules et sur les manches. Le secret de la survie, c'est les poches : trouver immédiatement le chargeur ou le pansement. Sinon, on passe du temps à fouiller, et à un dixième de seconde, on peut le payer cher ! objecte un Dissident.

— C'est vrai, mais d'un autre côté, on le reperd en repassage. Mais ça, on dirait que ça leur passe au-dessus de la tête, à ceux qui dessinent les tenues !

— Ça, c'est sûr. Enfin, déjà, si on peut laver à 30 degrés...

Nick s'impose :

— 'Scusez-moi de vous déranger, les filles, j'ai une caravane sur le feu.

Les papotages cessent le temps d'un salut vaguement relâché. Darin, le sous-off' en charge du secteur, explique :

— Commandant, ces messieurs représentent la Résistance de Pennsylvanie en exil et souhaitent discuter avec vous des possibilités de coordination dans la lutte contre C-Town.

— Vous leur avez dit qu'on allait les exécuter ? Rien de personnel, c'est pour la Cause.

— Oui, Commandant, mais ils ont une meilleure idée : ils veulent bien se battre pour la même cause que nous.

— Ah. Vous leur avez dit qu'on n'a pas d'argent ? demande Nick, levant un sourcil.

— Oui. L'argent n'est pas le problème.

Nick se détend. Il consent enfin à regarder le blondinet qui lui fait face. Presque de sa taille, des traits fins, l'expression calme et observatrice d'un toubib. Le treillis neuf et les bottes claires viennent tout droit des arsenaux de l'Ohio. La casquette lui va comme à un épagneul. Nick essuie vaguement sa paume sur son uniforme maculé, fait un pas vers lui, tend la main et se présente :

— Nick Zilberg. Ce monde est l'affaire de tous.

La main prise dans un étau, l'arrivant arbore un sourire figé :

— Renzo Spencer. L'affaire de tous.

Puis il récupère son appendice aux trois-quarts écrabouillé. Décidément, l'espèce d'ours mal embouché qui lui fait face ne l'inspire guère. En plus, il essaie de se hausser du col pour en imposer à son entourage ! Les études de médecine fournissent de multiples occasions de disséquer et d'examiner au microscope la plupart des formes de vie connues. Aucune, encore à ce jour, n'a été capable d'intimider Renzo, à l'exception, peut-être, de certaines bactéries tueuses de personnel médical... qui n'ont encore jamais été observées dans l'Illinois. La discussion s'engage donc sur un pied d'égalité. On improvise un brunch au *woop-woop* du coin : tête de *ragonda* sauce ravigote et bière au goût de saumure. C'est à cause de l'eau ? Soudain, Nick regarde sa montre et bondit.

— Ma caravane va filer ! C'est pas tout, faut que j'y retourne... Au fait, Renzo, tes gars, ils savent se servir de leurs pétoires ? Bon, allez, venez avec moi, comme ça, vous verrez comment on travaille, ici !

L'après-midi est déjà bien avancée quand, à plat ventre dans la boue du monticule herbeux et longue-vue en main, leur petite troupe observe une caravane qui passe le fleuve à gué... Une centaine de dissidents prennent position. Nick dévoile son plan à Renzo :

— Nous tendons un piège à une milice. Nous allons attaquer un convoi civil. Tu vois le drone au-dessus du fleuve ? Il va alerter la ville, mais c'est une feinte. L'armée a d'autres chats à fouetter en ce moment. Ils vont refiler le sale boulot à des saloperies de paramilitaires. Des gangs qu'ils envoient contre nous...

Malgré le débit précipité, Renzo capte le sens général et constate :

— Le convoi est foutu. Sans aucun doute : si ce n'est pas toi qui voles le chargement, la milice va se charger de prendre le butin !

— Oui. Et partager ensuite avec certaines personnalités peu recommandables, ici même, dans l'Illinois.... L'important n'est pas là. Mon objectif est de les décourager. Empêcher Butch d'embaucher des supplétifs. Leurs brigades, en général, c'est la famille des Grizzlys. On ne va pas les laisser s'installer. Ils croient qu'ils vont gagner facilement de l'argent avec Butch ? Pour qu'ils comprennent, il faut leur faire payer le prix fort. Nous allons faire un carnage !

Observant la moue approbatrice de Renzo, il remarque :

— Mais tu as l'air de connaître.

— Nous cherchons surtout à les attraper pour toucher les primes. Renflouer les caisses de la Résistance ! J'en ai intercepté dans l'Ohio. Des Chaïkas.

— Ceux-là, on les a déjà vus aussi. Leur chef est un certain Malshik. Une véritable anguille. Malin comme tout. Pas moyen de le coincer !

— C'est ce que disaient les gens de Nucincy. En tout cas, nous avons détruit tous les autres... Éliminés... Et libéré une prisonnière. Pauvre fille, elle était terrorisée !

— Une prisonnière ? Tu l'as sautée ?

Renzo pique un fard.

— Qu'est-ce que ça peut te faire ?

En même temps qu'il parle, Nick a, par gestes, lancé ses hommes. Cinquante motos fondent sur le convoi. À ce moment-là, une vingtaine de camions sont passés, une dizaine sont dans le lit du fleuve et une autre vingtaine est restée de l'autre côté. Autrement dit, sur la rive nord, les puissances de feu sont équivalentes. L'effet de surprise avantage les Dissidents. De fait, toute la caravane se fige, en mauvaise posture. Pas un coup de feu n'a encore été tiré. Une Harley bariolée s'avance à la rencontre des motos, la hampe d'un drapeau blanc accrochée en évidence sur le guidon. Le conducteur porte un casque allemand d'avant l'*Extinction*, orné de plumes, et il a enfilé un gilet pare-balle sur une tunique indienne. C'est un *gangman*. L'un de ceux qui assurent la sécurité du convoi. Il va tenter de parlementer, le temps que les renforts arrivent.

— Te vexe pas, poursuit Nick. Moi, je dis ça comme ça. Si j'avais sorti une femme des pattes des Chaïkas, je trouverais normal qu'elle cherche à me récompenser.

— Toi, peut-être. Pas moi, renvoie Renzo, du tac au tac.

— OK. Je déconne. Mettons que je n'ai rien dit. Ça va ?

Renzo maugrée :

— Qu'importe ! Je ne sais pas pourquoi on parle de ça. Revenons au sujet central de notre discussion. Je résume : nous combattons tous les deux Elynton. Tu veux faire de C-Town une vraie république humaniste et pacifique, je veux la même chose pour Paoly. Moi, je veux en plus débarrasser ma région des scories chimiques d'avant *GE*. Toi, tu crois que tu t'en fous, mais tu n'es pas contre. Militairement, tu es plus fort que nous, mais tu as besoin de renforts… Je pense qu'il y a de quoi fonder une alliance. On pourrait l'appeler « Front Humaniste ». Nombreux sont ceux qui aspirent à ces idées, ailleurs sur le continent, sans trop savoir à qui s'adresser. Ils nous rejoindront.

— « Front » et « Humaniste », ça fait oxymore. On va dire « Alliance Humaniste ».

De toute façon, Nick doit avoir le dernier mot. Renzo l'a bien compris. Alors, il tend la main pour sceller leur accord :

— L'Humanisme vaincra !

— Le poète Rilke a dit : « Qui parle de vaincre ? Ce qui compte, c'est de survivre » ! répond Nick en broyant cette main tendue pour la seconde fois de la journée.

22

Dissidence

Fatiguée. Elle ne dort pas. Il n'y a pas assez de bruit, ici. Que du silence ! Le sang bat dans ses oreilles. Dans ses membres. Dans sa tête. Elle voudrait tant s'assoupir, mais elle n'y parvient pas. Elle s'est montrée froide avec Renzo quand il est parti. Il semblait déçu. Elle n'a pas envie de penser que Renzo lui a sauvé la vie. Il ne faut rien exagérer. Il était là par hasard. Elle aurait pu s'en sortir toute seule. Son problème, ce sont tous les neurones qui tournent en rond dans sa tête. Elle compte des ragondas *blancs pour s'endormir. Malgré tous ses efforts, elle reste éveillée. Elle n'en peut plus de tout ce monde les uns sur les autres. Elle n'en peut plus des souterrains. Elle n'en peut plus de rester là. Elle n'en peut plus d'avoir au-dessus d'elle un plafond qui ne soit pas Nick. Quelqu'un lui a parlé de Nick, elle ne sait plus qui, ni à quel propos. Renzo est parti à sa recherche dans l'Illinois. De quoi il se mêle, celui-là ! Est-ce qu'il sait seulement où c'est, l'Illinois ? Tout droit vers l'ouest. Impulsion. Elle se lève. Enfile une combinaison de rando. Descend jusqu'à sa moto et l'enfourche en pleine nuit dans l'éclairage glauque du parking. Elle remonte la rampe d'accès. À l'air libre, le checkpoint lui conseille de faire attention : des miliciens de l'Illinois sont signalés vers l'ouest. Elle balayera tout ce qui encombrera sa route. Sa main droite vérifie que la carabine coulisse correctement dans l'étui, derrière la selle. Elle articule quand même : « Merci pour le renseignement. » Heureusement, une eau froide suinte du ciel. La clarté blafarde des phares « de combat » éclaire un mètre à l'avant des roues. Elle ne sait pas à quelle vitesse elle roule, si ce n'est que la lune n'est pas plus rapide, elle est seulement plus blême, plus ronde et plus coquette, avec tous ses foulards de dentelle, et sa lampe magique tournoie en répandant des ombres sur les nuages.*

Cette machine est contente de faire une promenade dans la nuit comme une somnambule. Soudain, la moto lui échappe. Trop vite sur une plaque de gravier noyée de gadoue. Ça fait un bruit de caoutchouc qui flotte. Le pilote automatique reprend le contrôle qu'elle a perdu. Le guidon contrebraque. Elle devrait le savoir. C'est elle qui a programmé le pilotage à une époque où elle pensait en être capable. Mais c'était il y a très longtemps. Avant qu'elle soit... Qu'elle soit quoi ? Amoureuse ! Amoureuse ! Amoureuse ! D'un coup, le dôme sombre de la nuit se parsème de petits nuages blancs. Un ciel de pâquerettes. Elle revient sur terre dans un matin de nulle part. La selle martyrise son coccyx. Elle ne sait plus comment poser ses fesses. Son dos est bloqué comme celui d'une vieille personne peu désirable. Ses épaules connaissent leurs premiers rhumatismes alors qu'elles n'ont pas vingt-cinq ans. Autour : la steppe épineuse. Une ombre floue la devance dans l'indirection où elle se trouve. Le phone est silencieux. Elle vérifie le Geiger. Rien. Ouf... GPS : elle est dans l'Indiana. Elle ne connaît pas la route. Il pleut. Elle a froid. La jauge dit qu'elle pourra atteindre l'Illinois.

Au bord du Mississippi, les motos de la Dissidence sont à l'arrêt. Elles ont stoppé la charge devant la Harley solitaire, arrêtée également, en vis-à-vis avec Brahmer, son fanion blanc agité par la brise thermique. L'un et l'autre ont mis pied à terre.

— Nous proposons un *bitcoï* par camion pour le droit de passage, dit le *gangman* emplumé. Ça fait cinquante *bitcoïs*. J'ai la tablette dans ma poche, vous n'avez qu'à signer.

Ils font à peu près la même taille. Autant l'homme des Grizzlys est empâté et rougeaud, autant l'officier est mince et pâle. Il fronce un peu le nez. La raison profonde de sa mésentente avec le nouveau président de C-Town est qu'il juge déshonorant pour l'armée de faire appel à des crapules sans foi ni loi de l'espèce de celui qui le dévisage en ce moment même.

— Ceux qui sortent les mains en l'air auront la vie sauve, répond le capitaine Brahmer.

Rien n'a échappé à l'œil acéré du casque à plumes : ni la suffisance aristocratique, ni la raideur militaire, ni le treillis sur-mesure fraîchement empesé, ni la discipline de l'escadron. Il hoche la tête et repart discuter avec les autres. Depuis : plus rien. Personne n'est revenu consulter le capitaine ni lui faire de proposition. Le fleuve a charrié de la boue. L'obscurité est tombée de la nuit, comme souvent à la saison des pluies, toute mouillée sur ses langes de brouillard, sans faire davantage de bruit qu'un morceau de viande qui s'abat dans son propre sang.

Les machines des Dissidents sont rangées en ligne à trois cents mètres, hors de portée des armes légères de la caravane. Ils ont dormi sous les bâches, enroulés dans les ponchos, veillés par les sentinelles, tandis qu'une averse avalait les camions et les traces humaines. Les premières explosions retentissent vers trois heures du matin. Les Grizzlys sont malins, ils attaquent quand la proie dort de son premier sommeil. Ils ont déboulé de la route de C-Town en propulsion électrique et phares de combat. Au départ, ils voulaient prendre les rebelles à revers et les coincer contre les camions…

Au fur et à mesure des déflagrations, cette idée s'est transformée en vœu unique : « Se réfugier vers les camions pour rester en vie » ! Ceux qui se demandaient pourquoi les hommes du capitaine Brahmer avaient attaqué en biais sur la ligne de camions, et non pas de face pour leur barrer la route, ont eu la réponse : la chaussée devant le convoi est minée sur un bon kilomètre. La réserve des troupes de Nick, appuyée par l'escorte de Renzo, déferle sur les fuyards. Un massacre total. La première moitié des camions est maintenant sous le contrôle de la Dissidence. Ceux qui étaient restés sur la rive sud n'ont pas bougé, le temps de voir comment tournaient les choses. La situation dans l'eau est restée globalement la même : impossible de faire demi-tour. Ils restent coincés au milieu du courant en attendant les secours. Priant leurs Dieux pour qu'une tornade égarée ne vienne pas compliquer la situation. Nick a atteint son premier objectif : donner aux gangs une leçon mémorable. Il passe ensuite à la seconde phase de son plan : tester les défenses de la ville.

Dans une bataille comme celle qui vient de se dérouler, en pleine nuit, sous la pluie, drones et radios n'ont transmis que des perceptions isolées, partielles, confuses. Des réactions émotionnelles. Peu d'infos réellement utilisables. Brahmer monte dans le camion de tête.

Le convoi se remet en marche. Il contourne le champ de mines. Dès qu'il a accroché le wifi de C-Town, il enfonce l'accélérateur et se met à hurler dans le micro :

— Nous avons des blessés, ouvrez les portes d'urgence, s'il vous plaît ! crie-t-il sur un ton de panique.

La file de poids lourds fonce sur la ville à tombeau ouvert.

Les motos sont intercalées entre les camions. Une brouillasse souillée de vapeurs sombres contribue à les dissimuler. Dans cette troupe hardie, l'une des jeunes combattantes s'appelle Denally. Son cœur bat de plus en plus fort, des fourmis vont et viennent dans ses artères. C'est leur premier engagement offensif. Tous ont obtenu leur diplôme de « guerrier niveau un » à l'Académie Militaire. Jusqu'à présent, ils rançonnaient les convois. Maintenant, ils sont impatients de se battre « pour de vrai ». Unis. Fiers d'aller montrer à cette clique malfaisante de quoi ils sont capables. Leur objectif ? Approcher au plus près et, si possible, défoncer la porte avec des camions en pilotage automatique. Aux premiers tirs en provenance de la ville, Nick commande l'« Ouverture de l'éventail » : un arc de cercle convergeant vers l'entrée de la ville. FM en main, ils dirigent les motos avec les genoux. Denally prend sa position à la pointe de l'aile est, *Round of Fire* dans les écouteurs. Cette manœuvre lui évoque une danse de cow-boys. Tout le rang hurle de l'envie d'en découdre ! Dans la boue soulevée par les roues, les éclairs des rafales. L'excitation.

À plusieurs centaines de kilomètres de là, Evuit ne disposait pas des infos classifiées. Elle a donc mis le cap direct sur C-Town, droit à travers la lande. Sans voir aucun checkpoint, et pour cause. Au petit matin, elle débouche d'un bosquet de maigres arbustes… En plein brouillard. En pleine bataille. La Sécurité de C-Town n'est pas tombée dans le piège de Nick. Ils ont ouvert le feu, dans le tas. Civils, ou pas, blessés, ou pas, chaque dieu concerné reconnaîtra ses ouailles. Dans leur logique, les soldats doivent à tout prix protéger la ville. Les assurances règleront ensuite les problèmes des dégâts collatéraux occasionnés aux camions. De tout cela, l'arrivante ne voit que le résultat : une confusion totale. Une brume épaisse. Les éclairs des explosions. Les rafales d'armes automatiques, les fumées, les appels des blessés… Impression générale : la situation ne se présente pas à l'avantage des assaillants. Elle écoute son instinct et prend la direction opposée… Pendant environ cinq minutes… Soudain, des gémissements sur sa droite. Une moto noire, couchée. Qui appelle à l'aide. Elle s'approche. Éclaire la scène en prenant soin de dissimuler autant que possible le faisceau de la torche. C'est une Indian, reconnaissable à l'inclinaison de la fourche devant un réservoir ventripotent. Sous la machine, il y a un fossé. Et dans ce fossé, une forme humaine incapable de se dégager. Cas d'école ; la procédure est théoriquement d'appeler les secours. Parce que le risque est grand, en bougeant la machine, d'aggraver la situation.

— Allo ? Y a quelqu'un ?

— Oui, sortez-moi de là, s'il vous plaît !

Une voix faible. Probablement une femme. Mais l'heure n'est pas aux considérations de genre.

— Comment ça va, là-dessous ? Vous êtes blessée ?

— La jambe. Coincée sous le moteur, et la roue arrière pèse sur ma poitrine. J'étouffe.

— Je vois. Surtout, ne remuez pas. Je viens à côté de vous.

— Je m'appelle Denally. Je ne pense pas que l'endroit soit optimal pour une rencontre. Vous ne pourriez pas plutôt relever cette foutue bécane ?

— Trop lourde. Trop de boue. Je ne la soulèverai pas toute seule. Faudrait deux costauds ou une grue. Impossible de creuser, ça la ferait glisser et vous écraserait encore davantage. Vous préférez que j'appelle les secours ?
— Ne me faites pas rigoler. J'ai les côtes coincées. Aïe ! Le seul wifi ouvert est celui des Bleus. Ils vont juste abréger mes souffrances. Aïe !
— Moi, c'est Evuit. Je vous explique. Je vais me glisser à côté de vous, et je vais pousser du dessous. De quoi vous dégager. OK ?
— Si vous le dites. Je ne crois pas une seconde que ça pourrait marcher, mais ça me fait vraiment chaud au cœur que vous veniez me tenir compagnie. Peut-être que je ne mourrai pas seule.
— Continuez de me parler, s'il vous plaît. Comment c'est arrivé ?
— Une rafale de mitrailleuse à ras du sol, dans les roues.

Tandis que l'autre raconte, Evuit sifflote doucement le Boléro. Une fois l'orientation captée, elle se glisse, ou plus exactement insère les jambes, l'une après l'autre, puis le bassin, entre la terre et le métal, par une lente reptation. Elle passe le buste. Le Boléro a pris de l'ampleur. Les cuivres commencent à donner. La respiration se complique. Les aspérités du métal gênent la progression. Ne pas forcer. Lâcher. Elle continue. Elle frôle Denally, lui arrachant des plaintes. Complètement engagée, la tête sous la selle, la terre humide l'accepte. Enfin. Elle gonfle les épaules pour sentir le centre de gravité de l'Indian. La fille pousse un soupir de satisfaction :
— Bon début.

Centimètre par centimètre, Evuit tourne sur elle-même. Ses membres trouvent leur place dans le moindre interstice. Quand elle est complètement sur le ventre, le nez dans la gadoue. Elle commence à se regrouper. En appui sur les coudes et les genoux. Elle arrondit le dos. Ravel à pleine puissance. Han ! La machine cède, remonte lentement sur ses roues. Elle entend « Yess ! » et sent, plus qu'elle ne la voit, Denally ramper pour se sortir de là. Maintenant, c'est Evuit qui a un problème : la moto sur le dos. Et Denally, avec sa jambe douloureuse, incapable de l'aider. Elle vérifie sa position. Tous ses petits os, ses petits muscles qui, pris séparément, seraient bien incapables de supporter le dixième du poids qu'elle leur demande de lever. Pourtant, ils vont le faire… Ensemble. Parce qu'elle veille à leur coopération. Elle les connaît tous : hallux, calcanéum, astragale, scaphoïde, métatarsien, phalange, phalangine, phalangette… Et bien d'autres encore qu'elle appelle par leur nom. Elle leur dit qu'elle les aime. Elle répartit la force sur chacun.

L'ajustement s'effectue au dixième de millimètre, mais elle n'a pas besoin de mesurer. Eux savent lui dire quand ils sont prêts ! Les appuis sont corrects. La pesanteur disparaît, remplacée par la perception globale d'une agréable douceur. Elle déplace posément ses jambes vers l'extérieur. En tension. Veillant à maintenir sa structure. Son corps forme un levier sur le flanc de la moto qui revient sur ses roues. Le poids sur les épaules s'allège au fur et à mesure du relevage. Pour terminer, une poussée du dos et des jambes arc-boutées redresse définitivement l'engin.

Denally applaudit, oublieuse de la douleur. Evuit cale la béquille. La roue avant est pliée. Elle examine la jambe de la jeune femme : de fortes contusions, mais rien ne semble cassé. Encore un quart d'heure pour transvaser l'essence… La Dissidente lui indique la direction des lignes arrière. Dans leur dos, la bataille gronde en bourrasques furieuses. Elle dépose la rescapée à l'infirmerie et cherche à savoir où elle pourrait trouver Renzo. On lui indique le barnum du QG, vers lequel elle se dirige, à pied… lorsqu'elle croise un groupe d'officiers. Au milieu, Nick hurle :

— Je veux des fumigènes !

Elle se poste devant lui. Il la salue à peine et passe son chemin en pestant après les motos qui sont si longues à programmer. L'a-t-il reconnue ? Elle en est persuadée. Elle l'a lu dans ses yeux. Prise d'une bouffée de rage, elle se demande tout à coup s'il est possible d'être jalouse d'une guerre.

Afin de dégager ses troupes, Nick a envoyé des motos chargées de fumigènes en pilote automatique sur la porte de C-Town, obligeant la ville à relever ses ponts dans la crainte des explosifs. Certes, les deux-roues se sont crashés dans les fossés, mais cela a permis aux assaillants de se replier en bon ordre. À leur retour, il a personnellement accueilli un par un ceux qui sont revenus, visité chaque blessé et dit un mot pour honorer le soldat qui a perdu la vie. Perte minime. Elynton mène une guerre « conventionnelle » pour l'époque : beaucoup de bruit et de menaces, pour obtenir la reddition de l'adversaire, c'est-à-dire une rançon, un impôt, du butin… Beaucoup de blessures, mais pas trop de morts quand même ; entre grandes familles, on se comprend. Ils sont tous liés les uns aux autres ! Il répugne à verser le sang. Construire la Grande Amérique sur un charnier de ses cousins ? Non. Ce n'est pas ce qu'il souhaite. Au fond, Butch n'a pas saisi l'enjeu. Enfin, pas encore. Car de son côté, Nick a rompu les liens avec l'oligarchie des villes. Leur sort l'indiffère. Il ira jusqu'au bout.

Au QG mobile, il a pris Renzo à part :

— Toi et tes gars, vous avez fait un super boulot ! Butch a paniqué. Il a déclenché les défenses beaucoup trop tôt. Nous n'avons que peu de pertes, si tu regardes bien. Et les Grizzlys vont réfléchir à deux fois avant de revenir ! Nous devons absolument éliminer ces milices. Quand son effectif sera réduit à l'armée d'origine des citoyens de l'Illinois, je n'en ferai qu'une bouchée. J'ai des contacts « dormants » à l'intérieur.

— J'espère bien pour toi ! Nous aussi, nous avons des partisans à l'intérieur de Paoly. Mais le problème sera de communiquer avec eux ! Tu imagines bien qu'avec la technologie et l'organisation de C-Town, c'est quasiment impossible !

— Moi, je peux…

L'air mi-amusé, mi-mystérieux, il joue celui qui en sait une bien bonne et qui ménage ses effets. Renzo suspendu à ses lèvres, Nick poursuit sur un ton de conspirateur :

— Je rentre et je sors comme je veux de C-Town. Je connais un passage secret !

— Qu'est-ce que tu racontes ! Sache que j'ai fait des études de médecine. Je suis tout à fait capable de soigner un mythomane sans lui retirer mon estime. Pour connaître un passage, mettons « dérobé », il faudrait les plans, et s'il y a les plans, ce n'est plus secret !

— J'apprécie ton estime. Je viens de dire qu'elle est réciproque. Et je te confirme qu'il y a un passage qui n'apparaît sur aucun plan.

— Impossible. À la rigueur, ça pourrait être l'architecte avec l'accord d'une famille fondatrice. Mais s'il y a une famille fondatrice, laisse-moi te dire qu'ils t'attendent de l'autre côté avec des couteaux affûtés et une certaine impatience !

— Écoute-moi bien : mon ancêtre était l'architecte et la famille fondatrice s'est éteinte sans descendance.

— Donc ton père connaît le secret.

— Pas du tout. Je le tiens de mon grand-père et mon père l'a envoyé se faire voir un peu trop tôt.

— Et le vieux te l'a dit à toi ?

— Oui, quand je me suis embrouillé avec mes parents. Je suis resté caché chez lui avant de partir. Il m'a confié son secret à ce moment-là, pour faire enrager mon père ! Mais je ne voulais pas être président de la ville ! Je voulais faire des courses de motos. Alors je me suis barré. Puis le vieux est mort.

— Tu es un Elynton, toi ?

— Par ma mère. Je suis le cousin unique, haï et méprisé de Butch. Je suis revenu pour le combattre parce que son délire de « Grande Amérique » trahit tous les idéaux et toute l'œuvre de nos ancêtres. Et qu'en plus, il se trompe.

Renzo l'ausculte du regard. Puis il formule son diagnostic :

— Nous allons gagner cette guerre.

— C'est la première fois de ma vie que je veux bien croire ce que raconte un toubib ! conclut Nick.

Très haut dans le ciel du fleuve, les nimbus absorbent des filets de cinabre comme des buvards neufs l'encre d'une écriture céleste. La discussion reprend un cours plus terre à terre : l'organisation du repli sur Bunny Grove, à une centaine de kilomètres dans la direction de l'Indiana. Quelques ambulances continueront jusqu'aux hôpitaux de l'Ohio où les blessés seront soignés. Amis et ennemis, insurgés et réguliers, à la même enseigne. Quoi qu'il en dise parfois, Nick ne transige pas sur les questions d'humanité.

Lieu-dit « Bunny Grove » (Illinois), le lendemain de l'attaque. Les allées orthogonales de tentes et de baraquements d'une armée en campagne. Dans les phares rayés par les fins barreaux de la pluie, un soldat avance, les yeux rouges, le visage défait, les cheveux blonds collés sur les joues exsangues. Il a participé à l'assaut de la veille. Une femme l'interpelle :

— Eh, Renzo !

Il reconnaît Jade. Quand même content de la retrouver :

— Qu'est-ce que tu fais ici ? s'enquiert-il d'un ton las.

— On m'a demandé d'animer un atelier « polo » pour la soirée d'équinoxe, répond-elle, ironique. Et puis, j'avais envie de voir la guerre de près.

— Elle n'est pas si jolie ! constate-t-il, sur le ton d'un professionnel de santé qui vient de découvrir un chancre purulent. Au fait, t'es sûre pour l'équinoxe ?

Quelque part, elle se demande s'il est vraiment passionné par ce qu'il fait.

Dès que les dissidents apprennent la présence de leur championne, le sketch se répète : autographes et tournois improvisés ! Quand il s'agit de polo, la guerre peut attendre… De fait, la popularité de Jade s'accroît de jour en jour. Sur le front, hommes et femmes, « hors connexion », passent en boucle des vidéos de ses exploits sportifs – le wifi étant strictement limité aux communications militaires. Son image est devenue indissociable du mouvement Humaniste.

Quelques jours – et quelques matchs – plus tard, Nick convoque la réunion d'état-major à Bunny Grove. Il annonce officiellement la naissance de l'Alliance Humaniste, scellant la coopération entre les dissidents de l'Illinois et les résistants de Pennsylvanie. Quelqu'un remarque la disproportion du matériel par rapport à C-Town : des motos contre des blindés…

— Nous n'allons pas les affronter tout de suite, c'est certain. Même avec le renfort qui arrive de Pennsylvanie. Nos adversaires sont des clients sérieux. C'est sûr. Mais pas invincibles ! Nous allons donc commencer par les épuiser. Quand nous serons plus forts qu'eux, nous les attaquerons. Pourquoi ? Parce que nous voulons gagner. Nous sommes ici pour gagner ! Ce sera long, mais c'est le seul moyen. Nous accueillons nos alliés de Pennsylvanie ! Nous les avons vus à l'œuvre et je salue leur courage.

Applaudissements.

— Nous avons mis au point une stratégie commune : couper les vivres de C-Town. Un embargo. Plus rien ne rentrera dans cette ville. Dans deux, trois mois, maximum, ils seront affamés. Alors, nous frapperons. Nous sommes occupés à constituer une flotte de voitures et de blindés, dans l'Ohio. Vous connaissez tous la doctrine militaire de C-Town : tant qu'ils ne voient que des motos, ils sont en mode « maintien de l'ordre ». Mais sortir les pick-up, c'est « casus belli ». Pas de quartier ! Le grand jeu, nous le sortirons quand nous serons vraiment prêts pour l'assaut final.

Nick a prononcé ces derniers mots avec une extrême gravité. Celle d'un coureur de sprint qui engage sa vie sur un marathon. La tension de l'action est à présent évacuée. Il poursuit, plus interrogatif :

— Dorénavant, nous nous coordonnons avec nos alliés. Ensemble, deux stratégies sont envisageables. Nous parlons : soit de libérer d'abord Paoly pour affaiblir C-Town, puis attaquer C-Town en second. Ou bien d'attaquer directement C-Town, le gros morceau, en espérant que Paoly tombera ensuite, après avoir perdu le soutien de l'Illinois.

Assez tard dans la nuit, la réunion conclut à l'offensive sur C-Town. Frapper la tête. Nick invite Renzo à le rejoindre sur l'estrade, et déclame les mots du poète :

— Rilke a dit : « Qu'une chose soit difficile doit nous être une raison de plus pour l'entreprendre. »

Nick et Renzo restent côte à côte sur l'estrade. Le temps pour les photographes d'immortaliser leur alliance. Deux frères d'armes, quasiment jumeaux. Evuit est frappée par la ressemblance physique entre les deux héros. Même taille, même poids, 75 kg de muscles secs. Elle les verrait bien sur un ring de boxe... Elle est contente que ce m'as-tu-vu de Pilote soit encore en vie. Et – se l'avoue-t-elle ? – ravie d'être là, dans l'ombre. Et, aussi, par une sorte de contagion affective, heureuse que le toubib soit là, avec eux. Ces deux-là ont à peu près la même carnation, sans marques visibles. Pour Renzo, c'est normal. On n'imagine pas un médecin arborant des têtes de mort tatouées sur les phalanges ! Mais Nick ? Même pas une Harley ou un drapeau à damiers ? Une question lui vient à l'esprit : au fait, qu'est-ce qu'il fabrique dans la Dissidence de l'Illinois, l'enfant perdu des gangs du Sud ?

23

La Résistance s'organise

7 octobre 347, Bunny Grove, Illinois

Sur la bâche, au-dessus de Nick, le crépitement de l'averse, lourde dans la chaleur épaisse de la nuit. Il tremble. Il a froid. Il gémit. Il ajoute une couverture. Ses dents claquent. Une absence insupportable sur sa peau. Inondé de sueur et de regrets. Un drogué en manque. Chaque pore de sa peau, chaque goutte de son sang, chaque cellule de son corps meurtri n'aspire qu'à une chose… Evuit.

Les bandits le poursuivaient. Sa roue avant droite prise dans une ornière. Vol plané. Plus rien… Une détonation l'avait ramené au monde. Étendu sur le sol, un bras replié le maintenait fermement par le cou. Il respirait mal. À demi conscient, il vit le moulinet du maillet. Il entendit le choc, le râle d'agonie dans son oreille. L'étreinte sur son cou se desserra. La femme se penchait sur lui, gracieuse et douce, même au paroxysme d'un drame. Cette longue silhouette qui l'avait ranimé hantait désormais son souvenir. Des pupilles algues sombres parcourues de lueurs minérales. « Contente que vous soyez réveillé… » La voix coulait, ferme et mélodieuse, vibrante et sonore comme les vocalises portées par le vent de la course lorsque le moteur est bien réglé sur un ruban d'asphalte. Il n'avait jamais connu de femme aussi insouciante de sa beauté, aussi indifférente à l'effet qu'elle produisait sur un homme. Limpide. Concentrée uniquement sur l'action immédiate. Débarrassée de la force de gravité terrestre, elle ondulait dans une économie de mouvements qui aurait semblé austère, n'eût-elle débordé d'énergie vitale. Elle s'assit, le souleva, le cala sur son sein et baigna son visage d'une eau fraîche… Résurrection.

Elle est là. À deux pas. Quelque part sous la brouillasse d'octobre, à se demander ce qu'il fout, à quoi il joue, est-ce qu'il pense à elle… Sinon, il penserait à quoi ? Il la croise tout le temps et n'a qu'une envie : la prendre dans ses bras. Oui, mais voilà : il devrait lui avouer… Et comment le ferait-il ? Et comment allait-elle le prendre ? Ce truc l'épuise. Toujours à lutter contre cette envie de la sentir contre lui. De poser sa tête accablée sur sa poitrine et de laisser aller… De lui dire ce qui lui traverse les neurones. Ce filet de pensées qui chantonne le long des synapses, qui fait des cabrioles et qui revient toujours à elle. Il est amoureux. Ça le prend au dépourvu. Absolument rien, dans sa révolte d'adolescent, dans l'adrénaline des courses, dans ses conquêtes d'un soir, dans la trouille des bombardements, dans l'excitation de la bataille, absolument rien ne l'a préparé à cela. Il est entraîné à la faim, au plaisir, à la douleur, à la peur, à l'effort. Il est surentraîné à la survie… Mais pour aimer ? C'est le vertige. Elle voudra le connaître, savoir tout sur lui, sur son enfance, sur sa vie, sur les femmes qu'il a connues… Il dira quoi ? Qu'il est un descendant-renégat de l'aristocratie de C-Town ? Non, mais il rêve ou quoi ? C'est bien lui qui a inventé cette fable niaise du garçonnet enlevé par un gang ! Il devra avouer qu'il a menti. Rencontrant une aventurière, il s'était façonné un profil d'aventurier… Prisonnier de son mensonge. Un jour, il devra affronter ça. Les jambes en coton et le cœur en fragments épars. Sans lâcher aucune de ces conneries habituelles qui sauvent la face et sabordent l'espoir. Un jour prochain. Comment va-t-elle réagir ? Cela, il le sait. Elle se détournera de lui et il la perdra. Il ne peut en être autrement. On ne devrait jamais commencer des aventures dont on connaît déjà la fin. À moins que…

À moins qu'elle ne soit assez lucide, forte et calme pour voir au-delà du désir, au-delà de la séduction, et accepter les faiblesses humaines. Les apparences séparent les gens bien davantage que la distance, l'âge, l'appartenance à une cité ou une tribu. Par-delà les faux-semblants, il aspire à un contact profond. Serait-ce la signification de l'amour ? Rilke n'a-t-il pas dit : « Faire de l'amour une relation qui unisse un être humain à un autre être humain et non plus un homme à une femme » ? Une petite voix le rappelle à l'ordre : « Sois logique : s'il s'agit vraiment de cela, elle ne sera pas troublée par un petit travestissement de circonstance. Quelque chose t'échappe encore, Nick… Et puis tu as une guerre à gagner avant de songer à la romance ! Tu verras : ça ira mieux après ! » À défaut de se décider, il la fuit. Mais est-ce une solution ? Il sait ce qui va se passer si personne ne tente le premier pas vers l'autre – et elle ne fera rien – : les routes se sépareront. Chacun s'en ira de son côté. L'histoire ne repasse pas les sentiments. Tôt ou tard, il jettera sa moto du haut d'une falaise un soir de beuverie. Dans quarante ans, elle desséchera ses yeux à étudier l'astrologie chinoise dans les travées de MariaSan. Voilà ce qui arrivera. Il se rendort plusieurs fois. La lune joue de la balancelle entre l'étoile du Bouvier et celle de la Tisserande.

La matinée est déjà bien avancée lorsque Bunny Grove en effervescence accueille la délégation annoncée par Renzo. Vivats, sifflement, tirs de joie vers le ciel déchiré, deux cents volontaires de Pennsylvanie défilent dans l'allée centrale. Les Dissidents leur font une haie enthousiaste. Un soldat annonce le sous-commandant Church, chef militaire de la Résistance à Paoly. Les hommes saluent. Nick ouvre les bras pour une accolade. Church est plus âgé. Assez pour comprendre à qui il a affaire. L'homme lui convient.

Pour Nick, c'est plus compliqué. Des siècles d'Illinois ont forgé un caractère opportuniste et orgueilleux… En perpétuelle rébellion. Il sent d'emblée chez Church la même tension : le geste précis, l'allure ostensiblement décontractée, le muscle d'un athlète sous le tissu râpé de l'uniforme. Aucune prise laissée au conformisme. La parole économe et directe. Sous la tente de commandement, leur plan de bataille prend forme. Ils vont prendre la ville en tenaille : Nick au sud et Church au nord. Le matériel ne manque pas. La Dissidence exploite un gisement dans l'Indiana en association avec Nucincy. Une base militaire d'avant *l'Extinction*, miraculeusement épargnée par une bombe atomique qui n'a pas explosé. Il suffit de creuser sous dix mètres de sable stérile. Les stocks dorment là, intacts : voitures, pick-up, blindés, canons, armes lourdes… Il n'y a qu'à se servir ! Les batteries aux électrolytes liquides ainsi que les pneumatiques sont reconditionnées à Paoly.

— En Pennsylvanie ? Mais ils sont sous le contrôle de l'Illinois ! tonne Church.

— Ça n'empêche pas le business ! Ce n'est pas le moindre des paradoxes de notre guerre !

— Vous voulez dire que C-Town vous laisse acheter à Paoly des équipements que vous retournez contre eux ?

— Officiellement, les papiers sont établis au nom d'une entreprise de l'Ohio. Mais ils ne sont pas dupes. Simplement, ils ont besoin de l'argent que leur verse Paoly pour la « protection » ; ils laissent donc l'industrie fonctionner.

Nick a énoncé cela sur le ton de l'évidence, mais Church insiste :

— Attendez, je dois le savoir. Parce que lorsque nous intensifierons le blocus de Paoly, il ne faudrait pas que, par mégarde, nous bloquions ce genre de convois ! Ce serait une manière idéologiquement correcte et tactiquement stupide de se tirer une balle dans le pied !

Nick en convient de mauvaise grâce. Ils se concentrent sur la préparation de la prochaine offensive.

Une semaine plus tard, la météo leur offre enfin un répit. À quelques encablures de C-Town qui tient toujours, Evuit est en conversation avec Renzo, à l'abri des sacs de sable d'un poste avancé.

— ... Non, zéro, je n'avais plus rien quand je suis partie. J'ai dû faire le chasseur de primes pour gagner quelques *perles*. Avec mon premier salaire, j'ai alors pu acheter une tenue présentable pour trouver ce travail d'adjoint de sécurité sur un convoi. Ça m'a permis de faire des économies avec lesquelles je me suis offert un nouvel équipement de polo.

— Artisanat tribal, n'est-ce pas ? J'ai vu des perles et des motifs amérindiens.

— Oui, leurs maillets sont magnifiques. Des manches en rotin. Ils savent les faire. Meilleurs que les nôtres... Bon, grâce à ça, j'ai été embauchée pour entraîner MariaSan ! Tu vois ? Il faut toujours réinvestir les gains si on veut avancer !

— Je ne savais pas que tu étais chasseur de primes ! Bounty Hunter ! Si Nick disparaît, tu me le ramèneras mort ou vif !

Comme un coup au plexus. Elle essaie d'articuler une bêtise quelconque pour masquer son trouble quand... un cercueil passe, sur un six-roues couvert de boue. Renzo n'a rien remarqué de son changement d'attitude. Il regarde passer le véhicule :

— Déposé ce matin devant nos lignes. Pour ça, ils sont réglos... Tué en essayant de détruire leur antenne principale, déplore-t-il.

— Pauvre garçon. Il est arrivé jusqu'où ? demande-t-elle.

— Presque au toit de la tour centrale. Tout près du but. Passé par l'extérieur. C'est ingénieux, mais ils l'ont intercepté. Ils ont probablement des détecteurs de présence.

— Là-haut, avec les oiseaux et les araignées ? Non... ça sonnerait tout le temps ! Tu en as parlé aux spécialistes de ton ami Nick ?

Renzo tourne la tête, et hèle un passant :

— Herb, s'il te plaît, une question !

— 'Tous.

L'arrivant, un homme sec dont le nez droit fait ressortir les joues creusées, salue d'un signe Evuit, puis Renzo, tournant vers lui deux yeux sombres d'une fixité déconcertante.

— C'est à propos du gars qu'ils nous ont rendu ce matin.

— C'était une fille. Courageuse. Mais elle n'est pas morte pour rien. On y arrivera ! clame Herb, clair et fort. Désorganiser les communications de l'ennemi. C'est fondamental !

— Comment crois-tu qu'ils l'ont repérée ?

— Détecteur de métaux. Elle devait être armée… À cette hauteur, on se protège contre les drones. Normalement, si elle a un simple pistolet, ça peut passer. Mais elle devait avoir davantage… Ou alors, c'est qu'ils ont affiné la sensibilité.

Evuit réfléchit à haute voix :

— Sans métal, ça passerait ?

Du tac au tac, Herb réplique :

— Oui ; mais on ne voit pas très bien comment détruire une antenne à mains nues !

— Explosifs. Ils les détectent ?

— Je ne pense pas, mais sans métal, pas de détonateur !

— À l'ancienne : un cordon et des allumettes…

Lorsqu'ils essaient de consulter Nick à ce sujet un peu plus tard… il empoigne un FM et réveille le campement en vidant ses chargeurs dans les nuages indifférents. Il se précipite sur sa moto. De sa poitrine jaillissent des cris indistincts dont tout le monde comprend le sens général :

— Chargez !

Il se lance à l'assaut des murailles en gesticulant, entraînant à sa suite force rafales et vociférations d'une horde confuse.

À la nuit tombée, une fine silhouette contourne la ville par l'ouest, au bord de la rivière. Le sol spongieux chuinte sous ses pas avec des bruits de succion. Elle traverse un concert de grenouilles auquel se mêlent les grognements libidineux des *ragondas*. Elle évite les nappes d'algues glissantes où les bottes s'enfoncent. Les flaques d'eau produisent des bulles de fermentation qui crèvent en surface en lâchant des relents d'œufs pourris. Au fait, l'air est-il vraiment respirable par ici ? Elle reçoit la réponse tout de suite, devant elle : des clochards se prennent le bec ! Une troupe clairsemée de crève-la-faim, miséreux, estropiés, malades, que la cité tolère sous ses murs, faute de pouvoir s'en débarrasser. Comment voulez-vous empêcher les affamés de venir mendier les miettes des repas de la civilisation ? Il en revient toujours. On peut seulement limiter leur nombre.

Elle les contourne. Malgré cela, un des zonards cherche à l'enlacer trop rudement à son goût. Elle le bascule d'une ruade et l'envoie s'étaler trois mètres plus loin. Assommé. Tendue vers son objectif, elle poursuit sa route sans même un regard. Le faisceau lumineux d'un trio d'uniformes l'oblige à s'accroupir. Pas de gardes fixes. L'endroit est impraticable pour une troupe organisée. Les patrouilles suffisent. Elle escalade les tags obscènes du mur d'enceinte. Tantôt posant une main entre des cuisses, tantôt assurant sa prise sur un phallus, le pied soutenu par un jet de peinture fatiguée, elle grimpe.

À treize ans, elle avait battu son père dans une course de varappe sur la falaise des Adirondacks où il aimait l'emmener! Son allonge et sa laxité auraient pu faire d'elle une alpiniste renommée… Malheureusement, les survivants de l'*Extinction* ont toujours des choses plus urgentes à faire que de grimper sur les montagnes, et elle-même préférait le polo! Néanmoins, après cet exploit, Taïpan n'avait plus jamais essayé de lui lancer ce genre de défis. Elle prenait trop de risques, avait-il jugé. Il s'était ensuite contenté de l'assurer correctement quand l'envie lui prenait d'accrocher ses doigts aux roches de gneiss.

Elle redescend de l'autre côté et avance dans les avenues en longeant les murs d'une ville assiégée : ni circulation ni piétons en surface. Couvre-feu.

Un transfuge lui a procuré des lunettes connectées sur le réseau de la ville qui permettent de visualiser son itinéraire en hologramme vert fluo. Dans un coin du masque, elle repère la tour centrale. Anticipant une protection renforcée depuis l'attaque de la veille, elle s'abstiendra du passage direct. Elle avise le building voisin, côté rivière. Quatre-vingts étages à monter ; même à l'aide des ventouses, c'est long et dangereux… Le passage le plus risqué de son expédition. Les infrarouges révèlent un gardien au bas d'un immeuble. Il bouge. Pas directement sur son chemin, mais dans le champ de vision. Elle se poste en hauteur sur un couvercle de conteneur. Jolie gargouille antique, dont la beauté est éclipsée par la sourde pulsation des feux de sécurité… Prête à fondre sur l'ennemi qui rampe au sol…

Au carrefour, l'agent de proximité Zack Stiffgate croit avoir la berlue. Une ombre a filé au coin de son œil gauche. Un rapace égaré ? Il est tenté d'aller vérifier. Mais il s'en tient à la consigne : rester devant cette porte d'accès au sous-sol, par où l'ennemi pourrait s'infiltrer. Les ordres sont d'alerter. Pour une ombre qu'il a cru voir ? Mieux vaudrait consulter un spécialiste des yeux, non ? Zack est né à trois rues d'ici. Il sent les ondes. S'il y avait un danger pour son quartier, il le saurait. Il recule d'un pas.

Zack ne saura jamais s'il a bien agi. Même longtemps après, lorsque les autorités auront reconstitué le parcours du terroriste à quelques enjambées du poste de Zack, ce dernier s'interrogera encore : est-ce qu'il aurait dû... Il ne connaîtra jamais la réponse. Deux mois plus tard, il tombera, arme à la main, emportant avec lui cette incertitude. Un pas en avant aurait-il changé le cours des choses ? L'ombre attendait là-bas, dans l'obscurité d'un porche, elle l'aurait plaqué sur le ciment et égorgé d'une pichenette de sa lame en céramique, en un seul mouvement. Ou alors, le pouce appuyé sur son phone, Zack pouvait donner l'alerte ? Entraînant éventuellement la liquidation de l'ombre, modifiant peut-être le cours de l'Histoire ? Très improbable.

Nick et Renzo étaient d'accord sur un point : ils ne voulaient pas qu'elle aille bêtement se faire descendre pour une histoire d'antenne.

— Ta présence à nos côtés est plus utile à notre cause qu'un bout de ferraille tordue.

— C'est flatteur, avait-elle rétorqué.

— Et puis, si on laisse toutes les bonnes femmes se faire tuer, vous allez nous traiter de sexistes ! avait surenchéri Nick, malgré le fait que Rilke ait dit : « Le don de soi-même est un achèvement dont l'homme est peut-être encore incapable. »

Non, mais quel goujat, ce Pilote ! À ce stade, ce n'est plus de la maladresse, cela frise l'incompétence ! Ils vont voir de quoi sont capables les « bonnes femmes » ! Qu'ils le veuillent ou non, elle allait bousiller cette foutue antenne ! La seule chose qu'ils pouvaient faire pour l'aider était de provoquer une diversion côté est, vers une heure du matin.

Telle femme torchonne ses bibelots pour se calmer, telle autre, armée de son dos nu et d'une jupe fendue, s'en va briser quelque cœur... Evuit anéantit des adversaires. Sa façon à elle de passer ses nerfs. Dans le cercueil, c'était Denally. Une fille saine, sans prothèses. C'est pour cela qu'elle était volontaire. Évidemment, à cause du métal. Une bouffée de tristesse mêlée de rage lui tord un instant l'estomac quand elle repense au sourire de la gamine s'extirpant de sous une bécane accidentée.

Elle se lance à l'assaut de la façade. Après quelques moments assez forts, lorsqu'elle louvoie dans le balayage des projecteurs... elle atteint le toit.

Assaillie par un vol de corbeaux ! Elle n'arrive plus à compter les pulsations cardiaques. Inspirer. Expirer... Au bout de cinq minutes, elle distingue le filet de vapeur qui sort des cheminées. Un anneau vaguement fluorescent relie les sommets des tours, encerclant la pointe centrale. Le détecteur ! Il ne faut pas traverser son champ avec des métaux. C'est ici que Denally s'est fait avoir. Ça va être un plaisir de faire sauter cette saloperie ! Elle prend le temps d'une respiration, regarde une dernière fois sa montre. L'Alliance est en retard ! Espérons que l'anneau est réellement spécialisé dans la ferraille... Ne gardant qu'une corde en bandoulière, elle abandonne bracelets, masque et ventouses pour sauter sur le toit de la passerelle du 75e et remonter à mains nues. Les éclairs jaillissent, précédant d'une demi-seconde le fracas des détonations.

Une demi-seconde de doute... Elle vérifie sa combinaison : aucune trace d'impact. Non. Ils ne l'ont pas détectée. Ouf. Les tirs viennent de l'est, à l'extérieur. C'est la diversion qu'elle a demandée à l'Alliance ! Tout autour, les sirènes ne connaissent plus de repos, la canonnade fait rage. Dans le ciel, un capharnaüm de stratus livides reflète les éclairs venus du sol en autant de nervures étirées. Les fils luminescents d'immenses toiles célestes où se noient des lucioles d'éther dans les tourbillons noirs. La voici au pied du gigantesque mât. Courbée au ras du sol, elle pose les paquets enveloppés de papier brun, reliés par le traditionnel cordon Bickford, qu'elle dissimule le mieux possible dans les anfractuosités de la construction. Pour éviter que la combustion, qui durera une heure, n'alerte un guetteur éventuel. « Vous semblez bien jeune pour connaître le maniement de ces dispositifs antiques », avait jugé Herb en la regardant de l'œil du papa qui voit sa fifille ramasser une hache en silex. Eh bien non. Elle ne se blessera pas avec son nouveau joujou ! Elle assure la corde qui lui servira pour redescendre en rappel. Elle se sent plus légère, dégage les allumettes de leur sachet de plastique, allume la mèche, enfile des gants et saute dans le vide. Une tresse de nylon file le long de son poignet.

Début novembre, C-Town fête Halloween en bombardant de citrouilles la lande environnante, dans une débauche de lumières et de musique ! Une trêve tacite, certes, mais vécue comme une provocation dans les rangs de la Dissidence. Il n'y a pas eu d'assaut, mais est-ce un bien ? Le siège s'éternise. Ils n'ont tout simplement pas les moyens de conquérir la place. Le 17 novembre, l'Alliance Humaniste se réunit au QG de l'Illinois. Les mines sont graves. La contestation a pour nom Herb Knotrent. Lui aussi appartient à une grande famille de C-Town. Militaire de carrière, totalement dénué de charisme, il a rejoint leurs rangs, car il est persuadé que Butch Elynton entraîne C-Town sur une voie désastreuse... En espérant que celle de Nick Zilberg ne soit pas pire encore ! Les rapports des différents groupes convergent tous sur le constat d'une impasse militaire. La situation s'enlise. Les volontaires s'épuisent. C-Town ne lâche rien. Pire, Butch a recruté des milices qui pillent les approvisionnements de la Dissidence ! En tant que responsable du contrôle au nord de la rivière, Herb confirme qu'aucun bateau ne passe le blocus depuis plusieurs mois, mais il constate aussi que la ville est toujours aussi pugnace ! Les privations ne semblent pas atteindre les assiégés. Herb pense qu'il serait temps de négocier avec Butch. Nick sort de ses gonds et menace de fusiller comme traître toute personne qui prendrait des initiatives individuelles pour contacter l'ennemi... Herb tourne vers Nick son visage émacié et proteste :

— La mousson est terminée. Tu avais dit que la fin des pluies sonnerait celle de C-Town ! Et maintenant ? Tous nos gars sont dans les tranchées. Personne n'avance ni ne recule. L'Illinois protège mieux les convois. Nous savons tous que ces situations peuvent durer plusieurs années. Tu as voulu faire sauter leur antenne de télécom, ils l'ont réparée en moins de deux heures...

Nick perd patience. Il l'interrompt :

— Ne dis pas ça ! Nous avons bloqué toutes leurs télécommunications ! Tu as vu comme moi leurs drones immobilisés en l'air à attendre les instructions. On en a descendu une demi-douzaine. C'était jouissif, non ? Et laisse-moi te dire qu'à mille *Bitcoïs* pièce, ils ont eu mal au portefeuille aussi !

— Certes, convient Herb. Mais nous avons failli nous faire surprendre en lançant notre offensive à contretemps ! Cela aurait pu très mal tourner. Je pose la question : qui vaincra l'autre à l'usure ? Tu avais dit qu'on les affamerait. Je pose la question : qui assiège qui ? Parce que, en réalité, eux peuvent toujours manœuvrer à partir de Paoly pour couper nos approvisionnements ou envoyer des milices sur nos arrières. Où en est-on ? Tu veux le savoir ? insiste Herb. Heureusement qu'il pleut encore de temps en temps, car on se nourrit de champignons et d'escargots… Ils mangent mieux que nous ! Voilà la réalité !

Pour Nick, les réserves de la ville ne sont pas éternelles. Il suffit de tenir le blocus et d'attendre. Une voix résonne dans l'atmosphère glaciale :

— Combien de temps ?

Il ignore ostensiblement l'interruption. Il a compris qu'il était temps de trouver autre chose. Herb revient à la charge, le regard ténébreux animé d'une lueur mauvaise :

— Je me suis peut-être mal exprimé, mais une chose est certaine : nous ne sommes pas assez nombreux. Et Renzo, qui soigne aussi les blessés ennemis ! C'est tout à son honneur. D'accord. Le problème est que ça mobilise trop de monde ! Nos forces sont tout juste suffisantes pour un siège. Il faudrait une autre armée pour attaquer. Ce qui veut dire que nous devons trouver d'autres alliances. L'Ohio… Ou MariaSan…

— Je leur ai déjà posé la question, répond Nick. Nucincy n'augmentera pas son aide. De leur point de vue, C-Town fait du maintien de l'ordre. Ce sont des affaires intérieures. Ils ne veulent pas entrer dans une guerre ouverte avec l'Illinois. Idem du côté de MariaSan, qui nous soutient déjà beaucoup financièrement, nous fournit des conseillers, mais tout cela reste incognito. Sans ingérence. Ils considèrent que leur rôle n'est pas de s'impliquer dans un conflit.

Nick est clairement mis en difficulté… Pas besoin d'avoir fait l'Académie pour s'en rendre compte. Ses troupes l'adulent pour son courage : toujours en première ligne, à la tête des assauts, il exige toujours davantage, sans s'épargner lui-même… Une témérité qui laisse perplexes les militaires. Pour la plupart des officiers, ce garçon est dépassé par l'ampleur du conflit et ses débordements incohérents sont surtout une source d'inquiétude quant à l'issue de l'affaire…

Au premier rang de l'état-major : une douzaine de hauts gradés, assis en un large demi-cercle avec, au centre, Nick, Renzo, Church, ainsi qu'un dénommé De Corny, l'homme de confiance de Nick. Un petit bonhomme osseux au visage marbre. A-t-il souri, une fois ou deux, dans sa tendre enfance ? Sa maman n'est plus là pour en parler. Les plus délirantes foucades de Nick ne lui ont jamais arraché davantage qu'un léger soupir.

Derrière eux, le second rang réunit une vingtaine de personnalités dont la compétence peut être requise à tel ou tel moment de la réunion : logistique, sécurité, propagande, etc. Avec, au milieu des experts, dans l'axe du trio central, Evuit, muette comme une carpe koï au fond de son marigot.

Dans une ambiance à découper au laser, Nick se dresse. Tous les regards convergent sur lui. Une grimace déforme brièvement ses traits tirés, que tout le monde met sur le compte de la fatigue accumulée. Il donne une tape amicale sur l'épaule de Renzo, tend les bras et sa voix résonne, claire, forte et distincte :

— Je sais où trouver une seconde armée. Je connais une troupe inépuisable de gens motivés qui veulent un meilleur avenir et sont capables de se battre pour cela. Mesdames, Messieurs, mes amis, nous ne nous battons pas pour nos privilèges. Ils sont où, nos privilèges ? Regardez autour de vous, dans la boue des tranchées et la fumée des canons. Nous ne nous battons pas pour des mètres carrés dans les étages d'une ville ! Nous ne nous battons pas pour arrondir nos comptes en banques ! Revenons à la question fondamentale : pourquoi nous battons-nous ?

Il risque une respiration, le temps de les regarder un par un au fond des yeux. Puis il continue :

— Nous nous battons pour un avenir meilleur sur ce continent dévasté. Je pose la question : est-ce que nous aurons, nous, un avenir meilleur, je veux dire la paix, la santé, la sécurité, la nourriture, l'accès au savoir, etc. ? Est-ce que nous aurons tout ça rien que pour nous, à quelques milliers ou dizaines de milliers d'entre nous, sans nous préoccuper des autres ? Pouvons-nous ignorer le reste du monde et penser un seul instant qu'ils se tiendront paisiblement à l'écart de notre prospérité ?

Plus chaud, plus épais, le silence n'est troublé que par le cliquetis des bottes ferrées de l'orateur, qui martèlent le sol en long et en large. Tous se demandent où il veut en venir. Nick est revenu au centre en trois enjambées :

— Regardons autour de nous : la seule urgence de la moitié de l'humanité est de trouver un peu de nourriture, quelques gouttes d'eau... pour tenir jusqu'au lendemain. Et le lendemain, recommencer... Est-ce normal ? Souhaitable ? Pouvons-nous accepter cela ? Non ! Nous sommes Humanistes. Nous allons associer à notre combat tous les malheureux, les sans-logis, les affamés, les damnés qui errent dans les déserts, qui arpentent les steppes... Tous ceux qui ressentent ce combat dans leur chair, pour qui le sens en est tangible. Les associer à notre lutte signifiera aussi partager avec eux la victoire finale ! Je le dis en un mot : tous ceux que nous appelons

« barbares » aujourd'hui seront les bienvenus dans notre Alliance et bénéficieront, pour eux-mêmes, leurs familles et leurs enfants, de la citoyenneté dans les cités qu'ils auront contribué à libérer ! Nous gagnerons, parce que notre cause est juste !

Le premier rang se lève comme un seul homme. Ce sont tous des militaires. Ils savent l'importance du nombre dans les batailles. Les arches de la victoire vont s'ouvrir en grand devant leurs baïonnettes ! Ils applaudissent chaudement. De Corny et Renzo saisissent chacun un bras de Nick pour le lever bien haut. Church et quelques autres viennent à leurs côtés, levant aussi les bras. Le second rang serait-il plus réservé ? Evuit a bondi sur ses pieds, poussée par une éruption de nature tellurique. Elle crie : « Bravo ! » Sa voix porte, résonne, emporte ! Celle d'un entraîneur habitué aux espaces des stades… Figure sportive devenue une idole de l'Alliance. Tout son poids dans la balance. Qui résisterait ? Elle entonne *a cappella* ce qui est en train de devenir le chant de ralliement des Humanistes : « Peuples de cités lointaines… » que tous reprennent en chœur.

Bien sûr, comme dans toute assemblée, s'élèvent des voix discordantes. Quelqu'un trouve cette idée complètement débile.

— Les barbares ne valent pas mieux que les bêtes sauvages. Et en plus, leur viande est immangeable !

Personne n'y accorde la moindre attention.

24

Kristef

21 décembre 347, Pueblo du Nord, quelque part dans le désert du Kentucky

Des grappes de maisons blanches et carrées escaladent l'amphithéâtre de collines crayeuses que les tribus amérindiennes natives nomment « Pueblo du Nord ». Ici subsiste, par un miracle connu d'eux seuls, une bande d'Indiens du même nom, descendants d'agriculteurs montés du Sud plusieurs générations auparavant. C'est le terrain de chasse d'Aaghar, « *Chevreuil qui hume le volubilis* », chef ancien et respecté d'une soixantaine d'années, de belle allure dans sa tunique de peau colorée d'ocre jaune et rouge, taille souple et cheveux gris qui tombent raides sur les épaules. Réputé pour sa cordialité et sa patience. Il invite régulièrement ses amis à la fin de l'année. Les festivités du grand solstice sont l'occasion de nouer, renouer ou simplement entretenir les relations. Les familles ne manqueraient ce rendez-vous pour rien au monde ! En tout cas, lorsque rien ne les retient à la périphérie de quelque agglomération. Circonstance favorable : la plupart des gangs en sont absents. Ils ont mieux à faire dans les zones urbanisées, soit pour développer leurs commerces, ou bien pour en assurer la sécurité. Cette année, l'assistance est nombreuse et de bonne compagnie.

La base des collines offre un espace à peu près circulaire d'environ cinq cents mètres de large bordé au sud par un ruban rectiligne de bitume. Vestige plusieurs fois séculaire d'un parking ? D'une section d'autoroute ? Qu'importe. La piste est méticuleusement entretenue pour accueillir des courses d'accélération. L'esplanade, assez large pour les rencontres de polo. Il ne pleut pas depuis plusieurs jours. Le sol est ferme et souple sous le soleil de l'après-midi. Des conditions idéales pour pousser la balle… En ce moment, un match oppose les Pieds-Rouges, la tribu native amérindienne d'Aaghar, au clan de l'Ours, dans une ambiance de kermesse peuplée de cris joyeux. Déchaîné, Stäv, le colosse, vient de récupérer la balle et fonce vers le but adverse. Kristef l'encourage de la voix, piétine le sol et lance les bras au ciel. Tout rajeuni…

Printemps 325, sur la rive ouest du lac Michigan.

Tout le monde m'appelle Jon. La semaine, je passe le temps à entraîner des gamins un peu à droite à gauche. Sans espoir. Moi, c'est le dimanche que je m'éclate. Je m'arrache du nid sur les coups de dix heures et je roule jusqu'au Lager Lagon, mon woop-woop préféré. Au fond d'une anse large, transformée en polder plusieurs siècles auparavant, et qui sert de stade à présent. Isolée, limite un peu polluée… Avec, à mi-pente, la terrasse qui forme une superbe tribune sur le terrain, et le lac au loin. L'endroit désert, sec et silencieux, s'anime d'une joie sauvage quand il y a polo ! Toute la région rapplique alors !

J'arrive au zinc. Seize, le patron, pose une bière devant moi sans dire un mot. Il sait que c'est juste pour m'échauffer. Je la lève à hauteur des yeux. La mousse du verre se confond avec l'écume du lac, les bulles irisées du breuvage répondent à ses reflets, le minuscule craquement des bulles renvoie l'écho du puissant ressac. La salive inonde ma bouche tandis que je déguste ma chope du regard. J'écoute les pronostics de la radio locale. J'attends le début du match. C'est surtout en mai-juin que les bonnes équipes passent, quand les tribus migrent vers le Sud pour profiter de la mousson. Je supporte les Huskys, natifs du nord du lac. J'adore leur cri de ralliement : trois aboiements suivis d'un hurlement de loup ! Ce n'est un secret pour personne ici. Ils sont habitués à m'entendre expliquer pourquoi leur entraîneur est nul et quelle tactique ils devraient adopter… Sinon, je soutiens aussi les natifs en général. Du sang Navajo et Mohawk coule dans mes veines. Vers 14 heures, je commence à sonder Seize :

— Il est en forme Dimitri ? Et Luiz, t'en penses quoi ?

Mutique, il m'envoie un clin d'œil et un whisky. 14 heures 45, c'est parti pour une heure d'extase ! Sur la terrasse, je cours dans tous les sens en criant :

— Vas-y ! Passe ! Fonce ! T'attends que les outardes tombent toutes rôties ?

Je ne quitte plus des yeux le tournoiement des motos, les moulinets des maillets. Tout le monde aboie, hurle, trépigne, saute en l'air. Les filles envoient des youyous suraigus en agitant les fanions et les popotins. Le polo, c'est vraiment le sport roi des tribus. Ça les rend fous.

Ici, les gens ne pensent qu'à la survie. Toute, absolument toute leur volonté est tendue vers cet espoir du jour suivant : gagner ne serait-ce qu'une heure seulement sur leur épouvantable destinée. Pour les survivants, en général, le jeu sert à se changer les idées une fois par semaine. Pas pour moi. Je ne suis pas comme eux. Le polo est ma raison de vivre ! Cela désole mes parents. Je le sais. Parfois, j'essaie de suivre les roues des autres vers l'exploitation du jour, une mine, une récolte… Rien n'y fait. Je finis toujours par retourner sur un tronçon d'autoroute pour essayer un nouvel enchaînement, je dispose des balles et je fonce au milieu en donnant du maillet dans tous les sens.

Ce soir-là, dans l'euphorie de la victoire des Huskys, j'ai voulu essayer ma nouvelle idée en quittant le bar : une pile de ponts en ruine qui va me renvoyer les balles ! Mais à cet endroit, des creux grands comme des marmites trouent le bitume. J'ai pris une gamelle. Sévère. De celles qui dessoûlent immédiatement. Alors je me dis que je vais rentrer pour de bon dans le rang des gens ordinaires, ceux qui empoignent pelles et pioches pour fouiller les ruines, qui creusent des tunnels dans les odeurs de terre, de mazout et de sueur, à la recherche de quelques racines ou d'un gisement d'essence... Tout à coup, ça m'est venu : arrondir le dos pour gagner en équilibre ! Au polo, la rapidité d'enchaînement est synonyme de victoire. Chaque fois qu'on penche dans un sens, on perd un temps pour frapper dans l'autre. Il faut revenir. Mais si on arrive à garder le centre de gravité en compensant avec le dos, pfuit, ça repart tout seul dans l'autre sens ! Bien sûr, cela réduit l'allonge, mais ça peut se corriger en jouant sur la prise au manche et l'étirement. Tout un monde de nouvelles tactiques se dessine alors devant mes yeux. Bang ! Le son de la frappe. Le choc du manche dans la paume. L'odeur de cambouis brûlant qui monte entre les jambes. Je passe la nuit à enchaîner les figures : la feinte classique, je passe dans un sens et j'envoie dans l'autre, la variante en vrille, le double huit... Le dimanche suivant, sous le regard admiratif des briscards rassemblés sur la terrasse, je me sens comme un prophète, léger comme ces petits nuages argentés qui papillonnent dans notre ciel de poussier huileux. Au milieu d'une partie, je me précipite au secours des perdants, des nullards incroyables, et j'envoie la sauce ! Mes empotés gagnent haut la main : 17 à 4 ! Je me plante au milieu, je cabre la moto et salue bien bas, prêt à recevoir les honneurs pour mes exploits. Douche froide. Les vieux schnocks n'écoutent rien. Ils se disent lassés de mes frasques. Je suis banni...

... Aux Falaises. C'est là qu'atterrissent les exilés. Un littoral abrupt, loin de tout. Oh, il ne faudrait pas imaginer une interminable façade crayeuse éblouissante au soleil. Non. Il s'agit plutôt d'une enfilade d'à-pics de granite noir qui peuvent culminer à vingt ou trente mètres et scandent un coteau pentu verdoyant de fougères et de buissons rabougris. Un solide rempart contre les assauts impétueux des tempêtes du lac Michigan. Des panneaux photovoltaïques décatis grappillent à grande peine l'électricité du jour. Je vis comme un ermite. Une longue période de solitude rythmée par un ressac visqueux. Le matin, le soleil répugne à quitter ses draps pollués pour grimper dans les étages poussiéreux du firmament. On peut descendre se baigner par un raidillon, lorsque les courants rabattent des eaux claires. Si on a le goût du risque, et c'est mon cas, on peut pousser jusqu'au cimetière de bateaux, où saules et ajoncs engloutissent les carcasses rouillées du monde d'avant. Parfois, je crois entendre une bande de motards. J'enfourche ma bécane. Personne ! Hallucinations. Alors, je me lance droit devant sur le plateau jusqu'à l'aplomb du vide où je couche ma bécane pour l'arrêter. Une vie qui a du bon, que je ferais bien durer... Mais qu'une visite interrompt. Deux anges splendides, d'une qualité de conduite *incomparable, m'invitent à les suivre vers une contrée supérieure où je pourrai développer mes capacités. Leurs motos sont magnifiques, immaculées, décorées de chromes étincelants, ornées d'images pieuses. « Potato potato… » Leurs moteurs : une musique céleste. Je me glisse dans leur sillage. Cap au Nord.*

Ils m'ont baptisé « Kristef », en raison du prophète d'avant GE qu'ils honorent. Dans leur pays, peu d'humains, surtout des Inuits et d'autres Canadiens. Ils se déplacent sans effort apparent. Djang, le grand Maître de la communauté, pratique la téléportation. Il n'a plus besoin de ses roues pour aller d'un endroit à un autre. Il disparaît ici pour réapparaître plus loin. Au jeu, on ne peut jamais gagner contre lui. Il subtilise n'importe quelle balle sous le nez d'un joueur et va marquer les buts en rigolant, comme qui se promène ! Une sacrée descente, aussi. Il ne suce pas que les pailles en plastique d'avant GE ! On le paie en bouteilles, bourbon ou whisky. Ne faire qu'un avec sa machine, comme les centaures de l'Antiquité, et toujours garder son centre de gravité. Toutes les frappes se déploient à partir de ce point central, le plus fin possible jusqu'à devenir minuscule. Le secret de la vivacité : plus ce point est concentré, plus la trajectoire du maillet se raccourcit, jusqu'à devenir un infime changement d'angle, mû par l'énergie cinétique de la moto. « Il m'a appris ! YESSS ! » J'ai réussi à le faire, d'un bout à l'autre du terrain en une seule respiration ! Bien sûr, d'où je viens, ça paraîtrait incroyable. Soudain, j'ai très envie de revenir. De leur montrer.

Aux Falaises, un gamin traînait encore en bas quand le vent a tourné à l'est, ramenant les pires vapeurs toxiques du lac. Je lui ai dit de partir, vite ! Il a pris peur. Tant mieux, ça lui a donné la force de remonter à temps ! Il m'a quand même remercié le lendemain, quand il a compris que je lui avais probablement sauvé la vie. Seul. Il shoote des galets dans les pins comme si c'étaient des buts. Ça fend le cœur. C'est Manu. Je lui montre deux ou trois trucs : l'arrondi du dos, la prise sur le manche… Ses potes rappliquent. Infatigables. Au jeu, ils se donnent jusqu'à l'épuisement. Pour la fête, ça ne se raconte pas. Ils ont aussi une combine pour la gnôle… Pas une perle en poche, et des plans pour tout. Manu les prend sous son aile. Il arrive à en faire une équipe. L'envie de défier de véritables joueurs se met à grandir… à grandir… On y retourne ! Au clan. Le Grand Retour des exclus. Les curieux s'attroupent pour assister aux démonstrations des kékés, comme ils les appellent, des petits frimeurs. En réalité, ils ne m'ont pas reconnu ! Mais cela n'a pas d'importance, c'est mieux ainsi : je suis Kristef, une nouvelle personne. C'est comme ça que l'Ours a eu la meilleure équipe de polo de tous les temps. Ils ont enchaîné les titres. Beaucoup sont partis jouer dans les grandes villes. On ne les revoit plus. Sauf quand on arrive à faire marcher une télé. Et pour finir, ceux qui restaient m'ont élu comme chef quand le dernier vieux débris est mort. Quelle fête ! J'étais tellement imbibé que j'aurais pu cramer à la moindre étincelle !

Il y a vingt-deux ans de cela. C'était le bon temps ! À l'instant même, sur le terrain du Pueblo, Stäv vient de donner la victoire au clan de l'Ours. Les joueurs des deux équipes fraternisent et vont lentement se fondre dans la liesse de plusieurs milliers de badauds, parmi les feux qui luttent contre l'obscurité en projetant leurs nuées d'escarbilles. Poussés par une brise du sud chargée de sable jaune, attirés par les fumées de barbecues où grillent de grosses fourmis, des sauterelles, des vers de toutes sortes. Ils errent au hasard, au gré des bruits de moteur d'un acrobate ou des détonations sèches d'une cabane de tir. Au milieu des jongleurs, des cracheurs de feu, ils vont se passionner pour les démonstrations d'adresse, tenter de gagner une peluche ou un pot de miel sauvage en dégommant des boîtes de conserve vides à l'aide de bâtons courts. Les femmes seront fascinées par les huiles médicinales ou cosmétiques, achillée, églantine... violette, pour les plus jeunes. On les retrouvera aussi autour des bijoux artisanaux dont elles prendront plaisir à discuter la confection. Ailleurs, un siffleur imite les chants d'oiseaux inconnus, un crieur appelle à défier aux poings son champion invaincu... Captivés par la dispute bruyante de géants filiformes, ils s'approchent de l'enclos du « Cirque de l'étrange ». Les protagonistes font plus de deux mètres. L'un est poudré de craie sous son chapeau pointu, vêtu d'une tunique et d'un pantalon blanc. Il parle fort et réclame une somme qu'on lui doit : « Une somme énorme ! Une fortune colossale ! Une rivière de *perles* qui monte, qui monte, jusqu'à la lune ! » L'autre, le rouge, ne peut pas rembourser. Il est malade dans son peignoir fumant de vapeurs de soufre et sa voix est fluette. Pourtant agile, il échappe toujours au clown blanc. Ils s'insultent, se traitent de « cul de *ragonda* », « pet de vautour », « crachat de lama jaune », « antenne de fourmi molle », « foie de chacal baveux », « face d'anus », « vulve d'araignée en rut », « nez de ver », « haleine de bousier », « queue de hareng », etc. Toutes injures proférées à un rythme effréné, souvent incompréhensibles, mais toujours de nature à déchaîner les rires d'un public captivé. Jusqu'au moment où un coup de pied circulaire de l'Auguste tranche le Rouge en deux ! Deux nains trapus surgissent de la dépouille ! Ils sautent en l'air, enchaînent les cabrioles sous les applaudissements et laissent la place à deux sœurs siamoises, qui valsent en robes de dentelles, soudées par le côté.

Aaghar, chef des Pieds-Rouges, puissance invitante en quelque sorte, réclame alors le silence. Son ton est grave. Toute l'assistance peut lire sur son visage une détermination farouche. Il annonce la réunion prochaine de l'assemblée des chefs de tribus, ici même après la fête.

— L'année qui vient sera difficile. J'entends déjà les tambours de guerre ! Nous ne pouvons pas laisser l'homme de C-Town poursuivre les massacres. Qui pense l'arrêter à lui seul ? Qui pense négocier ? Personne ? Non, bien sûr ! Les tribus indigènes vont devoir s'unir pour survivre. Et donc rejoindre la grande Alliance qui se forme contre lui !

25

Contestation

Plus tard, après les danses traditionnelles, leur débauche de couleurs, l'impétuosité des artistes indigènes, alors que le tapage de la foule se fond dans un brouhaha bon enfant, Kristef réunit son clan.

— Je vais commencer une histoire d'avant la *Grande Extinction*. Je la tiens, par ma mère, de la tradition *mohawk*. En ce temps-là, les hommes blancs construisaient les premières tours de grande hauteur. Ils les appelaient des « gratte-ciel ». Les Indiens *Mohawk* étaient réputés pour être insensibles au vertige. Aussi, les hommes blancs les employaient pour construire leurs *buildings*. On disait que, pour cela, les *Mohawks* pratiquaient un entraînement secret, transmis de génération en génération, pour se promener sur une poutre à cent mètres dans le vide comme sur le plancher des bisons. Petite Lance était un jeune de cette tribu qui traînait dans la poussière des mobile homes. Son père travaillait sur les chantiers des villes. Il le voyait peu. Par contre, il voyait les autres adultes qui restaient là, à se saouler et s'embrouiller. Et tabasser leurs femmes le soir venu. Petite Lance ne voulait pas finir comme eux ! Et aussi, il était amoureux de Fleur de Cactus, une jolie Indienne aux yeux clairs. Alors, il demanda à son père le secret du vertige et de l'entraînement spécial qui faisait des *Mohawks* des spécialistes recherchés et bien payés. Il faut imaginer ce que c'était, à l'époque, ces immeubles : une seule tour, haute comme la tour centrale d'une cité, parfois même plus, et qui dépassait les autres constructions de cent ou deux cents mètres ! « L'entraînement consiste à observer les hommes boire, se disputer et frapper leur *squaw* tard dans la nuit », lui répondit son père... « Mais ça, je connais déjà ! » « Donc, tu es prêt. Maintenant, tu as le choix. Soit tu restes ici à crever de faim et à te remplir de mauvais alcool, soit tu montes là-haut. » « Mais j'ai le vertige ! Mon ventre me fait mal, rien qu'à y penser ! » Il surjoue l'ado contrarié. « Arrête de me faire marcher et dis-moi le secret, s'te plaît ! » « Tout le monde s'en fout de ton ventre et de ton vertige ! » L'Indien était assis sur le sol, les jambes croisées. Il se leva comme un ressort se détend. Il balaya d'un geste ample l'horizon où paissaient les bisons disparus. « L'homme blanc est venu. Les buffles sont partis. Les temps ont changé. Toi, tu peux rester là à te plaindre de ton sort, du gouvernement, des ancêtres, des dieux, aussi, qui ont permis cela. Tu auras un lit de fer avec de gros nichons pour te pondre des mioches dont tu perdras le compte et les noms. Tu crois aimer Fleur de Cactus ? Tu la maudiras parce qu'elle t'aura préféré un autre, tu maltraiteras ta *squaw* parce qu'elle ne sera pas ta Fleur… et tu finiras par la vendre pour quelques verres à un type encore plus saoul que toi. » L'Indien ramassa l'une des flasques de whisky vides qui jonchaient la prairie. Il la mit devant le nez de son fils. « Ce sera ton choix… ou alors… tu iras dans la grande ville, tu grimperas plus haut que les nuages, avec les outils pour sculpter le ciel dans la forme de *tipi*[16] qu'affectionnent les blancs civilisés. Et Fleur de Cactus te murmurera à l'oreille combien elle est heureuse d'être dans tes bras. Elle se félicitera d'avoir un *hogan*[17] confortable à l'abri de la pluie et des intempéries. Elle sera fière de toi. Cela aussi sera ton choix. Le prix à payer pour l'épouser et fonder une famille. Sinon, tu sais ce qui t'attend ici. C'est ça, le secret. » Ainsi parla le chef mohican à son fils. Puis il lui montra encore le flacon vide et le jeta au loin d'un geste ample et puissant.

Kristef a mimé le geste de son ancêtre, lançant vers les feux un projectile imaginaire. Il s'adresse maintenant directement aux hommes et aux femmes de son clan :

— Vous avez compris la morale de ce conte ? C'était autrefois. La question ressurgit aujourd'hui. Nous devons faire un choix. L'Alliance contre C-Town nous offre la possibilité d'améliorer l'avenir de nos jeunes. C'est pour cette raison que j'ai décidé de la rejoindre.

L'assistance murmure. L'adhésion n'est pas immédiate. Les avis sont partagés. Les « jeunes » en question rechignent à aider une ville où sévissent des brutes qu'ils connaissent bien. Un athlète à la musculature hypertrophiée proteste, approuvé par la dizaine de jeunes qui l'entourent. C'est Kay, l'un des plus turbulents de la tribu – et aussi des plus influents – qui défie alors Kristef. Il parle lentement, avec une nonchalance affectée :

— C'est toi qui proposes cela ? Je n'y comprends plus rien ! La dernière fois que tu as enrôlé la tribu pour défendre une cité, c'était Alexandrie, il y a

---

[16] *Tipi* : tente traditionnelle amérindienne de forme conique.
[17] *Hogan* : hutte traditionnelle des Amérindiens du sud.

deux ans. Ils ne nous ont jamais payés ! Un récidiviste de la naïveté ! Voilà ce que tu es. Rien d'autre. En plus, la Pennsylvanie ne manque pas d'ordures à crête rouge qui ne valent pas mieux que l'autre Yaten que nous avons liquidé !

— Justement, cette Alliance combat aussi ceux dont tu parles. Nous avons les mêmes ennemis ! L'appel des résistants de Paoly contre C-Town est une occasion unique pour nous de devenir citoyens d'une cité, d'assurer à nos enfants l'enseignement et la santé, plutôt que de continuer à traîner dans la poussière et les maladies.

Kay. 22 ans. Un torse bosselé portant une tête d'aigle et marqué de bandes rouges sous les épaules rondes aux biceps gonflés. Des muscles secs, des attaches saillantes sous une peau épaisse. Les yeux à peine visibles dans sa face martelée par d'innombrables bastons. Sa bouche sans incisives rugit :

— Moi, je n'irai pas. C'est un piège. Ils vont nous faire faire leur sale boulot et après, on n'aura rien. Je veux plutôt profiter de leur querelle pour prendre du butin !

— Tu n'as rien compris !

— Au contraire, j'ai tout compris des lois de la guerre. Je t'empêcherai d'anéantir la tribu avec tes idées stupides. Je vais te casser la gueule et après je te tue.

— Un combat ?

Les oiseaux arrêtent de voler. Les clowns cessent leurs grimaces. Les femmes ouvrent des bouches muettes. Toute la tribu les regarde. Quelque part, on savait que ça arriverait un jour entre ces deux-là : l'ancien agité et le blanc-bec remuant. On est partagés. D'un côté, on a un chef arrogant. Lui rabaisser le caquet est dans l'intérêt général. De l'autre, on peut se demander ce que deviendrait la tribu sous l'emprise d'un frimeur impulsif... Kay est vraiment décidé à en découdre :

— C'est ça, papi ! On en a marre de tes discours. Battons-nous à mains nues jusqu'à ce que tu meures.

— Le règlement ?

— Pas de règlement. T'es sourd ou quoi ?

— Des rounds ?

— Ah oui, il faut que tu souffles un peu de temps en temps ! OK. Des rounds de deux minutes, un pugilat à la mode des anciens films ! Tu vas seulement prolonger tes souffrances, grand-père. Mais si tu y tiens...

Kristef regarde Kay sans rien dire. Son visage a perdu toute expression. Il formule une demande muette : « Faudra-t-il que je le tue ? » L'image du vieux maître d'au-delà des falaises s'impose. La réponse résonne, distincte, à l'intérieur de son cerveau : « Ce sera son choix à lui. Pas le tien. » L'énergie reflue alors dans tout son corps, laissant la place à celle de Djang qui inonde le moindre de ses capillaires jusqu'aux extrémités des membres.

Bientôt, dans la cage grillagée, au signal d'un arbitre placide... Premier round. Le jeune fonce. Il a l'avantage de l'allonge. Kristef encaisse une grêle de coups... Il se concentre sur le début de la sonate *À Kreutzer*. Le violon s'épuise à coups d'archet, que le piano absorbe et répercute à la périphérie, sans céder un pouce de terrain. Il observe son adversaire. Avant de lancer son poing, Kay prend de l'élan avec un effet de bielle de la main opposée, découvrant le bec du rapace qui orne sa poitrine... Kristef tourne sur l'extérieur, à l'abri du poing gauche. Au deuxième round, Kristef encaisse encore. Les mains de Kay sont dures et calleuses. Il est entraîné à frapper à toute vitesse sur un *puching-ball*, le temps d'un round. Mais le vieux chef n'a rien d'un sac inerte. Il freine les coups avec les bras, absorbe et renvoie une énergie élastique qui épuise Kay sans que même celui-ci ne s'en rende compte. Plus exactement, le jeune boxeur met sur le compte de ses propres muscles la lassitude qui envahit ses bras, pèse sur ses épaules, courbe son dos. Il maudit sa piètre condition physique... Il passe aux jambes, pour des enchaînements de balayettes et de *low kicks*. Au premier balayage, Kristef ouvre légèrement l'angle de son pied vers l'extérieur, présentant ainsi l'arête du tibia au pied qui arrive. Le choc explose le pied du plus jeune, à travers la chaussure, de la voûte plantaire jusqu'à la cheville. Il faut dire que Kay ne retient rien du tout. Il arme de loin et balance sur chaque coup toute la gomme qu'il peut. Bref, le pied droit réduit en compote par l'impact, il réprime une grimace et choisit de frapper un peu plus haut, visant la cuisse avec le tibia. Kristef anticipe les attaques et présente régulièrement sa jambe souple, sans chercher le blocage, seulement l'absorption. Son adversaire a l'impression de s'engluer dans un filet d'algues collantes. Épuisant. Il vise maintenant au corps. Les côtes flottantes, en coups de pied circulaires. Kristef encaisse le premier du bras, en arrondissant le dos et l'épaule pour répartir l'énergie de l'attaque. Second heurt. Kristef l'encaisse de la même manière. Les paris vont bon train. Le public vit, littéralement, l'affrontement. Il connaît... Il ressent chaque coup dans sa chair. Il bouge, respire, crie à l'unisson des combattants. Et en ce moment, Kay engrange les opinions favorables. La posture attentiste du plus âgé agace les spectateurs, et ils le font savoir : « Allez, le grabataire, bouge tes rhumatismes ! » Au troisième coup de pied, Kristef esquive et laisse passer la jambe de son adversaire ! Entraîné par son élan, Kay présente le dos... Sur lequel Kristef envoie une bourrade. Légère. Il ne veut pas le faire tomber. Pur calcul. L'autre se méfierait, deviendrait prudent. Kristef ne veut pas d'un challenger prudent ! Le combat s'éterniserait et la différence d'âge finirait par jouer en sa défaveur. Il préfère un favori imprudent ! Comme prévu, le jeune interprète de travers la faiblesse de la poussée qu'il vient de recevoir. Il veut croire que le vieux n'a pas eu la force de le bousculer... Cependant, à son insu, le mental disjoncte. Le doute s'insinue. Il se voit en train de tomber, les quatre fers en l'air devant ses copains. La honte ! Kay est un combattant de courte distance. Il gagne toujours ses combats en rentrant brutalement au corps à corps. Au fond, il appréhende la lutte au sol. Par un mouvement de l'âme assez commun, la crainte qui germe en lui se mue en colère. Frousse, Fatigue et Fureur : les trois F du perdant.

Le combat a basculé, l'issue est jouée, mais personne ne s'en est encore aperçu. Sauf Kristef, bien sûr. Coups, frottements, souffles... Il perçoit une petite chanson de victoire dans les ossatures affrontées. Mais il doit encore faire semblant. Continuer à encaisser. Imiter l'inertie de l'animal pour endormir la vigilance de son prédateur. En face, obnubilé par l'effort, Kay ne sent plus rien de son adversaire. Il ahane, transpire, redouble d'ardeur. Il imagine déjà la victoire à sa portée. Dans la foule, le bruit se répand : « Il paraît qu'un jeune donne une correction à un vieillard insolent ! » Déjà, plusieurs centaines de badauds s'agglutinent autour du grillage. Les parieurs s'enflamment. Troisième round, Kristef résiste. Massif. Indestructible. L'air brûle ses poumons. Dans son for intérieur, il commence à regretter quelques cigarettes et verres d'alcool superflus de sa jeunesse. Sa carcasse voudrait en recracher deux ou trois, pas davantage... Mais il n'en montre rien. Il détend les chevilles, assouplit les genoux, libère les cuisses...

— Eh, piroguier, tu attends la vague ? lance un Indien des Grands Lacs.

— Comme la houle mollit, plaisante un autre, déclenchant une bruyante hilarité.

Côté bookmaker, le vieux joueur manque tellement de combativité que sa cote s'écroule à trente contre un. Toutefois, dans la tribune, Aaghar a remarqué l'inflexion du rapport de forces. Il a compris que Kristef est sur le point de prendre l'avantage. Sur un clin d'œil, l'un de ses guerriers lance un aboiement. Repris par un autre, un troisième. Puis l'appel long et plaintif d'un loup vibre dans les fumées du crépuscule. L'appel des Husky. Bientôt suivi de toute une meute. Les supporters nordiques s'en donnent à cœur joie ; les autres, croyant à un effet d'animation, reprennent de plus belle. Le jeune baisse la garde. Il nargue son adversaire, à la limite de distance des poings.

— Alors, l'ancêtre, qu'est-ce que tu as à rester sans rien faire ? Tu as trop la trouille pour bouger ? Tu vas te décider à te battre ?

Le soir tombe. Dans l'obscurité alourdie, il ne voit pas le pied droit de Kristef glisser, glisser, orteil par orteil, gagner un centimètre, puis deux... Tout à sa fanfaronnade, le jeune tourne le dos et salue l'assistance. Quand il se retourne vers lui, Kristef est en train de transférer son poids, imperceptiblement, sur l'arrière. Kay le voit à sa portée. Il croit tenir le final. L'estocade. Au moment où il arme son bras gauche, le jeune abaisse son poing droit, exposant ainsi le côté de son buste, comme pour exhiber la tête d'aigle tatouée sur sa poitrine...

L'appui de Kristef est solide sur le pied droit. Son tibia gauche se lève, sans aucun élan, et vient claquer le côté du visage de Kay. Le jeune tombe, le sourire encore vainqueur, couché sur le côté comme un daim rassasié de baies fermentées. Étendu pour le compte. KO. Un seul *kick*, jambe avant, a suffi. Kristef lève les deux mains. Vainqueur du combat. Certes. Heureusement, il a entendu le message : chef ou pas, cette fois, il ne pourra pas décider seul. Il devra développer soigneusement ses arguments pour que sa tribu le suive. Et convaincre les autres clans. Rien n'est vraiment gagné...

26

Fête barbare

Deux bières plus tard. Une lune blanche incline les ombres claires. Les musiciens arrivent de partout, jouant les instruments classiques d'Amérique du Nord : cuivres tonitruants, guitares électriques saturées et fûts d'acier cognés par de courtes massues. Après trois quarts d'heure d'intense cacophonie, une harmonie s'installe. On ne sait trop comment. Tant bien que mal, tout ce boucan finit par s'accorder. L'horizon rougeoie à l'est. Le moment alchimique où la nuit, baignée de chants, de poussières et d'odeurs, secouée de danses, éclairée par les torches des jongleurs, se transmute dans les esprits en mémoire cristalline. « Elle est où ? Elle est où ? » La même question sur toutes les lèvres. Soudain, une trompette. Son cri de bronze déchire l'aube, impose le silence. Les regards se tournent vers un *hogan* drapé de noir, surélevé, à l'extrémité ouest d'une estrade profonde recouverte de tapis, qu'un projecteur saisit dans son cercle jaune. « La voilà ! » La musique en sourdine. Bouchons, voiles de tambours. La pulpe des doigts caresse les cordes... Le rideau de la porte se lève. Une fragile silhouette apparaît sur le seuil. Proportionnée à l'instar des statues antiques. Elle s'avance sur l'estrade. Seule. Presque nue. Sa poitrine, à peine formée, ondule à un rythme précipité sur les premiers pas, puis se calme, animée de son énergie propre, alternativement dévoilée puis ombrée au fil de la marche. Au spectacle de ces petits seins qui semblent flotter en l'air, de leur peau claire et délicate, des aréoles colorées, les hommes restent silencieux, béats. Les femmes n'en reviennent pas. Une commère chuchote à sa voisine :

— Elle les lotionne tous les jours à l'huile de pâquerette.

— Il n'y a pas d'huile dans les pâquerettes ! s'étonne l'autre.

— Chut, vous êtes bêtes ! On laisse macérer les fleurs dans une huile neutre, amande douce, par exemple, puis on filtre.

— Combien de temps ? Et l'huile d'olive, ça va aussi ? Parce que j'ai un cousin...

— Chut ! Je vous dis ça après ; pour l'instant, je regarde.

— Et pour le *ragonda*, vous faites comment ? Parce que ça sent fort, quand même.

— Vous mettez à mijoter avec des oignons et du vin de raisin.

— Combien de temps ?

— Toute la nuit. Chut, vous dis-je !

— Bouclez-la ! proteste quelqu'un. On n'a pas fait tout ce chemin pour entendre vos salades !

Là-haut, sur les planches, avance celle que les tribus ont choisie entre toutes pour honorer le premier jour de la nouvelle année. Elle guide les esprits qui sortent de la saison obscure. Elle est lumière.

Les enfants ont cessé leurs jeux. Elle les distingue, dans une sorte de brouillard luminescent, à califourchon sur les épaules des adultes, ou agglutinés par groupes, leurs yeux grands ouverts et brillants. Elle a été comme eux. Elle avait dix-huit mois quand elle a vu la déesse dans le cercle éblouissant, l'éclat vibrant de la trompette. Tout cela pose dans les âmes une marque indélébile, beaucoup plus profonde que ne le laisseraient supposer quelques souvenirs épars ou les images qui vont et viennent dans les rêves.

La transhumance. En longue file sous les premières chaleurs de la saison sèche. Parfois s'arrêtant à midi à l'ombre d'une grotte, pour repartir le soir. À suivre une piste déserte et compliquée qui évite les radiations et cherche les points d'eau. L'atmosphère aride déchire les poumons, laboure les gosiers. Il faut marcher avec la soif, les jambes lourdes, le sang qui gonfle sous la plante des pieds, les épaules courbées. Un soleil aveuglant vous observe, là-haut. Et rit, de ce rire glorieux des astres invincibles. Les motos, en tête, traînent sur des remorques leurs maigres possessions, un peu de provisions. Les hommes derrière, à petites foulées, yeux mi-clos, dents serrées ; puis les femmes, leurs bavardages interminables et les enfants qui courent dans tous les sens en se chamaillant ; et enfin, la longue théorie des plus anciens, ceux qui lambinent aux dernières places avec les invalides, épuisant leur peu de souffle en jérémiades au sujet de la mort qui les guette à la prochaine montée, au prochain virage. De temps à autre, un motard remonte la colonne, échange quelques mots, des nouvelles d'une connaissance, un salut, une blague, un encouragement.

C'est la fin du mois de janvier. L'année où son ventre a saigné sur l'intérieur des cuisses pour la première fois. Sont-ils partis trop tard, après la célébration du solstice, pour suivre les ragondas *? Ou bien est-ce une dépression exceptionnelle ? Ils descendent loin vers le sud, jusqu'au Tennessee. Un océan d'herbe humide reflète le ciel bleu. Une trombe d'altitude aspire les nuages comme elle aurait tiré un tapis sous les pas d'un promeneur* *innocent. Patatras ! L'orage arrive ! Kristef se retourne souvent pour observer le voile nimbé au nord, dans leur dos. Il houspille tout le monde. Il connaît une ruine, pas très loin. Mais il faut presser le pas. Il guide la tribu entre les collines jusqu'aux arrêtes saillantes d'une cité défunte. Des ailes gigantesques de dinosaures carbonisés accrochent l'horizon, fèces d'un dragon de passage. Le froid les envahit. La frayeur. La tempête est là, dans une dégringolade meurtrière de grêle et de flocons furieux. Une violence froide qui plie les corps et raidit les articulations. Les motos vont et viennent sans arrêt pour récupérer les traînards, les mener vers l'abri presque invisible : une minuscule ouverture dans la muraille, accessible par une échelle branlante où se forme une file qui progresse pas à pas. Ceux qui savent aboient les ordres. Une vapeur gelée sort de leur bouche. Ceux qui ont compris se taisent. L'obscurité s'abat dans un tourbillon mugissant. Les genoux tremblants, les yeux hagards, leurs hardes couvertes de givre, ils trouvent refuge dans une sorte de grotte bétonnée, vestige du hall central de l'ancienne cité, où s'allument des feux pour lutter contre la température polaire. À l'extérieur règne la nuit obscure, terrifiante, grondante des gémissements des rafales qui viennent se fracasser contre les ruines en faisant rugir l'air prisonnier des tours. Rare anomalie météorologique : un blizzard en janvier à cette latitude... Le lendemain, c'est fini. Ils ressortent, hébétés mais vivants. Pas tous. Certains sont restés, ensevelis dans le sol spongieux, sous les amas boueux, les débris de machines rouillées, les plaques de ciment. Dehors, l'air, le ciel et la terre saturés d'eau. Le jour poisseux infuse à l'envie des fragrances nocturnes. Le froid soleil de janvier finit de liquéfier les congères.*

Elle n'aime pas la nuit ! Chaque année, depuis les temps immémoriaux, les tribus célèbrent la plus longue nuit, et les jours qui s'allongent. Pour elle, jusqu'à ses douze ans, c'était un divertissement, une occasion de jeux. Avec ses copines, elles arrivaient essoufflées pour regarder la marche de la déesse. Elles l'enviaient, sans trop savoir pourquoi. Sans discerner, alors, le sens de cette parade. Plus tard, elle crut en concevoir la signification. Les autres filles disaient plein de bêtises. Son père à elle lui avait expliqué. L'importance du soleil. Sans quoi rien ne pousse, rien ne grandit, rien ne vit. Mais il lui fallait encore attendre pour pénétrer le mystère. Et maintenant, à ce moment précis où elle est le centre de l'attention d'un peuple, la perception se manifeste. L'énergie. La vibration chantante du cosmos. Celle, sourde et douce de la Terre, et au milieu, elle, la déesse qui s'avance, étincelle d'éternité.

Sa respiration prend de l'amplitude, portée par le chuintement sourd des murmures d'admiration. Elle marche, les hanches soulignées par un pagne de courtes franges dorées, une tiare en équilibre sur la tête, haute couronne végétale entrelacée de fleurs rouges, roses éclatantes, bougainvilliers aux larges pétales, crocosmias aux clochettes écarlates, orchidées soyeuses, magnolias, lauriers roses et bien d'autres encore… Nul ne sait comment Aaghar peut se procurer toutes ces fleurs. Une rumeur raconte que les *Pueblos* cultivent des jardins en cachette. Touche de blancheur sur la belle qui s'avance, une amaryllis, lis sans feuille, est piquée à l'oreille droite, libérant renouées et liserons en tresses sur ses épaules, écrin soyeux au losange de son visage, doux et charnu comme un fruit. Et sa bouche vermeille, une cerise sauvage gorgée des sucs de l'été, sous le nez retroussé, ourlé et palpitant aux parfums nocturnes qui traînent encore dans l'air mouillé. La poudre d'or répandue sur les épaules se déploie jusqu'au sol en voiles diaphanes aux reflets mordorés… Qu'une brise soulève, complice de ses pas, révélant et cachant en même temps sa nudité maquillée de terres colorées, violette sur la poitrine, bleue sur le ventre, verte sur les bras serrés dans des bracelets précieux aux perles scintillantes, nacrée sur le triangle glabre du pubis, puis s'écoulant en jaune sur les jambes longilignes aux genoux droits, où les muscles dessinent de discrètes collines, des vallées d'ocres timides… Jusqu'aux chevilles robustes, cerclées de lourds bracelets d'or où tintent des grelots. Elle marche ainsi à petits pas sonores, donnant souffle et tempo à la vibration obstinée de la fanfare.

Pourquoi le soleil se lève-t-il ? Si ce n'est pour eux tous ? Pourquoi distribue-t-il ces vagues, ces cascades, ces océans d'énergie pure ? Si ce n'est pour eux, pour que leur vie soit possible ? Les anciens disaient que le soleil s'était éteint après *GE*… C'est faux ! Il brûle davantage d'un printemps à l'autre ! De jour en jour, tout au long de l'année, à partir d'aujourd'hui. C'est le solstice ! Une joie profonde la saisit. Elle voudrait crier, et c'est son corps qui piaffe ! Elle n'a pas seize ans. De la nuque aux reins, sa colonne vertébrale ondule avec grâce, balançant des petites fesses encore potelées d'adolescente – presque une enfant ! – sous l'écume du tissu léger qui agite son sillage. Un grognement d'approbation parcourt la foule, rapidement mué en clameur, puis en vivats enthousiastes ! Le temps s'arrête. Elle paraît voler, oiseau scintillant, tendu vers une ligne en suspension.

Deux mètres avant la fin de l'estrade, elle s'arrête, regarde la foule, lève les yeux au firmament… et tombe, face en avant sur le tapis. Les bras en croix. La traîne retombe lentement sur son corps, relâchée comme à regret par un subtil zéphyr. Toile d'une araignée de lumière. Silence. C'était le moment le plus difficile. Les bras un peu en avant, un en hauteur, les poignets creusés, les doigts arqués jusqu'à la plus petite phalange afin de répartir l'impact de la réception jusqu'au dos courbé et tendu comme un treuil. Coudes et genoux imperceptiblement assouplis. L'assistance retient sa respiration. À l'est, le rougeoiement s'accentue. Son diaphragme, bloqué dans la chute, se relâche, pulsant une douce chaleur du ventre jusqu'aux fines extrémités des doigts. Elle arrondit le dos. Lentement. Le bassin. Une-deux-trois-quatre-cinq lombaires, pétales d'une corolle qui s'ouvre à la puissante annonce de l'astre. Elle passe sur les genoux, prosternée. Elle dénoue rapidement les lanières qui maintiennent la lourde tiare et la pose devant son front : majestueuse offrande au crépuscule de l'aube. Loin, làbas, le soleil s'extrait enfin de son cocon de soie rose. Sur la scène, millimètre par millimètre, la forme fluette s'élève, voguant sur la clarté neuve du jour. Note après note, la musique renaît. Une trompette, la première, ôte son bouchon, avec un vagissement de nouveau-né, rapidement imitée par les autres, nombreuses, claires, enthousiastes. Une cascade de bûches roule sur les flancs de bronze. Une volée de grêle martèle l'immense portée, libation de notes que l'horizon avale par lampées avides. Les cornets des cuivres défient les tourbillons célestes en tornades sonores qui impriment leurs frissons de plaisir tout au long des échines dressées. Un souffle tonitruant de légion en marche secoue la vallée, déplaçant la réverbération lactescente des maisons *Pueblos*. Vertèbre après vertèbre, la prêtresse compte les douze dorsales, autant que les heures de la journée, les constellations du zodiaque. Elle hisse le buste, inspire profondément l'air froid et chaud, clair et fumeux, lourd et léger. Choc après choc, les tambours débarrassent leurs tissus feutrés. Le bois claque sur le métal, le feu roulant d'un bombardement aveugle. L'ostensoir céleste, dégagé de la gangue des brumes rosacées, jette enfin tous ses feux ! L'une après l'autre, menton collé au sternum, elle déplie sept cervicales, la dispersion du prisme, du rouge au violet... Du râle au cri, les guitares vrillent le son, dans une montée de gamme mille fois répétée de tornade sonore. Elle se redresse, soulevée par l'attraction solaire. Lorsqu'elle est complètement debout, immobile, les rayons tombés du ciel percent les nuages, la drapant de leur éventail déployé. Elle resplendit, diaphane, inondée de clarté, comme lavée de l'intérieur. Chacun, chacune dans la foule, partage la purification sacrée, une onde généreuse parcourant l'intérieur des corps, du sommet de la tête aux terminaisons nerveuses des membres.

Ceux qui sont là, en ont-ils vu des noirceurs ? En ont-ils commises ? Ils survivent ! Qui parle pour le chevreuil abattu ? Qui parle pour l'arbre ? Pour le loup ? La mort les a approchés. Ils l'ont vue à l'œuvre sur leurs ennemis, les étrangers, leurs proches. Certains ont senti le feulement de la faux, à un cheveu près. Ceux qui sont là ont été épargnés. Qui peut connaître le dessein du Grand Esprit ? Ce monde ignore la pitié, et pourtant, le Manitou n'est qu'infinie bonté. Multiples sont les puissances cruelles qui déchirent l'univers. Seule la plus grande force y peut régner, et pourtant, le Manitou n'est qu'infinie faiblesse ! Qui peut comprendre les mystères ? Les doigts d'or de l'astre, en illuminant les âmes, une minute, une seconde, ne serait-ce que le temps d'un éclair, irradient cette part d'ombre qui existe en chaque homme, en chaque femme, et ternit les cœurs… Dissoute dans l'opalescence divine. Les bras ouverts de la nymphe montent vers le ciel, parfaitement centrés, comme si elle portait ce grand ballon, le sortait de la boue de la nuit pour l'élever au zénith. Salut au soleil du solstice ! Arrivée de la lumière et des jours qui s'étirent. L'ovation explose dans une apothéose de vent, de métal et de cordes. Bienvenue à l'année nouvelle ! Pas à pas, les yeux fixés sur le soleil levant, la jeune déesse revient à reculons vers l'abri du *hogan*, symbolisant le recul annuel de la nuit. Elle n'accorde pas un regard à la ligne médiane qu'une bonne âme a pourtant tracée sur le plancher afin de sécuriser le recul. Nul besoin. L'orientation du corps lui permet de se déplacer sur ce fil imaginaire. Les yeux mi-clos fixés sur l'horizon, les bras incurvés à la hauteur des épaules, relâchant alternativement les jambes, ses pieds se posent l'un derrière l'autre à la distance qui leur convient, c'est-à-dire celle qui maintient continûment son équilibre. La modification infinitésimale de température dans son dos lui signale l'entrée de la loge. Elle se retourne, confiante.

À l'intérieur, une lourde silhouette masculine lui ouvre les bras. Kristef, les yeux humides de fierté, étreint sa fille, Otoni.

27

L'assemblée des chefs

1er janvier 348, Pueblo du Nord, Kentucky

Vrombissements de moteurs. Les dignitaires des clans s'assemblent au bord de la piste cimentée, le *dragstrip*, ruban bitumé de 400 mètres et des poussières. Derniers réglages. Une vingtaine de motos s'alignent derrière le poteau équipé de feux colorés en « Arbre de Noël » qui rythme les départs. Ils chauffent leurs moteurs. Quelques jeunes trompent le stress avec des figures de *Stunt*[18]. Ils prennent des postures sur leurs machines ou font des roues. Les motards s'affrontent deux par deux, pour des « *runs* » selon un calcul d'écarts de niveau implicitement connu de tous, sous l'œil attentif et serein d'un ancien champion Pied-Rouge.

Arrive la dernière course. Bruyamment encouragé, sur un Suzuk 4 cylindres : Umeta, de la famille d'Élan Ivre, est à gauche. Opposé à un inconnu : Alsi, un bloc monocylindre porté par un cadre minimaliste aux soudures grossières, à droite. Burnout. Ils chauffent leurs gommes et s'élancent au feu vert. Explosion par explosion, le couple ahurissant du cylindre unique propulse Alsi en tête. Chaque explosion dans le corps de fonte conforte son avantage qui semble irrésistible. Sur la gauche, hurlant son chant suraigu, le Suzuk remonte… remonte. Ils restent quatre longues secondes au coude à coude… Mais le gros cube, à la peine, plafonne maintenant en régime, alors que le moulin japonais monte dans les tours… Au dernier moment, Umeta l'emporte en 9,3 secondes ! Il revient victorieux, riant aux éclats, levant les bras en l'air sous les cris et les applaudissements…

Pourtant, le poteau clignote encore ! L'homme d'Élan Ivre n'a pas le temps de s'interroger. Une Harley modifiée, dont les deux roues arrière supportent un énorme bloc bicylindre en V, l'attend. La fourche avant allonge son cou de girafe au ras de la ligne. La silhouette noire courbée sur l'engin ne porte aucun signe distinctif… Qui aurait le culot de défier le

---

[18] *Stunt* : acrobaties à moto.

vainqueur ? Aaghar, consulté d'un signe, laisse faire. Le plein est refait. La batterie, changée. Élan Ivre serre les dents. Les spectateurs restent partagés entre le dépit de voir leur champion ouvertement dépossédé de sa victoire et la promesse d'un spectacle inédit. L'« Arbre de Noël » cligne de tous ses feux… Blancs : moteur hurlant, crachant fumée et graviers, Umeta chauffe la gomme. Le *trike* monte en régime. Jaune… L'odeur de caoutchouc brûlé inonde l'atmosphère, et l'adrénaline, le public… Vert : Run ! La japonaise part avec une demi-longueur d'avance. Immédiatement, la Harley rattrape cet intervalle dû à la différence d'adhérence de ses pneus plus froids. Pendant le court instant où les deux concurrents, au coude à coude, forcent leurs accélérateurs, les spectateurs ne les quittent pas des yeux. Ils se tordent les mains, enfoncent leurs bottes dans le sol, se déchaînent en vociférations, sifflets, mots doux, insultes imagées. Inexorable, le gros tricycle passe en tête. À une seconde de la fin, il envoie toute la sauce du moteur électrique sur les cinquante derniers mètres. D'un bond, sa machine gagne en 8,7 secondes ! Batterie séchée, l'homme en noir laisse là son engin et se dirige vers le podium, sûr de son affaire. Umeta l'a suivi. Il coupe sa ligne et s'avance droit sur lui. Dix bons centimètres et quinze kilos de plus que l'inconnu. Des muscles durs sous le T-shirt sans manches repeint à l'huile mécanique. Il marche à pas lourds, le casque sous le bras gauche, agitant de la droite un index menaçant, hurlant : « Toi, hein ! Toi, hein ! » Ce que l'assistance interprète comme un signe de mécontentement envers quelqu'un qui lui est passé devant au mépris des plus élémentaires catégories techniques : bafouant nombre de roues, cylindrées, temps de référence ! Instant suspendu. Moteurs, musiques, oiseaux… Tout se tait. Rouge de colère, l'écume aux lèvres, au bord de l'apoplexie, l'homme d'Élan Ivre fixe son concurrent. Il ouvre la bouche… Une rencontre homérique ! Les deux motards se font face à un mètre. La promesse d'un bourrage de pif dans les règles de l'art plane sur le bitume, et pour tout dire, on ne serait pas fâché que cela dégénère en bagarre générale… Tellement trop c'est trop. Malgré l'écart de gabarit, le bipède harnaché de noir ne cède pas un pouce de terrain. À un cheveu de la confrontation, il ôte son casque. Umeta stoppe net. La stupéfaction envahit son visage. Son torse balance vers l'arrière. Yeux écarquillés, mâchoire pendante, il décoche un poing lourd sur la poitrine de l'inconnu, et beugle :

— Oh, ben ça alors ! Tu m'as bien eu ! Si je m'attendais à te voir !

Il ouvre grand les bras, l'étreint et hurle :

— Ce monsieur, c'est le Pilote ! Vous entendez, les gars, bande de nazes, j'ai fait mon *run* contre le Pilote ! C'est un honneur pour moi d'avoir couru avec cet enfoiré ! Bravo, Pilote, la classe, c'est toi ! Je casserai les reins du connard qui prétendrait le contraire !

Tandis qu'il exécute un simulacre de danse préhistorique en sautant d'un pied sur l'autre, vingt concurrents déçus se précipitent alors sur Nick. Pour lui régler son compte ? Non. Ils le portent en triomphe jusqu'au podium. Au comble du tintamarre, l'appel strident d'une invisible trompette entonne les premières mesures de la *Fanfare* de Paul Dukas, rapidement rejointe par ses consœurs, puis par les trombones. Les tribus trouvent en général les instruments classiques trop complexes, malcommodes ou fragiles. Sauf les cuivres dont elles raffolent ! Certes, il n'y a pas de cor, encore moins de tuba, mais l'engouement est là, et la partition, presque exacte. Plus loin, une moto s'éloigne dans le désert, emportant une carcasse décharnée sous sa chevelure plate et crépue comme un nid de petit charognard. Alsi, alias Malshik, s'esquive. Ce n'était pas son jour de chance.

Nick profite patiemment des vingt minutes de bonheur acoustique supplémentaire. Il remercie et... lance un appel : « Le jour est ! », porté par les acclamations. Ils apprécient qu'il salue à leur manière.

— La saison sèche commence bien, je vois que vous êtes nombreux. Et pourtant, les événements de l'année dernière nous inquiètent. Certains y voient de funestes présages.

Un murmure d'approbation indique qu'il a capté leur attention. Il démarre :

— Sous le sable du désert qui nous entoure dorment les herbes folles où paissaient les chevaux, les champs féconds, les villes prospères aujourd'hui disparues...

Ceux qui étaient là pour les fêtes ont laissé leurs clans repartir vers les steppes désolées de l'Indiana, où ils les rejoindront un peu plus tard pour entreprendre la migration saisonnière vers le nord. D'autres sont arrivés : indigènes natifs et New Age. Sur le millier de tribus qui arpentent le continent, plusieurs centaines ont envoyé des délégués à l'invitation d'Aaghar. Ceux-là sont assis en demi-cercle. Nick les regarde tous, l'un après l'autre.

— Aujourd'hui, premier jour de la nouvelle année, et à l'invitation de l'honorable Aaghar, chef des Pieds-Rouges, moi, Nick Zilberg, je prends la parole devant l'assemblée des chefs de tribus. Je parle aux clans de sang natif et je leur dis que C-Town a lâché les gangs contre eux. Vous le savez.

Nick prend une longue respiration et continue :

— Comment ça va finir ? Vous le savez aussi. Elynton a l'intention de vous éliminer.

Articulé d'un ton neutre. Le Pilote laisse les mots progresser vers les oreilles, les esprits prendre la mesure de la tornade dévastatrice qui noircit l'horizon. Le sang des guerriers ne lui suffira pas, à celle-là ! Avide, impitoyable, elle se vautrera dans les rivières rouges de chairs innocentes…

Il reprend :

— Nous devons l'arrêter maintenant. L'heure est venue de prendre les scalps des mauvaises personnes qui se dissimulent dans les cités pour vous nuire ! Je vous promets que nous irons les débusquer où qu'ils se cachent ! En combattant avec l'Alliance, vous pourrez regagner les territoires ancestraux. Parce que vous acquerrez la citoyenneté !

Il a martelé les derniers mots, dans un silence de mort. Il poursuit sur un ton compatissant :

— Les températures baissent. Nos moussons arrivent moins chaudes que celles de nos pères, nos débuts d'année, plus froids. Ensemble, nous relancerons l'agriculture et l'élevage pour nourrir les générations futures. Vos enfants et les enfants de vos enfants ne connaîtront plus jamais de famine !

Au-dessus de l'orateur, le ciel de janvier dissout les derniers nuages pommelés dans une bouillabaisse de pétales laiteux. La voûte bleuissante confère à sa voix l'accent particulier d'un prêche.

— Je parle aux familles New Age, à tous ceux qui croient que les guerres entre les cités ne les regardent pas. Je leur dis : cette fois, c'est différent. Si vous laissez tomber Paoly aujourd'hui, votre tour viendra ensuite. Vous serez les prochains sur la liste d'Elynton. Et, à ce moment-là, combien serez-vous pour l'empêcher ? Vous ne pouvez pas l'ignorer et fermer les yeux. Soulevez-vous avec l'Alliance ! Vous y gagnerez une citoyenneté et nous partagerons l'eau, la nourriture, les médicaments. Et la science ! Le réchauffement climatique est terminé, après trois siècles sans activité industrielle. L'effet de serre, la pollution, tout cela est derrière nous. Les glaces reviennent au nord du Canada ! Nous entrons dans une ère nouvelle où tous les espoirs sont permis ! Ensemble, nous guérirons cette nature qui est notre mère à tous.

D'un large mouvement des bras, il englobe l'horizon lointain, le désert parsemé de bouquets épineux, les collines, l'oasis qui les accueille…

— Le moment est venu de choisir votre avenir. Le poète a dit : « La destinée ne vient pas du dehors à l'homme, elle sort de l'homme même. »

Les chefs restent silencieux… Impassibles, ils défilent tous pour congratuler Nick, le féliciter de ses talents de motard et promettent de réfléchir à sa proposition. Aaghar retient personnellement Kristef, Élan Ivre et d'autres chefs pour un *pow-wow* privé qu'il organise le lendemain.

Lendemain, 2 janvier. Une foule chamarrée envahit de bon matin le cercle central des festivités : Comanches aux plumes solaires, Omahas enrubannés, Navajos brandissant des casse-tête, Sioux en tuniques de peau, Apaches aux mines féroces, Senecas constellés de perles, Algonquins aux couvertures chatoyantes, Hopis masqués de cuir, tous ont fait le déplacement. Des groupes folkloriques qui maintiennent vivaces les identités. Ces ethnies n'existent plus en tant que telles ; depuis L'*Extinction*, les origines sont mélangées dans les tribus. Qu'importe, elles préservent les cultures ancestrales. Tous clans confondus, les premiers danseurs de Grass Dance foulent le terrain de leurs pieds nus, agitant les longues franges multicolores des costumes comme l'herbe au vent de la plaine. Puis, tambours et chants rituels donnent le signal du défilé d'ouverture. Aaghar parade en tête, son bâton de commandement orné de volubilis stylisés, suivi des leaders, portant leurs insignes, puis de tous les danseurs. Un Algonquin centenaire, le plus vieux chaman d'Amérique, s'avance d'un pas ferme pour dire une antique prière. Sa longue robe de peaux usées paraît bien terne en comparaison des riches couleurs qui ornent les vêtements des danseurs. Les amulettes sacrées pendent sur sa poitrine, il est coiffé d'un museau d'élan. Son visage est de brique ravinée et ses yeux, d'une infinie douceur. Sa bouche édentée dédie cette cérémonie au Manitou. Pas seulement le Grand Chef des esprits naturels, mais celui qui personnifie, aussi et surtout, l'énergie vitale de l'univers entier, de la plus fragile luciole à l'étoile la plus lointaine. Manitou est foncièrement bénéfique. Mais ses colères sont destructrices si les hommes le traitent avec désinvolture ! Le vieillard a vu les signes annonciateurs de Sa fureur imminente. Il félicite le chef des Pieds-Rouges pour avoir organisé le *pow-wow* et invite tout le monde au recueillement. Les nations sont en grand danger ! Cela est arrivé plusieurs fois dans l'Histoire. Grâce à Aaghar, les guerriers qui honorent le Grand Esprit montreront la voie, dans les foudres de glace, les chants de lumière, les saignements du cuivre, les Hommes Véritables – c'est ainsi que les Amérindiens se désignent entre eux – choisiront leur destin. Les anciens digèrent posément ces paroles, alors que les jeunes gens, ayant l'impression d'avoir déjà mille fois entendu ce discours, étirent leurs chevilles... À la suite de quoi, les danses traditionnelles s'enchaînent en un festival de boucliers, de plumes, de clochettes, d'ailes de papillons, d'acrobaties endiablées.

Le soleil fatigué finit par s'étendre sur les chaumes effilochés de l'ouest. C'est le moment pour les sages de s'asseoir en cercle, jambes croisées, pour délibérer. Un nuage odorant, sorti du calumet sacré, s'élève au-dessus de leurs têtes. Ils attendent parfois un tour complet, immobiles, en méditation, avant de se remettre à agiter vivement leurs mains. Les vénérables ne font pas de bruits avec leurs bouches : ils débattent dans l'archaïque langage des signes, celui qu'utilisaient autrefois tous les Amérindiens alors que les langues parlées différaient d'une nation à l'autre. Puis, la soirée s'avançant, leur hôte invite les plus anciens dans le « *hogan* sacré », la hutte à sudation dressée un peu plus loin. Les feux où chauffent les pierres ont été allumés à l'écart. Soulevant un pan de la hutte pour apporter les galets brûlants, les gamins qui se relaient croient distinguer dans l'atmosphère embrumée les index mimant une fusillade ou bien trois doigts agités en crochets : guerre ou paix ? Là est la question. L'eau projetée siffle en vapeur sur les pierres chaudes. Quatre fois, selon les points cardinaux, les chefs entonnent un chant ancestral. Au long de cette heure de suerie, on n'entend plus que la formule du récitant : « Dans les dunes vierges de plantes et d'insectes, j'ai vu fleurir la neige du palmier géant. » Mantra maintes fois répété. Ont-ils partagé la Vision sous l'armature de branches recouverte de peaux ? Nul ne sait même s'ils tombent d'accord... Et encore moins sur quoi.

28

L'assaut

20 janvier 348, devant Paoly, Pennsylvanie

Elle rêvait de Nick. Il embrassait une fille en uniforme et tout le monde trouvait cela normal... Sauf elle ! Une sonnerie la réveille. Il est deux heures du matin. C'est Nick :

— Je pense à toi, je ne peux pas vivre sans toi...

Evuit réprime les battements de sa poitrine.

— Tu appelles d'où ?

— De Bunny Grove. La pluie comme couverture et un lance-roquettes pour oreiller. Je suis prisonnier des éléments, de la Cause, de moi-même... Dans ce cachot, ma seule lumière est de penser à toi. Toi seule pourrais me délivrer. Si seulement tu voulais... Si tu veux, je viens.

— Mais tu téléphones sur une fréquence claire ! Tes pires ennemis sont peut-être en train d'écouter ton délire !

— M'en fous. De toute façon, je vais en faire de la pâtée pour les *ragondas*.

— Tu as bu ?

— Un peu, mais ce n'est pas ça le problème. Je pensais, comme le poète : « Merci pour ces heures d'hier qui resteront plantées dans mon souvenir pour y refleurir souvent. »

Elle lève les yeux au plafond de sa tente ; vingt centimètres au-dessus, elle distingue la trame du plastique, et soupire :

— Tu idéalises un peu, non ? C'est toi qui t'es évaporé sur une route de Pennsylvanie, si je me souviens bien !

— La plus grosse bêtise de ma vie. Je m'en mords les doigts tous les matins. J'use les os de ma tête contre les murs qui passent. Ma vie aurait été tellement différente si j'étais resté avec toi, si j'avais écouté mon cœur... Mais il n'est pas trop tard. Est-ce que tu me pardonneras un jour ?

S'il savait... Les papillons secouent leurs ailes à quelques millimètres sous la peau de son ventre. Ce serait délicieux si seulement sa peau à lui approchait à quelques millimètres au-dessus de la sienne.

— Ça t'amuse de me réveiller alors que tu es à mille kilomètres ? Si ça se trouve, tu viens de faire l'amour à une de tes soldates, et tu passes le temps à appeler les gens pour leur raconter après !

— Ne sois pas cruelle. J'ai fait un cauchemar et je t'appelle. C'est simple, non ?

— Tu rêvais de quoi ?

— Il y avait des dizaines de motos alignées de front, et moi, j'étais tout nu au milieu de la piste. Je courais devant... Et je me suis réveillé !

— Je ne vois pas ce qui te fait penser à moi dans cette histoire...

— Arrête ! Tu me manques !

Il ne faut pas qu'il sache. Pas maintenant. C'est prématuré. Encore tant d'obstacles à surmonter. S'ils relâchaient leurs efforts trop tôt, leur vie deviendrait un enfer avec, au bout, l'enfer. Elle essaie de donner le change.

— Peut-être que tu te trompes sur moi. Je ne suis pas douée pour ces trucs de romance. Je n'ai pas eu de maman pour me câliner, pas de grand-mère pour jouer à la dînette avec moi...

— Evy, moi non plus. C'est difficile de parler de ça...

Elle n'entend plus que sa respiration, un long moment. Flippant. Son problème à elle, c'est qu'elle est au bord des larmes et qu'elle ne veut pas qu'il s'en aperçoive. Pas question ! Elle durcit le ton.

— Quand je suis là, tu disparais ou tu me dis à peine bonjour. Et tout à coup, tu me réveilles en pleine nuit. T'es bizarre !

Elle se demande tout à coup si elle ne serait pas attirée QUE par des types bizarres...

— Qu'est-ce qu'il y a d'étrange à dire ce qu'on a dans le cœur ? chouine le phone.

— Au fait, mon joli, on a une guerre sur les bras. Tu te souviens ?

— Je t'aime.

— Et...

— Je t'aime...

— Mais encore ?

— Je t'aime.

— Cela, je l'ai compris, mais ton disque est rayé !

— J'ai trop à dire pour le débit du réseau.

— Pour l'instant, je l'entends ronfler et crachouiller...

— Parles-tu de la ligne ?

— Je parle de ton mot. Qu'y rajouterais-tu pour enfin me convaincre ?
— Que je te vois partout, que je t'ai dans la peau. Que tu es mon unique et seule volonté. Tout le long des sept jours et du matin au soir, depuis que je t'ai vue, je n'ai que cet espoir : voir ton œil adouci et vivre sous sa loi ! Je conquerrai pour lui bientôt le monde entier. Je ne pense qu'à toi. Je ne pense qu'à vaincre ! Est-ce assez, à la fin ? Ne veux-tu pas de moi ?
— Je n'ai pas dit cela.
Son ton est conciliant.
— Nick, il faut en terminer avec C-Town. Sinon, tu es mort et moi aussi. Écoute, tu gagnes cette guerre, et après, tu auras tout ce que tu voudras. C'est clair ? Mais ce n'est pas la peine de venir me voir tant que tu n'as pas fini le job. Salut.

Elle raccroche. Le phone émet une légère vibration dans sa main : « Je les pourfendrai par amour pour toi. » Elle se tord, en larmes, sur sa couche. Elle ouvre la bouche pour respirer. Diaphragme bloqué. L'oxygène ne rentre pas. Un gémissement plaintif vide le peu d'air qu'il reste dans ses poumons. Ses lèvres appellent Nick. Elle a froid. Sa peau brûle du manque. Elle est gelée à l'intérieur. Ses dents claquent. Comment fait-elle pour être aussi dure avec lui ? Avec elle-même ? Une petite voix lui dit que ce n'est qu'un début. Le pire est encore à venir. Elle reste ainsi quelques minutes. Incapable de penser. Hébétée.

À l'extérieur, l'agitation coutumière des camps laisse place à un étrange recueillement. Intriguée, Evuit écarte la toile de l'entrée sur l'aube d'un crépuscule aphone. Les coteaux qu'elle a toujours connus déserts sont aujourd'hui couverts à perte de vue de toiles, de *tipis*, de *hogans*... Depuis une quinzaine de jours, les barbares s'assemblent autour de Paoly... Innombrables.

Les tribus ont pris l'état-major allié de vitesse. Pas besoin de conférence stratégique : elles se sont détournées de C-Town. C'est un trop gros morceau qu'il n'est pas question de prendre de front. Elles attaquent le maillon faible : leur seule chance est de réduire Paoly. Les meutes sauvages ont l'instinct de ces choses.

Les Amérindiens les plus vindicatifs ont pris leurs quartiers sur la gauche. Elle peut voir les étendards des Corbeaux, des Élans, des Cerfs, les nations nordiques, Inuits, Néo-Vikings et bien d'autres, jusqu'à l'Ours dont elle peut distinguer la bannière sur un replat qu'elle connaît pour être un point d'observation idéal sur les rives du lac. Elle sait qu'Aaghar a installé les Pueblos, les Pieds-Rouges et d'autres nations du Sud le long de l'autoroute de Meander, avec l'intention de contrôler les approvisionnements. Il ne laissera pas de gangs piller les docks. Les hippies sont dispersés sur la droite, assez loin vers le fond de la vallée. Ils sont nerveux. Leurs cris résonnent de jour comme de nuit. Tout évoque le chaudron bouillant d'une potion dévastatrice qui n'attend qu'un signal pour se déverser sur la cité. Les New Age campent de l'autre côté. Ils se baignent hors de portée des tirs, chantent pour les esprits des eaux et fument l'herbe qui fait rire. Tous fourbissent leurs armes. Ils s'impatientent. Jusqu'à présent, leurs escarmouches sur le fleuve n'ont donné aucun résultat. Meander est bien protégée. Les forces réunies d'Illinois et de Pennsylvanie contrôlent la région et empêchent les tentatives de sabotage sur l'oléoduc qui amène le pétrole du nord.

Renzo est venu pour donner du sens à tout ça. La veille, il a regroupé les résistants et décidé l'assaut sur la ville. Et Jade ? Dispensée. Consignée. Condamnée à se faire du mauvais sang pour eux ! Ils ne veulent pas qu'elle s'expose. Tout le monde est d'accord pour qu'elle ne prenne aucun risque inutile. Elle est trop importante pour la Cause ! Ils l'ont regardée de l'air inquiet des gens qui réalisent tout à coup que leur baratin va être contre-productif si leur cible prend la mouche pour les contrarier. Elle en serait capable ! Non. Pas cette fois. Plus un mot. Ça tombe bien. Elle ne sent pas le truc, aujourd'hui. Trop d'émotionnel. Jamais elle ne lancerait une équipe de polo d'une manière aussi désordonnée. Mais cela, elle ne le leur dit pas. Pour plusieurs raisons. Dont la moindre n'est pas qu'elle se réserve le droit de changer d'avis au dernier moment, dans la fièvre de l'action.

Jeux et disputes s'interrompent. Dix minutes. Le temps pour chaque prêtre de bénir chacun selon sa religion. Puis les trompettes sonnent le signal de l'attaque. Les ordres fusent. Droit sur l'axe de l'entrée, les bataillons insurgés s'élancent vers les douves. Ils avancent au pas de charge, en lignes homogènes, poussés par le roulement des tambours. Les ponts sont repliés. Ils approchent des poutres, des échelles, des grappins… lorsque soudain, leur belle discipline militaire est bousculée par la foule des gueux qui se précipitent derrière eux. Hurlant, montrant des yeux hallucinés et des grimaces affreuses, armés de massues, d'arcs, de javelots, ils courent, chargés de tout ce qu'ils ont pu trouver : branches, cailloux, carcasses de véhicules… dans l'idée de remblayer les fossés en face de la porte. Toutes les nations amérindiennes sous leurs peintures effrayantes : le noir des Apaches, le rouge des Sioux, les ocres Navajos, les têtes d'élans des Algonquins... sous les drapeaux de leurs clans. Même les plus pacifiques d'entre eux ont rejoint les hippies sanguinaires qui brandissent ossements, faucilles, marteaux, haches, tronçonneuses, cisailles, lances torsadées aux multiples lames, tridents ornés de motifs ésotériques. Ici, une gorgone dépoitraillée pousse des chants stridents, ses cheveux colorés en longues mèches tournoyant autour de sa taille. Là, un dignitaire satanique lance au ciel des insultes qu'il psalmodie d'une voix gutturale qu'on dirait sortie d'une épouvantable caverne.

Devant leurs pas, les ajoncs frissonnent. Jusqu'à l'eau des fossés où les rides deviennent vaguelettes, les vaguelettes, des vagues, les vagues, des coupoles...

D'où émergent les canons. Des petits tanks dégoulinants de vase séculaire, mus par des chenillettes, prennent position sur les chemins d'accès, face à la marée féroce qui déferle sur la ville. À quelques mètres, les tourelles ajustent leurs cibles avec des grincements métalliques inaudibles, couverts par le mugissement rauque des masses en fureur. Ceux qui les voient s'interrogent :

— C'est quoi, ces trucs ?

— Flippants, les mecs !

— Hohoho, ça sent mauvais !

— D'où ça sort ?

— Des robots américains d'avant GE. Ça te découpe un corps d'armée en suivant les pointillés. Rien ne les arrête !

— C'est pas légal !

— Ça marche encore ?

— La preuve ! Tirons-nous de là ! Vite !

Les robots ouvrent le feu. Ils mitraillent à tout va. À bout portant. Une sidération muette s'empare du champ de bataille, dans laquelle on n'entend plus que les vocalises métalliques des détonations, les appels des blessés et les gémissements des mourants. Des ruisseaux de sang empourprent les abords de la citadelle. Dans le camp allié, la surprise est totale. De la hauteur où est placé le poste d'observation, l'état-major rebelle voit onduler la vague des assaillants, prise entre le flux encore aveugle de l'arrière-garde et le reflux désordonné des premières lignes. On pourrait croire un instant que ce carnage sera sans fin, qu'il durera jusqu'à l'extermination complète de tous leurs ennemis...

— C'est quoi, ça ? s'enquiert Renzo auprès de Neige, la conseillère albinos de l'Ohio.

— *Salas*[19]. Des blindés robotisés. C-Town a compris votre alliance des tribus. Ils déploient ces automates pour la première fois, à ma connaissance. Le niveau d'autonomie leur permet de tuer sans validation humaine.

Son œil d'ivoire fixe une proie imaginaire égarée dans la confusion.

— Leur mission est simple : mitrailler tout ce qui bouge à l'extérieur de la ville... Notez qu'il ne s'agit que de plomb. Pas d'explosif, ni lance-flammes, ni composés chimiques... Leur combat reste « loyal », si on peut dire. Mais vous ne gagnerez pas en vous y prenant de cette manière.

Elle a énoncé un constat, d'une voix neutre et assurée, sans qu'un seul de ses cheveux platinés ne remue.

— Alors ? interroge le sous-commandant Church.

— Nous avons filmé. Nous allons étudier ça. Trouver un moyen de bloquer ces machines. Peut-être placer des barrières ou des filets pour les empêcher de sortir...

— Et maintenant ?

— Vous le savez comme moi : rompre et reconsidérer. Il n'y a plus rien à espérer aujourd'hui.

Church lance le signal de retraite. Sauve-qui-peut ! L'immense, féroce, redoutable coalition se replie en désordre, abandonnant une centaine de cadavres noyés dans les boues sanglantes. Fort heureusement, les tanks ne les poursuivent pas, cessant le tir dès que les hommes sont hors de portée. Ils retournent s'immerger dans les fossés. Une odeur puissante de chairs martyrisées imprègne l'air. Les brancardiers agitent des drapeaux blancs pour récupérer les corps. Déjà, les vautours secouent l'azur de lourds battements. La population rassemblée sur les terrasses de la ville se réjouit à grand bruit du spectacle en prenant l'apéritif. Cet assaut ridicule des barbares n'a pas duré trois heures !

---

[19] *Sala* : robot de guerre. Au niveau 5, ils sont totalement autonomes. On les lâche sur le champ de bataille avec pour programmation : une carte, une tactique et un objectif.

29

Retrouvailles

En fin d'après-midi. Jim « Œil rouge » et Harvey « Castor chauve », sortis chasser de l'autre côté du lac, voient partir la Buell sombre en direction de l'Arbre Mort... Evuit. Elle n'a pas supporté la défaite ? Elle a peur ?
— Eh, regarde la petite joueuse de polo qui se fait la malle ! lance Jim à son compagnon en relevant machinalement le rebord de sa casquette.
— T'inquiète. Elle a ses raisons. Elle va revenir avec les renforts, sois-en certain ! rétorque Harvey, imperturbable. Accélère donc un peu si tu ne veux pas manger à la nuit !
Leurs interrogations ne durent pas plus de trois secondes : elle est leur idole ! Ils manifestent à l'égard de leur championne la foi des âmes simples pour celle qui leur a donné, ne serait-ce qu'un instant, le sentiment d'exister.
Là-haut, les serres du vieil arbre fossilisé agrippent une nuée sanglante. Elle distingue au passage, de l'autre côté du col, une douzaine de tentes alignées sur la rocaille grise parsemée d'épineux. Des camions et des blindés légers. Le campement, tiré au cordeau, du bataillon de l'Ohio dont Renzo lui a parlé. Eux ne sont pas sortis aujourd'hui. Ils observent. Quelques robots ne suffiront pas à les décourager ! Ça devient sérieux. En comparaison de la pagaille foutraque des combats récents, leur ordonnance laisse une impression rassurante. Elle prend la ligne de crête et file vers l'ouest. Les cahots de la piste secouent tant de souvenirs... Elle écoute les *Variations Goldberg*, dans une version pour quatuor à cordes. Le summum : l'altitude de Bach alliée au relief les instruments ! Pourquoi faut-il qu'elle pense à Renzo ? Dans les villes, toutes les musiques d'avant *GE* sont archivées sur des serveurs, disponibles en quelques clics. Le problème, c'est qu'il y a peu de gens qui les comprennent, et plus personne pour les jouer. Alors on écoute au hasard. Heureusement pour elle, Renzo l'avait guidée dans cette exploration. En particulier vers cette version. Sur la fin, violons et violoncelles lancent des dialogues délicats de pizzicatos. Une merveille ! Renzo. Renzo et ses cheveux blonds. Trop de poils. Repoussant pour la gent

féminine. Pas de petite amie au lycée ? Ce n'était pas qu'il n'aimait pas les filles. Il n'en a jamais aimé qu'une seule ! Il se ferait tuer pour elle. Est-ce qu'elle a besoin de ça ? Non, ça, elle est assez grande pour y arriver par ses propres moyens ! Elle a besoin qu'un brun égocentrique fixe sur elle ses yeux de cobalt radioactif.

Elle arrête la moto dans un vallon où son père l'emmenait camper, autrefois, dans une autre vie… En face, isolé sur la falaise de l'adret, un minuscule sapin allonge son ombre tardive, comme un cadran solaire réinventé par la montagne. Quand on sait observer, la nature donne tout, même l'heure ! Sur le versant opposé, jusqu'à la limite grise de prairie, les épicéas roussissent dans le jour éteint. Elle s'assoit dans l'herbe haute et laisse filer ses pensées sous le ciel opaque. Une demi-lune sombre, appariée d'une autre, obscure. Est-ce toujours ainsi ? Le noir est-il toujours plus noir à l'ombre de son ombre ? Soudain, à son côté, une voix qu'elle connaît bien :

— Sécheresse, à l'écart des vents dominants de la saison des pluies. L'an prochain, les trois-quarts seront morts.

Elle réprime un sursaut :

— Tu es agaçant, papa, tu pourrais prévenir !

Scott s'assoit à côté d'elle.

— Je fais travailler ta perception. Les gens arrivent toujours précédés par des vibrations. Mon Evuit chérie, tu dois sentir les ondes.

— Je les sens, en général. Mais toi, tu n'en émets aucune !

— Si, bien sûr, infimes. À entraîner, encore et encore. D'autres guerriers savent cela et ça pourrait te coûter cher de l'oublier.

— Bon, d'accord.

Il ouvre les bras. Elle s'y blottit.

— Tu étais où ?

— MariaSan. Pour rien. Tu étais déjà partie… Passé le solstice dans le Kentucky chez un vieil Indien de mes amis. J'ai couru après un voleur qui m'a encore échappé. Sa moto est vraiment plus rapide que ma vieille Kawa. Maintenant, regarde…

Il a amené les provisions de bouche : grillades de chevreuil, fenouil, fourmis confites dans le miel sauvage, fromage de chèvre… Bière, aussi. Cervoise artisanale de l'Ohio, aux fruits rouges.

— Et toi, des aventures ? questionne-t-il en allumant le feu. Les yeux dans les étoiles, comme au bon vieux temps, elle raconte tout, très vite, sans juger utile de mentionner le nom de famille du beau Nick, le brun du col de l'Arbre Mort.

— Au fait, y aurait pas un Renzo qui te tournerait autour ? demande son père.

— Sans plus. Tu te souviens de lui ? On se connaît depuis tellement longtemps...

— En tout cas, il a pris une sacrée dérouillée aujourd'hui ! Ce Renzo, si c'est un guerrier, moi, je suis danseuse nue.

— Il va trouver un truc pour les robots, non ?

— Non. Le problème n'est pas avec les robots. Cent morts, ce n'est rien du tout ; il y a déjà vingt mille guerriers prêts à recommencer ! Et il en arrive encore.

— Tu ne crois pas qu'ils vont renoncer ?

— Certainement pas ! Une alliance des tribus, c'est long à négocier, mais impossible à arrêter. Pas seulement pour la citoyenneté, car cela devient une question d'honneur. Ils voudront prouver leur courage. Et puis, ils sont dos au mur. C'est la saison sèche. C-Town extermine les *ragondas* et commence à brûler le peu de forêts qu'il reste. Les tribus n'auront bientôt plus rien à manger.

Cette perspective serre le cœur de sa fille. Un instant, elle s'interroge. Comment cela va-t-il se terminer ? Est-ce possible que le mal l'emporte, à la fin ? Non. C'est comme au polo. L'équipe qui gagne est celle qui calcule le mieux. Elle est habituée à compter : les temps, les marques, les coups, les probabilités...

— Donc nous allons venir à bout de vingt petits robots ! On les sature. Dix motos par robot. Deux cents morts. Brrr. Après ?

— C-Town enverra deux cents robots.

— Ils les ont ?

— Oui. Je crois.

— Pareil. Deux mille morts. J'ai honte de cette arithmétique...

— Pas de honte, si c'est le prix de la victoire. Mais...

— Mais ?

— Elynton a d'autres tours dans son sac. Ils enverront autre chose de pire ! Ils ont des mitrailleuses lourdes, des canons de gros calibre, des obus incendiaires, des mortiers et des lance-roquettes plus perfectionnés que les nôtres. Ils n'attendent qu'une occasion pour les essayer ! Technologiquement, l'Illinois a plusieurs coups d'avance, et Butch est prêt à décimer le continent pour réaliser son rêve ! Le problème, c'est le temps. Toutes ces semaines perdues ici nous épuisent et renforcent C-Town.

C'est sûr. Son père vient de formuler précisément ce qui la préoccupe depuis qu'elle a vu les robots mitrailler les rebelles : le temps joue contre eux.

— C'est horrible ! Il faut demander l'aide des Dissidents. Avec leur secours, nous pourrions libérer Paoly en quelques jours !

— Ils ne viendront pas. Zilberg a de gros problèmes. Le colonel Knotrent et la moitié des transfuges sont retournés à C-Town. Ils ne supportent pas l'idée de naturaliser des barbares !

— Tu crois qu'ils ont informé Elynton ?

— Je le pense. Les *Salas* nous attendaient, positionnés très en avance, comme s'ils avaient anticipé le déplacement des tribus. Si j'étais négatif, vraiment pessimiste, je dirais qu'en retournant chez Butch, ils ont pu laisser des espions...

— Nous ne pouvons compter que sur nous-mêmes...

— Exact. Plus précisément : il va falloir que tu prennes toi-même les choses en main, mon petit python préféré !

Sans Nick ? Il en a de bonnes ! Il le fait exprès ou quoi ? Si l'ennemi a des espions partout et un millénaire d'avance technologique, il y aurait de quoi douter, non ? Elle serre les poings.

— OK. Donc il faut neutraliser ces satanés automates et réduire cette ville sans traîner. Comment ?

— Je ne sais pas. Je réfléchis. Ils ont besoin de les commander par radio. La première idée serait de neutraliser l'antenne.

— N'y compte pas ! Je l'ai fait à C-Town, et ils ont réparé en deux heures !

Il la regarde, ouvre la bouche pour demander quelque chose, puis renonce.

— Ils sont préparés à ce genre de sabotage... Deux heures, répète-t-il d'un air pensif. Ça ne marchera jamais. Les portes fermées... Il faudrait plusieurs jours !

— Gros piège ! Nos soldats pris au mauvais moment, entre les robots et la ville ! Non. On ne peut pas prendre ce risque. Il faut bloquer ces foutues machines...

Le ciel déborde de nuages blafards. Une seule étoile scintille faiblement très loin à l'ouest. Ces machines ? Personne ne les fabrique plus ! Depuis *l'Extinction*, l'humanité ne fait que récupérer et reconditionner celles de la civilisation précédente. Taïpan remarque tout à coup :

— Tu sais, il n'y a pas d'usine de robots dans l'Illinois. Ni rien pour les programmer...

— Tu veux dire qu'ils achètent ailleurs ?

— Oui.

— Où ?

— Californie ou Pennsylvanie. Je parie sur Paoly !

— Tu veux dire que ces saloperies qu'ils envoient contre nous, elles sortent de nos propres ateliers ?

— Très probable, constate son père.

— Si nous les avons reconditionnés, logiquement, dans ce cas, nos usines auraient dû laisser un mot de passe pour éviter qu'ils ne se retournent contre nous ? Ça voudrait dire que quelqu'un, ici, peut les arrêter...

— Un *hacker* pourrait trouver ce mot de passe, craquer les robots et les immobiliser !

Question geek, sa fille connaît la réponse :

— Benji !

— Très long comme recherche, pour les bloquer cinq ou six heures, pas davantage, le temps que les experts de C-Town règlent le problème.

— C'est plus long de trouver un virus que de réparer une antenne ?

— Oui. Une antenne, c'est quatre boulons et trois soudures ! Vite fait. Par contre, les *IA* prennent toujours du temps. Problème : nous n'avons aucun moyen de communiquer avec Benji. Son équipe est calfeutrée dans les niveaux souterrains. Supposons qu'on arrive à le joindre. Il faudrait qu'il immobilise les robots et ensuite qu'il nous envoie un signal, fusée, éclats lumineux, pour que nous passions à l'attaque...

Son père a déjà bien avancé du côté du casse-croûte. Elle met les bouchées doubles pour rattraper son retard et bougonne, en mâchouillant un long ver qui lui pend à la commissure des lèvres comme un spaghetti :

— Ça pourrait se faire...

— Nous tenons une piste. Le problème va être de le contacter. Parce que le wifi de la ville est surveillé par C-Town, il sera repéré immédiatement. Le moindre échange électronique signera son arrêt de mort, et le nôtre aussi, par la même occasion. Tu n'entendras pas arriver le drone. Et boum !

— Résistance intérieure. Renzo peut le faire, répond la jeune femme, sûre d'elle.
— Alors il faut retourner là-bas lui en parler.
— C'est sûr, approuve Evuit. Si Benji neutralise les robots, on fait quoi ?
— Rien du tout. Tant qu'on n'a pas un signal...
— ... qui ne soit pas sur le wifi de la ville, complète-t-elle, songeuse. Un signal simple.
— Trois courts, suivis de trois longs... Facile. Avec des sirènes, des haut-parleurs, des lumières... N'importe quoi. Trois courts-trois longs, propose Taïpan.
— Et on dispose de combien de temps pour attaquer ?
— Le temps, pour C-Town, de neutraliser l'émetteur et de réinitialiser les robots. Quatre heures. Six au maximum.
— Bon. C'est serré. Mais ça peut marcher, conclut Evuit.
— Il faut que ça marche, fillette...
Le regard de Scott se fixe derrière sa fille :
— Chut. N'aie pas peur. Regarde qui vient nous voir ! Toujours célibataire ?

Un quadrupède rampe vers eux, sous le vent. Un prédateur à l'œil fixe qui va surprendre sa proie... Il saute en grognant. Ignorant Evuit, Droug pose ses griffes sur les épaules de Taïpan.

— Dis donc, ça fait un bail ! La dernière fois, c'était fin mai, avant la mousson, dans la forêt du sud de l'Illinois ! N'est-ce pas, Droug ?

Le grondement approbateur qui lui répond lance alors un concours de couinements. Scott, à quatre pattes, présente le flanc, offrant le cou aux crocs étincelants. Il encourage sa fille à venir jouer aussi. Pour les présentations, Droug, la queue entre les pattes, grogne un peu. Elle rampe sur le sol à la manière du serpent pour l'amadouer. Gros succès. Le loup saisit son bras dans la mâchoire. Frisson. Elle laisse aller. Le jour cesse de répandre ses lueurs orangées, ne laissant qu'une vague phosphorescence lunaire mijoter sous les masses nuageuses...

— Regarde !
Droug repart... à deux.
Scott approche sa moto. Il déroule une couverture et s'allonge pour la nuit en bougonnant :
— Sacré Droug, je me doutais qu'il ne resterait pas tout seul bien longtemps.

Il se met à ronfler. Dans le désert, ses ennemis doivent le repérer à plusieurs kilomètres ! Ou alors, ils sont sourds. Sa fille reste encore éveillée, elle retourne tout ça dans sa tête. C'est un bon plan. Mais comment pénétrer à l'intérieur ? Quelqu'un que Benji connaît… L'idéal serait Renzo, mais il se ferait arrêter au premier checkpoint. Une nuée de points brillants illumine le coteau autour d'elle. L'écho d'un oiseau de nuit provient des bois lointains. Un instant, le souffle du hibou lui donne l'impression d'attiser les braises vertes des lucioles. Elle s'endort.

Deux semaines passent dans une inaction pesante à peine rompue par quelques escarmouches. La routine des sièges. Puis, un beau matin, un étrange équipage quitte la ville et prend la direction de la voie rapide. Un six-roues arborant deux grands drapeaux blancs suivi de trois semi-remorques. Le petit convoi roule lentement jusqu'au checkpoint rebelle qui contrôle la route de Meander. Sans aucune autre forme de protection. Ni escorte ni drones. Il s'arrête. Le lieutenant qui descend du blindé porte l'uniforme de C-Town. Il présente un fanion blanc bien en évidence et avance tranquillement vers la douzaine d'armes automatiques et de lance-roquettes qui sont braqués sur lui. Qu'y a-t-il dans les camions ? Ça pue le piège, pour de chef de poste du barrage. Il est prêt à donner le signal de tir… Pourtant, son visage s'éclaire rapidement aux premières paroles du négociateur ennemi. Car c'en est un. Il vient proposer une trêve jusqu'au lendemain minuit !

Le temps d'aller chercher Church, l'affaire est conclue. Pour ces populations rupestres, les conflits ne sont jamais que des intermèdes excitants entre les mornes périodes de paix. L'homme de C-Town repart, emmenant les tracteurs dans son sillage… et abandonnant derrière lui trois remorques : l'une chargée de télévisions, l'autre de pizzas et la troisième de bières…

… Car le lendemain, 3 février, se joue le match amical Paoly - C-Town ! En nocturne sur terrain de polo extérieur. Baptême du feu pour la nouvelle équipe de Pennsylvanie coachée par Yugo. Toute la ville est de sortie. On profite de la douceur des soirées au début de la saison sèche. Helen trône dans la tribune officielle, Dafne à sa droite. Ensuite, des deux côtés, une suite alternée de personnalités locales et de gradés de C-Town. Dans la pyramide vidée de ses occupants, ne reste qu'un minimum d'effectifs de sécurité. La guerre ? Oubliée. Qui pourrait-on trouver pour se battre pendant une partie de polo ? Sur les flancs de la montagne, des dizaines de milliers de barbares hypnotisés par le match qui leur est retransmis en direct décapsulent les premières bouteilles. En bas, les gardes de la porte ouest sont scotchés devant le mur d'images.

— Allez C-Town ! Allez les bœufs ! Bande de feignants !

Un grand type saoul avec la casquette de travers insulte l'équipe locale et les gardes de Paoly. La nuit est tombée, ils sont fatigués... L'écran de reconnaissance faciale affiche le triangle rouge clignotant de « Profil inconnu ». Le lieutenant garde les yeux rivés sur l'écran :

— Qu'est-ce qui sent le poisson comme ça ?

— Ce clochard, Chef, répond l'agent en introduisant sa prise dans le local.

— Ça schlingue ! Fiche-le en bas, immédiatement !

— Chef, il faut l'identifier !

Dans la télé, l'Illinois mène 2 à 0. Une balle en déshérence glisse vers le numéro 3 de Pennsylvanie et le public entonne « Philly ! Philly ! Philly ! » La ville de Philadelphie n'est plus qu'un cratère où croupit une eau pisseuse et nauséabonde... Seul le cri est resté.

— Ne commence pas à faire ton intéressant, la bleusaille. Ça sonne toujours pareil avec ce vieux débris de Muna, s'impatiente le lieutenant.

— Mais, Chef...

— Regardez-moi ça, les gars, il voudrait l'empreinte d'une brouette pour reconnaître Molly Malone ! Fous-moi ça au trou, je te dis. C'est un ordre !

Sur le terrain, tout s'accélère. Paoly a raté l'interception. Yugo est arrivé sur son n° 3. Le maillet tournoyant de rage a frappé la nuque de son joueur – il prétendra plus tard qu'il visait la balle. « Oh ! » Le gars est tombé, accompagné dans sa chute par un cri unanime d'étonnement et de réprobation. La moto parcourt une vingtaine de mètres, puis se couche.

Au poste, le garde attrape Muna par le col et le traîne dans les sous-sols sans plus de ménagement que pour un tas de chiffons malpropres.

Muna avance dans le gymnase qui tient lieu de prison, vers un écran de plasma déroulé sur une cloison. Lilian Walker et ses sbires commentent l'interruption du match en jouant au cottabe, un jeu tout droit hérité de la civilisation romaine qui consiste à projeter les fonds de verres dans un bassin éloigné. Très en vogue dans les étages médians. Le pouilleux s'approche :

— 'Tous.
Kilian l'a reconnu.
— 'Tous. Encore toi !
Voix éraillée de pochard, l'arrivant demande :
— Tes anciens amis t'ont mis en prison ? Tu es dans la Résistance, maintenant ?
Le leader Ultra se bouche le nez avec le pouce et l'index de la main gauche, rejette la tête en arrière et lance d'une voix nasillarde :
— Pourquoi tu me poses toujours la même question, Muna ?
— Parce que je suis étonné que tu ne sois pas là-haut, avec tes semblables !
— Et moi, je te fais toujours la même réponse : parce que je suis comme eux. Honneur, Courage et Loyauté. Je suis loyal à ma patrie, comme eux à la leur, et s'ils viennent chez moi en ennemis, je les vire à coups de pied au cul. C'est parce que nous partageons les mêmes valeurs qu'on se bat ! Il n'y a que ton cerveau de gauchiste dégénéré pour voir un paradoxe là-dedans !
Sa cour l'applaudit. Il a bien parlé. D'un geste ample, Kilian projette dans l'atmosphère ce qu'il restait de bière de son verre en une courbe élégante qui vise la bassine posée à quatre mètres, où la gerbe fluide rejoint enfin l'élément liquide avec un glouglou de bon augure.
— Bingo ! s'exclame le chef des Ultras. Bon présage, Muna ! Tu peux faire un vœu.
Muna lui murmure alors quelque chose à l'oreille. Kilian s'exclame « Ah !... » sans finir sa phrase. Regarde le clochard d'un œil torve... se reprend... lève haut son verre, signal sur lequel son groupe braille « Philly... » Ils entourent l'ivrogne. C'est noyé dans une troupe avinée et chancelante que Muna se trouve entraîné vers les douches... Devant l'un des vestiaires, sans ménagement ni brutalité, il est poussé à l'intérieur de la petite armoire. Une voix ordonne dans son oreille :
— Droit devant.
La porte se referme. Il appuie la main sur le fond. Qui cède. Et se retrouve à avancer dans un couloir étroit. Un sol de ciment. Une odeur de pierre sèche. Son phone est toujours là. Personne ne l'a fouillé ! La petite lampe éclaire ses pas... Une porte. Il pénètre dans une pièce aux murs nus, nez à nez avec un geek aux yeux inquiets. Muna arrache sa casquette, son faux-nez, et recrache les boules de mousse qui déformaient ses traits...
C'est Jade, qui tombe dans les bras de Benji !

30

La bataille de Paoly

À la fin de ce mois, la saison sèche est tombée comme une montagne, cette année. Le thermomètre flirte avec les 45° Celsius et descend rarement en dessous de 30° la nuit... Aussi, depuis une semaine, chaque matin, les indigènes se livrent à une « danse de la pluie » sous la conduite des chamanes les plus renommés : un jour les Apaches, un autre les Navajos, puis les Sioux... L'honneur des sorciers est en jeu ! Ça fait presque deux mois qu'ils sont là. Personne n'a plus rien à manger. Les enfants grignotent des gâteaux d'argile qui leur donnent des maux de ventre. Les gros observent avec appréhension les plis de leur peau qui se creusent. Les maigres meurent.

Ce matin, à l'aube, sans que personne n'y prenne garde, un petit cumulus noir tachait le milieu du ciel blanc. Puis le nuage a grossi. La neige arrive avec le jour sombre. Des flocons, sur un désert brûlant, cela se remarque, n'est-ce pas ? Les plumes d'aigle de Jumping Bull se rengorgent d'un air de fierté. Il est le *holy man* qui dirigea la dernière danse. C'est grâce à lui que... le thermomètre marque dix degrés en dessous de zéro. La fraîcheur est bienvenue ! Un contentement de courte durée... Deux heures plus tard, à moins 20°, la neige recouvre tout. La coiffe du chaman, poudrée de givre, fait grise mine... Ses paroles gèlent dans l'air à la sortie de sa bouche. Le thermomètre dégringole. Les barbares consolident leurs tentes, tassent la neige sur les hogans et creusent des igloos. Ils parcourent les flancs de la montagne, abattant les arbres des parcs, arrachant les équipements, rasant les buissons... pour alimenter les feux. Ils brûlent tout ce qu'ils trouvent, sauf les cyprès de l'ancien cimetière, par égard pour les esprits défunts. Sauvés, pour combien de temps encore ? À moins 30°, perçant le brouillard givré, les soldats de C-Town et quelques citadins excités s'amusent à mitrailler les feux avec des rires tapageurs. Les rebelles creusent les entrées des abris pour ne pas être enterrés vivants.

Lorsque le thermomètre chute à 40° sous le zéro, le vent se lève. Un blizzard traîne des moutons de neige sur l'océan des roches gelées. Les congères se forment. Plus personne n'a la force de se protéger. On ne voit plus rien à dix mètres. Du côté des troupes de l'Alliance, les cadavres mêlés de blessés s'accumulent en amas durcis. Les survivants tiraillent, sans conviction, vers la pyramide qu'on devine à peine à travers les bourrasques. Ils ont mangé toutes leurs provisions, bu toutes les boissons, brûlé la dernière goutte d'essence. Tentes et vêtements sont raides congelés.

L'un est né dans le désert. Il se rappelle comment il récupérait un peu d'eau dans un sac plastique enterré sous le sable. Il a tellement faim. Il ne sent plus ses membres. Son odorat est celui d'un marbre extrait de la carrière. La piqûre des scorpions semble charitable en regard du sort qui l'attend. Un autre est né dans les montagnes. Les serpents de gel prennent possession de ses membres. Leur venin coule dans ses veines en cristaux acérés. L'avalanche des pierres, la morsure des loups étaient plus douces que cette froidure qui va l'emporter. Il serre la couverture sur son torse amaigri par les privations. Aurait-il un miroir, qu'un spectre émacié le visiterait. Il voit sur ses compagnons les glaçons encombrer les barbes, les yeux vides, les peaux bleuies par le froid. Il pleure des gouttes de cristal, craignant que son dernier soupir ne reste coincé dans son gosier engourdi.

Moins 50°. C'est la fin. La nuit tombe. Les tirs ont cessé. La neige s'est arrêtée. La ville, seul objet de leur présence, étend sur eux un règne d'obscure majesté. Sous la lune dévêtue des moindres vapeurs d'altitude, l'atmosphère durcie casse les lames des couteaux. Kristef bricole un réchaud pour y brûler le peu d'huile de moteur qu'il lui reste. Dans ses pensées, à ce moment-là, Jimi Hendrix monte sur la scène de Berkeley en agitant une guitare sans cordes... Comme tous les barbares, il a un faible pour la musique. Eût-il mieux connu le théâtre qu'il aurait pu imaginer Aristophane pleurant de voir se décrocher le bec des oiseaux. Ils en sont tous là. Des milliers de sauvages, adossés aux falaises. Tous ceux qui ne périssent pas sous les balles vont bientôt périr par le gel. Voilà où les a menés la folie de Kristef ! Ils ne lui en tiennent pourtant pas rigueur. Ils savent pourquoi ils sont ici. Ils sont venus en hommes libres, parce qu'ils désiraient ardemment un monde meilleur pour leurs enfants.

Un vieux chef *Sioux Oglala* sort face aux tours, vêtu d'un simple pagne sous la coiffe de cérémonie. Il s'enfonce dans la poudreuse jusqu'à la ceinture. Sa poitrine décharnée profère une vibrante déclamation :

— C'est un beau jour pour mourir. Je vois courir les bisons par milliers sur la terre sacrée. Leurs sabots roulent comme un tonnerre. Leurs peaux ondulent comme la mer et leurs cornes ne connaissent qu'une direction, celle des verts pâturages où je m'en vais les suivre. L'aigle perce le ciel de son cri strident. Il vient me chercher. Nulle agitation dans ses rémiges. Aucune peur dans son œil.

Le chant de mort s'arrête en même temps que le vieillard s'écroule, face dans la neige. Un portrait orne son dos. Tracé à la pointe de silex avec les colorants traditionnels. Coiffé des plumes d'aigle et tenant un tomahawk. Sitting Bull. La steppe désolée répercute d'écho en écho les glatissements d'un rapace.

À quelques mètres de là, ensevelie sous une peau d'ours du *hogan* familial, Otoni a branché son smartphone sur la radio locale. Deux heures du matin.

— Papa, viens voir, y a plus de musique. Écoute : 3 bips courts – 3 bips longs – 3 bips courts…

— Depuis longtemps ?

— Dix minutes, pas davantage.

Kristef regarde ce qu'il se passe dehors. Dans la nuit de porcelaine, la vapeur d'eau retombe des cheminées de climatisation en stalactites blêmes, vaguement luisantes, sous lesquelles toute la ville s'allume par intermittences ! Spectacle saisissant d'une capitale des neiges aux ponts tendus vers eux comme des mains accueillantes, des portes ouvertes, bouches béantes aux dents de néons. Les robots de combat couverts de glace. Paralysés. Une pensée surgit dans son esprit. Une seule : cette tempête est un don du ciel ! Aberration climatique, météo, colère divine… Appelez ça comme vous voulez, elle tombe à point comme une bénédiction sur des âmes en perdition ! Elle l'emplit d'une vigueur nouvelle ! L'ordre d'attaquer sort de sa poitrine plus strident qu'un typhon ne s'abat sur la côte, plus éclatant qu'un volcan, plus retentissant que les trompettes du Jugement :

— Réveillez-vous !

Les combattants surgissent sous la voûte nacrée, livides et torturés, souillés de la terre du tombeau, éructant un terrible cri. Comme un seul homme, à se précipiter d'un sursaut de mâle rage, ils sont trente mille !

Benji a bloqué les communications, radio, wifi, les ordinateurs centraux… Drones désactivés dans leurs niches ou en l'air, défenseurs aveugles, ascenseurs au point mort, tapis roulants inertes… Une ville entière immobilisée. La Résistance intérieure déploie un tunnel de bâches souples, pour faciliter la circulation à la porte est. À quatre heures, ils ont pris le contrôle de la dalle. L'armée rebelle investit les sous-sols, carrefour stratégique des accès aux immeubles. Les premiers accrochages sérieux, autour du gymnase et de la salle de vidéosurveillance tournent rapidement à l'avantage des assaillants, et donnent lieu aux premières arrestations de soldats de l'Illinois et de collaborateurs. Les anciens prisonniers, libérés, viennent renforcer les groupes de Résistants. Les hordes barbares se lancent à l'assaut des tours, escalier par escalier, couloir par couloir. À son réveil, toute la ville s'anime d'un vent de liberté. Les fanions de la Résistance, aux airs de kaléidoscopes, fleurissent aux carrefours. L'insurrection propage son enthousiasme contagieux.

À 9 heures, la résistance intérieure se démasque. Les bourgmestres des tours périphériques se rallient ou sont remplacés. Les autocollants multicolores ornent les premiers étages de logements. Le contrôle de la tour nord est rageusement disputé.

Vers 11 heures, C-Town lance une contre-offensive sur la tour est qui leur paraît, à tort ou à raison, abriter le centre de la rébellion. En tout cas, ils voudraient tarir le flot d'envahisseurs qui pénètrent par cette porte. Mais Renzo les prend audacieusement à revers. Ils laissent plusieurs dizaines de morts sur le terrain. Une dernière tentative pour passer par l'extérieur est tuée dans l'œuf quand Benji ferme les accès, les bloquant à l'air libre, où ils finissent par déposer les armes, en piteux état, vaincus par le froid sibérien. Les troupes d'occupation se replient alors vers le gratte-ciel du gouvernement, par escouades lourdement armées. Leur retraite est gênée par les mouvements de foule dans les couloirs engorgés. Un flux et un reflux continuels qui rythment leur progression dans les tours latérales, selon que les détonations s'approchent ou s'éloignent.

À midi, les policiers ôtent les brassards et retournent leurs armes contre l'occupant. Les combats se concentrent sur le « Donjon », dans les étages médians et supérieurs où les soldats de l'Illinois défendent âprement leurs positions, d'où ils sortent sporadiquement en tiraillant à tort et à travers. Rolan a pris le contrôle de la télévision. Les émissions s'y succèdent pour informer la population de l'avancée des troupes. Renzo remonte la tour centrale avec un groupe de résistants aguerris... Les gens n'osent pas sortir. On n'a pas beaucoup d'informations. On dit qu'ils sont ici ou là... On se demande : où sont-ils ?

Ils sont là ! À l'étage cinquante. Evuit, revolver à la ceinture et maillet à la main, parle dans un petit micro accroché à son oreillette.

— Tour centrale. Reste bloqué au cinquante. Ça ne tire presque plus, mais j'attends d'être certaine. On me dit que la tour 23 est nettoyée. Tu as l'info ?

Apparemment, son interlocuteur approuve.

— OK. Fais-moi briller l'arc-en-ciel et tu peux libérer leurs wifi et les ascenseurs. Ah, je vois des brassards kaki arriver les mains en l'air. On va leur faire un aller direct au rez-de-chaussée. Tu me dis quand tu es prêt.

Son père ne la quitte pas. Jamais bien loin. Silencieux et discret. Il la précède dans les escaliers, la suit dans les couloirs, veille à gauche et garde à droite. N'ayant plus confiance en personne.

Elle interpelle un militaire qui porte le badge de la Résistance.

— Lieutenant, un groupe de vingt dans l'ascenseur. Pas d'accompagnants. Ils seront pris en charge en arrivant en bas.

Elle revient au micro :

— Ça y est, Benji. Envoie l'ascenseur ! Ah. Renzo me dit que l'étage est clean. Il prend l'escalier pour aller au cinquante-et-un. Tu es sûr que le wifi est brouillé ? OK. J'ai encore deux groupes à t'envoyer ; ensuite, je monte.

Elle *switche* son phone :

— Rolan ? Le 50 central est clean. Tu peux envoyer une caméra. Rappelle-toi que c'était un casernement ennemi. On les envoie se caserner dans la neige ! C'est basculé, maintenant. On va monter vers les étages de magasins !

Rolan capturera les images de cette tigresse, mufle aux abois, yeux écarquillés, narines retroussées, chassant les importuns de la ville qu'elle considère encore comme sa tanière.

Comment cela allait-il finir ? Les rebelles avaient pris l'avantage. Mais rien n'est plus capricieux que le sort des batailles. Ils ne pourraient pas soutenir ces guérillas de couloirs si elles devaient s'éterniser, avec des poches d'occupants incrustées dans les étages. Eux chercheraient à gagner du temps… C-Town était informée. Aucun doute. Les renforts étaient peut-être déjà en route. Combien de temps ? Quelques jours, pas davantage pour des commandos en marche forcée. Une semaine pour le matériel lourd… Renzo en est là de ses réflexions. Il avance dans les couloirs du niveau 80, des services administratifs, censément déserts, lorsqu'il entend des cris. Plusieurs voix…

— Vous serez dépecés vivants ! hurle une femme.

Il ouvre une porte, Colt pointé en avant comme il l'a vu faire dans les films d'Hollywood. La cité mythique est engloutie dans les eaux traîtresses de l'océan, à l'ouest des îles de Californie, mais son souvenir est resté vivace dans les mémoires électroniques.

Un groupe de barbares aux figures peintes maintient sur un bureau métallique une grosse femme dépoitraillée qui se débat.

Dans l'urgence, il expédie un pruneau de gros calibre qui va se loger dans le faux plafond au-dessus des têtes. Il baisse son arme. Déconcentrés, les hommes le regardent un moment sans mot dire... Sans non plus lâcher leur proie. Puis l'un d'entre eux, une veste d'uniforme bleue sur sa tunique de cuir, le reconnaît :

— Le jour est, Monsieur Renzo. Nous allions vous appeler. Nous avons une prisonnière !

— Tenez bon, surtout ! ordonne Renzo. Ne la laissez pas filer !

— Pas de problème, Monsieur Renzo. Si vous voulez, on peut partager ! propose le sauvage en riant.

— Pas pour l'instant. Dégagez seulement sa main droite.

L'autre le regarde bizarrement et fait un signe à celui de ses comparses qui tient le membre en question. Renzo remet le pistolet dans son étui. Il sort une tablette et s'adresse à la femme :

— L'affaire de tous, Dafne. Je vous propose de vous rendre officiellement à l'Alliance que je représente.

— Sinon ? demande la générale en chef.

— Sinon je n'ai officiellement rien constaté. Je repars comme je suis venu. La vie reprend son cours, et ces gentlemen, leur occupation...

— Un partout. Ce n'est que partie remise, toubib, maugrée-t-elle en posant son index sur la case « Reddition ».

C'est fini. *Break News* sur tous les écrans de la ville. Le détachement de l'Illinois a rendu les armes ! Les soldats de C-Town sortent les mains en l'air. Ils sont parqués à l'extérieur sous bonne garde, non loin du *barnum* plastifié qui dissimule les cadavres numérotés en attente d'identification.

Le 24 février 348 à 15 heures, Paoly est libérée ! Dans les odeurs de poudre, de sang, d'ammoniac et de piscine, l'allégresse est générale. Les inconnus s'embrassent, une fraternité nouvelle transporte les populations. Rolan, Renzo et les chefs de tribus se relaient pour expliquer en boucle dans les haut-parleurs de la ville :

— Cette cité est désormais la nôtre, prenons-en soin. Un bureau d'enregistrement est ouvert dans le hall principal. Tous les nouveaux citoyens sont priés de faire authentifier leur photo et leurs empreintes digitales. Les faits d'armes sont enregistrés aussi à cette occasion, ils donneront lieu plus tard à des honneurs spéciaux. Les femmes et les enfants sont prioritaires pour les examens médicaux.

La ville ne dormira pas cette nuit.

Chloé n'en pouvait plus de rester enfermée. Elle est sortie déambuler dans la foule curieuse et craintive. Le hasard l'a menée jusqu'au second sous-sol. Mais était-ce un hasard ? Peut-être était-ce une liberté ? Parfois, les choses s'engrènent sur la roue des conséquences d'une telle manière que les jugements perdent toute pertinence…

C'est parti d'un rien. Une épaule dénudée. Chloé avait dix-huit ans. Elle venait d'être mariée à un barbon de sénateur de cinquante ans son aîné. Pourquoi les parents arrangent-ils des unions de la sorte ? Parce qu'elle venait de perdre son enfant, à MariaSan. Un aléa de la gestation naturelle. Chose impossible, direz-vous ! Non. Chose très improbable. C'est tout. Et c'était arrivé ainsi. Le garçon aurait dû se prénommer Kurt. Son papa, à cet enfant, avait été exilé, pour une histoire peu ragoûtante, un trafic de médicament contrefaits. Aussi, les parents, ceux de Chloé, avaient-ils peur, en ces temps troublés, pour l'avenir de leur fille… Précisément, le père de Chloé désirait un avenir. Désespérément. Le père. Peur. Au point de marier sa fille avec l'héritier riche et puissant d'une grande famille. Vieux, aussi. Et Chloé pensait tout le temps à son Kurt. Sans même se rendre compte que son ventre avait changé. Même s'il n'y paraissait rien. À l'intérieur. Cette année, en ce jour précis de la libération de la ville, Chloé s'était perdue au second sous-sol. Elle dénuda son épaule. Un geste machinal. Sans intention précise. Sans penser à mal. Sans penser à bien non plus. Parce que quelque chose d'indéfinissable, au plus profond de ses organes, vacillait.

Dans la clarté tremblante d'une diode à moitié grillée, un barbare passait par là. Il était beau. Auréolé de plumes d'aigle. Traînant une odeur de sang, de sueur et d'aventure. Le regard lourd d'horreurs confuses. Le jeune guerrier Sans Nom lui a souri. Personne n'eut besoin de causer. Ni avant ni après. Sans violence aucune, par le simple et doux effet de l'errance entre deux cercles de l'enfer. Qui peut penser qu'une étincelle va brûler des milliers d'hectares ? Un feu de brindilles, c'est difficile à allumer. Quand on en a besoin, ça s'éteint ! Eh bien, pas cette fois. L'herbe sèche était gorgée d'essences inflammables. Il faut croire.

Au même instant, là-haut dans les étages, Rolan venait de prendre le contrôle de la radio. Il avait tiré une balle dans la tempe d'un soldat de l'Illinois. Le journalisme mène à tout, se disait-il, y compris à l'action révolutionnaire. C'était la première fois qu'il tuait un homme, et probablement la dernière. Il était passablement retourné, et éméché, aussi, d'ailleurs. D'un clic, il a envoyé la playlist qui lui est tombée sous la souris : Woodstock. Et le vent poussa l'étincelle… jusqu'à la grande salle de conférences, plongée dans une obscurité de caverne sourde.

Les matrones donnaient l'exemple. Pour sauver la cité envahie, il convenait aux femmes de sacrifier leur corps par la prostitution sacrée. Telle qu'on l'entendait à l'époque de Babylone. Aux temples d'Ishtar, Inanna, Cybèle, quel que soit le nom de la déesse, suivant leur foi, les hétaïres reproduisaient l'acte divin. Cela ne concernait pas uniquement les prêtresses consacrées ou les esclaves. Selon l'époque, dans l'Antiquité méditerranéenne, la coutume voulait que les femmes libres participent au service de Vénus, dévouées charnellement à l'accueil d'étrangers de passage. De fait, lorsqu'à l'occasion d'une guerre, l'armée était vaincue, la cadence s'accélérait. Tout simplement.

C'est ainsi depuis les siècles des millénaires. Les véritables citoyennes savent ces choses-là. Elles offrent leurs charmes robustes aux envahisseurs exténués de carnages. Les sénateurs aussi comprennent ces abnégations lorsque les temps l'exigent.

Dès l'entrée, le ton est donné par un paquet de corps synthétiques : des *sexbots* emboîtés les uns dans les autres, empilés, agités de spasmes, parcourus de gémissements lubriques préenregistrés. L'obscurité est palpable, mais pas silencieuse. Les trémolos langoureux, les mandolines enjouées, les percussions suggestives… laissent la place à un bombardement de guitare : Jimi Hendrix et son légendaire *Star Spangled Banner*.

Sur l'estrade transformée en autel de Vénus, ces dames de la bonne société procèdent au don, renouvelant à leur manière post-atomique le rite de Mésopotamie. Une très grande femme, qui semble d'ailleurs encore plus grande dans cette position, est allongée sur le sol, des grappes hurlantes accrochées à ses membres interminables. Brièvement éclairée par un smartphone qui immortalise la scène, on la voit ensevelie sous les corps difformes, atrophiés, éclopés, les visages affreux et ricanants. Jupe relevée, elle encaisse sans broncher les assauts en série… La figure empreinte d'un sourire énigmatique, récompensée de son abnégation par on ne sait quelle jubilation secrète. Une autre, maigrelette… celle-là est promenée en laisse avec des verres remplis posés sur son dos osseux afin de distribuer les rafraîchissements. Ses fesses striées porteront longtemps les marques des coups de baguette qui pleuvent dès qu'un verre tombe. Cependant, en dehors de certains cas isolés, la tendance générale pour ces larronnes est d'accueillir le maximum de partenaires par le maximum d'orifices, sans aucune distinction d'origine. Après tout, ne sont-ils pas désormais tous et toutes à égalité dans leur statut de citoyens ? D'ailleurs, les femmes barbares ne se montrent pas en reste, ni d'agilité ni d'imagination érotique. Alors que les haut-parleurs déversent le summum intemporel du rock'n'roll, les réserves d'alcools et de conserves sont consciencieusement pillées. L'occasion aussi de parties de cottabe dont les enjeux sont sexuellement connotés, et les châtiments corporels, pleins de fantaisie. Plus loin, les agapes sont tout aussi bon enfant et beaucoup plus expansives. Une bande de guerrières emplumées ont mis les harnais et enfilent tout ce qui passe à leur portée avec une remarquable économie dans les cérémonies. Kilian émet des glapissements rauques. Il est fouetté par une virago en armure de cuir, qu'il menace des pires sévices lorsque son bras faiblit.

Longtemps plus tard, les historiens appelleront cet épisode « l'Orgie fondatrice » de l'ère humaniste. *With A Little Help From My Friends*. Le timbre de Joe Cocker. Le clavier en transe. Pénombre, l'œil distingue l'aplat d'un corps, la bosse d'un crâne ou d'une fesse, le creux d'une gorge, un entrejambe, un sexe, une bouche peinte, une main, un membre… Dans ce fatras de peau, de latex, de vernis, de métal… en vrac, les forces encore vives de la nouvelle nation s'adonnent à une bacchanale improvisée… Alors qu'un *sexbot* hermaphrodite s'entête à promener une lanterne rouge sur sa trajectoire aléatoire de ramasseur d'amour, sans aucun succès.

31

Le jour d'après

25 février, Paoly

Mira déguste posément la soupe à l'oignon qu'elle vient de se confectionner, assise à l'une des tables granitées de mica bleu du Golden Dolphin. Seule avec l'orchestre de Glenn Miller qui joue *Moonlight Serenade*. Un enregistrement *prénumérique*, nasillard, bien chargé en trompette, qui a le don de lui faire oublier ses soucis et qu'elle passe volontiers quand il y a, comme ce matin, un sacré ménage à faire. Elle a passé la nuit à fêter la Libération, pris une douche éclair et une tenue de travail dans son vestiaire : jupe courte bleu marine, évasée à ras du coquillage, sous une blouse blanche échancrée. Son esprit vagabonde. Les affaires vont reprendre, à présent que le triste intermède de l'Occupation est clos. Soudain, elle sursaute... une voix tonitrue dans son dos :

— Où sont les bœufs ? Que je taille mon petit-déjeuner dans leur barbaque !

Elle se retourne. Un jogging crasseux envahit le Golden Dolphin en agitant un pistolet dans la main droite et un grand couteau dans la gauche. Ce clochard de Muna ! Elle n'en croit ni ses yeux ni son odorat, brouillés par une nuit blanche et des vapeurs de cuisine :

— Ils sont partis, grand naze. Tu ne peux pas faire peur aux gens comme ça ! Tu vas reposer ton arsenal dans le hall, et tu reviens.

— Alors, je veux prendre un scalp, lâche-t-il, boudeur.

— Y a que le mien à cette heure ! Je le garde sur moi, et je t'offre un verre.

— Je veux aussi une photo.

Dix minutes plus tard, One Channel titre sur tous les écrans : « Muna libère le Golden Dolphin ! » *Breaking news* illustrée par un selfie historique de Mira, trinquant avec l'ivrogne grandiloquent.

Deux jours auparavant… L'Ombre était revenue. Elle lui avait fait signe. Il avait suivi l'Ombre jusqu'au cimetière. Jusqu'au petit portail en fer rouillé du caveau des Siegfried. L'Ombre avait ouvert la porte. Il s'était plié en deux pour descendre l'escalier. L'Ombre l'avait laissé dans le caveau avec quatre perles *et autant de bouteilles, puis elle était sortie en fermant la porte. L'atmosphère empestait la puanteur froide des siècles. Assez pour vomir un peu. Il avait vidé les flacons, sans se presser, dans un demi-sommeil. Une, deux, trois, quatre. Le jour a pris la place de la porte. Dehors, il a vu que les choses avaient changé. Il a trouvé le* gun *d'abord, le coutelas ensuite. Il s'est dépêché. Sans peur. Ne craignant qu'une chose : arriver trop tard, après que les tonneaux soient vides…*

C'est ainsi que Muna est entré dans l'histoire. Il arpente les couloirs, épaules dégagées, le ventre pointé en avant, en gesticulant ses exploits. Parfois, il lui arrive de lancer ses bottes éculées au pas raide d'un défilé de soldatesques, le gosier éructant des ordres gutturaux :

— Halte ! Demi-tour gauche !

Bref, il flambarde. La vérité, c'est que ce matin-là, de bonne heure, l'Ombre avait ouvert la porte du tombeau. Mais à chaque fois que le clochard essaie de raconter cet épisode obscur, il se trouve toujours quelqu'un pour lui offrir à boire ! Alors, les souvenirs finissent par se fondre et s'enchaîner confusément dans sa mémoire. Plus le temps passe, plus il consacre en Muna le libérateur héroïque de Paoly !

Tour centrale, 90ᵉ étage, 11 heures 30

Evuit est installée dans la salle du Conseil. Elle a mis trois heures pour venir, signé mille autographes, supporté dix mille selfies, serré cent mille mains, entendu un million de « merci ».

Elle est de retour ! Elle savoure. Barbara apparaît sur l'écran mural, tout sourire :

— Ce monde est l'affaire de tous, ma chère !

— L'affaire de tous, Madame la Présidente !

— Je vous en prie, appelez-moi Barbara… Si, si, j'y tiens.

— Eh bien, d'accord, Barbara, que me vaut l'honneur ?

— Vous féliciter ! Quelle audace, quelle détermination ! J'ai eu tellement peur pour vous en septembre dernier… Et aujourd'hui, vous réapparaissez à la place d'honneur ! J'ai trop hâte que vous me racontiez comment vous avez trompé tout ce monde, au péril de votre vie !

— N'exagérons rien… mais serait-ce une invitation à revenir dans le Michigan ? Parce que, en ce moment…

— Oui, bien sûr, je comprends. Dès que ce sera possible, je tiens à être la première sur votre liste de rencontres extérieures.

— Promis, Barbara. À mon tour de vous remercier pour tout le soutien que vous avez apporté à l'Alliance.

— Rien que de très normal. Je vais vous le dire en confidence : notre médecine soigne aussi les troubles sociaux. Pour nous, la guerre n'est qu'un médicament parmi d'autres ! Vous et votre équipe avez fait un travail formidable.

Evuit modère :

— C'est surtout Nick, Renzo, les chefs indigènes…

Barbara la coupe :

— Les bonshommes, vous le savez… ou pas… ce n'est pas fiable. Toujours prêts à tuer leur père pour séduire leur mère. Demain, ils trouveront un autre ennemi, une autre donzelle, et pfuit ! Ils disparaîtront ! Croyez-moi, pour transformer durablement la société – ce que vous êtes en train de faire – pour apporter un véritable changement, on ne peut compter que sur le sexe dit faible. Pas n'importe qui, bien sûr, mais une femme. C'est certain.

— Mais enfin, Barbara, c'est terminé pour moi ! J'ai n'ai fait que mon devoir, et maintenant, je ferme la parenthèse. Je ne pense qu'à retrouver les stades !

— En êtes-vous certaine ?

— Eh bien… oui, répond Evuit, après une demi-seconde d'hésitation qui n'a pas échappé à son interlocutrice.

— Soit, ma chère ! Je suis une vieille rêveuse qui se fait plein de fausses idées sur les gens ! Ne m'en voulez pas, s'il vous plaît ! Surtout, réfléchissez bien et rappelez-vous que, lorsque c'est nécessaire, on ne peut compter sur personne. C'est à nous de prendre les choses en main.

— J'ai déjà entendu ça quelque part… Mais qu'importe. Vous n'êtes pas vieille du tout, Barbara ! Je vais réfléchir, et je promets de venir vous rendre visite à la première occasion !

— Parfait. J'aimerais vous revoir dans ce monde, Evuit !

— Je tiens beaucoup à vous revoir, Barbara !

Evuit soupire. Elle regarde le plafond. Une femme et un homme, nus, sous un arbre. Une pomme et un serpent… Leurs traits finement dessinés, des couleurs vives. D'après une œuvre *prénumérique* dont elle a oublié le nom. Ces deux-là n'avaient pas eu le choix. Ou plutôt, ils ne l'avaient eu qu'une seule fois. Toute la suite de l'histoire n'était qu'une inexorable chaîne de conséquences… Sur ces entrefaites, Renzo débarque avec une bouteille de mousseux et deux coupes. Les yeux pétillants, elle trinque avec lui.

— À la Libération !

Quelques bulles, pas davantage, dont la douceur contraste avec l'âpreté du vin que les sauvages fabriquent avec ces baies ramassées au bord des chemins.

— Tu as dormi un peu ? demande-t-elle.

— Pas beaucoup, mais je vais me rattraper dès que possible !

— Des nouvelles du gouvernement précédent ?

— Helen Siegfried est introuvable. Yugo aussi, comme Tucsin et bien d'autres… Vers neuf heures, au matin de l'attaque, un convoi blindé de C-Town a réussi une sortie par la porte nord. Selon l'Ohio, ils ont pu exfiltrer des civils…

— Tu crois que certains vont essayer de contre-attaquer ?

— Probable. Mais chaque chose en son temps. Au fait, et toi ? Tu es la vedette du jour ! s'exclame-t-il.

— Détrônée par Muna ! geint-elle en grimaçant. Bouh, je vais pleurer !

— C'est cela, fais la modeste ! Du premier au dernier étage de cette ville, on ne jure que par toi, ton implication, ton courage, ton héroïsme. Tu personnifies l'Alliance. Bientôt, tu vas apprendre aux infos que tu as aussi libéré C-Town de la tyrannie !

Ils rient ensemble. Un moment de complicité dont Renzo profite pour se rapprocher.

— Tu te rappelles nos promenades ? J'avais une envie folle de te prendre dans mes bras !

— Pas seulement l'envie ! Si je me souviens bien, tu as bien réussi à me voler un baiser, une fois !

— Inoubliable. Ce jour est marqué au fer rouge dans mon esprit ! Je t'ai juré un amour éternel !

— Nous étions si jeunes !

— Je n'ai pas changé, je pense toujours à toi !

— Il ne faudrait rien exagérer. Nos chemins se sont séparés.
— Il ne tient qu'à toi de nous réunir à nouveau ! Le veux-tu ? murmure-t-il en lui prenant la main.
— Attends, Renzo, pas si vite ! Nous avons tant de choses encore à accomplir !
— Pourquoi ne pas les réaliser ensemble ? Je suis sincère, Jade. Je pense toujours à toi, et je voudrais que nous unissions nos efforts et nos destins… C'est mon vœu le plus cher !
— Allons, Renzo, ce n'est pas parce qu'on s'est bécotés sous la cascade il y a douze ans que c'est pour la vie !
— Pour moi, si ! Je n'ai pas d'autre espoir !

L'éclat est sincère. Il tend vers elle son regard bleu, cristallin comme ces lacs de haute montagne épargnés par l'*Extinction*, qu'on découvre après des heures d'escalade. Surprise, un instant, d'y lire tant d'amour pour elle, un sentiment solide, entier, inaltérable, elle se ressaisit :

— Nous avons tous changé, Renzo ! C'est une belle déclaration, la plus belle qu'on m'ait jamais faite, et beaucoup de femmes en seraient comblées ! Mais tu me prends au dépourvu. Je dois réfléchir. On en reparle. D'accord ?
— Tu dis ça parce que tu es la vedette du jour ! C'est toi qui as fait tomber la ville ? Moi aussi, j'étais prêt à aller dans leur prison !

Le ton est presque vindicatif.

— Ils t'auraient reconnu et attrapé, Renzo, réplique-t-elle. On ne refait pas l'Histoire. C'est fini, maintenant !
— D'accord. On en reparlera. Mais tu vas voir, moi aussi, je peux être un héros !
— Eh, tu es déjà un héros. Tu as magnifiquement conduit cette guerre !
— Alors je ne vais pas m'arrêter là. Je veux être un superhéros, pour que tu ne regardes que moi !
— Arrête, tu ne vaux pas un clou au polo !
— Tu as quelqu'un ?
— Non, tu es mon petit frère ! Tu te rappelles nos discussions ? Comment tu refaisais le monde ? J'ai toujours apprécié tes idées, et j'admire aussi ton action. Tout ce que tu as fait est vraiment exceptionnel. Je suis franche avec toi, Renzo. Mais je ne peux pas m'engager en ce moment. Il y a encore tellement de travail.

— Oui, tu as changé. La Jade que j'ai connue ne rêvait que de sport. Elle serait en ce moment en train de s'entraîner sur le terrain. Tu as ce que tu voulais, non ? Tu es rentrée chez toi, tu es amnistiée, réhabilitée dans ton honneur, tes droits, tes biens. Qu'est-ce qu'il te faut de plus ? Les généraux de l'Antiquité romaine retournaient labourer leur champ une fois la guerre finie. Moi, je te parlais de reprendre une vie à peu près normale, après tous ces événements. Mais non. Tu es dans la salle du Conseil ! Qu'est-ce que tu fabriques ici ?

— Ce n'est pas si simple, Renzo. Ce n'est pas seulement une reconstruction. Nous naturalisons aussi des gens qui ont l'habitude de se disputer. Certes, ils sont réconciliés, mais est-ce durable ? Crois-moi, je les connais. Les hippies font la guerre aux natifs nordiques, qui eux-mêmes méprisent les sudistes ; ces derniers ne supportent les New Age qui ne respectent pas leurs territoires, et ainsi de suite… Ils ne vont pas devenir aimants et tolérants par un coup de baguette magique ! Ils vont importer leurs problèmes dans nos étages ! Je vais essayer de mettre un peu d'ordre. Nous n'avons pas fait tout ça pour rien ! Et pour cela, nous devrons rester unis, Rolan, Benji, avec Kristef, Aaghar, toi, et Nick…

— Et qui nous le demande ? C'est peut-être ça, la vraie question ! J'ai beaucoup réfléchi. La guerre laisse ce loisir. Quand nous sommes au front, nous passons les trois quarts du temps à attendre, mais nous ne sommes rien du tout. Une étincelle dans l'univers. Imagine : dans un million d'années, une civilisation de fourmis raisonnantes découvrira des couches de plastique fossilisé et s'interrogera : qu'est-ce qui a bien pu produire une chose pareille ? Une variété de mammifères capables de modifier la géologie de la planète ? Alors, nous croyons nous sauver nous-mêmes en sauvant ce qu'il reste de l'humanité, mais c'est peut-être le contraire : une nécessité biologique de survie de l'espèce qui nous pousse à l'héroïsme ! Comment le savoir ?

— Renzo, c'est trop compliqué pour moi. « L'interrogation de la fourmi sur le sac plastique », je trouve cela poétique, mais je ne vois pas le rapport avec nous.

— Enfin, s'il y en avait un, de rapport, je n'aurais pas de plus ardente obligation que de le découvrir ! Bon, allez, je cesse le harcèlement ! Réfléchis bien !

— Et toi, qu'est-ce que tu vas faire, à présent que ta ville est libérée ? Aller voir tes parents à MariaSan ? Tu dois leur manquer…

— Il y a encore l'Illinois… Il se peut que tu aies raison dans un sens. Peut-être le combat humaniste ne fait-il que commencer ? Rolan y emmène sa caméra demain. Je pense que je vais faire comme lui, promener mon calibre 45. Sauf si tu as mieux à proposer ! ajoute-t-il avec un petit rire.

— Sois prudent Renzo, je voudrais te revoir.

— OK, dans ce monde… ou dans l'autre ! ajoute-t-il en quittant la salle.

Renzo semble prendre cette rebuffade à la légère, mais en réalité, elle l'affecte profondément. Il vient de prendre une décision qui changera le cours de sa vie : devenir une figure de l'Alliance. Il fera parler de lui. Son nom deviendra célèbre. Ses exploits hanteront les livres d'Histoire ! On peut dire non à un toubib. Pas à une légende vivante ! Un héros, sinon rien.

Sur la table du Conseil, le smartphone glisse vers Jade en vibrant.

— Tu viens voir ?

Son père l'appelle de chez Yugo, au dernier étage de la première tour sud. Il a trouvé une clef USB marquée « Sécurité nationale » dans un fouillis inextricable, sous la télévision. Elle contient l'enregistrement original du match tragique, dans la soirée duquel le jeune Ken Harld avait trouvé la mort. La vidéo officiellement « disparue » !

Sur place :

— Il a un super matos, ton ami. Il faudra que je vérifie ce qu'il peut bien trafiquer avec ça… Bon, en attendant, regarde, c'est un match que tu connais.

— « Ami », c'est exagéré. Pas trop envie.

— Si. Indispensable. Il faut comprendre ce qu'il s'est passé.

Elle s'approche en traînant les pieds. Taïpan tripatouille les réglages.

— Là, je suis au ralenti, j'ai augmenté le filtre. Regarde ! Bon sang !

— Il y a des éclairs qui partent de la tribune ! observe Jade.

— Arrêt sur image, arrêt sur image… Voilà !

Le cliché est saisissant : un trait lumineux part des sièges de la présidence et descend vers les motos, directement sur le visage de Jade ! Scott s'énerve :

— Tu as compris ? Laser blanc. Normalement, ils sont rouges, pour que ça se voie, justement. Mais des flashs blancs en plein jour, personne ne les remarque ! Quelqu'un s'est amusé à t'aveugler avec ça pendant le match. Et ce quelqu'un, c'est… la crête rouge, ou sa mère, à côté. C'est juste entre les deux. On ne peut pas distinguer. Pourquoi aurait-elle fait ça ? Alors que lui, il ne jouait pas. Il était soi-disant blessé à la main. Mon œil, oui ! Il pouvait très bien dissimuler le projecteur dans son bandage !

Il fait défiler la séquence.

— Et ce petit jeu a duré tout le match ! Il va me le payer ! Ce petit enfoiré voulait t'évincer par jalousie, pour être capitaine de l'équipe !

— Je comprends surtout pourquoi on m'a trouvé des lésions aux yeux !

— Où ça ?

— Aux yeux ! Bon, je rigole. À la visite médicale de MariaSan.

— C'est pas drôle... Grave ?

— Non. Un peu douloureux, parfois. C'est sûr que pour jouer, c'est pas top. Mais, pour revenir à Yugo, ça m'étonne de lui. Tu ne peux pas l'accuser comme ça, sans preuve !

— Ça ne te suffit pas ?

— Non, il faudrait un examen plus approfondi. Il y a peut-être quelque chose qui nous échappe, derrière, ou devant... Ou alors, c'est peut-être normal, un reflet au soleil...

— OK. Je vais aller voir Benji pour qu'il explore les infos médicales du *Registre*, cette histoire de blessure. Après, je vais perquisitionner chez Helen Siegfried.

Elle est restée seule dans l'appartement de Yugo. Quelque chose d'indéfinissable la retient. Elle soupèse machinalement l'un des maillets qui traînent. Elle jurerait que c'est l'un des siens... Elle n'a plus rien à faire ici. Pourquoi gaspiller un temps précieux ? Pourquoi fouiner davantage ? Elle en sait assez. Elle a des souvenirs ici, avec Yugo. Ni bons ni mauvais. Des souvenirs du temps où elle était jeune et insouciante. Il y a une éternité. Le manche de son maillet frémit comme une branche de sourcier... Yugo est caché quelque part. Elle le sent. Elle fouille pièce par pièce, un bazar innommable. Des androïdes, des pièces détachées, des équipements de polo, des armes. Des vêtements de toutes sortes, à différents degrés de décrépitude, des chaussures, des bottes, dont certaines encore maculées de traces diverses. Il a voulu abattre une cloison pour agrandir sa chambre. Une masse et une pelle dorment au milieu des gravats. Elle progresse pas à pas. Jusqu'à la terrasse. Elle sort prudemment. Et découvre un total capharnaüm : un composteur, des bacs pleins de mauvaises herbes, des droïdes inertes... Alors qu'elle s'approche du rebord pour examiner l'extérieur, l'un des robots surgit dans son dos et la pousse dans le vide. Elle se rattrape de justesse. Pendue par une main, elle voit du coin de l'œil une crête rouge dégringoler comme un singe, en diagonale, sur le côté de la pyramide. Il disparaît prestement derrière l'angle sud-ouest ! Va-t-elle le poursuivre ? Non. Elle a d'autres choses plus importantes à régler. Elle se rétablit en souplesse sur le balcon. Le tour de Yugo viendra plus tard…

8 mars. Deux semaines ont passé. Jade est attablée au Golden Dolphin avec Benji et quelques autres. Le geek est ministre de la Tech dans le gouvernement provisoire. Mais il en a déjà marre de la politique !

— Si j'avais su, jamais je ne t'aurais ouvert cette porte ! dit-il en rigolant. Je vous aurais laissé cailler dehors, jusqu'à ce que mort s'ensuive. Moi, bien au chaud dans mon sous-sol à vider des bières avec mes potos !

Elle aime bien venir ici. Tout le monde la connaît et personne ne l'importune. Mira lui apporte un grand verre de cubes de glace avec un peu de liquide sucré au fond. Elle s'apprête à redire à Benji pour la énième fois qu'elle a besoin de lui jusqu'aux élections quand elle reconnaît Rolan sur l'écran mural. Mira monte le son. « *Breaking News* sur One Channel ! Notre envoyé spécial sur le front de l'Illinois : Rolan Davitzer ! »

Rolan, toujours très chic dans son ensemble clair de baroudeur, un brassard « PRESSE » au bras, parade à l'entrée du parvis de C-Town avec, à l'arrière-plan, l'immense dôme de la ville, reconnaissable à son clocher pointu. Derrière lui, des mouvements de véhicules, de troupes, de population…

— La capitale de l'Illinois est tombée ce matin aux mains des rebelles. Voyez autour de nous la joie qui s'est emparée des habitants. Il tend le micro aux passants pour de brèves réactions :

— L'Illinois est libéré ! La bataille a été rude.

— Nick Zilberg est un héros !

— Merci aux volontaires de Pennsylvanie qui sont venus nous aider.

— On espère vivre en paix avec nos voisins.

— Tout le monde veut la paix !

— Pourvu que la paix soit durable, qu'on tourne définitivement la page de ces idées de grandeur qui nous ont coûté si cher !

L'un brandit son phone :

— Je suis citoyen de C-Town. Mes enfants ont un avenir !

Une femme :

— Très heureuse. Nous allons avoir un logement. Je remercie tous les combattants de l'Alliance !

— C'est bien d'avoir de nouveaux citoyens. C'est bon pour les affaires !

Rolan reprend :

— Nous en savons un peu plus maintenant sur la manière dont s'est terminé ce conflit qui s'enlisait aux portes de la citadelle. Soi-disant imprenable ? Il semble que Nick Zilberg ait réussi à tromper les gardes et à s'introduire dans la ville la nuit de l'équinoxe. Ensuite, il a pu déclencher une mutinerie dans les étages… Au même moment, les défenseurs subissaient une attaque très forte de l'extérieur, venant des troupes humanistes et des tribus alliées. Autrement dit, pris en tenaille, les défenseurs ne pouvaient pas tenir. Voilà donc ce qu'on peut dire sur le déroulement des événements. Ah, je crois que le porte-parole de la présidence fait un communiqué. Le moment est historique. Je vous retransmets donc en direct la déclaration du Chevalier de Corny, Dissident de la première heure, l'un des artisans de la victoire parmi les plus méritants.

L'hymne de l'Illinois retentit. Le Chevalier a choisi de parler debout, silhouette raide dans son uniforme blanc d'apparat. Derrière lui, le drapeau au bœuf bleu, hampe croisée avec la rosace multicolore de l'Alliance. Un visage longiligne au nez en lame de sabre sous la visière réglementaire. Sa voix sèche et sonore supplante le volume de l'orchestre qui s'estompe, puis s'arrête.

— Ce monde est l'affaire de tous. Je salue tous nos compagnons d'armes et nos alliés venus d'autres villes et des tribus, grâce auxquels il a été possible de rendre l'espoir à tous ceux qui étaient écœurés par la politique du gouvernement précédent. La victoire est venue à notre secours ! Mais ne nous y trompons pas, ce sont nos idées qui ont vaincu l'obscurantisme !

Cette voix roule, telle une charge de cavalerie. Ses accents claquent comme des détonations, des étendards faseyant au vent de la course.

— Nous y serons fidèles ! Vous m'avez confié le gouvernement provisoire pour organiser de nouvelles élections. Ce sera fait dans les trois mois. Ma première pensée va à tous nos frères et sœurs morts au combat. Nous les honorerons comme il se doit. Sachez que les autorités locales sont opérationnelles. Le maximum sera fait pour rétablir le fonctionnement normal des services publics. J'annonce que personne ne souffrira de rationnement et que nous procéderons à des distributions gratuites d'eau, de céréales et de médicaments afin que tout le monde puisse consacrer ses forces à la reconstruction. Certains d'entre vous s'inquiètent aussi pour des proches dont ils peuvent être sans nouvelles. Sachez que toutes les unités de secours aux personnes, civiles et militaires, sont mobilisées à la recherche des disparus.

Le débit de l'orateur ralentit, une inflexion voilée, une ombre de tristesse pèse sur ses intonations :

— Parmi ceux-ci, nous sommes malheureusement, au moment où je parle, dans l'incertitude au sujet de deux héros qui ont personnalisé de manière éminente nos combats. Où qu'ils soient, nous ferons tout ce qui est possible pour les ramener auprès de leurs familles et de leurs amis. Je parle de Nick Zilberg et de Renzo Spencer.

Jade se raidit. Une vapeur froide glisse le long de son épine dorsale. Le soda qu'elle vient d'avaler n'y est pour rien.

32

Le pire est à venir

11 mars 348, Paoly, salle du Conseil, 9 heures

Evuit préside la réunion du gouvernement provisoire. Elle écoute Charlotte Molabel présenter l'organisation des prochaines élections qui auront lieu à la fin du mois d'avril. Cette femme athlétique s'est illustrée dans la Résistance. Autour de la table, les visages sont attentifs, tous fiers d'être là, concentrés sur leurs dossiers... Sauf Benji, absorbé par son phone. Charlotte dit à quel point elle veut que ces élections soient sincères. Chacun ici en est convaincu. Ses gestes sont précis, mais elle est peu habituée à parler en public et elle peine à trouver ses mots. Il y aura un bureau de vote dans chaque tour, qui élira les nouveaux bourgmestres, ceux-là mêmes qui éliront ensuite le ou la président(e)... Elle est interrompue par un appel de C-Town sur une fréquence militaire. De Corny en personne, l'air grave, les lèvres tremblantes :

— Ce monde est l'affaire de tous. Désolé, mes amis, de vous apporter une mauvaise nouvelle : les équipes de secours ont trouvé un corps au sud du secteur de Bunny Grove...

Le sang de Jade prend une consistance compacte. Elle est pétrifiée sur son siège. Des éclats de quartz labourent l'intérieur de ses muscles. Va-t-il se décider à dire le nom ?

— ... Ramené à C-Town, l'identification est en cours... Nous craignons, mais c'est pratiquement certain, que ce soit Nick ou Renzo...

Elle sait déjà. Elle a compris. Elle se raccroche à un faible espoir : si c'était Nick, il le dirait tout de suite, n'est-ce pas ? S'il prend tant de précautions avec nous, c'est pour nous préparer à quelqu'un de chez nous... Pourvu que ce soit Renzo... (Comment peut-on penser des choses pareilles ?)... Son cœur s'est arrêté. Des larmes coulent sur les joues du chevalier – lui que nul n'a jamais vu pleurer. Son visage rétrécit dans l'angle supérieur. Un inconnu en blouse blanche le remplace sur le mur : le patron du service de médecine légale de l'hôpital central de C-Town.

— ... Formellement identifié par sa famille... La grande tristesse de vous faire part du décès d'un héros de la cause Humaniste, Nick Zilberg...

Le sol s'est ouvert sur un précipice sombre que les gorgones grimaçantes comblent de gémissements stridents. Elle n'est qu'un astéroïde qui chute sans fin, perdu dans l'immensité sidérale, sans origine, sans autre destination que le collapse final qui mettra une éternité à survenir. Elle sort.

Réfugiée chez elle, un seul hurlement la prend, une longue noyade dans tous les liquides sortis de son corps, ne laissant de la glorieuse championne qu'un rameau desséché secoué de hoquets dans la tempête qui va le briser.

Elle ne se rappelle plus. Les chaos de la piste. Une décharge d'adrénaline provoquée par une embardée. La moto en suspension sur un brouillard putride. Pas tomber. Ce qu'il reste du ciel ? Un toit de lauzes verdâtres agitées d'ombres pourpres. Elle survole les pierres, en lévitation sous un couvercle de pailles fuligineuses qui forme comme des ténèbres abyssales. Le vent apporte de la nuit en quantité inépuisable. Elle a déjà perdu le combat contre elle-même et l'avenir. Elle ne sent ni la faim, ni la soif, ni la caresse râpeuse de la course. Elle ne sent pas ses yeux rincés de larmes, ni ses mains tétanisées sur le guidon, ni les crampes qui montent dans ses mollets engourdis. Elle gémit sourdement le Requiem en ré mineur, rythmé de trépidations brûlantes. La jauge. Ça va être juste.

Recroquevillée sur une moto en panne, elle ne se rappelle plus. La batterie a lâché. Le phone dit qu'elle a parcouru presque mille kilomètres d'une seule traite. Elle abandonne la machine sous un buisson et continue en courant.

13 mars, C-Town, Illinois

C'est un spectre au teint verdâtre, hagard, dépenaillé, lacéré de haut en bas qui se présente à l'entrée de la ville. Le gorille qui veut la stopper est projeté sur le mur. Devant la grille fermée, la caméra d'identification doit s'y reprendre à deux fois pour la reconnaître :

— Staff révolutionnaire, branche de Pennsylvanie. Plusieurs fois distinguée au combat. Probable future présidente de Paoly.

Les portes s'ouvrent. Elle fonce. Les yeux incandescents rivés sur le fléchage du smartphone.

À la morgue de C-Town, les premières mesures du *Prélude de Lohengrin* s'écoulent dans l'air, douces, lumineuses, solaires. Difficile de croire que c'est Wagner. On attendrait plutôt des trompettes, les roulements épiques des éléments déchaînés… Ça va venir un peu plus tard, patience ! Pour l'instant, les violons perdus dans l'aigu mettent en place les motifs qui vont résonner pendant trois heures. C'est l'assemblée du Brabant et l'accusation d'Elsa. L'absence de protestations de l'héroïne ouvre un vide dans lequel les pensées s'engouffrent comme un torrent tour à tour discret, chantant ou grondant. Elsa, transfigurée, annonce la venue de son Chevalier d'une voix dont la suavité remplit d'émotion l'atmosphère.

L'homme qui écoute cette merveille grandiose et pathétique est en train de boiter devant elle, dans les couloirs aseptisés, avec la moitié gauche du visage grossièrement retaillée par le scalpel d'un chirurgien dément. Il n'a plus de narine gauche et son œil est descendu d'un cran.

Il ouvre le grand tiroir métallique sur une bûche charbonneuse. Un cadavre grillé de partout. Une extrémité couverte de suie écailleuse. Méconnaissable. Des bottes à l'autre bout, calcinées, qu'elle ne reconnaît pas… Mais pouvait-elle vraiment les connaître ? La pensée lui vient que ce ne sont pas celles de Nick, sans qu'elle ne sache ni pourquoi, ni ce qui aurait empêché le Pilote de changer les siennes…

— Vous êtes sûr que c'est Nick Zilberg ?

Une série de borborygmes sort du bec-de-lièvre :

— Sa famille l'a formellement reconnu.

— Et l'ADN ?

Le gardien se redresse. Les cicatrices ravagent son faciès de crevasses violacées, dessinant une carte complexe d'émotions variées allant de la surprise à la fureur en passant par l'impatience et le mépris :

— Vous savez qu'il y a eu une guerre ? Nous croulons sous les cadavres à identifier, chère Madame ! J'espère que vous n'êtes pas de celles qui utilisent des ressources publiques pour analyser les gènes de leurs amants !

Evuit se détourne et se précipite au comptoir de l'accueil pour se renseigner sur Renzo. L'hôtesse est aussi grande qu'elle, plus large d'épaules. Un monolithe imperturbable qui tape sur son clavier avec les index.

— Renzo Spencer a été vu dans un groupe de francs-tireurs, à la poursuite des anciens dirigeants de C-Town vers le sud. Vous êtes de la famille ?

Elle a demandé ça en articulant soigneusement.

— Proche. Ses parents sont à MariaSan et ne peuvent plus se déplacer.

— C'est tout ce que j'ai. À l'état-major, ils ont peut-être des informations plus récentes. Ne vous en faites pas. Ne vous inquiétez pas, Madame, tout va bien se passer. Vous souhaitez que j'appelle un véhicule ?

Elle lui parle comme à une demeurée ! Evuit réprime une envie de meurtre et accepte la voiture. Au QG central, le service du personnel est en effervescence. Un fan de polo lui demande un autographe et lui glisse en confidence que Renzo est grièvement blessé, en route pour l'hôpital de MariaSan dans une ambulance militaire… Personne ne sait précisément où… Sur la route… Puis il la dirige sur le casernement des volontaires de Pennsylvanie. Pour la première fois de sa vie, elle refuse de jouer au polo ! Quelqu'un l'emmène récupérer sa bécane. Elle rentre à Paoly. Chez elle.

15 mars 348, trois heures du matin, cimetière de Paoly. Une ombre se glisse dans le monceau de débris végétaux destinés au compostage, vaguement dissimulé par des broussailles.

Comme tous les jours, Evuit arrive par l'allée de résineux pour sa méditation matinale au jardin du souvenir. Un peu plus tôt que d'habitude, pour cause d'insomnie, le cœur en équinoxe. « Est-ce que tu as réfléchi ? » La question de Renzo tourne en boucle dans ses neurones fatigués. Son appel de MariaSan, tard dans la nuit. Vieilli. Le visage boursouflé d'hématomes, auréolé d'une crinière de cheveux blancs. La liaison était mauvaise. Il n'a pas répondu aux questions. Il voulait seulement la prévenir de son retour, dans quelques jours. Est-ce qu'elle avait réfléchi ? Elle se sent souffreteuse, *Dame aux Camélias*. Pourquoi Nick l'a-t-il abandonnée ? Pour courir après l'autre fou sanguinaire ? Quelle précipitation ! Elynton n'avait aucune chance de s'en sortir. Il l'aurait attrapé tôt ou tard. Les hypothèses affluent.

Et maintenant ? Seule, solitaire, telle une coquille inhabitée, elle pense à la *Violetta* de Verdi. Ses larmes montent. *Les bottes de Nick tintaient quand il marchait. Un bruit de chaînettes métalliques accrochées au-dessus des talons.* C'est encore la nuit. Elle a à peine remarqué la toile d'araignée tendue entre deux cyprès comme le gréement sinistre d'un navire fantomatique. Les fonctionnaires ont d'autres soucis que l'entretien des allées… Un oiseau a chanté jusqu'à ce que le soleil quitte son nid. Puis s'est tu.

Dans son dos, une silhouette sort du buisson. Quelque chose alerte la jeune femme. Quoi ? Un bruissement de feuilles ? Un souffle ? L'infime craquement d'une articulation ? L'intrus se précipite sur elle, les mains en avant... qui rencontrent le vide. Elle s'est accroupie. Les jambes de son agresseur heurtent une Evuit roulée en boule. Il tombe le nez en avant... Se rattrape de justesse sur les poignets. Elle perçoit la chute. Elle s'enroule derrière lui, et atterrit sur son dos. Lui repliant les jambes au passage. Un homme gît sur la terre, à plat ventre, le nez dans les graviers, les jambes immobilisées par Evuit à califourchon sur ses reins.

— Vous aviez quelque chose à me demander, Monsieur Je-ne-sais-qui ?

Le gaillard est agile. Il réussit à sortir un bras de l'étau. En appui sur un coude et deux genoux, il se dégage d'une ruade.

— Une chevauchée à te proposer, connasse. Tu vas adorer.

Il se relève prestement.

— Ça fait trop longtemps que je te retrouve en travers de ma route. Ça a assez duré, poupée, on décroche. C'est fini pour toi.

Elle a déjà entendu cette voix. Mais jamais vu ce faciès émacié, sous un large couvercle de cheveux crépus. Il envoie une série rapide de baffes, puis de coups de poing. Elle pare, emmêlant ses bras dans les siens comme des élastiques gluants. Il commence à fatiguer, tente un balayage... et se retrouve sur le cul.

Elle tourne autour, cherchant un angle d'attaque. Il rampe sur le dos en défense, présentant ses pieds en obstacle à toute avancée, ayant, peints sur ces traits primitifs et terreux, la surprise, l'incrédulité, puis la honte d'être aussi dangereusement malmené par une seule et simple femme ! Elle lui sabote les cuisses à petits coups de pied rapides, afin de lui passer l'idée de se lever. Tandis qu'il se demande d'où peut bien sortir cette harpie grimaçante et sans ailes, il tente de la coincer en ciseau avec les jambes. En pure perte. Elle esquive tout. Le type est d'une force peu commune. Mais il va se fatiguer, pense-t-elle. Il est trop grand.

— *Les grands manquent d'endurance, disait son père. La vipère corail est toujours plus agile que le python bicolore. Observe bien, petit serpent. La force est de la nature de la tige et le poids de la nature du fruit. C'est la raison pour laquelle, à croissance égale, le fruit finit toujours par tomber.*

— *Mais moi aussi, je suis grande, papa !* répliquait-elle.

— *Oui, mais tu es souple. Le rocher ne casse pas l'eau. Mais l'eau brise le rocher, à la longue. Parce que l'eau est infiniment souple. La souplesse peut vaincre la force. Travaille toujours tes articulations, Evuit !*

En quelques minutes, son agresseur a reculé au pied d'un arbre et laisse sa main gauche s'appuyer entre les racines noueuses. Soudain, il déniche la mygale géante de son trou et la lui balance en pleine figure. Aveuglée, la jeune femme tente d'arracher l'animal d'une main, battant l'air de l'autre pour se protéger. Comme au spectacle, le bandit est resté allongé par terre, mains derrière la nuque. Il se tord de rire !

— Bonsoir, championne, la nuit tombe et le voyageur va te demander l'hospitalité de tes cuisses !

Evuit s'écroule, les mains sur le visage.

Un orchestre symphonique retentit sous ma peau. Les instruments s'éteignent l'un après l'autre. Je m'élève. Le violon s'arrête. Il ne reste plus qu'une flûte aigüe. Je suis prise dans un filet de dentelle éblouissante. Rien qu'une seule note. Le voile devient une onde. Une vibration liquide. D'où émerge un bourgeon. Une feuille. Une fleur. C'est Nimfea. Maman ! La main qu'elle me tend est plus légère qu'un coquelicot. Sa joue, plus douce que l'écorce du buisson du désert qu'on appelle Bebbia. *Elle dit : « Arrête de tuer les gens. » Je vois que c'est sans fin. Je sens la palpitation qui relie les planètes, tous les êtres. Les vivants et les morts.*

L'homme s'est relevé, vacillant sur des jambes tuméfiées, mais toujours sardonique.

— Un petit malaise, chochotte ? Attends un peu, ça ne va pas passer ! Tes membres vont se tétaniser et ta respiration se ralentir. Ne bouge pas trop. L'agitation accélère la propagation du poison. Dans une heure, ça atteindra le cœur. Ce sera la fin. Mais en attendant, crois-moi, je vais bien m'occuper de toi. Tu vas connaître l'extase et, au bout, tu seras heureuse de mourir.

J'entends leur appel. Je les vois écarter les lianes et les lourdes feuilles pour me frayer un passage. Mais où est Nick ? Je croyais qu'il m'attendrait de l'autre côté ! Je vois bien la lumière blanche là-haut. Je ne les suivrai pas. Je n'irai nulle part tant que je ne saurai pas où est Nick. C'est lui que je veux rejoindre. Personne d'autre que ce fichu Pilote. Je ne traverserai pas le ciel d'opale. Je n'irai pas respirer les pétales diaphanes. Je ne bougerai pas d'ici tant que je ne saurai pas où il est.

Taïpan dévale le col de l'Arbre Mort. La terre et les cailloux giclent sous ses pieds. Soudain, un animal en travers ! Patatras ! Le coureur s'étale sur le chemin. Il sauve l'honneur in extremis grâce à un roulé-boulé hasardeux. Droug ! Il l'a fait exprès. Un liquide rouge coule de ses crocs. Taïpan oublie la bouffée de colère qui monte en lui. Il s'approche, craignant d'avoir blessé son ami ! Mais non. Le loup est en pleine forme ! Il refuse la caresse de bienvenue. Lorsque Scott fait mine de s'écarter, il tourne pour faire face en montrant les crocs. De grognements en gémissements, d'attaques simulées en faux démarrages, jappant comme un chiot, les oreilles couchées, il guide l'homme dans une direction bien précise… Il veut que Scott vienne avec lui ! Il a quelque chose d'intéressant à lui montrer. Une proie goûteuse à partager ? Pour sûr ! Après tout, si un loup se prend pour un chien de berger, pourquoi un guerrier ne jouerait-il pas au mouton égaré ?

Taïpan le suit jusqu'au cimetière. L'impression d'un coup de sabot dans l'estomac en découvrant les deux corps étendus. Son Evuit ! Il reconnaît également Malshik, le cou déchiré, dans une flaque rougeâtre. Bien mort, cette fois ! Sa fille, bouche ouverte aux lèvres exsangues, les yeux violemment clos sur un cri déjà froid. Droug a posé les pattes sur les épaules. Il lèche la figure d'Evuit. Scott doit l'écarter fermement pour poser un index sur la jugulaire… Il grimace. Il sort un poignard de sa botte et en passe la lame rapidement à la flamme d'un briquet. En un tournemain, la pointe de son couteau incise le côté enflé de la joue, d'où jaillit une pinte d'humeurs noires. Il ferme la plaie avec, comme compresse, une pincée soyeuse prise sur la toile de l'araignée. Son visage a perdu toute expression. Méticuleux, sous le regard approbateur du loup, sans perdre une seule seconde, il déshabille sa fille et l'enroule entièrement dans la toile qu'il arrache, tant bien que mal, des branches. Il envoie une claque affectueuse sur le flanc de Droug qui, cette fois, se laisse faire, et sort son phone en tempêtant :

— Pas de wifi dans un cimetière ! Comment font-ils pour enterrer leurs morts ?

Finissant, en désespoir de cause, par escalader un caveau pour appeler les secours, juché dans un équilibre improbable sur une croix vermoulue.

Droug s'est éloigné à l'arrivée du gyrophare. Dès que l'ambulance embarque la blessée transformée en momie, Taïpan voit son ami repartir vers la montagne, suivi d'une femelle… Trois petits louveteaux ferment la marche.

33

Laredo

30 mars 348, fin de journée, au sud du Texas

La moto remonte des kilomètres de camions immobilisés sous le cagnard. De chaque côté de la route, des équipes s'affairent à démantibuler les carcasses laissées par la dernière tornade. Métaux, bois, plastiques… Tout se récupère ! Elle approche de Laredo. Le seul pont praticable sur le Rio Grande. Ailleurs ? On traverse un gué, à la saison sèche, en priant le ciel d'être clément. Résultat : tout le commerce nord-sud du continent passe ici. Tout ce qui circule de la baie d'Hudson au cap de Panama acquitte un péage à la capitale du Mexique, qui est également celle du Texas, depuis près d'un siècle que la famille Harld règne sur la région.

Taïpan touche au but de son voyage. À la fois soulagé et inquiet. Il sera bientôt débarrassé du fardeau endossé le 24 décembre 346 lorsque Ken, l'héritier Harld, fut assassiné à Paoly. Mais pour cela, il se précipite dans la gueule du loup. Il sera convaincant. Sinon, les conséquences pourraient être radicales, voire même définitives sur sa propre vie, et, plus grave, sur celle de sa fille.

Loin devant, immanquable, sur l'autre rive du Rio Grande, la pyramide à degrés de la ville trône sur l'horizon. Réplique de celle de Kukulkan, augmentée en proportion jusqu'à trois cents mètres de hauteur ! Tout y est. Les escaliers monumentaux, le sommet carré alourdi de remparts. Une prouesse architecturale impressionnante et majestueuse. Message symbolique des millénaires qui nous contemplent. Le Mexique a été épargné par la dernière guerre. On raconte que les Chinois avaient épuisé tout leur stock de missiles quand ils se sont rappelé son existence et que les Russes ne voulaient pas dépenser un kopeck pour bombarder la tombe de Trotski ! Pas de bombes, donc. Par contre, les gangs s'y sont entretués avec une cruauté inédite dans l'histoire de l'humanité !

Au sud, les dérèglements climatiques ont creusé l'isthme de Panama, en faisant un détroit ravagé de courants furieux sous des tempêtes incessantes qui sépare maintenant les continents nord et sud de l'Amérique.

Pour revenir à la ville, même si les ruines ont été déblayées au fil des siècles de part et d'autre de l'ancienne frontière, elle a conservé son nom espagnol. Mais quelle chaleur ! La sueur trempe les cotonnades qui protègent le motard des UV, inondant l'intérieur des bottes jusqu'à la pointe des orteils, lui donnant la sensation de flotter dans un bain d'algues tiédasses. Il met pied à terre au checkpoint de Laredo, avec la curieuse sensation de racines poussant sous les semelles. Un Mexicain joufflu à la peau grasse et cuivrée bougonne :

— Quelque chose à déclarer ?

— Je demande à être reçu par le *Gencom* du Mexique.

— Z'avez rendez-vous ?

— Je suis attendu.

— Regardez la caméra, sans ciller.

Un quart d'heure plus tard, un petit soldat nerveux vient le chercher sur une moto tellement chargée de babioles et de talismans que les sacoches frottent le bitume ! Gyrophare en panne, le *pistolero* gesticule, hurle comme un forcené et tire en l'air des rafales d'une petite mitraillette pour ouvrir la route. Il passe les gigantesques portes qui ouvrent sur l'aile droite de la pyramide, stoppe devant le hall de l'entrée présidentielle, et se fige là, au garde-à-vous, salut réglementaire au milieu d'une architecture de plantation version Hollywood, surchargée de feuilles, de fleurs et de fruits, et ornée d'un imposant escalier, en haut duquel apparaît la silhouette obèse de George Harld, engoncé dans son uniforme chamarré, qui accueille en personne le visiteur, en claironnant :

— Taïpan, à propos de toi, on m'a rapporté de hauts faits d'armes !

— Ce jour est. Tu me fais trop d'honneur, *Gencom* !

— Ce jour, répond le géant en ouvrant des bras énormes pour une accolade. J'ai failli m'impatienter !

Scott exagère son essoufflement :

— J'ai couru. Je voulais être certain…

— Raconte !

Le Mexicain l'empoigne par l'épaule. Ils marchent jusqu'à la terrasse où une table en ferronnerie ouvragée les attend. Ils s'assoient. Scott poursuit :

— Toutes mes condoléances, Gencom, pour la mort de ton fils Ken pendant les fêtes du solstice à Paoly, il y a deux ans.

— Merci Taïpan, merci, et désolé pour ta fille Jade...

— Oui, les conséquences de ce match de polo ont été terribles ! Qui aurait pu se douter ?

— Et tu viens avec quoi ? s'enquiert son hôte.

Taïpan ignore la question, il suit son idée :

— Sacrée enquête ! Figure-toi que Butch Elynton m'avait prévenu, C-Town n'était pour rien dans ces affaires. Il fallait chercher en Pennsylvanie. Puis les geeks l'ont confirmé en analysant les communications : l'implication de ma fille n'était qu'un rideau de fumée. Une manœuvre d'illusionniste lancée pour dissimuler le véritable objectif... Une tromperie. Bien imaginée. Trop. C'est cela qui a trahi le commanditaire. Question : qui avait assez d'autorité pour organiser ce procès expéditif ?

Scott extrait de son sac une chevalière, ornée d'un diamant de belle dimension, qu'il passe à son petit doigt.

— Regarde.

À gauche, une bouteille qui traîne sur la table s'illumine d'un éclair blanc ; à droite, c'est un verre qui se met à scintiller...

— Tu as compris ? Viseur laser, miniaturisé dans la bague. C'est ce truc qui a aveuglé ma fille. Tu verras, sur la vidéo, plusieurs dizaines de flashs, droit dans les yeux. Les lésions sur la rétine sont irréversibles. Évidemment, pendant un match en plein jour sur un champ de polo, cela ne se remarque pas... La question suivante est de savoir qui était à l'autre extrémité de la main qui portait cette arme. Je sais où j'ai trouvé la bague, mais ce n'est pas une preuve. Juste un indice... Nous connaîtrons alors le meurtrier de Ken. Parce que c'est la même affaire, *Gencom*, ce qui est arrivé à ma fille était une diversion opportune pour escamoter l'assassin de ton fils.

Mains ouvertes et sans geste brusque, afin de ne pas alerter les gardes, il sort du sac une tête séparée de son corps et la pose devant lui.

— La même personne ! *Gencom* Harld, voici la tête qui a fait assassiner ton Ken. Pas de tribunal. Pas de jugement. Tu auras les preuves. C-Town a exfiltré toute la bande quand ils ont perdu la bataille de Paoly. Ils auraient dû rester cachés dans l'Ohio. C'est ce qui était prévu. Mais ils ne pouvaient pas rester tranquilles. Ils ont cherché à rejoindre Elynton. Ça, dit-il en désignant le débris macabre, je l'ai racheté à une tribu native qui les a capturés dans l'Indiana… Et voilà. Les hommes de main ont été éliminés. Tu trouveras tous les aveux, les conversations et les vidéos de surveillance de Paoly enregistrés sur cette clef USB que je te remets également.

Il pose tout aussi calmement le rectangle de plastique qu'il tient en évidence entre le pouce et l'index.

— Et pourquoi tout ça ? Aucune stratégie, aucun idéal. Rien. Cette personne voulait déclencher une guerre avec le Mexique, uniquement pour elle-même. Pour le pouvoir. C'est tout !

— Okay, nous regarderons tout cela dans quelques jours, à tête reposée, ahahah !

Harld lui désigne alors plusieurs tireurs dissimulés autour.

— C'est la bonne réponse, Taïpan, sinon, couic ! Ahahah !

— D'accord, se renfrogne le voyageur. Si tu sais déjà tout, est-ce que tu peux me dire ce que je fais là ?

Le Mexicain élude la question.

— Maddy s'est raconté.

— On l'a retrouvé noyé. Son corps ne portait aucune trace de torture… rétorque Scott.

— Tu nous prends pour des brutes ou des demeurés ? s'insurge Harld. Sevrage ! Taïpan. Sevrage. C'est suffisant. Il s'est confessé pour avoir sa dose ! Nous avons tout vérifié. Mais cette personne dont tu parles, elle était impossible à atteindre. À moins d'une guerre…

— Allons… Ne me dis pas que tu as eu peur !

— Les gens comme nous n'engagent que les guerres qu'ils croient pouvoir gagner… Or, Paoly est un sacré morceau, surtout avec C-Town derrière !

— Et tu as lancé ce contrat sur ma fille…

— Exact. Mais rappelle-toi : je la voulais intacte. Elle n'a jamais été en danger de mon fait.

— Pour que je fasse le travail gratuitement au lieu d'aller prendre ma retraite à MariaSan avec elle…

— T'as tout compris ! s'esclaffe bruyamment le *Gencom*.

De sa place, Scott peut voir des kilomètres de route encombrée sur sa droite et le Rio Grande sur sa gauche. Comment se fait-il que son hôte soit aussi décontracté alors que la colère le ronge ? Un masque, c'est certain. Une apparence qu'il se donne, et cela n'augure rien de bon.

Harld fait signe à un valet en tenue anglaise d'époque, qui leur apporte deux verres sur un plateau d'argent finement martelé.

— Trinquons, Taïpan, à la résolution de notre affaire, à notre amitié, et à l'avenir.

Ils entrechoquent leurs verres. Scott mouille les lèvres, alors que l'autre a vidé le sien d'une goulée et bondit sur ses pieds pour tonner :

— Ces salopards ont drogué Ken. Il ne tenait pas debout. Ils l'ont porté jusqu'au couloir pour l'étrangler. Mon fils n'avait pas mérité ça. Il a fait plein de conneries. Mais c'était un bon garçon. Avec le temps, il aurait pu s'amender et me succéder. Mon cœur est tellement rongé par le chagrin. Mais qu'y faire ?

Scott opine, compatissant.

— Eh, Taïpan, ne sois pas triste. Des enfants, j'en ai encore plein !

— Où ça ?

— Ici !

Il se tient ostensiblement l'entrejambe.

— Là, je t'ai bien eu ! Ahahah !

Harld s'assoit et poursuit sur le ton de la confidence :

— Les gens croient que C-Town a cette histoire pour soumettre Paoly. Et qu'Elynton a fait enlever ta fille parce qu'elle était une Résistante clandestine de la première heure... La belle histoire ! Nous seuls savons la vérité. Mais tout le monde s'en fiche. Et tu sais quoi ? Tant mieux ! L'important était que les vrais coupables soient éliminés. Maintenant que c'est fait, sans procès ni avocats, comme tu l'as dit : tournons la page. Le business va reprendre, et pourtant, rien ne sera plus jamais pareil, *gringo* ! Tu vas boire et manger avec nous ! Et j'aurai peut-être du travail pour toi ! Ahahah !

Après une bonne pinte de rigolade et une autre de bière, tandis que Harld essuie une larme de père et de bon vivant, Scott annonce :

— Ma fille est à l'hôpital. Je vais m'en retourner, maintenant, *Gencom*.

— À quel hôpital ? demande Harld.

— Paoly.

— Alors elle est bien soignée ! Ils ont MariaSan au téléphone tous les jours ! Ce n'est pas comme dans nos montagnes ! Ne t'inquiète de rien, *gringo*. Regarde autour de toi, c'est le Sud ! J'ai ici un brave qui a vaincu le dragon, dans le royaume que les mormons ont creusé sous les Montagnes Rocheuses.

Marié tout un été avec une princesse mormone des plus cochonnes. Il a des histoires salées à raconter. Un autre a traversé la mer au-delà des îles de Floride. Il a combattu un monstre préhistorique et gagné un harem de sirènes en récompense. Tous conteront leurs exploits. Et nous entonnerons les hymnes guerriers qui glacent le sang des ennemis. Prends donc du bon temps avec nous ! Dans quelques jours, tu retourneras chez toi avec une délégation officielle de *pistoleros*.

Le soleil déclinant projette sur les camions de l'autoroute des reflets sporadiques qui éclairent la tête coupée, inerte au milieu de la table. Comme animée par un stroboscope *prénumérique*, une grimace déforme ce visage célèbre, encore reconnaissable sous la volumineuse permanente rouge.

34

Deux héros sinon rien

Nuit du 30 au 31 mars 348, Paoly, Pennsylvanie

Tandis que la ville dort, une étrange animation s'empare des couloirs de l'hôpital. Des escouades de robots circulent de chambre en chambre, répandant de sombres lueurs d'acier, de nickel et de chrome. Ils branchent, débranchent, rebranchent des fils colorés sur des membres pâles. À grand renfort de cliquetis, chuintements, frottements, ils complètent les niveaux de liquides dans les tuyaux, jaugent les pressions de gaz dans les viscères, mesurent les niveaux de vie des organismes. Ils tournent, retournent, palpent, auscultent des carcasses inertes.

L'un d'eux s'acharne sur un corps assoupi. Il pose des électrodes en murmurant : « Abdominaux » d'une voix synthétique douce et impersonnelle. Puis il déplace les contacts : « Fessiers », « Ischio-jambiers », et ainsi de suite. C'est ainsi que l'on fait pratiquer un minimum de gymnastique aux patients inconscients du Service de Réanimation. Des chants d'oiseaux frais comme des printemps s'échappent de mémoires électroniques. Le robot prononce « À demain » et sort sur un crissement de caoutchouc. Une silhouette se glisse dans la chambre. Le jour artificiel qui pénètre par la fenêtre factice dessinée au mur – nous sommes dans les sous-sols – éclaire un visage figé. Jade.

Fragrances dorées du mimosa. Les traits se matérialisent un par un. Des blés mûrs. Ils forment une fleur jaune. Le cœur. Circulaire. Giratoire. Le jaune grossit, vire à l'orange. Les fleurs autour. Il y en a de plus en plus. À gauche, à droite, en haut, en bas. Elles remplissent l'espace. Vert. Des nénuphars. Je flotte sur les fleurs de nénuphars. Du bleu, maintenant. Une vague. Deux, trois… La mer. L'océan déchaîné ! Je flotte dans les rouleaux d'écume. Au milieu d'un déferlement de vagues au galop. Plus hautes que le plafond. Puis… Une maison. Un moulin de guingois. Le visage d'un homme. Jeune. Buriné. Les traits épais et les yeux… perçants, inquiets, concentrés. Les yeux de Nick… Sa main prend ma main. Je me décide à le regarder.

— Ah, c'est toi…
— Désolé de te décevoir ! Qui voulais-tu que ce soit ?
— Chais pas, Renzo. La sensation de rejouer une scène déjà vue. Tu as une drôle de voix.

Son visiteur sourit.

— Larynx abîmé dans l'accident. Le chirurgien dit que ça reviendra avec le temps. Et toi, comment tu vas ?
— Guérie depuis deux jours ! En pleine forme ! triomphe Jade en retirant son casque, joignant un profond bâillement à sa déclaration.

Renzo pose alors son bouquet de jonquilles sur le chevet du lit d'hôpital.

— Tu étais où ?
— Immersion chez les impressionnistes, deux siècles avant *GE*. C'est vraiment la meilleure période pour les séquences 3D.
— J'en avais chargé une, dans l'Ohio : Monet, Cézanne, Pissarro… Avec du Mozart.
— Celle d'ici est avec du jazz classique. À mon avis, le mieux pour ce style de peinture, même si c'est un peu plus tardif, genre premier siècle avant *GE*…
— J'avoue ma préférence pour la musique européenne, reconnaît le visiteur. Qu'est-ce que tu nous as fait peur !
— Ce n'est même pas toi qui m'as sauvée !
— Non. Ton père. Il a eu un coup de génie d'utiliser la toile de l'araignée pour t'envelopper dans ce pansement intégral ! Elle contient un antiseptique naturel. Les sécrétions de la mygale imbibent les fils avec un antidote qui empêche qu'elle ne s'empoisonne avec son propre venin en dévorant sa proie. Cela a retardé l'action de la toxine, suffisamment pour que tu puisses arriver ici encore vivante. Le professeur Vaneerk a changé tout ton sang, et c'est reparti !
— Et ce n'est même pas toi qui m'as soignée !
— Exsanguino-transfusion. La routine. Mais j'étais là pour superviser ! Bon, je suis venu te chercher. Tu peux te lever, s'il te plaît ? On doit libérer avant midi ! intime-t-il en agitant son phone où brille le bon de sortie.
— OK. Tu peux y aller. Merci pour le bouquet. Moi, je vais me débrouiller.

Bravade. Après dix jours dans le coma ? Il observe les yeux cernés, la raideur des articulations. Pas besoin d'avoir fait dix ans d'études à MariaSan pour se rendre compte qu'elle n'ira pas bien loin toute seule. De toute façon, il ne l'entendait pas de cette oreille…

— D'accord, j'attends, concède-t-il, fataliste, en empoignant une chaise.

Tandis qu'elle boucle son maigre bagage, ils parlent de l'organisation qui se met en place pour accueillir les tribus. L'installation des nouveaux logements provoque un va-et-vient continuel dans les couloirs. La cité reprend vie ! Théoriquement, les étages inoccupés permettraient d'héberger tout le monde, mais l'idée d'une colonie agricole, plus bas vers le fleuve, fait son chemin dans les esprits, et un groupe a obtenu l'autorisation de s'implanter à l'extérieur. Parallèlement, l'activité repart de plus belle à Meander et la zone portuaire est en passe de doubler sa surface. Renzo empoigne la valise… Fermant la porte, elle veut un traité avec C-Town.

— Tu comprends, c'est une démocratie maintenant !

— Tu ne crains pas que De Corny ne sente poindre un destin personnel, genre dictatorial ?

— Je doute qu'il aille dans ce sens. Bien au contraire ! Butch avait fait très fort dans le style tyrannique : spoliations, exécutions, etc. Alors, même les durs de l'Illinois aspirent à la paix, maintenant ! affirme-t-elle.

La suite de sa démonstration se déroule sur plusieurs couloirs, et un ascenseur où Renzo se fait rabrouer dès qu'il lui prend le coude pour soutenir sa démarche vacillante.

— On peut l'espérer pour la population ! De notre côté, nous pourrions démarrer une agriculture biologique de plein air, relance-t-il. Tous les experts constatent que le climat se radoucit et que les forêts reconstituent les sols. Reste toujours un frein dans les esprits : la crainte des pillards…

— Ces bandits étaient financés par Butch, ne l'oublions pas !

Elle s'anime, gesticule.

— L'accord avec l'Illinois et la pacification des tribus règle la question, au moins sur la côte atlantique.

— Et donc la possibilité de nourrir le peuple ! Tu sais que c'est le plus important, n'est-ce pas ? Si les gens ne mangent pas à leur faim, les guerres reprendront et l'humanité régressera à l'âge des cavernes ! insiste Renzo.

Sur son palier, ça y est, elle a décidé :

— Oui, voilà. Un accord de paix et de commerce entre l'Illinois, la Pennsylvanie et le New Jersey, bien sûr ! Tout le monde peut comprendre ça, non ?

Elle ouvre. Saluant leur arrivée, la télé leur souhaite la bienvenue avec un documentaire sur les musiques *prénumériques*. Il accepte un café sur la terrasse, face aux brumes rocheuses lentement émergées du plan d'eau. Là-bas s'écartent les falaises des Appalaches, laissant au fleuve une voie étroite, comme tranchée par l'épée divine d'un héros. Il s'approche pour examiner la joue blessée.

— Ça va mieux ? En tout cas, aucune séquelle ! Ton chirurgien a fait un super boulot !

— Oui, il n'y a pas que MariaSan ! Nous aussi, nous avons de bons toubibs. Ce n'est pas toi qui vas dire le contraire ! Pour revenir au sujet : chez moi, je me requinque... Mais ce qui me manque, c'est le jeu.

Le ton las dément pourtant ses paroles.

— Tu penses réellement reprendre ? s'enquiert Renzo.

— Je ne sais pas. Tant de sollicitations...

— Tu as fait naître tellement d'espoirs ! Tu es l'icône de notre mouvement ! Est-ce que tu réalises ?

— C'est flatteur, certainement... Mais je suis partagée...

— Est-ce que tu sais pourquoi les gens te suivent ? Pourquoi ils croient en toi, jusqu'à risquer leur vie ?

— Je ne me suis jamais posé cette question... C'est un don que j'ai, non ?

— C'est de l'amour, Evy. Ils t'aiment !

Ce diminutif, « Evy », elle l'a déjà entendu. Qui pouvait bien l'appeler ainsi ?

— Ah bon ? Tu crois ? Si c'est ça, je le leur rends bien mal, murmure-t-elle. Mais enfin, d'un autre côté, personne ne peut aimer tout le monde tout le temps !

— « Être aimé, c'est se consumer dans la flamme. Aimer, c'est luire d'une lumière inépuisable. Être aimé, c'est passer. Aimer, c'est durer » ! déclame le jeune homme.

Elle le regarde intensément.

— Beau. Mais ce n'est pas de toi. C'est de Rilke.

Elle se mord les lèvres et réussit à articuler :

— Bon sang... Raconte-moi ce qui est arrivé.

Lui aussi la regarde. Il hoche la tête. Le moment serait-il venu ?

— Quand il a perdu la ville, Butch a lancé une contre-attaque de l'armée régulière sur Bunny Grove. Il espérait sans doute nous couper de nos arrières. Ç'a été très dur, mais nous les avons repoussés. C'était le 9 mars. Butch s'enfuyait, Nick a voulu le poursuivre. Tu comprends ? Il n'avait que moi. Je n'allais pas le laisser seul. À deux sur sa moto, sacré moteur, entre parenthèses, une traque de plusieurs heures. Il descendait au sud, vers l'Indiana. On le perdait, on le retrouvait... Imagine des giclées de poussières sèches sous les roues, et tout à coup, une dune, le jour qui se lève derrière. Les ombres découpées au ciseau sur un paysage de planète lointaine qu'on n'a pas le temps d'admirer. On cherche la trace avec le soleil levant dans les yeux. Puis il y a cette traînée, droit dans la dune. Trop belle ! Boum ! Nous sautons sur un engin artisanal collé à un jerrican d'essence dissimulé sous le sable. Je fais un vol plané, mais Nick reste coincé sous la moto. Tout en feu. Horrible ! Je te fais grâce des détails. Je rampe jusqu'à lui, sous la fumée épaisse, pour étouffer les flammes tant bien que mal avec mon blouson. Mais il n'y a rien à faire. En plein désert ! Il agonise deux jours et deux nuits dans mes bras en me racontant sa vie. Et moi je répète sans arrêt : « Tiens le coup, Nick. Tiens le coup ! »

Elle a écouté. Tout le corps sous l'emprise d'une douleur insoutenable en imaginant ce qu'a pu souffrir l'homme qu'elle aime. Elle a les larmes aux yeux. Renzo ne va pas s'en tirer comme ça. S'il est la dernière personne à qui le Pilote a pu parler, il devra tout raconter. C'est sûr. Et plusieurs fois... Les questions se bousculent. Il y en a une, surtout, qui lui brûle le ventre : est-ce qu'il a dit quelque chose... pour elle ? Elle veut savoir. Comment demande-t-on une chose pareille ? La voix prend du volume, sonne plus fort que la radio.

— Au petit jour, le surlendemain, j'ai entendu le bourdonnement d'un drone. J'ai vidé mon chargeur dessus en me disant que si je l'abattais, quelqu'un allait venir. Une chance de secours... Il paraît que je l'ai manqué. Mes cheveux ont blanchi d'un coup. Cassé de partout. J'avais perdu beaucoup de sang et la moitié du visage brûlé au troisième degré. La Faucheuse, je l'ai vue de près. Overbookée. Elle m'a dit qu'elle reviendrait plus tard... Ensuite : chirurgie réparatrice à MariaSan. Ils m'ont raboté les cuisses pour prendre la peau... greffer sur la figure... et me voilà...

Les yeux ne la trompent pas. Sous les paupières tuméfiées où elle va pour poser ses lèvres, ne miroitent pas de lagons transparents...

— C'était quelqu'un de bien, poursuit-il. Pas un ange. Parfois, il m'agaçait. Mais nous avions appris à nous estimer réciproquement. Une grande perte pour nous, pour le Mouvement. Nous garderons en nous son souvenir.

Elle connaît cet azur profond. Le ciel de ses nuits depuis plus d'un an... Cette voix... Ce n'est pas celle de Renzo. Ben voyons ! Qu'est-ce qu'ils ont tous à la prendre pour une demeurée ? Maintenant, leurs haleines se confondent. Elle comprend ce qui l'a alertée : ces relents de sueur où le musc est présent sous le cuir et l'âcreté d'une note ferrugineuse, c'est Nick, devant elle ! Ce diable de Pilote a inversé les rôles... et MariaSan lui a refait le visage de Renzo... Chaos total dans sa tête. Son pouls descend davantage de seaux dans le puits qu'il n'en remonte. Le *Registre* ? Pas la peine. Il y a une procédure spéciale d'actualisation pour les altérations après un accident ou une opération. Officiellement, c'est Renzo. Point. Mais Jade n'a aucun doute. Le souvenir de Barbara murmure à son oreille : « L'essentiel est de soigner. Nous soignons. La chirurgie réparatrice n'est qu'un médicament parmi d'autres. »

On peut refaire un visage... Pas une odeur ! C'est en souriant qu'elle lance :

— Tu as changé de bottes ? Tu affectionnes les boucles d'acier, maintenant ?

— La mode a changé. Moi, je ne critique pas tes nouveaux soutifs !

Renzo n'avoue rien. Nick est mort. C'était un égoïste narcissique. Un métal dont on fait les batailles. Ce temps est révolu. Le Pilote est devenu inutile. Les gens ont trop souffert. Ils attendent maintenant un guérisseur ! Il est Renzo. Quelqu'un d'utile, qui a une œuvre à accomplir.

— À la tête du mouvement humaniste, la tâche sera colossale ! Quand nous serons mariés, tu pourras jouer au polo autant que tu voudras, mais j'aurai aussi besoin que tu m'aides, dans l'ombre...

Dans l'ombre ? Il ne manquerait plus que ça ! Il fait bien d'aborder le sujet ! Qui les a sortis des ténèbres, lui et ses acolytes ? Sans elle, ils seraient encore à patauger dans la boue, à lancer des cailloux sur les carapaces nickelées des robots ! Elle prend une large inspiration. Tandis qu'elle prépare sa réplique assassine, qu'elle mijote une tirade aux petits oignons, One Channel envoie sur les ondes *L'Ombre légère* de Meyerbeer. Voix brune ensorceleuse. Fantôme d'une chanteuse lyrique disparue depuis des siècles.

— Si nous parlions de toi, plutôt, propose le garçon. Tu es jolie, le plus beau visage que j'aie jamais vu. Sur un fond corail, tu ferais un camée magnifique.

— Camée, tu parles d'un compliment ! simule-t-elle en bouderie.

— Je disais cela pour avoir un baiser, goûter l'héroïne nouvelle.

— Je ne sais pas si tu es vraiment poète, mais en tout cas, tu joues plutôt bien avec les mots…

Jade se dresse, comme une pousse de lilas fleurit dans l'herbe printanière :

— Viens, nous allons faire une promenade.

Les voilà à pied sur le versant du col. À mi-chemin de l'Arbre Mort, elle tourne à droite, traverse un champ de rocailles instables, contourne un éperon rocheux. C'est ici qu'elle a appris à marcher : sur les sentes ravinées d'un monde en décomposition. Mère-Nature lui contait l'appétit des loups et la vitesse des balles en guise de berceuse.

Vingt minutes plus tard, ils sont à la cascade… Le printemps, au fond du vallon. Une saison qui n'existe plus, préservée pour eux seuls dans l'anfractuosité de la grande montagne. Passé les sapins, dans l'odeur de terre, de résine et d'humus apportée par la chute d'eau qui résonne plus loin, se découvre un bosquet de feuillus. Un érable teinté d'orange par les bourgeons naissants domine des hêtres parcourus de frissons clairs sous la risée. Pas de sentier, ou plutôt un passage étroit à flanc de coteau, masqué par les broussailles et coloré de petites fleurs que personne n'a foulées depuis bien longtemps. Renzo ne s'en souvient plus très bien. Il préfère la laisser passer devant. Le précipice s'ouvre sur leur côté pour le torrent qui brille en bas. À l'ombre, il ferait presque froid. Ils atteignent assez vite le bassin découvert où l'eau chute comme un tonnerre, sortie d'une grotte inaccessible au-dessus des arbres. Elle avance à grandes enjambées, du pas d'un chamois sur les rochers moussus.

— Notre premier baiser, soupire-t-elle, c'était ici. Tu te rappelles ? Renzo portait un tatouage particulier dans un endroit secret de sa personne connu de moi seule…

Leurs lèvres se joignent, leurs mains sont libres. La brise virevolte autour de leurs doigts. Le soleil les traverse ? Ils transpercent le soleil. Quelque part, dans les fragrances mentholées, un ruisseau de sueur négocie son virage délicat sur un front, coulure luisante sur le visage d'un ange, et alors que l'azur dévale la montagne en s'entortillant partout, côte à côte, ils se respirent l'un l'autre, fauves lumineux et subtils. Leur peau, leur sang, les pores béants, ici et maintenant, si sensibles et si merveilleux, si vastes dans les tourbillons de l'air tantôt brûlant, tantôt tremblant. Soudain proches à broyer leurs souffles de halètements. Elle entend battre un cœur, puis un autre. Lequel ? La marée des tambours inonde son oreille. Un ressac secoue les os granitiques comme des galets crissants. Qu'est-ce que le rocher, sinon du sable ? L'essaim, sinon l'abeille ? Le ciel, sinon l'étoile ? L'océan, sinon la pluie ? Là où s'élevait une digue, un ventre sombre dans ces résonances forcées que laisse échapper sur la côte un gouffre tempétueux. Tout se froisse, de la surface, des tissus, des vêtements, des muqueuses, des paupières, rayés d'ongles et de pulpes charnues. Forêt. Une moite harmonie sourd des racines entremêlées qui se reconnaissent, enflant les troncs de sa vibration ascendante, jusqu'à en onduler les cimes. À cette extrémité où tout mugit, un ver s'égosille dans les fibres ligneuses, une sauterelle égarée brame chacun de ses bonds, un papillon déclame les versets de son parchemin diaphane. Immobiles. Et le monde frissonne autour d'eux. Ils ont quinze ans. Quinze printemps. Mais qu'est-ce que le temps ? Une surprise ductile, un étirement de vocalises, une extension rageuse jusqu'à l'ivresse.

Renzo ? Nick ? Qu'est-ce que l'un, qu'est-ce que l'autre ? Elle étreint le fugace déploiement des heures. Deux héros sinon rien.

35

Rien ne sera plus comme avant

Premiers jours d'avril 348, Pennsylvanie

Les roues glissent sur le bitume neuf. Des escouades de robots viabilisent le bas-côté de la route, là où vont passer l'eau, l'électricité, les communications... Le moteur sifflote un air léger. Sa moto la promène « comme une mariée » selon l'expression consacrée.

La cérémonie. Elle a accepté l'idée. Ça se fera au mois de mai, pour profiter des derniers jours de la saison sèche. Reste à le dire elle-même à Otoni, qu'elle a croisée brièvement lors des combats de la Libération, et dont elle n'a plus de nouvelles depuis. Jade descend l'ancienne route 611, après Meander, jusqu'à un élargissement du fleuve, pour trouver une jolie hêtraie sur la gauche : Neol Meadows. Les *pueblos* d'Aaghar commencent à défricher la colline, riant sous cape aux allées et venues des agronomes de Paoly qui font des prélèvements en débattant sans fin des profils chimiques du terrain. La Pennsylvanie concède l'endroit aux Pieds-Rouges, en mémoire des Indiens *Lenapes* qui vivaient ici mille ans auparavant.

Elle bloque les roues, pose une botte sur le sol. Ils l'ont reconnue dès qu'elle a ôté son casque. En réalité, ils l'avaient repérée bien avant. L'eût-elle gardé, ils l'auraient su quand même. Quelque chose dans l'allure. Tout le monde ne ressemble pas à une liane courbée sur une Buell noire... Toujours est-il que, tête nue, ils sont certains. L'air entendu. Discrets. De petits cris, des exclamations juvéniles, parcourent la brise tiède qui lui chatouille les oreilles avant de se glisser, par le col, dans le dos de la combinaison. Les enfants accourent en premier, avec des balles de polo, pour les autographes. Essaim bourdonnant sur un rameau de prunes mûres ! Il leur manque ici une dent, ici un œil, un bras, parfois un pied remplacé par une lame métallique, stigmates des pollutions, des famines, des guerres, aussi... Ceux-là, autour d'elle, veulent qu'elle signe les petites boules de cuir clair. Elle a toujours un feutre dans une poche. C'est le métier. Pour les selfies, ils l'étreignent par les jambes, les bras, avec l'enthousiasme et les exclamations de jeunes chiens devant leur première gamelle. Les mamans rient de bon cœur, heureuses. Fières, aussi. Certaines sont très jeunes. On pourrait presque, parfois, les confondre. Des mères de treize ou quatorze ans. Elles n'ont pas attendu d'avoir assez d'économies pour payer un séjour à MariaSan, c'est certain ! Un peu plus tard, lorsque tout le monde a eu sa ration, l'excitation se calme et les regards se tournent vers l'ouest.

C'est là que Kristef a posé son *hogan*, d'où il jouit d'une vue magnifique sur le Mount Pleasant, auréolé de matin, empourpré de couchant... Suffisamment loin des autres pour avoir des amis et pas de voisins. Le chef du clan se montre, la démarche encore alourdie. Il ouvre grand les bras à l'arrivante, la serre contre lui, et l'invite à entrer boire son thé brûlant d'herbes de montagne. L'un de ses fils a trouvé un travail « d'assistant de robot ». Il parcourt des lieux obscurs ou vertigineux pour lesquels les machines n'ont pas de programmes. Son aînée est directrice de recherche dans une grosse entreprise de Meander. Sa science est précieuse : elle connaît les sites où le clan de l'Ours s'approvisionnait en armes, motos, carburants et autres marchandises à revendre aux cités. Quant à la dernière, elle part bientôt à MariaSan pour se former aux procédures de santé des femmes enceintes et des nouveau-nés : iode, bio, tout ça... Son père ménage les effets à sa manière. La visiteuse ne se formalise pas, accoutumée qu'elle est au mode de pensée tortueux du chef de tribu. Il s'agit d'Otoni, bien sûr, qui apparaît sur le seuil, vêtue d'une jupe de cotonnade écarlate et d'un gilet blanc brodé de perles assorties à ses mocassins.

— Joli brin de fille, cette petite, complimente Evuit. Ces couleurs lui vont à ravir ! C'est quand même plus seyant qu'un treillis. Elle est partie pour fracasser les cœurs de bien des guerriers !

La « petite », les yeux pétillants, bat des mains et se précipite pour frotter ses joues contre celles de la visiteuse.

— Merci, quel honneur tu nous fais !

Allez savoir pourquoi, Evuit a légèrement relâché son côté droit en réception, enroulant sa jeune amie... tout contre elle. À la fin du demi-tour, celle-ci, emportée par l'élan, glisse les pieds derrière. Cette fois, c'est la plus âgée qui tourne :

— Alors, il paraît que tu vas partir pour le Michigan ?

— Les nouvelles vont vite ! Je ne dors plus tellement je suis impatiente !

Un tantinet éberlué par le tourbillon immobile de ce qu'il pourrait appeler une « valse sans fin du serpent », Kristef s'insurge :

— Vous préparez un numéro de cirque ?

N'obtenant qu'un fou rire pour réponse, il s'agace carrément :

— On va leur payer des années d'études pour qu'ils aient une situation, et après ça va se retrouver acrobate de foire !

Une voix de femme le rabroue, du fond de l'abri :

— Arrête de ronchonner, elle a une bourse de l'État pour ses études. Maintenant, nous sommes citoyens !

C'est Lune Rouge, la femme de Kristef, qui s'avance, aussi ronde et joviale que son bonhomme est sec et bourru.

— Bonjour, poursuit-elle. Accepterez-vous une tasse ?

Elle leur fait signe de s'asseoir. Mais Kristef n'a pas l'intention de céder du terrain :

— Excusez ma *squaw* arriérée, elle persiste à employer le jargon des ancêtres. « Bonjour » ! Laissez-moi rire ! Chaque matin, on est un peu plus vieux, on a un plus faim et la nourriture est un peu plus difficile à trouver ! Souhaiter une bonne journée dans ces conditions, c'est se moquer des gens ! Le jour est. Un point c'est tout.

— Hugh ! Grand Chef : il est bon ? Il est mauvais, ton jour ? On ne sait même pas quoi ! Ça ne veut rien dire ! lui rétorque sa femme.

— Ça veut dire : on le prend comme il est. On ne va pas pleurnicher pendant six mois parce qu'il pleut à la saison des pluies ! C'est ça que ça veut dire !

Est-ce l'agitation de ces derniers mois ou l'effet de la visite impromptue d'une future présidente ? Toujours est-il que Lune Rouge ne se laisse pas impressionner :

— Les *Oglalas* disaient : « N'écoute pas l'homme qui descend du singe » !

— Mais c'est fini, ça ! Tu l'as reconnu toi-même : nous sommes citoyens ! Dorénavant, tu dois saluer à la mode civilisée : « Ce monde est l'affaire de tous » ! Remarque, à ce propos, Elynton parlait ainsi. Ça ne l'empêchait pas de tout vouloir pour lui. L'affaire de tous ? Laissez-moi rire ! « Tous », c'est moi et tout est à moi. Voilà ce que ça veut dire. Que des hypocrisies !

À la suite de quoi leurs mains s'agitent pour une engueulade de vieux couple dans le langage muet des Sioux, tandis qu'Evuit reprend le fil de sa conversation avec Otoni :

— Tu sais, question garçons, là-bas, c'est très calme !
— Oui ? Eh bien, tant mieux. Ceux d'ici sont carrément envahissants ! Moi, je veux tout savoir sur les bébés avant de m'y mettre !

Elle s'approche et livre tout à trac :

— Je veux en faire un par les voies naturelles !

Que répondre ? Jade est née des voies naturelles, et sa mère l'a payé de sa vie. Est-ce qu'on dit ces choses-là à une gamine de quinze ans ? Dans son esprit, une virago à la bouche confite redresse sa robe plissée de magistrature et s'insurge :

— Mais tu gâches une occasion unique d'établir une vraie relation de femme à femme, sur les bases d'un vécu sincère et sans fards !

— Tant pis, se rétorque Jade in petto. Elle fera son expérience elle-même.

A-t-elle bien compris ? Elle reformule :

— Sans insémination ni mère porteuse ?
— Exactement. À l'ancienne !
— Un homme que tu aimeras ! C'est ça ?
— Comme ça se fait chez nous, depuis toujours.
— Sois prudente, répond-elle à Otoni. Mais, si tu dois le faire, il n'y a pas de meilleur endroit que MariaSan pour cela.
— Tu ne m'approuves pas ? demande la gamine, l'air chiffonné.
— Je n'ai pas dit ça.
— Oui, je sais, j'ai vu dans les campements ; des fois, ça ne se termine pas bien…
— Une bonne raison d'aller à MariaSan ! Et après, ton projet ?

Elle adresse une mimique de compliment à leur hôtesse. Lune Rouge fait passer un plateau de pâtisseries, fruits confits et miel sauvage. Otoni avale une gorgée de breuvage brûlant, et continue :

— Je veux passer le diplôme et revenir ici pour instruire les filles. Tu comprends, ce n'est pas évident pour nous, dans les tribus, d'aller passer deux ans à MariaSan pour faire un enfant.

— Dans les villes non plus… remarque Evuit.
— Oui, eh bien, justement. Je voudrais qu'on fasse les choses correctement chez nous !
— Super, là, je suis d'accord !

Otoni sourit. Elles s'embrassent, tous nuages envolés.

— Et toi, il paraît que tu te lances dans la politique !

— Ben, au moins, tu es directe ! J'aimerais tellement pouvoir répondre que non, que je reprends le polo... Mais la réalité, c'est que mes yeux sont abîmés. Et le harnachement de compétition me semble dérisoire.

Sa jeune interlocutrice se plie vers le sol et se redresse en ondulant :

— La mue du serpent !

— Non, mais quel culot ! Sais-tu bien à qui tu t'adresses, petite effrontée ?

— Pardonne-moi, j'aimerais tellement être à ta place, c'est trop excitant !

— Et tu veux ma place, maintenant ! Tu me trahirais ?

— Jamais !

Le mot est sorti comme un cri du cœur. Les yeux humides, Otoni explique :

— Ce que je voudrais, c'est travailler avec toi, être utile...

— Bon, de ça, on en reparlera quand tu reviendras de MariaSan avec ton diplôme !

— C'est tellement loin, regrette la jeune fille.

— Dis-toi, le matin en te réveillant, que chaque jour qui passe te rapproche du but. Ce que tu apprendras là-bas est passionnant. Est-ce que tu as regardé les fiches que nous avons sur cette ville ?

— Oui, bien sûr ! Tu sais que le wifi n'arrive pas encore jusqu'ici. Je prends la navette et je passe beaucoup de temps à la bibliothèque !

— Tu as appris quoi, par exemple ?

— Qu'elles ont apprivoisé les robots chirurgicaux. Elles atteignent aujourd'hui le niveau de la médecine d'avant l'*Extinction*. C'est spectaculaire ! Cela paraît tellement facile sur les vidéos. Magique ! Ils refont tout : les membres, les mains, les pieds, les visages. Sauf la couleur des yeux. Ça, les Anciens le faisaient. Il y a une difficulté avec la tolérance aux colorants sur la durée. MariaSan pense y parvenir d'ici quatre ou cinq ans... Aussi, ils ont trouvé un stock de lunettes « à réalité augmentée » non loin de la mégalopole qui s'appelait Chicago avant *GE*. Il paraît que les anciens abandonnaient progressivement les smartphones. Belle performance, mais dès qu'on sort des villes, il n'y a plus de réseau ! Tu es bien obligée d'emmener ton phone, n'est-ce pas ? Alors on n'en voit pas bien l'utilité, à part de jouer dans les couloirs !

— Dans certains cas, ça peut se justifier, si tu as un truc précis à faire rapidement dans une ville que tu ne connais pas, marmonne Evuit en pensant à l'antenne de C-Town.

Sa jeune interlocutrice ne relève pas. Elle poursuit son article :

— Ah oui, et puis, tiens-toi bien : elles maîtrisent la technologie de l'azote liquide depuis l'an dernier.

— Ah ? Ça sert à quoi ?

— La conservation des spermatozoïdes. Congelés là-dedans, ils restent intacts éternellement.

— Tu en sais des choses, s'étonne son aînée. Davantage que moi à ton âge. Alors, plus besoin d'hommes ?

— « À quoi serviront les hommes dans un siècle ? » C'est le titre de l'article. Quand elles auront constitué un stock de semences, elles n'auront plus besoin de mâles pour la reproduction. Certaines scientifiques prévoient une civilisation entièrement féminine dans quelques décennies ! Le poète n'a-t-il pas dit : « La femme est l'avenir de l'homme » ?

— Toi aussi, tu te mets à citer Rilke ?

— Pourquoi ? Non. C'est d'Aragon. Un autre européen *prénumérique*, à peu près de la même époque, vu d'ici.

— OK. Tu marques le point. Mais sur le plan purement esthétique, un bonhomme, ça peut être décoratif, non ?

— La statuaire antique ? Je ne me prononce pas. Tous les goûts sont dans la nature ! En tout cas, tu sais maintenant pourquoi je veux faire un bébé « à l'ancienne ». Je voudrais en profiter tant qu'il y aura des hommes !

La conversation se poursuit : l'attentat dont elle a été victime au cimetière, les nouvelles de l'Illinois, les élections qui auront lieu la semaine suivante.

— Alors tu vas vraiment changer tous les mobiliers ? demande Otoni.

— Oui. Ce sera la première mesure de mon mandat.

— Ça va nous donner du travail pour dix ans ! Tout le monde va voter pour toi, ici. Déjà, sans Siegfried mère et fils, les conservateurs sont laminés… Et en face, Walker n'a plus aucune chance !

Interloquée, Evuit regard l'adolescente :

— Tu es bien éveillée ! Ça te dirait de venir dans mon équipe ?

D'enthousiasme, la jeune s'exclame :

— Wouah ! Mon rêve.

Puis, elle se renfrogne :
— Mais tu as dit tout à l'heure qu'il fallait attendre…
— J'ai changé d'avis : tu vas étudier à MariaSan… ET t'inscrire sur ma liste !
— Avec trois semaines de bus à chaque réunion du Conseil ?
— Téléconférence. Sur le réseau satellite. J'en fais mon affaire. Renzo a des choses à régler dans l'Illinois, toi à MariaSan, et j'aurai aussi quelqu'un du New Jersey. Question réglée.
— Qui d'autre ?
— Pas de gens que tu connais, petite finaude. Mais je peux te dire qu'il n'y a ni Rolan ni Benji. Ils en ont marre de la politique et préfèrent retourner à leurs occupations favorites : le journalisme pour l'un, et les robots pour l'autre. Ils seront néanmoins très utiles pour nos projets.
— Tu viens de dire qu'il y a Renzo ?
— C'est un peu pour lui que je le fais. Il veut vraiment changer les choses. Il m'aidera dans l'ombre… Et tu sais quoi ?
— Non…
— C'est moi, le Capitaine. Il est hors de question que je joue à la Première Dame !
— On va casser la baraque !
— J'espère bien ! renchérit la future présidente.
— Au fait, tu ne parles pas de ton père… Excuse-moi, mais la question se pose pour la campagne électorale. Nos adversaires vont appuyer où ça fait mal. Il est encore parti, c'est ça ?

Blanc. Le diaphragme un peu grippé. « Il est encore parti », ça résonne. Ça ne finira donc jamais ? Est-ce vraiment une bonne idée de faire tout ça ? Elle serait mieux sur un stade à respirer des émanations de benzène. Elle manque d'exercice physique. Reprendre pied. Une phrase.

— Il court après les Siegfried : Yugo, sa mère et tous les autres…
— Au moins, c'est pour la bonne cause !
— Lui ? Ce qu'il aime, c'est courir. Après quoi ? On ne sait pas vraiment… Parlons plutôt de MariaSan : tu verras. Il n'y a que des femmes là-bas, c'est la cité des Amazones. Il faut absolument que tu rencontres…

Evuit ramène sa jeune amie en moto jusqu'à la gare routière de Meander. Assaillie par les vendeurs de babioles, elle faufile sa moto dans la cohue bigarrée. Se revoyant au même endroit il y a… combien de temps déjà ? Une éternité ! Une boule de nostalgie se forme dans sa gorge. Il s'est passé tant de choses depuis qu'elle est montée dans ce convoi. Rien ne sera jamais plus comme avant… Un mendiant aveugle lui quémande un autographe. Elle s'exécute et se renseigne sur le départ pour MariaSan. Il rit, exhibant une dentition en parfait état, et lui indique la file de camions rutilants à l'autre bout du parking.

Elle fait promettre à Otoni de revenir fin mai pour le mariage.

— Deux mille invités, ça sera grandiose ! J'ai hâte d'y être ! Surtout de te voir dans une belle robe !

La gamine étouffe un gloussement et fait au revoir de la main en montant dans l'autocar climatisé pour le Michigan.

36

Le mariage

Début mai 348, au nord de l'Indiana

En conclusion d'une campagne harassante qui dura tout le mois, Evuit était élue présidente de Paoly, dans la nuit du 30 avril, avec plus de 80 % des voix de l'État. Un véritable plébiscite ! Renzo a quitté l'Illinois pour revenir en Pennsylvanie…

L'annonce de son mariage s'est répandue dans tout le continent… Jusqu'à une localité perdue au fin fond de l'Indiana. Des baraquements de ciment gris aux fenêtres étroites, où une troupe de nervis en chemises kaki, tout droit sortis d'un film de propagande ultra, acclament leur leader au crâne surmonté d'un cimier de cheveux rouges.

— Notre monde !
— Notre affaire ! rugissent, unanimes, plusieurs centaines de poitrines, le poing droit levé au-dessus de la tête.

Leurs voix font trembler les toitures de bardages. Amaigri, la haine en lui attisée par les épreuves, Yugo harangue cette foule :

— Messieurs, notre pire ennemi vient se promener tranquille par chez nous. Il va passer sous nos fenêtres !
— Vengeance !

Le mot jaillit des poitrines comme un geyser bouillant hors des eaux agitées d'une crevasse volcanique.

— Allons-nous le regarder passer ?
— Mort à lui !
— Allons-nous rester couchés à siroter des bières ?
— Ouah !

« Ouah ! Ouah ! » Ils tapent des pieds, lancent en l'air leurs poings, scandant cette unique onomatopée tard dans la nuit.

28 mai 348, Paoly, 9 heures du matin

Le mois de mai est passé en quelques secondes… Il fait chaud aux abords de la ville. Une touffeur sèche s'écoule des montagnes environnantes, réverbérée par l'eau des fossés, et rayonne sur les flancs vitrés de la pyramide alors qu'une ribambelle de dentelles claires déshabille la lune rosissante. Toute menace de pluie disparue, plusieurs milliers de personnes convergent vers le grand stade, autour d'une croix faite de deux troncs peints en blanc, avec à son pied, un véritable autel consacré au culte de Jésus. Kristef a fait venir du nord un prêtre chrétien, un minuscule Inuit au crâne de banquise, pas plus grand que Barbara. Des aurores boréales brillent sous ses paupières. Sa chasuble de givre frôle le sol, comme portée par un coussin d'air.

Les simples curieux sont massés à l'extérieur des barrières métalliques nouées de rubans pâles, devant les écrans géants qui démultiplient le spectacle. Sans se dépêcher, car la cérémonie est prévue à dix heures, les invités pénètrent dans le périmètre officiel. En première ligne : les fauteuils roulants des parents Spencer, amenés par le convoi de MariaSan. Silhouettes rabougries aux visages ridés, accompagnées de personnels soignants. Puis Taïpan, le père, Kristef, chef du clan de l'Ours, et Eddy, le camionneur, témoins de la mariée ; Rolan, le reporter, et Benji, le geek, pour leur ami de toujours, celui qui se fait désirer… Church répond par un signe de dénégation à l'interrogation muette du journaliste : aucune nouvelle de Renzo…

9 h 50. On n'attend plus que le marié. De sa place, Rolan dirige la caméra en pianotant sur son phone. Il meuble l'antenne en commentant le gratin à voix basse : la délégation de MariaSan est arrivée la veille. Tout sourire, Barbara a fait le déplacement, idole d'ébène moulée dans une robe de satin opalescente. Les délégations officielles du New Jersey et de la plupart des autres villes ont pris place. L'Illinois manque encore à l'appel. Par contre, la présence d'une ambassade de Laredo, mieux qu'un signe de détente, confère à la cérémonie une dimension diplomatique inattendue. On murmure que, là-bas, les arbres à pain, les papayers, même les orangers crèvent sur pied, et que le Mexique voudrait proposer un traité de paix à l'Alliance pour profiter du programme de réhabilitation des sols.

Seule à échapper à l'objectif – Rolan n'en a pas le courage – Jade se tient à l'écart, au milieu d'un groupe compact de femmes qu'on dirait cernées par les montagnes environnantes. Elle regarde ses pieds, visage fermé. Otoni lui tient la main, jointures blanchies. Elles ne prononcent pas un mot. « Il ne peut pas faire ça, n'est-ce pas ? » pense l'une. « S'il fait ça, papa lui ouvrira la poitrine pour voir s'il a un cœur », pense l'autre. À dix mètres de là, proche des vieux Spencer, Taïpan se dit que, si jamais il faisait ça, Droug serait autorisé à l'égorger. Le sol gronde de réprobation muette.

9 h 55. Ça pétarade du côté de l'Arbre Mort ! Un feu d'artifice légèrement prématuré ? Non. C'est un *trike* qui dévale du col à vitesse supersonique. Jade tourne la tête. Son cœur aussi dégringole une pente. Elle se dit qu'il va trop vite ; sur trois roues, il est à la merci d'une ornière un peu profonde… Il est poursuivi par des détonations et une armée de motos ! À l'extrémité du stade, côté cimetière, la brigade commandée par Goodsteal laisse passer la moto à trois roues, puis ferme la voie au moyen de blindés légers et de herses. Un seul *Sala*, imperturbable, d'une précision télémétrique, mitraille les poursuivants qui se débandent aussitôt. La moitié des assaillants restent sur le carreau. Ceux qui rebroussent chemin sont pourchassés. Les râles s'éteignent. Les moteurs s'étouffent ou s'éloignent. L'homme qui se présente est Renzo, à n'en pas douter. Ses bottes font sonner le portique de sécurité sous les acclamations des gardiens. Il salue le lieutenant et ses hommes. Il discipline ses cheveux blancs d'un rapide coup de peigne, ôte son blouson maculé qu'il abandonne par terre. Un bras anonyme lui tend une veste noire à queue de pie qu'il enfile prestement. Il recolle les morceaux d'un sourire sur son visage décomposé par la chevauchée et rejoint ses amis. Les baffles monstrueux disséminés alentour répercutent les pincements éthérés d'une harpe. Un vigoureux soleil écarte la traîne de nuages ; Scott s'approche de sa fille.

L'officiant étend les bras dans un geste d'invocation. Les premières mesures d'un chant sacré retentissent, qu'il entonne à pleine voix, imité progressivement par tous ceux qui sont là, marmonnant dans une langue inconnue une mélopée qui élève leurs âmes d'une même ferveur. Croyants ou pas, mais la plupart le sont. Sinon, pourquoi resteraient-ils en vie ? Comment les citadins supporteraient-ils l'enfermement, la promiscuité, la monotonie du quotidien ? Pour le plaisir de manger toujours la même nourriture insipide et de jouer aux jeux vidéo ? Allons donc ! Leur ville n'est qu'une grande prison sans matons. Ce que certains philosophes appellent la

« liberté » qui règne à l'extérieur n'est pour eux qu'une angoisse insupportable de chaque instant. Quant aux barbares, comment surmonteraient-ils la précarité de l'existence ? Les historiens ont depuis longtemps remarqué qu'immédiatement après l'*Extinction*, les suicides ont provoqué autant de morts que les guerres, tremblements de terre, inondations, famines, épidémies et autres calamités réunies ! On trouve encore des charniers de milliers de squelettes de tous âges abattus de tirs dans le dos ou la nuque, avec à proximité un suicidé qui s'est réservé la dernière cartouche, souvent entouré d'un groupe dont les armes sont couchées à leur côté pour signifier le plein consentement à leur sort. On dit parfois : « *GE* a rayé les hédonistes de la surface du globe avec tous les obsédés de jouissance. » La vie est devenue tellement pénible, désagréable et décourageante que ceux qui restent croient tous à une Intelligence Primordiale qui donne un sens à leur passage terrestre, quelle que soit la manière dont ils la nomment : Être Suprême, Grand Esprit, Grand Architecte ou autre, sans se formaliser à propos des rites.

Jade prend une inspiration… Elle se met en marche dans une longue robe de lin immaculé, tissée de fils d'or, brodée de perles selon des motifs amérindiens bariolés. Elle porte au milieu du front un triangle de jade poli – évocation d'une tête de serpent – tenu par un simple diadème de fils d'argent tressés. Les fillettes de la tribu de l'Ours qui tiennent la traîne sont les seules à remarquer qu'elle chancelle, appuyée sur le bras de son père. Renzo avance de son côté et la rejoint devant le curé.
Au centre de l'arène, une sorte de podium cubique recouvert de satin est installé devant l'autel rutilant de tentures lustrées où sont disposés les objets sacrés. Le moinillon y saute d'un bond vif et précis pour accueillir les futurs mariés à bonne hauteur. Alors que s'élèvent les vapeurs d'encens, il lance une dernière invocation et clame d'une voix puissante :
— Renzo Spencer, voulez-vous prendre pour épouse Jade Pareatides ici présente, pour le meilleur et pour le pire ?
— Oui.
Éraillé, mais joyeux, malgré l'essoufflement.
Un pigeon clair se pose sur une branche de la croix, afin, sans doute, d'observer cette cérémonie de plus près.

— Jade Pareatides, dite « Evuit », voulez-vous prendre pour époux Renzo Spencer ici présent, l'aimer et le chérir jusqu'à ce que la mort vous sépare ?
— Oui.
Soupir appuyé, souligné par le bruissement soyeux d'une aile de colombe qui survole l'assistance et repart vers les crêtes. Le prêtre clame haut et fort :
— Je m'apprête à unir Jade et Renzo par les liens sacrés du mariage devant Dieu et les hommes. Si quelqu'un s'y oppose, qu'il parle maintenant ou se taise à jamais !
Une pluie d'étoiles filantes laboure le nord du ciel. D'un geste machinal, Taïpan glisse la main derrière son dos pour toucher le manche du couteau gurkha qui ne quitte jamais sa ceinture. D'autres retiennent leur souffle... Après quelques secondes, le temps pour l'admonestation de retentir jusqu'aux limites du stade, l'officiant reprend, à l'intention du couple :
— Vous pouvez échanger les anneaux.
Son regard intense accroche celui d'Isabel Spencer : deux perles de charbon qui ne cillent pas. L'instant suivant, une tablette émerge de sa manche :
— Votre index, là, s'il vous plaît...
Puis :
— Je vous déclare mari et femme dans le *Registre*... Ainsi soit-il.
Ils échangent un long baiser. Un drone surgit. Il répand dans l'atmosphère une nuée de pétales multicolores. Dans les fumées et les éclairs d'artifices, les flancs de la pyramide s'abaissent et se soulèvent au rythme de l'allégresse générale. Tandis que l'assistance exulte en vivats, sifflets, chansons... préludes aux réjouissances qui vont suivre, le vieux Spencer tapote le poignet de sa femme :
— C'est tout à fait notre Renzo ! Tu te rappelles, Isabel, quand il avait six ans et qu'on a essayé de l'empêcher de voir Jade, la fureur qui l'a pris ? Il cassait tout ce qu'il trouvait !
Sa tête penche bizarrement sur le côté. Isabel ne répond rien. Catatonique. De ses yeux fixés sur les mariés s'épanche un flot muet que la main livide de l'infirmière essuie avec délicatesse.

Bannie	7
Chasseur de primes	16
Le convoi	28
Les barbares	36
Trois-Rivières	44
MariaSan	49
Barbara Invar	56
Le polo est un art martial	65
Helen D. Siegfried	73
L'invitation	82
Taïpan cherche la vérité	93
Traqué	100
Droug	110
L'hacienda	116
L'invasion	124
Renzo prend le maquis	132
Yugo fait des siennes	140
Malshik recrute	146
Les Chaïkas	156
Une rencontre	165
Deux héros	179
Dissidence	185
La Résistance s'organise	195
Kristef	207
Contestation	213
Fête barbare	219
L'assemblée des chefs	225

L'assaut	231
Retrouvailles	237
La bataille de Paoly	246
Le jour d'après	255
Le pire est à venir	266
Laredo	273
Deux héros sinon rien	279
Rien ne sera plus comme avant	287
Le mariage	295

Dans la collection Nouvelles Pages

Cent papiers Sans pieds – Tiffany Ducloy

La voltigeuse de Constantinople – Laurent Dencausse

Le bal des vampires – Sébastien Thiboumery

Un aigle dans la ville – Damien Granotier

La tueuse de Manhattan – Pierre Vaude

Le Revenu Universel, Perpétuel et Éphémère – Didier Curel

Voyage au cœur des hémisphères – Dimitri Pilon

Rose Meredith – Denis Morin

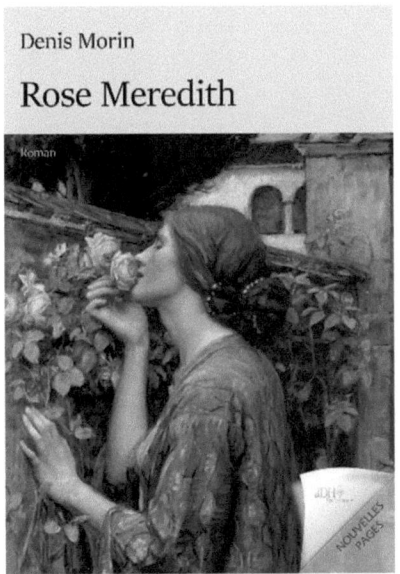

Suivez **JDH Éditions** sur les réseaux sociaux
pour en savoir plus sur les auteurs,
les nouveautés, les projets…

Inscrivez-vous à notre Newsletter sur
www.jdheditions.fr
Pour recevoir l'actualité de nos nouvelles
parutions

L'Édredon

La revue littéraire de JDH Éditions

Venez découvrir les textes de la revue